I0587826

DAS EINSAME MÄDCHEN

HIDDEN-NORFOLK-KRIMI BUCH 1

J M DALGLIESH

Übersetzt von
ANNA-CHRISTINA MAINHART

Zuerst erschienen bei Hamilton Press, 2021

ISBN 978-1-80080-614-6

EXKLUSIVES ANGEBOT

Wenn Sie das **KOSTENLOSE** eBook erhalten möchten, das <u>**exklusiv**</u> für Mitglieder meines Leserclubs verfügbar ist, besuchen Sie meine Website oder folgen Sie dem Link am Ende des Buchs.

Das rebellische Mädchen – *eine KOSTENLOSE Novelle aus der Hidden-Norfolk-Reihe, verfügbar auf*

Garantiert ohne Spam. Sie können sich jederzeit abmelden.

DAS EINSAME MÄDCHEN

PROLOG

Holly war dankbar für den Schutz, den die Dünen boten. Der Wind stürmte meist die Küste entlang, fegte über das Flachland und fand seinen Weg selbst durch die robusteste Winterbekleidung. Dort, wo sie saßen, jenseits der dichten Kiefernwälder, die zum Landsitz Holkham gehörten, war es wenigstens ein bisschen angenehmer. Sie sah den anderen zu, wie sie weiter unten am Strand ein Lagerfeuer aufschichteten und dazu Treibholz und herabgefallene Äste aus den nahegelegenen Wäldern sammelten. Im Sommer schickte man vom Landsitz regelmäßig einen Hausverwalter los, um offene Feuer zu verhindern, aber nicht zu dieser Jahreszeit. Der Frühlingsbeginn konnte an der Küste Norfolks besonders schön sein, wenn der strahlende Sonnenschein die Haut wärmte. Zumindest solange nicht der ständige Wind von der Nordsee kam. Die Sonne war schon lange untergegangen und die abendlichen Temperaturen wurden allmählich unangenehm.

In ungefähr einem Monat würde die Touristensaison beginnen. Alle Geschäfte im Ort, die im Winter nur ein paar Stunden am Tag geöffnet hatten, würden bald wieder zu den regulären Zeiten zurückkehren. Vielleicht würden auch die Saisonarbeiter bald zurückkommen. Die Einheimischen sprachen oft davon, dass es in diesem Jahr anders sein würde. Es gab weniger Bewerbungen für freie Stellen als im letzten Jahr und Hollys Vater meinte, dass sogar die Agenturen Probleme damit hätten, die Stellen zu besetzen.

Es musste herrlich sein, zu diesen Leuten zu gehören, frei zu sein, die Grenzen des Landes, in dem sie aufgewachsen waren, zu passieren und andere Lebensweisen und Kulturen kennenzulernen. Die Aussicht, eine neue Sprache zu lernen, neues Essen zu probieren oder einfach die Sonne über einer fremden Landschaft untergehen zu sehen, war aufregend, exotisch sogar. Eines Tages würde sie das auch alles erleben. Das konnte sie niemandem erzählen und würde es auch nicht, wenn es soweit wäre. Sie würde verschwinden wie der Wind und sich von seiner unaufhaltbaren Macht davontragen lassen. Ihre kleine Schwester Maddie kam ihr in den Sinn, als sie sie in einiger Entfernung mit ihren Freunden tanzen sah. *Was wird aus ihr, wenn ich weggehe?* Dieser Gedanke dämpfte ihre Begeisterung und verdüsterte die Aussicht auf ihre Zukunft.

Nun brannte das Feuer. Sie sangen, die anderen. Es war kein Song, den sie besonders mochte, nicht einmal ein Lied, von dem sie den Text kannte. Sie wusste nur, dass es gerade sehr beliebt war. Sie bewegten sich im Rhythmus des Gesangs, hakten sich unter und ihre Schatten tanzten auf dem Sand um das Feuer. Der Gesang wurde lauter, als immer mehr Stimmen in den Refrain einfielen. Holly spürte eine Hand auf der Schulter. Eine sanfte Berührung. Sie sah sich nicht um. Mark legte ihr den Arm um die Schultern und setzte sich neben sie auf die Decke, die er für sie ausgebreitet hatte. Ein Teil von ihr wünschte sich, er würde vorschlagen, näher an das Feuer zu rücken. Doch er tat es nicht und sie wusste warum. Sicher würde er bald versuchen, ihr die Zunge in den Hals zu stecken. Das war ehrlich gesagt zu erwarten. Der Ort, das Feuer, sie waren alleine, weit genug entfernt von den anderen und es war dunkel. Romantik pur. Sie würde es wahrscheinlich zulassen.

Mark war ein netter Typ. Die meisten ihres Jahrgangs hielten sich von ihm fern, allerdings lag das weniger an seinen Ausbrüchen als am Ruf seiner Familie. Sie kannte wirklich niemanden, der eine solche Behandlung weniger verdienen würde. Mark ließ den Arm von ihren Schultern gleiten, holte eine Flasche aus der Plastiktüte neben sich und drehte sie auf. Er bot sie ihr zuerst an. Als sie den Alkohol roch, rebellierte ihr Magen. Immer häufiger überkamen sie Wellen der Übelkeit, aber sie ließ sich nichts anmerken. Das Letzte, was sie brauchte, war ein weiterer Vortrag darüber, dass sie zu einem Arzt gehen sollte. Wie könnte sie auch? Allein der Gedanke daran, etwas zu trinken, verstärkte ihre Übelkeit und sie winkte ab. Mark sagte nichts, nahm einen Schluck aus der Flasche und verzog das Gesicht, als die Flüssigkeit in seiner Kehle brannte. Das war das Problem mit ihm. Er war unreif.

Das Lagerfeuer brannte nun lichterloh. Die Farben, das Knacken des Holzes, die Rauchfahnen und Flammen, die in den Nachthimmel tanzten, und die Wellen, die am Strand brachen, hatten etwas Hypnotisches an sich. Holly stellte sich vor, wie ihre Ängste in diesem Feuer aufgingen und ihre Träume und Fantasien im hell glühenden Zentrum des Feuers loderten. Bald schon würde sie diesen Ort und alle, die hier wohnten, hinter sich lassen, irgendwohin reisen, wo niemand sie kannte, und Künstlerin werden, Dinge erschaffen … vielleicht Schmuck. Das alles hier würde bald nur noch eine Erinnerung sein.

Holly fühlte, wie Mark ihr mit der Hand über den Rücken strich. Sie sah ihn an und er lächelte. Holly schwieg und schaute wieder zum Feuer und zur Gischt der Wellen vor der Küste. Mark war ein netter Kerl. Trotzdem konnte er nicht mit ihr kommen. In ihrem neuen Leben gab es keinen Platz für ihn. Und auch für keinen der anderen.

KAPITEL EINS

AUS DEM EISIGEN Morgengrauen wurde schnell ein warmer Samstagmorgen. Tom Janssen saß auf der Motorhaube seines Wagens und trank ein paar Schlucke von seinem Kaffeebecher, während er zu Saffy am nahen Spielplatz hinübersah. Noch vor wenigen Monaten hatte sie darauf bestanden, dass er sie zu jedem Gerät begleitete, in dem, auf dem oder unter dem er Platz fand. Jetzt nicht mehr. Sie war eine altkluge Siebenjährige, voller Selbstbewusstsein und Begeisterung für neue Erfahrungen, und sie suchte bei jeder Gelegenheit eine neue Herausforderung. Eigentlich kam sie mit allem gut klar. Als er sie beim Spielen mit den anderen Kindern beobachtete, die sie seines Wissens nach gar nicht kannte, wallte Stolz in ihm hoch, was sich seltsam anfühlte. Gelegentlich reckte sie ihr Köpfchen mit den blonden Locken, die ihr rundes Gesicht einrahmten, hoch, so wie es Erdmännchen machten, und suchte ihn mit durchdringenden blauen Augen. Wenn er dann nicht aufmerksam genug war, rief sie nach ihm, damit er auch genau sah, was sie alles machte.

Er winkte mit der freien Hand und schickte ein breites Grinsen hinterher. Saffy fetzte los und lief über die Seilbrücke einem kleinen Mädchen hinterher, dessen Mutter nervös vom Rand des Spielplatzes zu ihr hinübersah. Das konnte er ihr mehr oder weniger nachfühlen. Er fragte sich, ab wann Eltern sich keine Sorgen mehr darum machten, dass sich ihre Kinder wehtun könnten. Ihm schien es so, als ob sie von klein auf praktisch unverwundbar wären. Zumindest waren sie das seiner Erfahrung mit Saffy nach. Einmal war sie auf dem Sofa herumgesprungen, hatte unfreiwillig einen Salto nach vorne gemacht und war mit dem Kopf voraus auf dem harten Holzboden gelandet. Es gab natürlich viele Tränen und Geschrei, das ihm das Blut in den Adern gefrieren ließ, aber nachdem der erste Schock vorbei war, wurde klar, dass nichts passiert war, und schon war sie wieder losgesaust, auf der Suche nach einem neuen Abenteuer.

Vielleicht kam dieser Moment auch nie. Die Ängste und Sorgen veränderten sich nur mit dem zunehmenden Alter des Kindes. Was heute der Spielplatz war, würde morgen der Turnunterricht sein und dann später die ersten Fahrstunden.

Tom trank gemächlich seinen Kaffee und schirmte die Augen mit der Hand gegen den grellen Sonnenschein ab. Noch stand die Sonne tief am Himmel und er bereute, dass er seine Sonnenbrille nicht mitgebracht hatte. Er fühlte sich benebelt und bekam leichte Kopfschmerzen. Zu anderen Zeiten hätte er die Flasche Wein vom Vorabend verflucht, aber er hatte seit Monaten nichts mehr getrunken. Als er nachrechnete, kam er zu dem Schluss, dass es noch länger her sein könnte. Er konnte sich nicht mehr genau erinnern. Nicht, dass es wichtig wäre. Es war keine bewusste Wahl gewesen, sondern hatte sich einfach so ergeben. So oder so, seine Lippen waren trocken und seine Zunge fühlte sich an wie Schleifpapier. *Ein Kater ohne den Spaß der Nacht davor.* Vielleicht sollte er doch wieder etwas trinken, wenn sich die Abstinenz so anfühlte.

„Was wohl gerade in deinem Kopf vorgeht?" Er sah nach links. Alice trat zu ihm heran. Er hatte sie nicht gehört. In der Hand hielt sie eine Jutetasche mit den Einkäufen dieses Morgens. Sie hatte sicher erzählt, was es war, aber er war abgelenkt gewesen und hatte nicht richtig zugehört.

„Wie bitte?"

„Du warst ganz in Gedanken."

Tom lächelte. Er war zwar geistesabwesend gewesen, hatte allerdings an nichts Bestimmtes gedacht. Da dies aber keine Antwort wäre, die Alice akzeptieren würde, sagte er lieber nichts. Alice und ihre Tochter Saffy ähnelten sich in dieser Hinsicht stark, beide waren sehr wissbegierig. Manche würden es neugierig nennen, doch er nicht, er würde das nie wagen.

„Hast du mir Kaffee mitgebracht?" Sie sah sich erwartungsvoll um und schaute ihn enttäuscht an, als ihre Augen keinen zweiten Becher fanden.

„Tut mir leid, ich wusste nicht, wann du kommen würdest."

„Keine Sorge. Hast du wenigstens auf meine Tochter aufgepasst?" Ihr Tonfall war nur halb ernst, spöttisch wie immer. Schon als sie noch Kinder waren, war Alice immer die Autoritätsperson von ihnen beiden gewesen, obwohl sie um einige Jahre jünger als Tom war. Er zeigte auf den Spielplatz und wie auf Bestellung schoss Saffys Kopf wieder hoch. Als sie ihre Mutter sah, sprang das Mädchen sofort auf und rief freudig nach ihr. Alice winkte. „Scheint so, als hätte sie Spaß."

„Hat Saffy doch immer."

„Ich wünschte, du würdest sie nicht so nennen." Alice war eingeschnappt. Er wusste, dass ihr der Kosename nicht gefiel.

„Was hast du denn gedacht, wie ihr Spitzname ausfallen würde?" Jetzt wollte er sie provozieren.

„Wir haben nicht weiter darüber nachgedacht."

„Wie nennst du sie denn?" fragte er, und kramte in seinen Erinnerungen nach einer Gelegenheit, bei der sie einen Kosenamen verwendet hatte, aber ihm fiel keine ein.

„Sapphire", antwortete Alice nüchtern. „So heißt sie nun einmal."

Er runzelte die Stirn und zog die Augenbrauen hoch. Er hatte verstanden. In diesem Moment tauchte das besagte Mädchen vor ihnen auf und warf sich in die Arme seiner Mutter, was diese aus dem Gleichgewicht brachte.

„Hallo Saffy." Tom warf Alice einen schnellen Seitenblick zu, als Saffy sich aus der Umarmung ihrer Mutter befreite und in seine Arme warf. „Hat's Spaß gemacht?" Sie nickte begeistert. „Wohin gehen wir jetzt?"

„Zum Strand!" Er lachte und Alice schüttelte nur den Kopf. Das kleine Mädchen wollte immer zum Strand und wenn sie einmal die Wahl hatte, gab es nur diese eine Antwort.

„Wir gehen heute Morgen nicht zum Strand, junge Dame." Alice blieb streng. Die Art und Weise, wie sie mit den Erwartungen ihrer Tochter umging, war vorbildlich. Eines Tages würde er selbst Vater sein und vielleicht eine ähnliche Herangehensweise wählen. Doch eigentlich wusste er, dass er wahrscheinlich zu nachgiebig sein oder all seine Verantwortung bei schweren Entscheidungen auf seine Partnerin abwälzen würde.

Laute Stimmen erregten seine Aufmerksamkeit. Es war die Art von Auseinandersetzung, bei der ein Paar sich in aller Öffentlichkeit streitet, weil sie sich nicht zurückhalten können, bis sie wieder in den eigenen vier Wänden sind, und gleichzeitig versucht, das hitzige Wortgefecht so auszutragen, dass niemand mithören kann. *Ein vergebliches Unterfangen.* Zum Glück für besagte das Paar war der Parkplatz für einen Samstagmorgen zu dieser Zeit fast leer. Die Leute am Spielplatz hatten nur Augen und Ohren für ihre Kinder, so waren Tom und seine beiden Begleiterinnen die einzigen Zeugen des Streits.

Die Frau sah direkt zu ihm herüber und ihr wurde bewusst, dass sie kaum zu überhören waren. Nicht, dass ihn der Streit sonderlich interessierte. Trotzdem brach sie mitten im Satz ab. Sie war Mitte vierzig, trug Reiterhosen und Stiefel. Die stereotype Bekleidung für jemanden, der mit einem so gut wie neuen Range Rover einen Wochenendausflug im wohlhabenderen Teil des ländlichen Norfolks machte. Entweder war sie auf dem Weg, um sich um ihre Pferde zu kümmern, oder sie hatte das bereits erledigt. Ihr Make-up war makellos und perfekt aufgetragen, wirkte aber trotzdem dezent, was seiner Meinung nach eine bemerkenswerte Leistung war. Ihr Partner hingegen war etwas älter, vielleicht schon eher um die fünfzig. Er war großgewachsen, korpulent mit einem stattlichen Bauch und hatte ehemals schwarze Haare, die nun mit grauen Strähnen durchzogen und zu einer Tolle hochgekämmt waren. Der Mann trug senffarbene Cordhosen und einen dicken khakifarbenen Pullover. Seine Wangen waren gerötet, doch Tom war sich nicht sicher, ob das hitzige Streitgespräch dafür verantwortlich oder das Gesicht von Natur aus gerötet war.

Die beiden Türen des Range Rover wurden zugeknallt und der Streit entbrannte erneut. *Da hat jemand einen langen Tag vor sich.*

„Na ja, ich hoffe, das hat sich bis Montagmorgen erledigt, worum auch immer es dabei ging." Alice klang besorgt. Tom sah zu ihr hinüber und bemerkte, dass auch sie den Streit mitverfolgt hatte. Saffy hatte nichts davon wahrgenommen, sie war bereits dabei, einen Flecken mit Narzissen und ein paar Enten zu untersuchen, die in der Erwartung, gefüttert zu werden, zu ihr hinübergewatschelt kamen.

„Kennst du sie?"

„Ja. Du nicht?" Alice klang überrascht. Er zuckte nur mit den Schultern. Der Motor heulte auf, doch das Auto setzte langsamer aus dem Parkplatz zurück, als er erwartet hätte. Alice bemerkte seinen wachsamen Blick, sie selbst sah schon länger nicht mehr zum Auto, sondern konzentrierte sich auf ihre Tochter. „Das sind Colin und Marie."

„Die beiden Ärzte?" fragte Tom, während er dem Auto nachsah, wie es zur Hauptstraße fuhr, blinkte, abbog und sich schnell entfernte. Alice nickte. „Glaubst du, sie haben dich gesehen?"

„Ja. Ganz sicher."

„Na das wird unangenehm, wenn ihr Pause macht."

Jetzt war es an Alice, mit den Schultern zu zucken. „Ich schätze, sie werden so tun, als wäre das nie passiert."

„Kommt das öfter vor?" Er mochte Tratsch eigentlich nicht, aber die Arbeitsatmosphäre wirkte sich nun einmal auch auf die Freizeit aus. Wer wusste das besser als er.

„Ich sehe sie eigentlich kaum." Sie klang desinteressiert. „Sobald ich mich um meine Patienten kümmere und sie sich um ihre, bleibt bis zum Feierabend nicht viel Zeit, um zu plaudern." Er bewunderte Alice dafür, wie viel Energie sie in ihre Arbeit steckte. Soweit er sich zurückerinnern konnte, wollte sie Menschen helfen. Sie hatte die Pflegeausbildung abgeschlossen und war zur gleichen Zeit nach Norwich gezogen, als er seine Stelle annahm und ebenfalls wegging. Ihm war es so vorgekommen, als würde ihre Freundschaft aus Kindertagen genau das bleiben – Vergangenheit. Doch nun hatten sie das Glück, beide wieder in der Heimat zu sein, jeder mit seinem eigenen Rucksack an Geschichten – die sie beide lieber unerzählt ließen.

„Vielleicht hat nur ein Wort das andere ergeben."

Alice sah die Straße entlang, das Auto war schon lange fort. „Wahrscheinlich haben sie dich gesehen und erraten, wer du bist."

Toms Neugierde war geweckt, lächelnd fing er ihren Blick auf. „Du erzählst anderen also von mir? Bei der Arbeit, meine ich." Sie errötete, so wie vor vielen Jahren, wenn ihr etwas peinlich war, sagte aber nichts. „Was erzählst du ihnen?"

„Dass sie aufpassen sollen, alle Steuern fürs Auto zu zahlen." Die Spöttelei saß. Alice war wieder sie selbst und brachte ihn zum Lachen. Sapphire kam zu ihnen zurück und bat um etwas, mit dem sie die Enten füttern konnte. Sie schwor Stein und Bein, dass Chips bestens geeignet wären. *Jeder mag Chips.* „Könntest du jetzt bitte das Auto aufschließen? Die Tasche wird langsam schwer."

TOM JANSSEN FUHR DIE STRASSE, die zum Strand von Holkham führte, aufmerksam entlang. Es waren viele Kinder unterwegs, die wegen der Aussicht auf den vor ihnen liegenden Tag aufgeregt umhersprangen. Die Straße verlief schnurgerade und war auf beiden Seiten mit Kiefern und Parkplätzen gesäumt. Obwohl der Frühlingsbeginn sich wieder von seiner frostigen Seite zeigte, versprach der heutige Tag herrlich zu werden. Schnell füllten sich die Parkplätze mit Familien, die den zweieinhalb Kilometer langen goldenen Strand und das nahegelegene Naturreservat für einen Ausflug nutzten. Es war noch sehr früh, daher konnten Sie in der Nähe der Barriere parken, die die Straße zum Reservat absperrte – dem weitesten Punkt, bis zu dem die Leute fahren durften.

Sapphire trällerte fröhlich auf dem Rücksitz. Tom und Alice tauschten ein wissendes Lächeln aus. Die Kleine hatte sich schon die ganze Woche auf diesen Tag gefreut. Er überließ es Alice, die Jacken aus dem Kofferraum zu holen. Der Wind hatte zwar nachgelassen, aber die Temperaturen lagen nur knapp über dem Gefrierpunkt. Inzwischen ging Tom ein paar Meter weiter, um ein Parkticket zu kaufen. Der Preis erschien ihm horrend und er konnte gerade genug Münzen zusammenkratzen, um für einen halben Tag zu bezahlen. Das würde reichen. Saffy würde es bald langweilig werden. Nachdem die Dinge, die sie für das Picknick mitgebracht hatten, aufgegessen waren, würde sie schon wieder etwas anderes machen wollen.

Er zog das Ticket aus dem Automaten und ging zurück zum Auto. Daneben standen Saffy und ihre Mutter und spielten Backe, backe Kuchen. Beide lächelten ihm zu, als er vorbeiging und das Ticket durch die offene Beifahrertür an die Frontscheibe klebte.

„Wie lange können wir parken?", fragte Alice beiläufig.

„Wir haben Zeit bis Mittag." Er beugte sich hinunter und holte die Taschen mit ihrem Essen und eine weitere mit ein paar Schaufeln und Formen für eine Sandburg sowie eine Frisbee hervor. „Geh 'n wir!" Wenn er ehrlich zu sich selbst war, war er genauso aufgeregt wie Saffy über die Aussicht, den Vormittag am Strand zu verbringen. Zu seinen glücklichsten Erinnerungen gehörten die Tage, an denen er mit seinen Eltern und Freunden am Strand gewesen war. Es war nicht der gleiche Strand, aber Norfolk konnte mit einer umwerfenden Küste aufwarten. Manchmal waren sie spät im November draußen gewesen und hatten architektonisch bedenkliche Sandburgen und entsprechende Befestigungen gebaut. Wenn diese bis zum Einsetzen der Flut noch immer standgehalten hatten, hatten sie sich alle versammelt und die Burgen am Ende des Tages selbst zerstört, einfach zum Spaß.

Er war nur zwei Schritte vom Auto entfernt, als sein Handy klingelte. Er fischte es aus der Hosentasche. Es war Eric Collet. An diesem Tag war er der diensthabende Kriminalbeamte im Revier, dem CID. Er würde ihn nicht belästigen, wenn es nicht dringend war. Tom bedeutete Alice und Saffy, dass sie weitergehen sollten, und blieb ein Stück zurück, um den Anruf entgegenzunehmen.

„Es tut mir leid, Sie am Wochenende zu belästigen." Collets Stimme klang aufrichtig zerknirscht. Tom hörte das Geschrei der Möwen und das Brechen der Wellen im Hintergrund. Collet war nicht auf dem Revier.

„Schon in Ordnung. Was gibt's?" Tom sah in Richtung Strand. Alice verlangsamte ihre Schritte den kleinen Hügel hinauf. Sie wollte nicht zu weit vorausgehen, obwohl Saffy sie an der Hand vorwärts zog und sie bat, endlich schneller zu machen. Alice lächelte in seine Richtung und er erwiderte es gezwungen. Sein sechster Polizistensinn und die jahrelange Erfahrung sagten ihm, dass ihre Pläne gerade zunichte gemacht wurden.

„Wir haben eine Leiche gefunden. Ein junges Mädchen, am Weg, der über das Holkham-Reservat die Klippen entlangführt. Sie sollten sich das ansehen." Collet klang nervös. Tom konnte es ihm nachfühlen. Eric Collet hatte erst vor Kurzem vom Streifendienst in die Kripo gewechselt und musste noch Fuß fassen. Alle waren sich sicher, dass er es schaffen würde, nur er selbst nicht. „Ich bin gerade am Holkham-Strand, nicht weit weg also. Schicken Sie bitte jemanden vorbei, der mich am Haupttor abholt."

Tom holte tief Luft und brachte ein weiteres Lächeln zustande, als er Alice auf sich aufmerksam machte. Sie schien die Bedeutung des Telefongesprächs zu verstehen, denn das Lächeln schwand von ihrem Gesicht, als er sein Handy wegsteckte und zu ihnen schlenderte.

„Tut mir leid. Es ist etwas dazwischengekommen und ich muss heute doch arbeiten."

„Schon in Ordnung", entgegnete Alice niedergeschlagen.

Gewissensbisse nagten an ihm, aber es war ein Todesfall unter verdächtigen Umständen und das konnte er nicht ignorieren.

„Wir können das an einem anderen Tag wiederholen." Saffy wurde klar, worüber die beiden sprachen, und sie warf ihm einen finsteren Blick zu. Die Gewissensbisse wurden stärker. Er ging in die Hocke und sah dem Mädchen direkt in die Augen. „Ich verspreche dir, ich komme mit dir an einem anderen Tag wieder her."

„Ich rede nicht mit dir!" Saffy verschränkte die Arme und drehte ihm den Rücken zu. Sie stampfte mit einem Fuß auf, um dem Gesagten mehr Nachdruck zu verleihen. Tom sah zu Alice hinüber, die nur lächelte. Offensichtlich war das nicht das erste Mal, dass sie Saffy so sah.

„Wir kommen klar, Tom", versicherte Alice ihm und nahm ihm die beiden Taschen ab. „Ehrlich, das ist in Ordnung. Geh nur und tu, was du tun musst. Aber ruf mich später an, ja?"

Er war erleichtert, die Gewissenbisse ließen nach. Er gab Alice seine Autoschlüssel und drückte ihr einen Kuss auf die Wange. Sie lächelte freundlich. „Sie schicken jemanden vorbei, der mich abholt, du kannst also mein Auto haben. Ich hole es später ab." Saffy weigerte sich, zur Kenntnis zu nehmen, dass er ging, und sah nicht einmal in seine Richtung. Also beugte er sich hinunter, drückte ihr einen Kuss auf den Scheitel und wuschelte ihr durch die Haare. Sie ließ nur ein grummeliges *Hrrrmpf* hören.

Tom winkte den beiden noch nach, als sie in Richtung Strand stapften, und machte sich dann auf in Richtung des dreihundert Meter entfernten Tores. „Tom!" Er blickte über seine Schulter zurück und sah Saffy, wie sie auf der hölzernen Promenade, die zum Strand führte, auf und ab sprang und ihm wild mit beiden Armen zuwinkte. Er grinste breit zurück und winkte ebenfalls. Dann drehte sie sich wieder um und rannte vor ihrer Mutter den Pfad entlang, der sie mitten durch den Kiefernwald auf direktem Weg zum Strand brachte.

KAPITEL ZWEI

Die Fahrt zum Tatort dauerte nur knapp fünf Minuten. Eric Collet erwartete ihn vor der Polizeiabsperrung, einem dünnen blau-weißen Band, das den Zugang zum Pfad durch das Naturreservat versperrte. Trotz Janssens Versicherungen, dass es in Ordnung war, machte der junge Detective Constable einen nervösen Eindruck, weil er seinen Chef an dessen freiem Tag herbestellt hatte.

„Es tut mir leid, dass Sie herkommen mussten." Collet entschuldigte sich ein weiteres Mal, doch Janssen winkte nur mit einer nachlässigen Handbewegung ab.

Collet schlüpfte unter der Absperrung durch und ging vor ihm den Pfad entlang. Offensichtlich war er darauf erpicht zu zeigen, was er bis zu Janssens Ankunft bereits erreicht hatte. Er ratterte die Informationen herunter, doch Janssen hatte Schwierigkeiten, diesem Tempo zu folgen. Er musste Collet bitten, langsamer zu machen und von vorne zu beginnen.

„Der Anruf der Sanitäter kam kurz nach halb neun rein. Sie haben das Mädchen noch am Tatort für tot erklärt und hatten sofort den Verdacht, dass da etwas nicht stimmt." Collet sah ihn mit ernster Miene an, um die Tragweite seiner Worte wirken zu lassen.

„Und wer hat den Rettungsdienst gerufen?"

Collet blätterte in seinem Notizbuch. „Eine Einheimische, sie war gerade auf ihrem Morgenspaziergang. Sie hat das Mädchen auf dem Weg gefunden."

Sie gingen um eine Kurve und der Pfad, auf beiden Seiten von Buschwerk und kniehohem Gras gesäumt, fiel leicht ab. Er verlief nahe den Klippen und führte an dieser Stelle durch eine natürliche Senke. Gut hörbar donnerten die Wellen gegen die Felsen darunter, wodurch sie sehr viel näher erschienen. Bei Flut wäre das Donnern noch lauter, da das tiefgelegene Land des Holkham-Beckens überflutet wurde.

Von hier aus sah man deutlich die Beine einer Frau in den Pfad hineinragen. Mit Hüfte und Oberkörper lag sie auf der leicht ansteigenden Sandbank dahinter. Als Janssen näher kam, fragte er sich, ob Frau tatsächlich die passende Bezeichnung war. Sie sah weit jünger aus. Vielleicht knapp zwanzig. Schwer zu sagen. Ihr Make-up war makellos und unaufdringlich. Hellroter Lippenstift und dunkler Eyeliner hoben die Wangenknochen und den eckigen Kiefer hervor. Wenn ihre Haut nicht aschfahl wäre, könnte man leicht glauben, dass sie nur schliefe, so friedlich sah sie aus. Sie war von Kopf bis Fuß mit einer leichten Frostschicht überzogen und musste den Großteil der Nacht hier draußen gelegen haben.

„Da sind Blutergüsse am Hals", sagte Collet, als ob sein Chef sie übersehen haben könnte. Hatte er nicht.

Janssen wollte nicht zu nahe an die Leiche herantreten und verlagerte nur sein Gewicht, um besser sehen zu können. Collet hatte recht. Janssen hatte genug Strangulationen gesehen, um zu wissen, dass dieses Mädchen erdrosselt worden war. Die Blutergüsse passten zu den Händen einer erwachsenen Person, die ihr die Kehle zugedrückt hatte. Er betrachtete das Mädchen genauer. Sie war maximal 1,60 Meter groß, sehr zierlich. Ihr Gewicht war nur schwer einzuschätzen, doch sie war schmächtig gebaut. Man hätte nicht viel Kraft gebraucht, um sie zu überwältigen, dessen war sich Janssen sicher. *Was für eine Verschwendung eines jungen Lebens.* Seltsamerweise trug sie keine

Schuhe. Er nahm die Fußsohlen genauer in Augenschein. Sie waren zwar schmutzig, aber nicht schwarz, was darauf hinwies, dass sie nur eine kurze Strecke barfuß gelaufen war, möglicherweise hierher.

„Irgendeine Idee, wer sie ist?", fragte er, den Blick auf Collet gerichtet.

„Ja. Sie ist die Tochter der Bettanys."

„Die Tochter von Colin und Marie?"

„Genau. Sie kennen sie?", fragte Collet überrascht. Er war immer überrascht, wenn Außenstehende Einheimische kannten. Zumindest wenn sie wussten, wer die ganz normalen Leute waren. Allerdings war Tom Janssen eigentlich kein Außenstehender. Er war in Sheringham aufgewachsen, einem Ort an der Küste in der Nähe der bekannteren Küstenstadt Cromer. Wenn jedoch jemand wegzog und Jahre später wieder zurückkehrte, wurde oft bezweifelt, ob man wirklich ein *echter Norfolker* war.

Janssen schüttelte den Kopf. „Nur dem Namen nach. Ich wusste nicht, dass sie Kinder haben. Heute Morgen habe ich die Eltern zufällig gesehen."

„Sie haben zwei, aber der Name des zweiten Kindes fällt mir gerade nicht ein. Ich werde das nachprüfen." Eric Collet ließ keinen Zweifel daran, wer mehr über die lokale Gemeinschaft wusste. „Sie führen die Arztpraxis außerhalb von Burnham Overy. Sie werden völlig erschüttert sein. Ich habe bereits die Spurensicherung und den Gerichtsmediziner angerufen. Sie sind unterwegs."

„Gut. Was halten Sie von ihnen, von Colin und Marie?"

Collet dachte kurz nach, seine Mine spiegelte intensive Konzentration wider. „Professionell. Angesehen und fleißig. Piekfein."

„Piekfein?"

„Sie wissen schon ... wohlhabend, bewegen sich in den richtigen gesellschaftlichen Kreisen und so weiter."

Janssen fragte sich, ob er sich den Unterton in Collets Stimme nur eingebildet hatte. Er war ein netter junger Mann, engagiert sogar, doch manchmal war er merkwürdig empfindlich, oft ohne Vorwarnung und zu den seltsamsten Gelegenheiten.

„Nun gut. Was ist mit der Zeugin, die Frau, die sie gefunden hat. Wo ist sie?"

„Ich habe ihre Angaben aufgenommen und sie nach Hause geschickt. Ich habe ihr gesagt, wir würden später vorbeikommen und ihre Aussage aufnehmen. Ist das in Ordnung?"

Janssen nickte zustimmend und konzentrierte sich wieder auf die Verstorbene.

„Wie, sagten Sie, hieß das Mädchen?"

„Bettany. Holly Bettany," antwortete Collet.

„Und wie alt war sie, wissen Sie das?"

„Sechzehn oder siebzehn, denke ich. Ich weiß, dass sie die Oberstufe der örtlichen Schule besucht hat."

Janssen atmete laut aus und massierte sich mit der linken Hand die Schläfen. *Zu jung, für so einen Aufzug.* „Wir müssen mit den Eltern reden. Das hier wird sich herumsprechen und ich möchte, dass sie es zuerst von uns erfahren."

———

DAS DÖRFCHEN BURNHAM MARKET summte wie ein Bienenstock. Das warme Wetter hatte die Leute dazu verleitet, die unabhängig geführten Läden, Galerien und Kunsthandwerksgeschäfte zu besuchen, für die die Gegend so berühmt war. Im Zentrum des denkmalgeschützten Bereichs sah es aus wie auf der Postkarte eines Marktplatzes aus georgischen Zeiten. Eric Collet bog von der Hauptstraße ab und suchte sich seinen Weg durch die schmalen Straßen. Wegen der geparkten Autos der ersten Touristen und der Anwohner kam er nur langsam voran.

Brancaster House war nicht zu übersehen, dafür sorgte die große Plakette, die neben dem Eingang an der Grundstücksmauer befestigt war. Unter den Reifen knirschte der Kies, als Collet die Einfahrt entlangfuhr und den Wagen an der Eingangstür parkte.

Janssen klingelte und hörte den Ton im Hausinneren. Augenblicke später erschien hinter der Tür eine Gestalt. Es war Marie Bettany, Janssen erkannte sie von der Begegnung am Morgen wieder. Sie trug nun andere Kleidung – ein langes, vorwiegend blaues Sommerkleid mit Blumendruck. Die Haare, die am Morgen noch hochgesteckt gewesen waren, fielen nun auf die Schultern herab, und eine Perlenkette zierte ihren Hals. Janssen war es, als würde sie ihn wiedererkennen, als er seinen Ausweis vorzeigte, doch sie tat so, als würde sie ihn hier und jetzt zum ersten Mal sehen. Er stellte Collet vor, der hinter ihm stand und ebenfalls seinen Ausweis zückte. Auf Janssen wirkte diese Bewegung einstudiert und erinnerte ihn an einen Fernsehkrimi. Der junge Mann fühlte sich anscheinend in seiner neuen Position noch nicht besonders wohl.

Marie Bettany bedeutete ihnen, einzutreten, doch die Geste konnte man nicht als einladend bezeichnen, was Janssen eigenartig erschien.

„Wäre es möglich, dass auch Ihr Ehemann zu uns stößt?", fragte Janssen und ließ den Blick durch die Eingangshalle schweifen. Diese war beeindruckend prachtvoll und weitaus großzügiger als der größte Raum in Janssens eigenem Zuhause. Bis zur kunstvoll geschnitzten Treppe und in den ersten Stock hinauf waren die Wände mit Holz vertäfelt.

„Natürlich, ja. Kommen Sie doch bitte herein."

Sie führte die beiden Männer durch die Eingangshalle weiter in das Haus hinein. Von den Wänden und dem polierten Parkettboden hallte das Ticken einer großen Standuhr wider. Janssen fiel Collets Unbehagen auf und er nahm sich vor, ihm später ein paar Fragen zu seinem seltsamen Verhalten zu stellen. Die Küche war riesig, wie in einem echten Landhaus. Selbstverständlich war alles hochmodern, doch der traditionelle Einfluss war nicht zu übersehen. Marie Bettany schritt durch die Fenstertür und rief in den Garten hinaus, bevor sie sich wieder den beiden Männern zuwandte. Sie schaute Janssen geradewegs in die Augen und er glaubte, in ihrem Blick einen Schimmer von Verlegenheit zu erkennen. Es verwunderte ihn, dass sie sich nicht nach dem Grund ihrer Anwesenheit erkundigte.

Colin Bettany steckte kurz darauf seinen Kopf durch die Tür zum Garten. Ihm stand Schweiß auf der Stirn und er war definitiv nicht glücklich über die Unterbrechung.

„Himmel noch mal, Marie, was ist denn?" Als er die Detectives erblickte, richtete er sich merklich auf. Seine Miene und sein Tonfall änderten sich schlagartig und wurden erheblich freundlicher. „Es tut mir furchtbar leid. Mir war nicht bewusst, dass wir Besuch haben. Es ist nur so, dass wir für heute Nachmittag Gäste zum Aperitif erwarten, bevor wir gemeinsam Essen gehen, und ich muss noch so viel organisieren."

Janssen erspähte den Esstisch im Nebenzimmer. Er bog sich beinahe unter den mit Speisen aufgetürmten Tellern, die ordentlich nebeneinander aufgereiht und mit Klarsichtfolie abgedeckt waren. Es schien, als würden sie nicht wenige Gäste erwarten.

„Sie müssen sich nicht entschuldigen, Mr. Bettany." Janssen ließ seinen Worten ein freundliches Lächeln folgen.

„Doktor Bettany", korrigierte dieser kühl. Janssen war verblüfft, aber manche Menschen waren nun einmal sehr auf ihre Titel bedacht. Marie Bettany hingegen schien keinen Gedanken daran zu verschwenden.

„Verzeihen Sie mir. Wir sollten uns setzen." Janssens Stimme war dem Ernst der Situation angemessen.

„Um was geht es?", fragte Marie Bettany besorgt.

„Ich fürchte, wir haben eine entsetzliche Neuigkeit für Sie. Wir haben heute Morgen im Naturreservat Holkham die Leiche einer jungen Frau gefunden. Es tut mir sehr leid, aber wir haben Grund zur Annahme, dass es sich um Ihre Tochter Holly handelt."

„Unmöglich!", entfuhr es Marie Bettany. „Holly ist gestern Abend zu einer Aufführung nach Norwich gefahren. Heute ist die Generalprobe für die Aufführung am Abend." Sie ließ keinen Zweifel an ihrer Erklärung. Janssen warf Collet einen schnellen Seitenblick zu, doch dieser ließ sich nicht abbringen und gab ihm mit einem fast unmerklichen Nicken zu verstehen, dass er sich sicher war.

„Wir sind der festen Überzeugung, dass sie es ist. Natürlich werden wir eine offizielle Identifizierung veranlassen, doch das muss noch warten."

„*Warten?*", warf Colin Bettany entgeistert ein. „Warten auf was genau?" Sein Tonfall wurde wieder feindselig, als er weitersprach: „Gewartet wird dabei nur, wenn es sich um einen Tatort handelt. Ist das der Fall?"

Marie schnappte nach Luft, presste eine Hand auf ihren Mund und stützte sich mit der anderen auf der Arbeitsfläche neben ihr ab. Eric wollte schon aufspringen und sie auffangen, sollte sie ohnmächtig werden, doch Sekunden später hatte sie sich wieder im Griff.

„Wir untersuchen die Umstände ihres Todes, Dr. Bettany. Es tut mir leid, aber Ihre Tochter scheint das Opfer eines Angriffs zu sein und daher behandeln wir den Fall als möglichen Mord." Janssen ließ die beiden nicht aus den Augen, als ihnen die Bedeutung seiner Worte bewusst wurde. Es war noch zu früh, die Todesursache mit Bestimmtheit festzulegen. Die Beweislage war relativ aussagekräftig, jedoch noch nicht schlüssig.

Colin Bettany zog einen Stuhl vom Frühstückstisch heran und ließ sich darauf fallen. Fassungslosigkeit machte sich auf seinem Gesicht breit.

„Marie hat recht. Holly sollte letzte Nacht in Norwich sein." Er sprach leise, Aggressivität und Feindseligkeit waren völlig aus seiner Stimme verschwunden.

„Wann haben Sie sie zuletzt gesehen?", fragte Janssen und zog sein Notizbuch hervor.

„Gestern Nachmittag", antwortete Marie Bettany. „Ich habe sie zum Bus gebracht. Ich hatte ihr angeboten, sie bis nach Norwich zu fahren, doch sie hatte abgelehnt. Außerdem hatten Colin und ich Pläne und ich musste mich fertigmachen."

„Pläne?"

„Ja, richtig", fiel Colin Bettany ins Wort. „Nichts Aufregendes.

Ein Meeting des Rotary-Clubs, um Benefizveranstaltungen zu besprechen, so etwas eben, und dann musste ich mich um meine Arbeit kümmern."

„Wann sollte Holly wieder Zuhause sein?"

„Später heute Abend. Ich weiß nicht genau, wann", antwortete Colin Bettany. Er machte einen etwas verlorenen Eindruck auf Janssen, doch da schien mehr dahinter zu stecken. Offensichtlich war Dr. Bettany überwältigt und gleichzeitig aufgewühlt und unkonzentriert. Das war nicht weiter überraschend, wenn man die furchtbare Neuigkeit berücksichtigte, doch er hatte scheinbar die Tragweite noch nicht ganz begriffen. Er sah zu seiner Frau hinüber. „Ich schätze, wir sollten unsere Gäste anrufen und ihnen für heute absagen." Janssen registrierte überrascht, wie kühl, beinahe schon gleichgültig Bettany klang, sagte jedoch nichts dazu.

„Himmel noch mal, Colin!", murmelte Marie Bettany mit Tränen in den Augen. Diese Reaktion fand Janssen angemessener. „Ich ... ich sollte Tee für Sie beide machen ..." Sie kramte in der Küche herum, als wäre sie zum ersten Mal in diesem Raum. Anscheinend konnte sie keines der Dinge finden, die zu einer Tasse Tee führen würden.

„Schon in Ordnung, Mrs. Bettany. Das ist nicht nötig." Er versuchte, sie zu beruhigen, doch das Angebot, Tee zu kochen, lenkte sie ab. So konnte sie sich auf eine alltägliche Tätigkeit konzentrieren und der Realität wenigstens für einige Minuten entkommen. „Würden Sie mir bitte erklären, wieso Holly gestern schon abgereist ist, wenn das Konzert erst heute Abend stattfindet?"

„Wir bezahlen für Privatunterricht", erklärte Marie Bettany mit einem Seitenblick auf ihren Mann. Dieser starrte auf den Boden, den Oberkörper nach vorne gebeugt, die Ellenbogen auf die Knie gestützt und das Gesicht in den Händen vergraben. „Hollys Noten haben sich verschlechtert und sie wollte doch Medizin studieren ... ohne den Nachhilfeunterricht hätte sie das niemals schaffen können."

„Wir werden nachprüfen, ob sie zu dem vereinbarten Termin erschienen ist. Wissen Sie vielleicht, wohin sie gegangen sein könnte, wenn sie den Nachhilfeunterricht oder die Aufführung geschwänzt hätte? Hatte sie enge Freundinnen oder vielleicht einen Freund?"

Colin Bettany hatte sich wieder aufgerichtet und für einen kurzen Moment huschte ein ärgerlicher Ausdruck über sein Gesicht. „Nein! Sie hatte keine Zeit für Jungs oder ähnlichen Unsinn."

„Sind Sie sich sicher?" Janssen wusste, dass die Eltern meist zuletzt erfuhren, was ihre pubertierenden Töchter so trieben. Er erinnerte sich an frühere Dates mit solchen Töchtern, als er in diesem Alter war, doch die Erinnerung verblasste allmählich.

„Und Freundinnen?"

„Wenn sie nicht zum Unterricht oder zur Aufführung gegangen wäre, hätten wir das gewusst. Nicht wahr, Marie?" Seine Frau nickte und nahm sich ein Taschentuch aus einer Box neben den Kochbüchern, die in einem niedrigen Regal standen. „Und was Freundinnen betrifft ... sie hatte nicht viele. Amelia war wahrscheinlich ihre beste Freundin."

„Amelia?", hakte Collet nach und notierte sich den Namen.

„Ja. Amelia Harding", bestätigte Marie Bettany.

„Die Tochter von Fraser und Angela Harding?", fragte Collet. Janssen war erneut erstaunt darüber, wie genau sein Detective Constable die Familienkonstellationen kannte. *Kennt er jeden in diesem Teil von Norfolk?* Marie Bettany bestätigte Collets Frage und dieser machte sich weitere Notizen in seinem Buch. Janssen steckte seines wieder weg.

„Können Sie sich einen Grund dafür vorstellen, weshalb Holly letzte Nacht hiergeblieben ist und wohin sie gegangen sein könnte?"

Beide Elternteile schüttelten den Kopf. Marie Bettany ergriff das Wort. „Sie hatte einen kleinen Koffer mit Kleidung zum Wechseln für heute mitgenommen. Außerdem ihre Uniform für die heutige Aufführung. Ich schätze, sie wollte vielleicht bei einer

Freundin übernachten. Soll ich in ihrem Zimmer nachsehen, was sie mitgenommen hat?"

Sie ging zur Tür, wahrscheinlich, um nach oben zu gehen, doch Janssen hielt sie zurück. „Es wäre besser, wenn DC Collet zuerst nachsieht, meinen Sie nicht auch? Mit Ihrer Erlaubnis natürlich, denn es ist wichtig für uns, Hollys Sachen durchzusehen. Vielleicht finden wir einen Hinweis darauf, was sie vorgehabt hatte." Marie Bettany nickte, doch ihr Mann sträubte sich.

„Ist das wirklich notwendig? Ich meine, wir reden hier doch nur von irgendwelchen Kleidungsstücken."

Janssen ignorierte seinen Protest und gab Eric Collet zu verstehen, dass er nachsehen solle.

„Würden Sie DC Collet zu Hollys Zimmer bringen, Mrs. Bettany?"

„Sie sollten lieber nach demjenigen suchen, der meiner Tochter das angetan hat!", schnaubte Colin Bettany in den Raum. Er ließ den Kopf wieder hängen und vergrub das Gesicht in den Händen. Janssen glaubte, Dr. Bettany weinen zu hören. Es gab Tage, an denen er seine Arbeit hasste.

KAPITEL DREI

ERIC COLLET FOLGTE Mrs. Bettany durch das Haus. Der erste Stock war genauso prachtvoll, wie er ihn sich vorgestellt hatte. Der Flur war so großzügig angelegt, dass sogar einige Möbelstücke Platz fanden. Jedes davon sah alt, aber gut gepflegt aus und konnte entweder eine teure Antiquität sein oder aus dem Wohltätigkeitsladen um die Ecke stammen. Damit kannte Eric sich nicht aus. In der Gegenwart solcher Leute fühlte er sich überfordert.

Eric Collet war in Norfolk geboren und aufgewachsen. Die blendenden Lichter der Hauptstadt oder irgendeiner Stadt hatten ihn noch nie gereizt. Nach seiner Schulzeit war er direkt in den Polizeidienst eingetreten und hatte hart gearbeitet, um sich hier, unter den Leuten, die er liebte, und an dem Ort, den er kannte, eine Karriere aufzubauen. Nicht, dass das ein leichtes Unterfangen für ihn gewesen war. Kurz nachdem Eric die Schule abgeschlossen hatte, verstarb sein Vater, und es blieb seiner Mutter überlassen, Eric und seine zwei jüngeren Schwestern großzuziehen.

Im darauffolgenden Jahr hatte man bei seiner Mutter Krebs diagnostiziert und nun war es Erics Aufgabe gewesen, für die Familie zu sorgen. Seine Schwestern schafften sowohl die Schule als auch das College. Elizabeth ging weiter an die Universität und Angela, seine zweite Schwester, lebte heute im Norden des Landes. Er beneidete die beiden nicht um ihr Leben. Zwar hatte er nicht dieselben Freiheiten genießen können wie seine Schwestern, doch das war in Ordnung. Er hätte nichts anders gemacht, selbst wenn er eine Wahl gehabt hätte. Früher hatte seine Mutter für *Leute wie die Bettanys* gearbeitet. Als Köchin oder Haushälterin. Sie kümmerte sich um alles, was diese Leute nicht machen wollten oder was sie als unter ihrer Würde erachteten. Sie arbeitete sich die Finger wund und niemand bemerkte sie, außer, sie konnte an dem ein oder anderen Tag nicht arbeiten oder verlangte ihre Bezahlung. Als sie krank geworden war, hatte man ihr gekündigt. Sie hatte nicht länger mit den Anforderungen ihrer Arbeit Schritt halten können. Selbst nach ihrer Genesung war ein Halbtagsjob in der lokalen Konsumgenossenschaft schon fast zu viel für sie. Doch dort gefiel es ihr. Es wurde sehr viel weniger von ihr erwartet und sie hatte weniger Verantwortung, was eine willkommene Abwechslung für sie war.

Mrs. Bettany näherte sich einer Tür. Diese stand offen und Eric sah eine pinke Tapete und ein Poster, das über dem Bett an der Wand hing. Mrs. Bettany bemerkte sein Zögern, als sie weiterging. „Das ist Madeleines Zimmer." Sobald sie diesen Namen ausgesprochen hatte, konnte sich Eric an das Mädchen erinnern. Madeleine war einige Jahre jünger als Holly.

„Wo ist Madeleine heute?"

„Sie hat letzte Nacht bei einer Freundin übernachtet. Colin machte Überstunden und meine Chorprobe letzte Woche wurde auf gestern verschoben." Maries Blick verklärte sich schmerzvoll. „Es ist wahrscheinlich zum Besten, dass sie gerade nicht Zuhause ist, nehme ich an."

Eric nickte hastig und schwieg. Er war froh, nicht sehen zu müssen, wie das Kind auf die Neuigkeiten reagierte. Für diesen egoistischen Gedanken schämte er sich und konzentrierte sich wieder auf seine Aufgabe. Am anderen Ende des Hauses blieb Mrs. Bettany vor einer verschlossenen Tür stehen und deutete ihm, dass dies Hollys Zimmer war. Sie wollte die Tür öffnen, doch Eric hielt sie mit einer sanften Berührung am Unterarm davon ab.

„Es wäre am besten, wenn Sie das mir überlassen, wenn es Ihnen nichts ausmacht. Bestimmt haben Sie so etwas schon im Fernsehen gesehen."

„Ja, natürlich." Sie schien durcheinander. Unter diesen Umständen verständlich. „Ich überlasse das ihnen." Mrs. Bettany machte einen Schritt zurück und nestelte nervös mit den Händen. Sie schien Erics Blick auszuweichen und dieser wartete geduldig, bis sie verstand, was er von ihr wollte – ihn *allein* zu lassen. Sekunden später verstand Mrs. Bettany, nickte nervös und drehte sich in Richtung Treppe um. Kurz hielt sie auf dem Flur inne und sah Eric zu, wie er ein Paar Latexhandschuhe überzog, die er aus seiner Tasche gefischt hatte. Das Zimmer konnte später vollständig von der Spurensicherung durchsucht werden, wenn sich die Todesursache bestätigen sollte. Jetzt suchte er nur nach einem Hinweis darauf, ob Holly beabsichtigt hatte, die Aufführung sausen zu lassen. Er betrat das Schlafzimmer und zog leise die Tür hinter sich zu.

Das Zimmer war ordentlicher, als er es bei einem weiblichen Teenager erwartet hätte. Nicht, dass er jemals zuvor ein solches Zimmer betreten hätte, mit Ausnahme des Zimmers, das seine Schwestern sich geteilt hatten, doch das zählte nicht. An den Wänden hingen keine Poster von Popstars und auf dem Boden lagen keine Starmagazine verstreut. Ihre ganze Kleidung war entweder im Wäschekorb oder im Schrank verstaut, denn es war kein einziges Kleidungsstück zu sehen. Am anderen Ende des Zimmers stand ein Frisiertisch in einer Nische neben dem Kaminsims, doch auch dort hatte Holly kaum etwas abgelegt, was Eric erwartet hätte. Vor dem Frisierspiegel lagen eine Haarbürste und ein Glätteisen , das Kabel war noch eingesteckt. Er öffnete die Schubladen und untersuchte den Inhalt. Es fühlte sich nicht richtig an, ihre Unterwäsche zu durchsuchen. Eric errötete und fühlte die Hitze auf den Wangen und im Nacken. Er konnte sich gut vorstellen, wie er gerade aussah. Schnell machte er weiter, fand allerdings nichts Erwähnenswertes. Make-up oder Kosmetikartikel fehlten. *Wahrscheinlich hat sie alles mitgenommen, um sich zu schminken.*

Eric überlegte, konnte sich aber nicht daran erinnern, dass Taschen in der Nähe der Leiche gefunden worden waren, die als Reisekoffer oder Kulturbeutel durchgehen würden. Vielleicht würde der Suchtrupp diese Dinge bald finden. Er ging zum Kleiderschrank und öffnete beide Türen. Die Kleidungsstücke waren in zwei Reihen aufgehängt, Pullover, Hosen und etwas, das wohl Röcke sein sollten, waren entweder ordentlich aufgerollt oder zusammengelegt im Regal darüber verstaut. Er fand keinen Hinweis darauf, wohin Holly hatte gehen oder nicht gehen wollen.

Als Nächstes nahm er sich den Nachttisch vor. Dort stand ein Radiowecker mit Digitalanzeige, die zum Bett zeigte und deren Ziffern rot blinkten. Vielleicht hatte es in der Nacht einen Stromausfall gegeben. Eric öffnete die einzige Schublade des Tischchens und fand etwas, das nach einem Tagebuch aussah. Wieder fühlte es sich nicht richtig an, trotzdem blätterte er durch die Seiten. Viele davon waren leer und die anderen mit geistlosem Geschwafel vollgekritzelt, das ihn schnell langweilte. Er legte das Tagebuch zurück in die Schublade, schloss sie, setzte sich aufs Bett und sah sich um. Die Matratze war weich und federnd, er sank darin ein. Ihm kam der Gedanke, dass es furchtbar sein musste, auf dieser Matratze zu schlafen. Eric bevorzugte harte Matratzen.

Einer Eingebung folgend glitt er vom Bett und kniete sich nieder, um darunter nachzusehen. Es war ein Diwan ohne ausziehbare Schubladen, also gab es einen schmalen Spalt zwischen dem Rahmen und dem Teppich darunter. Mit der Taschenlampe seines Handys leuchtete er dort hinein. Die Aussicht, etwas Verborgenes zu finden, war aufregend. Das Ding wäre sicher einfacher herauszubekommen, wenn man die schlanken Finger eines zart gebauten Mädchens hatte, aber schlussendlich schaffe Eric es, den Laptop aus seinem Versteck hervorzuziehen. Dieser war unglaublich schmal und leicht, vermutlich aus einem einzigen Aluminiumblech gefertigt, schätzte er. Mit Hardware kannte Eric sich gut aus, und dieser Laptop hier kostete ein kleines Vermögen. Es war ein teures Gerät für einen Teenager, auch für so wohlhabende Leute wie die Bettanys.

Eric blickte sich ein letztes Mal im Zimmer um, verließ den Raum und schloss die Tür. Dann machte er sich auf den Weg nach unten und fand Janssen in der Küche, wo dieser immer noch in ein Gespräch mit den Eltern vertieft war. Die Unterhaltung brach ab, als er den Raum betrat, und alle schauten ihn an.

„Irgendwas gefunden?", fragte Janssen erwartungsvoll.

„Die Uniform ist nicht da", antwortete Eric und fing den konsternierten Blick der Eltern auf. „Aber ich habe das hier gefunden." Triumphierend hielt er den Laptop hoch.

„Der gehört nicht Holly", sagte Colin Bettany sofort, dann sah er seine Frau an. „Das ist doch nicht ihrer, oder?" Plötzlich klang er nicht mehr so sicher. Marie Bettany schüttelte den Kopf.

„Wir müssen ihn mit aufs Revier nehmen", erklärte Eric entschuldigend.

„Und Sie beide sollten bitte nicht mehr in Hollys Zimmer gehen", fügte Janssen hinzu. „Ich verstehe, dass Sie gern in der Nähe ihrer Sachen und somit auch in der Nähe Ihrer Tochter sein möchten, aber trotzdem. Wir müssen möglicherweise eine genauere Durchsuchung durchführen, und wenn Sie etwas berühren oder entfernen –"

„Warum in Gottes Namen sollten wir denn etwas entfernen wollen?", fragte Colin Bettany mit wiederaufflammender Feindseligkeit. Janssen schien die Geduld mit ihm zu verlieren. Eric kannte die Anzeichen. Sein Chef war meistens locker, obwohl das Wort nicht richtig zutraf. *Ruhig* wäre wohl eine passendere Beschreibung, aber wenn sein Geduldsfaden riss, fand man sich schnell in einem Alptraum wieder. Und momentan war Janssens Geduldsfaden schon arg strapaziert. Eric kam außerdem bereits zu dem Schluss, dass Colin Bettany es gewöhnt war, das zu bekommen, was er wollte, und dass er seine Autorität nicht gerne abgab.

Janssen erklärte den Eltern, dass ihnen ein Verbindungsbeamter zur Seite gestellt würde, der sie über die Ermittlungen auf dem neuesten Stand hielt, doch bis dahin hätten sie nur mit ihm und Eric zu tun. Sobald sie Holly sehen könnten, würden sie sich von ihr verabschieden dürfen, nachdem die offizielle Identifizierung abgeschlossen wäre. Janssen gab ihnen seine Visitenkarte und Eric folgte seinem Vorgesetzten nach draußen.

Als er die Tür hinter sich schloss, atmete Eric tief aus. Er war dankbar, endlich aus dem Haus zu sein. Janssen schien ihn dabei beobachtet zu haben und Eric schloss den Wagen auf, lief zur Fahrerseite und klemmte sich hinter das Steuer, um die Situation schnellstmöglich hinter sich zu lassen. Sein Unbehagen kam nicht nur daher, dass er schlechte Nachrichten hatte überbringen und die Trauer mitansehen müssen. Das allein war schon eine furchtbare Erfahrung, aber er fühlte sich in der Nähe von Leuten der Oberschicht einfach nicht wohl. Ihr gesellschaftlicher Status schüchterte ihn ein und erinnerte ihn an seine Herkunft. Er fühlte sich ihnen unterlegen, unwürdig, sich auf Augenhöhe mit ihnen im selben Raum aufzuhalten. Und das ärgerte ihn.

KAPITEL VIER

Als Jane Francis zurückkam, stritten die Kinder darum, was sie sich im Fernsehen ansehen wollten, und einen Augenblick lang ärgerte sie sich über die Belanglosigkeit der Debatte. William bestand auf eine Cartoon-Serie über einen Superhelden, die es ihm angetan hatte. In Janes Augen glich jede Folge der sieben Staffeln der anderen. Andererseits beharrte Rosie auf einen Cartoon über Tierkinder, die Bastelkurse bei einem freundlichen Hund besuchten. Letzteres wäre die bessere Wahl, aber anstatt sich einzuschalten, ignorierte Jane die Kabbelei.

Auf der Arbeitsfläche neben dem Wasserkocher wartete ein Stapel neuer Post. Ihre Gedanken wanderten zu ihrem Ehemann. *Wenigstens hast du es geschafft, bis zum Tor zu gehen und das reinzuholen.* Die Kaffeemaschine war eingeschaltet, der Filter war noch an Ort und Stelle, doch irgendwie bezweifelte sie, dass er frischen Kaffee für sie eingefüllt hatte. Sie hatte keine Lust, sich auch noch darum zu kümmern, und schaltete einfach den Wasserkocher ein. Jane blätterte durch die Post, die ersten drei Sendungen waren Flyer oder einfach nur Werbung, die auf gut Glück versendet wurde. Sie legte sie, ohne einen genaueren Blick darauf zu werfen, auf einen Stapel für die Papiertonne. Als Nächstes hielt sie eine Stromrechnung in der Hand. Diese las sie nicht durch, sondern suchte direkt nach der Gesamtsumme, mehr nicht.

Als das Wasser heiß war, schaltete der Wasserkocher sich aus. Jane nahm eine Tasse aus dem Schrank über sich und gab einen gehäuften Teelöffel Instantkaffee und zwei Zuckerwürfel hinein. Bald würde sie ihren Zuckerkonsum zurückschrauben müssen. Das würde sicher nicht einfach werden, das war es nie. Sie hatte etwas an Gewicht zugelegt, obwohl sie mit Archie jeden Tag Spaziergänge in der näheren Umgebung machte. Der nächste Brief erregte ihre Aufmerksamkeit. Er war von Hand geschrieben, an ihren Mann Ken adressiert und trug keine Briefmarke. Jane hob ihn auf und blickte über die Schulter zu den Kindern. Deren hitzige Diskussion war beendet. Es sah so aus, als würden die Tierkinder Gemüse aussäen. Rosie war glücklich. William lag mit dem Rücken gegen die Lehne gekuschelt auf dem Sofa, den Blick starr auf den Bildschirm seines Tablets gerichtet, das sein Gesicht grün anstrahlte.

Jane faltete den Umschlag zusammen und steckte ihn mit einer Hand in die Hosentasche, während sie mit der anderen das Wasser in die Tasse goss. In diesem Moment öffnete sich die Hintertür und ihr Mann trat ein. „Möchtest du einen Tee, Liebling?" Bevor er antworten konnte, griff sie nach einer weiteren Tasse. Ken würde niemals Instantkaffee trinken, also brauchte sie ihn gar nicht danach zu fragen. Und sie würde sich sicher nicht die Mühe machen, frischen Kaffee für ihn aufzubrühen, wenn sie diesen Aufwand auch nicht für sich selbst auf sich nahm.

„Ja, bitte."

Er ging an ihr vorbei ins Wohnzimmer und betrachtete die Kinder. Obwohl er von ihr abgewandt war, wusste sie, dass er die Stirn runzelte. *Du hasst Fernsehen.* Streaming-Dienste hasste er noch mehr, doch bis zu einem gewissen Punkt hielten sie die Kinder beschäftigt. Etwas, das er nie zustande brachte. Ken drehte sich um und Jane wandte den Blick ab. Sie hoffte, dass ihre Gedanken nicht allzu deutlich auf ihrem Gesicht abzulesen waren.

„Hast du eine Zeitung geholt?", fragte Ken, als er sich umsah.

„Oh … nein, tut mir leid." *Was soll ich nur sagen?* Plötzlich fehlten ihr die Worte. Dabei war sie auf ihrem Weg nach Hause in Gedanken die verschiedensten Möglichkeiten durchgegangen, wie sie ihm die Neuigkeiten beibringen sollte, was sie davon halten … oder fühlen sollte. „Mir ist etwas dazwischengekommen."

„Und was war das?"

Er klang enttäuscht, sogar genervt. *Tut mir leid, dass du deine verdammte Zeitung nicht bekommen hast. Geh selbst in den Laden und hol dir eine, wenn dir das so wichtig ist.* „Ich … ich sag's dir gleich. Kannst du den Tee fertigmachen?" Jane verließ die Küche und ging zur Toilette. Sie klappte den Deckel herunter, schloss die Tür ab und nahm den Umschlag aus ihrer Hosentasche. Dann setzte sie sich und rang um Ruhe. Die Toilette roch merkwürdig, eine Kombination aus frischer Farbe und Feuchtigkeit. Ken bestand darauf, dass die Farbe, sobald es Sommer wurde, schnell trocknen würde. Dennoch ging Jane normalerweise oben auf die Toilette, da der Geruch hier zu unangenehm war, vor allem an regnerischen Tagen. Heute Morgen war alles anders.

Der Klebstoff des Umschlags hielt nicht richtig und die Klappe ließ sich leicht öffnen. Der Umschlag sah alt und mitgenommen aus. Vielleicht war der Klebstoff bereits ausgetrocknet gewesen. Vorsichtig zog sie den Brief heraus und achtete darauf, kein lautes Geräusch zu machen, obwohl die Chancen, dass sie hier drinnen jemand hörte, gleich null waren. Sie strich das zerknitterte Papier glatt. Die Handschrift war krakelig, kaum lesbar und einige Stellen waren durchgestrichen worden. Der Brief war kurz und die Nachricht eindeutig. Nachdem sie ihn ganz gelesen hatte, wandte sie den Blick zur Decke, und ihr fiel erst nach einigen Sekunden auf, dass ihre Hände unkontrolliert zitterten.

Sie atmete tief ein, schloss die Augen und versuchte, sich wieder zu beruhigen. Dann hörte sie das Geräusch eines Autos, das in den Hof fuhr. Als sie aufstand, konnte sie durch das Milchglas des Toilettenfensters eine dunkle Silhouette erkennen. Jane fluchte lautlos, faltete den Brief mehrmals zusammen und steckte ihn gemeinsam mit dem Umschlag in ihre Gesäßtasche. Schnell drückte sie noch die Spülung, schloss die Tür auf und eilte zurück in die Küche.

Als Jane die Küche betrat, hatte Ken die Männer bereits hereingebeten. Die Kinder beobachteten die Neuankömmlinge neugierig über die Lehne des Sofas hinweg. Sie erkannte den jungen Detective Constable von heute Morgen, konnte sich allerdings nicht an seinen Namen erinnern. Er hatte sich ihr sicher vorgestellt, aber durch die ganze Aufregung hatte sie sich ihn nicht gemerkt. Er war ganz nett, vielleicht ein bisschen zu lahm für ihren Geschmack. Der andere war bestimmt nicht da gewesen, als sie weggegangen war, da war sich Jane ganz sicher. Sie hätte sich bestimmt an ihn erinnert. Er war groß, athletisch gebaut, hatte blonde Haare und, was ungewöhnlich war, einen mediterranen Teint. Der Mann sah ernst aus und seine Züge waren regelmäßig, wie aus Stein gemeißelt, gleichzeitig ließen sie jedoch einen freundlichen Charakter vermuten.

Der junge Beamte stellte sich hinter den größeren Mann, und Jane schloss daraus, dass dieser der Vorgesetzte war. Er betrachtete Jane, als sie näherkam. Mit einem Lächeln zog er seinen Dienstausweis heraus und zeigte ihn vor. Sie nahm den Ausweis mit einem kurzen Nicken zur Kenntnis, bevor sie verstohlen zu seinen dunklen Augen aufblickte – ein weiterer Kontrast zu seiner hellen Naturhaarfarbe.

„Du hast eine *Leiche* gefunden?", dramatisierte Ken übertrieben, er neigte meist dazu. Sein Ton war beschuldigend. Mit weit aufgerissenen Augen betrachteten die Kinder aufgeregt das Geschehen, eine Reaktion, zu der nur diejenigen fähig waren, die die potenzielle Tragweiter dieser Ereignisse noch nicht begreifen konnten. „Warum hast du nichts davon gesagt?"

„Weil du in dein Atelier verschwunden bist." *Wie du es am Wochenende immer machst, obwohl du ständig versprichst, mehr Zeit mit den Kindern zu verbringen.* Diesen Gedanken sprach sie vor den Besuchern nicht aus. „Ich wollte es gerade erzählen." Ken kommentierte nicht, ob er dieser Erklärung Glauben schenkte oder nicht.

„Ich habe gerade Tee gemacht, möchten Sie auch eine Tasse?", fragte Ken und sah die beiden Polizisten an. Er klang aufgeräumt und fröhlich, war nun ganz der gewandte Gastgeber, fast so, wie er es früher gewesen war, als sie noch in Fulham gelebt hatten. Wenn Ken es darauf anlegte, konnte er ein sehr charmanter Mann sein. „Hören Sie, es ist schon fast Mittag. Wir könnten alle einen Happen vertragen. Nur ein bisschen Brot und Käse, vielleicht etwas Obst."

Der junge Detective schien erfreut über das Angebot. Er bekam leuchtende Augen, als sich sein Appetit bemerkbar machte. Der andere schien ablehnen zu wollen, doch dem machte Jane ein Ende und übernahm, wie immer, die Kontrolle.

„Es tut mir leid, ich habe ihren Namen wohl überhört", sagte sie und streckte ihm mit einem breiten Lächeln die Hand entgegen.

„Detective Inspector Janssen, Tom Janssen." Er schüttelte die dargebotene Hand. Sein Griff war fest und gleichzeitig sanft und seine große Hand überraschend weich. *Er cremt sie wohl ein. Achtet auf sich.* Als Janssen Janes Lächeln erwiderte, ergriff sie die Initiative. „Ken hat recht. Sie *müssen* mit uns essen. Wer weiß, wann Sie wieder Gelegenheit dazu haben?" Er sah aus, als wollte er widersprechen, gab sein Vorhaben jedoch angesichts ihrer Beharrlichkeit auf und nahm die Einladung wohlwollend an.

Jane bereitete das Mittagessen vor und stellte alles zusammen. Die Kinder bekamen ihr übliches Wochenendgericht, Pizza mit ein paar Karottenstücken, aufgeschnittener Avocado und ein paar frischen Tomaten, wenn sie Glück hatte. Heute durften sie vor dem Fernseher essen, damit die Erwachsenen frei sprechen konnten. Für ihre Gäste, Ken und sich selbst fand sie einen Dreiviertel Laib Olivenbrot, den man immer noch vorsetzen konnte, wenn man ihn mit Wasser besprenkelte und im Ofen aufwärmte. Sie holte die Box mit Käse aus dem Kühlschrank und stellte sie auf den Küchentisch, während Ken sich um die Teller und das

Besteck kümmerte. Seit Monaten hatte er sich nicht mehr so aktiv am Haushalt beteiligt. Jane fand hinten im Kühlschrank außerdem noch eine Packung mit frischer Suppe, bei der das Haltbarkeitsdatum noch nicht überschritten war. Ohne jemanden zu fragen, schüttete sie den Inhalt in einen Topf und stellte ihn auf den Herd.

Gelegentlich sah sie aus den Augenwinkeln zu den Polizisten hinüber. Der Lahmarsch fühlte sich nicht ganz wohl in seiner Haut und wusste anscheinend nicht, wie er sich verhalten sollte. Der andere, Inspector Janssen, schien gelassen zu sein, doch er beobachtete alles um sich herum. Sie hatte stark den Eindruck, dass ihm kaum etwas entging. In seiner Gegenwart musste sie aufpassen. Sehr aufpassen sogar.

KAPITEL FÜNF

Janssen beobachtete das Ehepaar Francis dabei, wie es sich große Mühe mit dem Mittagessen gab. Die Aussicht, während des Essens eine Aussage aufzunehmen, schien ihm nicht richtig. Sie würden währenddessen plaudern und dabei wohl auch auf die Entdeckung von Hollys Leiche zu sprechen kommen, was ihm auch nicht richtig vorkam, und so entschloss sich Janssen, die offizielle Aussage danach aufzunehmen. Dass der Ehemann so leichthin nach der Entdeckung seiner Frau fragte, erschien ihm seltsam, bedachte man, dass Kinder anwesend waren, die in seinen Augen zu jung waren, um Genaueres zu hören. Vielleicht würde er, wenn er denn selbst Kinder hätte, anders darüber denken, doch das bezweifelte er.

Der Mann, Ken Francis, gab sich offensichtlich Mühe, sich nützlich zu machen und als kompetenter Mann des Hauses dazustehen. Der moderne Hausmann und Vater, wie es schien. Doch man musste kein erfahrender Detective sein, um zu sehen, dass er diese Rolle nur spielte. Und das auch noch ziemlich schlecht. Oft hielt er inne und sah sich verwirrt um, als er die Dinge für den Tisch zusammensuchte. Egal, ob es sich um das passende Besteck, genauer gesagt die Suppenlöffel, oder die Servietten handelte, immer musste er seine Frau fragen, wenn er etwas nicht finden konnte.

Jane Francis hielt ihre Verzweiflung über seine zunehmend dürftigen Versuche, ihr zu helfen, recht gut unter Verschluss. Janssen interpretierte ihr gelegentliches Stirnrunzeln oder Augenrollen als stillen Kommentar über die Fähigkeiten ihres Mannes. Sie würde es zweifelsfrei vorziehen, wenn er sie in Ruhe das Mittagessen machen ließe, damit das Essen schneller auf den Tisch käme. Zuerst bekamen die Kinder ihre Mahlzeit. Die Pizza war in kleine Stücke geschnitten und lag neben dem Gemüse auf dem Teller. Beide protestierten wegen der Menge des Letzteren und forderten mehr von Ersterer, doch da war nichts zu machen. Abgelenkt vom Fernsehen und dem Essen kauerten sie sich wieder auf dem Sofa zusammen und Jane Francis kehrte an den Tisch zurück, als die drei Männer Platz nahmen.

Ken Francis schnitt das warme Brot auf, obwohl zerreißen wohl der passendere Ausdruck für seine Versuche war. Janssen und Collet schauten sich an. Der Constable wusste, dass Janssen dieser Umgang mit dem Messer ein Dorn im Auge war. Er hatte ein fast zwanghaftes Verlangen nach geraden Linien und Genauigkeit. Nicht nur deshalb war er für diesen Beruf bestens geeignet. Detailgenauigkeit, Organisation und eine methodische Herangehensweise waren ausschlaggebend für seinen Erfolg.

Auf Einladung seiner Gastgeber griff Janssen über den Tisch und nahm sich etwas Brot. Er verbarg seinen Verdruss über die ungleichmäßigen Scheiben. Dankbar nahm er die Butter und sah Jane Francis an. Erst stellte er sicher, dass die Kinder nicht zuhörten. Allerdings achteten diese gar nicht mehr auf die Erwachsenen, sondern hatten die Lautstärke des Fernsehers lauter gedreht, zweifellos, um deren Stimmen zu übertönen. Der Reiz des Neuen und Unbekannten hatte sich bereits abgenutzt.

„Sagen Sie, wieso waren Sie zu dieser Uhrzeit im Naturreservat?"

Jane Francis warf einen Seitenblick auf ihren Mann, doch der belud gerade seinen Teller und bemerkte es nicht.

„Ich war auf dem Weg zum Laden, um die Morgenzeitung zu kaufen", antwortete sie.

„Hast sie aber blöderweise vergessen, nicht wahr?", kommentierte Ken Francis und pustete auf seinen Löffel mit Suppe, bevor er davon kostete.

„Verständlicherweise." Janssen ignorierte den Einwurf und forderte Jane Francis mit einem Blick auf, fortzufahren.

„Ich bin allerdings nicht diesen Weg entlanggegangen."

„Das dachte ich mir schon", stimmte Janssen zu und ließ sie somit wissen, dass er in Gedanken bereits die wahrscheinlichste Route gefunden hatte. Das war nicht unbeabsichtigt.

„Aber ich habe etwas gesehen … jemanden." Sie schien gereizt und nervös, doch ob es am Fund der Leiche lag, konnte Janssen nicht mit Sicherheit sagen. „Der seltsame Junge von dort oben. Hm … wie heißt die Familie? Die, über die du dich immer beschwerst." Sie sah zu ihrem Mann hinüber und dieses Mal bemerkte er ihren Blick. Janssen achtete sehr genau auf seine Reaktion. Er kniff die Augen zusammen, während er nachdachte.

„Du meinst die McCalls?" Sie nickte. Ken Francis widmete sich wieder seinem Mittagessen. Er riss eine Scheibe Brot auseinander und tunkte es in die Suppe.

„Sie meinen Mark?", warf Collet stirnrunzelnd ein, während er einen Löffel von der Suppe nahm. Jane Francis nickte. Janssen zog es vor, zu schweigen und sie ihre Erzählung fortsetzen zu lassen. Er fand es meist zielführender, nichts zu sagen. Meist wollten die Leute Gesprächspausen füllen und sagten dann mehr als beabsichtigt, was für die Ermittlung eines solchen Falls nützlich war. Die McCalls waren in der Gegend durchaus bekannt, der Polizei wie auch den Einheimischen. In der Gemeinde gab es keinen Polizisten, der nicht schon wegen eines Falls mit einem Mitglied dieser Familie zu tun gehabt hatte.

„Ja, er stand da und betrachtete die Leiche, als ich ihn sah." Jane Francis richtete ihre Antwort an Janssen, obwohl Collet ihr die Frage gestellt hatte. Falls es dem Constable etwas ausmachte, ließ er sich nichts davon anmerken, sondern konzentrierte sich wieder auf seine Mahlzeit. Janssen stocherte auf seinem Teller herum, auch wenn das Essen in Ordnung war. Die Suppe war okay. Eine gekaufte. Er hätte selbst eine bessere kochen können, aber sie schmeckte in Ordnung. Auch das Brot war gut. Der Ofen hatte es aufgefrischt. Mit etwas Wasser und ordentlich Hitze konnte fast jedes Brot im Ofen aufgebessert werden. „Er ist allerdings weggerannt, als er mich bemerkt hat."

„Was glauben Sie, warum er das getan hat?" Janssen klang interessiert. Ken Francis sah zu ihm herüber.

„Nicht ganz richtig im Kopf, der Junge." Ken tippte sich mit dem Zeigefinger an die Stirn, um seine Aussage zu verdeutlichen. Die Worte klangen so sicher, als wäre die Frage damit geklärt.

„Mrs. Francis?", forderte Janssen sie auf, weiterzusprechen.

„Jane, bitte", antwortete sie lächelnd. „Ich weiß nicht. Er stand einfach da. Ich war etwas weiter weg, aber er hatte einen seltsamen Gesichtsausdruck, fast wie hypnotisiert vom Anblick, denke ich. Sobald er bemerkte, dass ich ihn beobachtete, rannte er davon."

„Und dann?"

„Ich ging hinüber, um nachzusehen, was los war." Sie wandte den Blick nach unten, starrte in ihren Teller und rührte die Suppe geistesabwesend mit dem Löffel um. „Dann … dann … sah ich sie. Um ehrlich zu sein, wusste ich nicht, was der Junge da tat, bis ich sie entdeckte."

„Was glaubten Sie, was er da tat?", fragte Janssen und bemerkte, wie Collet aufmerksam wurde. Sein Tonfall hatte sich merklich geändert. Er wunderte sich über ihren Versuch einer versteckten Andeutung. Sofort machte sie einen Rückzieher.

„Ich weiß es nicht … nicht wirklich …" Jane stammelte und schien Janssens Interesse als etwas Negatives auszulegen. „Ich meine … er war da. Ich will damit nicht sagen, dass er das getan hat."

„Natürlich." Diese Antwort fand Janssen interessant. Möglicherweise begann sich bereits jetzt eine Geschichte zu entspinnen und er wollte Fakten, nicht Meinungen zu diesem Fall. „Haben

Sie gesehen, ob er die Leiche berührt hat?" Sie schüttelte den Kopf. „Haben Sie sie berührt?"

„Ja, das habe ich. Ich habe nach ihrem Bein gegriffen. Sie war kalt. Ich habe noch nie eine … jedenfalls war sie tot. Das war offensichtlich. Trotzdem habe ich den Notarzt gerufen."

„Haben Sie Holly gekannt?" Es war nur eine kleine Gemeinde. Jeder kannte jeden und wusste, was er tat. Das hatten so kleine Orte an sich. Auch Neuankömmlinge merkten bald, dass ihre Privatsphäre, so sehr sie auch darauf bedacht waren, selten privat blieb. Sein Blick wanderte wie von alleine zu Ken Francis. Dieser aß mit weniger Begeisterung als noch vor einigen Minuten, spielte mit dem Essen auf dem Teller und achtete kaum auf die Geschichte. Janssen bemerkte, dass Jane ihn genau betrachtete, während er ihren Mann studierte. Ihr Gesichtsausdruck war neutral, nur schwer zu lesen.

„Wir kannten sie ein wenig, ja. Sie war schonmal hier."

Janssen konnte seine Überraschung nicht verbergen. Das hatte er nicht erwartet. „Hier, in Ihrem Haus?" Jane nickte.

„Das ist nicht weiter ungewöhnlich. Viele Leute aus dem Ort waren schon hier. Ken ist ziemlich berühmt. Seine Kunstwerke, sowohl Gemälde als auch Skulpturen, sind gefragt. Wir verkaufen sie ins Ausland, bestücken Ausstellungen in Galerien und so weiter. Wir hoffen, den alten Stall irgendwann zu unserer eigenen Galerie umbauen zu können. Im Rahmen einer zweiten Renovierung. Nicht wahr, Ken?"

Ihr Mann war ganz in Gedanken versunken und bemerkte erst gar nicht, dass Jane mit ihm sprach. Als er aufschaute, fand er alle Augen auf sich gerichtet. Ken Francis zog die Augenbrauen hoch und riss den Mund auf, als er von einem zum anderen blickte.

„Die Galerie, Ken," wiederholte Jane streng und neigte den Kopf leicht zur Seite.

„Ja, genau." Endlich antwortete er und schien für einen Moment durcheinander, bevor er sich wieder als vollendeter Profi gab. Diese Rolle spielte er seit ihrer Ankunft. „Hoffentlich im Spätsommer. Es wäre nett, Anfang nächsten Jahres, vielleicht im

Frühling, Besucher einzuladen. Ein bisschen was vom Tourismus-Kuchen abbekommen, der die lokale Wirtschaft antreibt, verstehen Sie?"

Janssen nickte. Irgendetwas ging zwischen den beiden vor. Etwas, das nicht ausgesprochen wurde, das man nur verstehen konnte, wenn man die Informationen hatte, die Eheleute miteinander teilten. Die Nuancen der Beziehung von Jane und Ken Francis waren nur schwer zu lesen. Er beließ es für den Moment dabei.

„Was passierte dann, nachdem Sie nachgesehen hatten, ob das Mädchen noch lebte?"

Jane zuckte mit den Schultern und nahm sich ein Glas Wasser. „Wie ich schon sagte. Ich habe den Notarzt gerufen. Ich wusste, dass es zu spät war für Holly, aber ... Ich wusste nicht wirklich, was ich sonst hätte machen sollen."

Vom anderen Ende des Tisches meldete sich Collet zu Wort. „Sie haben mir gegenüber nicht erwähnt, dass Sie sie kannten." Janssen schien es, als wäre Jane von dieser Frage überrascht, sie wirkte fast bestürzt.

„Habe ich nicht? Ich kann mich nicht erinnern. Es war ein ziemlicher Schock. Ich konnte nicht klar denken." Sie trank einen Schluck Wasser, setzte das Glas vorsichtig wieder auf dem Tisch ab und griff nach dem Krug. Dieser stand näher an Janssen, also nahm er ihn und füllte Janes Glas nach. Sie dankte ihm, sah ihm dabei aber nicht in die Augen.

„Nun, ich denke, für den Augenblick wäre das alles", sagte er und lächelte seine Gastgeber an. „Constable Collet kann ihre offizielle Aussage später aufnehmen, wenn das in Ordnung ist. Ich wollte Ihre Sicht der Dinge persönlich hören. Vielen Dank für das Mittagessen. Es war sehr freundlich von Ihnen, uns einzuladen."

„Keine Ursache, Inspector. Kommen Sie jederzeit wieder vorbei." Jane lächelte ihn herzlich an. Ihr Lächeln verbarg etwas. Egal, wie sehr sie versuchte, ihre Zurückhaltung zu verbergen, sie wusste mehr. Doch jetzt war scheinbar nicht der richtige Zeitpunkt.

„Dem schließe ich mich gerne an. Sie sind immer willkommen", dröhnte Ken Francis. Es schien, als würde der Aufbruch der beiden Männer seine Begeisterung anfachen, als müsste er eine Lücke füllen.

Janssen stand auf und Collet folgte seinem Beispiel, wobei er sich noch schnell einen Bissen Brot nahm. Janssen fragte sich, ob der junge Mann das Frühstück ausgelassen hatte. Er hätte sich gerne noch von den Kindern verabschiedet, doch die hatten das Interesse an den Besuchern längst verloren. Jane brachte die Männer zur Tür und sie traten hinaus in die frühe Nachmittagssonne. Wie erwartet wurde es wärmer. Genau wie die Ermittlungen, zumindest in Janssens Vorstellung.

KAPITEL SECHS

Keiner der beiden sagte ein Wort, als sie zum Wagen gingen, doch Eric Collet konnte es nicht erwarten, bis Jane Francis endlich außer Hörweite war. Sobald sie die Tür hinter sich geschlossen hatte, sah er zu Janssen hinüber. „Sie hat mir gegenüber definitiv keine Andeutungen gemacht, dass sie Holly kannte." Er hatte das Gefühl, sich erklären zu müssen, als ob er vor Gericht stünde. Umso erleichterter war er, als sein Chef nur abwinkte.

„Da geht mehr vor sich, als die beiden zugeben. Lassen Sie mich am Revier aussteigen. Für diesen Fall brauchen wir einen SIO, also muss ich einen anfordern."

Collet nickte, fragte sich jedoch, wie sie nun weiter vorgehen sollten. Hollys Tod war alles andere als eindeutig und geradlinig, daher wollte sein Vorgesetzter einen Detective Chief Inspector anfordern, um die Ermittlungen zu leiten. Ein Senior Investigating Officer, der leitende Ermittlungsbeamte, würde von Norwich anreisen müssen. In der Zwischenzeit müssten sie die Ermittlungen vorantreiben. Er startete den Motor und schaute nach hinten, um den besten Weg aus dem Hof zu finden. Es war nur wenig Platz, das Tor der Einfahrt schmal und die Autos der Francis waren ungünstig geparkt. Dafür, dass es früher ein Wirtschaftshof gewesen war, war der Platz sehr begrenzt.

Janssen ignorierte Collets Unbehagen angesichts des Manövers und erklärte die nächsten Schritte. „Dann möchte ich, dass Sie zu der Freundin gehen, die die Bettanys genannt haben. Sie sind näher an dieser Altersgruppe als ich, also wird Sie Ihnen vielleicht mehr erzählen, wenn ich nicht dabei bin."

„Wirklich?" Collet war unsicher und hörte das auch an der eigenen Stimme. „Teenagermädchen reden nicht wirklich mit mir. Zumindest ist das früher nie passiert."

„Junge Mädchen vertrauen vieles ihren Freundinnen an. Wenn jemand weiß, was in Holly vor sich gegangen ist, dann sie."

***

IM HAUS der Hardings wartete Eric Collet geduldig im Wohnzimmer. Amelias Eltern waren geschockt von der Nachricht über Hollys Tod und boten ihre uneingeschränkte Hilfe bei den Ermittlungen an. Collet hatte Fraser Harding vor drei Jahren zum ersten Mal getroffen. Damals hatte Familie an einem Erntedankfest im Rathaus teilgenommen, während keine zweihundert Meter entfernt in ihr Haus eingebrochen worden war. Es war nur eines in einer ganzen Einbruchsserie, die sich über einige Wochen hinzog. Allein an jenem Abend waren es sieben gewesen. Collet war einer der diensthabenden Polizisten gewesen, die die Flut von Anrufen entgegengenommen hatten, nachdem die Bewohner nach Hause zurückgekehrt waren und ihre Besitztümer und, in vielen Fällen, ihr Leben auf den Kopf gestellt vorgefunden hatten.

Merkwürdigerweise empfand er in der Gegenwart der Hardings nicht dasselbe Unbehagen, das er im Haus der Bettanys empfunden hatte. Dabei müsste er das eigentlich. Die Hardings waren auf der gleichen gesellschaftlichen Stufe, wenn nicht sogar über den Bettanys anzusiedeln. Fraser Harding war Senior Executive eines globalen Ölunternehmens oder war das zumindest früher gewesen, denn laut Collets letzten Informationen wollte Fraser Harding sich nach einem gesundheitlichen Vorfall in Frührente begeben. Er konnte sich nicht an den Namen des Unternehmens erinnern, für das er arbeitete. Vielleicht war sein fehlendes Unbehagen dem Umstand geschuldet, dass Harding ein Mann war, der sich hochgearbeitet hatte. Er sprach wie jeder andere hier auch und verhielt sich nicht wie jemand seines gesellschaftlichen Standes, nicht wie Dr. Colin Bettany, was Collet sonst zu schaffen machte.

Angela Harding trat mit einem Tablett mit Tassen und Teekanne in das Wohnzimmer. Sie schenkte Collet ein breites Lächeln, als er höflich aufstand. Das tat man, wenn eine Lady den Raum betrat. Seine Mutter hatte ihm Manieren beigebracht. *Du wirst es weit bringen, wenn du Manieren hast.* Er hielt sich immer an diese Worte, auch wenn sie aus einer längst vergangenen Zeit zu stammen schienen. Manche hatten vorgefasste Ansichten über die Menschen am unteren Rand der Gesellschaft und stellten sich vor, ihr Leben wäre rau, eher unsauber und vergleichsweise eher armselig. Doch Collets Erfahrung nach war das Gegenteil der Fall. Kinder aus Häusern wie dem seinen hatten Eltern, die stets darauf beharrten, dass sie saubere Kleidung trugen, sich die Haare bürsteten und immer höflich blieben, wenn sie das Haus verließen. Heute schienen sich die Leute nur noch selten daran zu halten. Vielleicht sah er die Dinge auch einfach nur anders als damals. Angela Harding goss Tee in die Tassen und Collet erspähte einen Teller mit Gebäck. Zwar war das Mittagessen ganz nett gewesen, aber Suppe, Brot und ein bisschen Käse hatten das Loch in seinem Magen nicht füllen können. Angela Harding bemerkte seinen Blick und forderte ihn auf, zuzugreifen. Er nahm sich einen Haferkeks mit Milchschokolade.

Collet biss in den Keks, doch der Zeitpunkt hätte nicht ungünstiger sein können. Als Fraser Harding mit einer nervösen Amelia im Schlepptau den Raum betrat, kaute er immer noch. Es war deutlich zu sehen, dass sie geweint hatte. Collet stand auf, schüttelte die dargebotene Hand ihres Vaters. Kekskrümel zierten sein Hemd und seinen Schoß, doch alle waren viel zu höflich, um ein Wort darüber zu verlieren. Collet schluckte den Bissen so schnell hinunter, wie er konnte. Er stellte sich Amelia vor, die am

Rand eines der beiden Sofas im Zimmer Platz genommen hatte, und setzte sich ihr gegenüber. Fraser Harding stand zu seiner Rechten und verschränkte die Arme vor der Brust.

Collet schaute erst Angela Harding an, blickte dann zu ihrem Mann. Niemand sagte etwas. „Vielleicht wäre es am besten, wenn Sie uns kurz allein lassen würden." Die Stille dauerte nur ein paar Sekunden an, doch für Collet schienen Minuten zu vergehen. „Amelia ist nicht in Schwierigkeiten. Ich muss nur mit ihr über Holly reden." Ihr Vater war nicht überzeugt und rührte sich nicht von der Stelle. „Es geht hier nicht um eine offizielle Aussage", erklärte Collet mit einem hoffnungsvollen Lächeln in Richtung Angela Harding.

„Komm, Fraser. Lassen wir die Kinder reden." Sie stand auf und warf ihren Mann praktisch aus dem Zimmer. Dieser leistete kaum Widerstand, doch es war offensichtlich, dass er es vorzog, zu bleiben. Als Collet hörte, wie das Schloss der Tür einschnappte, atmete er hörbar erleichtert aus.

„Stört es Sie, dass Mama uns *Kinder* genannt hat?"

Diese Bemerkung hatte Collet überhört, daher schüttelte er den Kopf. Ihn verunsicherte der Blick aus den dunklen Augen des Mädchens. „Ich muss dir ein paar Fragen über Holly stellen. Ihre Eltern dachten, sie würde zum Unterricht nach Norwich fahren und dann heute Abend an einem Konzert teilnehmen." Amelia schaute verächtlich und machte eine höhnische Geste. Collet notierte sich in Gedanken, darauf zurückzukommen. „Hast du sie letzte Nacht gesehen?" Sie reagierte ausweichend. „Das ist wichtig, Amelia." Collet legte allen gebotenen Ernst in seine Stimme. Er hatte das geübt, sobald feststand, dass er in das CID versetzt wurde.

„Ja. Ich habe sie kurz gesehen." Sie sprach leise, für den Fall, dass ihre Eltern an der Tür lauschten. „Aber ich habe nicht viel mit ihr geredet."

Auch Collet senkte die Stimme. „Wo wart ihr? Was hattet ihr vor?" Kurz dachte er, er hätte es übertrieben und zu stark nachgebohrt. Er hatte das Gefühl, sie würde sich ihm gegenüber wieder verschließen. „Du bekommst keine Schwierigkeiten, versprochen." Er warf einen schnellen Blick zur Tür zum Zeichen, dass er ihre Sorge verstand, und lehnte sich wieder zurück, um entspannt zu wirken. Es funktionierte.

„Wir waren auf einer Party am Strand. Das war nicht geplant, wir trafen uns alle zufällig. Nichts Großes. Nur ein bisschen was zu trinken und ein Lagerfeuer und so."

„Okay." Collet war froh. Sie kamen voran. „Deine Eltern wissen nichts davon?" Amelia schüttelte den Kopf. Er klopfte sich mit dem Stift gegen die Nase. Sie lachte, doch er hatte nicht den Eindruck, dass er der Grund dafür war. „Wer war alles da?"

„Hauptsächlich Freunde aus der Oberstufe. Ein paar der Älteren kamen später dazu."

„Und Holly?"

„Sie war da, aber wie gesagt, ich hab' nicht viel mit ihr geredet."

„Und wer hat mit ihr geredet?" Collet wusste, das war gewagt. Vielleicht zu gewagt. Amelia zögerte. „Du kannst es mir ruhig sagen. Ich werde es ohnehin herausfinden. Das ist mein Job."

Sie zuckte mit den Schultern und versuchte nicht mehr, den Schweigekodex zu ehren. „Sie war viel mit Mark zusammen." Collet hob eine Augenbraue und bat sie, fortzufahren, während er sich Notizen machte.

„Mark McCall. Sie war bei ihm, als ich sie sah. War aber seltsam."

„Wie das?"

„Die beiden saßen weiter weg von uns anderen. Weg vom Feuer. Letzte Nacht war es nicht gerade warm, aber sie blieb weg. Ich wette, er war ganz begeistert." Amelia blickte aus dem Fenster und grübelte über etwas nach. „Ich weiß nicht, was sie an ihm fand. Ich meine, er ist schon ganz nett, aber eben ein schräger Vogel."

„Das findest du?" Collet sah von seinen Notizen auf.

„Ja. Tun das nicht alle?" Es war mehr eine Aussage als eine Frage und sie schien beleidigt, dass er ihr in diesem Punkt nicht zustimmte. „Ich hab' sie jedenfalls zusammen gesehen und dann waren sie weg."

„Wann sind sie gegangen?" Sie schüttelte den Kopf, sie wusste es nicht. „Mark McCall. Seit wann trafen sich die beiden?"

Wieder schüttelte Amelia den Kopf. „Ich bin mir nicht einmal sicher, ob die beiden wirklich ein Paar waren. Sie hat das mir gegenüber nie gesagt, aber er schien das zu denken. Wie ich schon sagte, er war eine seltsame Wahl." Collets Interesse für Mark war geweckt. Er war zuletzt mit Holly gesehen worden und Jane Francis hatte ihn an diesem Morgen neben der Leiche vorgefunden. „Sie hat sich das Leben ganz schön schwer gemacht, so viel steht fest." Collet sah sie an und forderte sie wortlos auf, weiterzusprechen. Er hatte Janssen oft genug in Aktion erlebt, um zu wissen, wann er lieber still sein sollte. „Naja, ihre Eltern würden einen Anfall bekommen, wenn sie wüssten, dass sie mit Typen wie Mark rumhängt, und ich glaube auch nicht, dass sein Vater viel von der Beziehung gehalten hat, oder was auch immer die beiden miteinander hatten."

„Was bringt dich auf diese Idee?"

„Ich weiß, dass sich Holly auf einen Streit mit Marks Vater eingelassen hat, das ist alles. Ich hab' sie letzte Woche gesehen. Der alte McCall hat Holly festgehalten und sie ist durchgedreht." Amelia ließ sich zurück in das Sofa sinken. Collet sah sie an und hielt den Stift gezückt, doch sie schüttelte den Kopf und zuckte mit den Schultern. Es war die Geste eines launischen Kindes und er hatte den Eindruck, dass da nicht mehr zu holen war. „Ich hab' keine Ahnung, um was es da ging. Holly hat nie etwas erzählt. Sie müssen schon ihn fragen, was da los war."

KAPITEL SIEBEN

Sonnenlicht strömte durch die Fenster. Nicht zum ersten Mal ärgerte sich Tamara Greave über die fehlenden Vorhänge, um sich vor der Helligkeit abzuschirmen. Über die Gegensprechanlage tönte erneut die Stimme des Lokführers und verkündete, dass sie am Bahnsteig von Downham Market ankommen würden, sobald der Signalwechsel kam. Sie schaute auf die Uhr. Inzwischen warteten sie schon seit knapp fünfzehn Minuten. Sie sah aus dem Fenster die Schienen entlang und erspähte den Bahnsteig. In der Wartezeit hätte sie problemlos drei Mal hinübergehen können.

Normalerweise hätte Tamara sich woanders hingesetzt, doch aus irgendeinem Grund war der Zug beinahe voll. Da es Sonntag war, gab es nur zwei Waggons und das war die einzige Verbindung, die sie nehmen konnte, wenn sie nicht nachmittags reisen wollte. Und das hätte nicht gereicht. Der Anruf hatte sie am Vorabend erreicht. DCI Marcus Galbraith war krank geworden und im Norden an der Küste wurde ein SIO benötigt, die Aufgabe fiel also ihr zu. Richard, ihr Verlobter, war damit nicht glücklich. Denn das Familientreffen in Peterborough, das vor sechs Monaten arrangiert worden war, ging über das ganze Wochenende und ihre frühe Abreise fiel negativ auf – zumindest ihm. *Die*

Geschichten von Tante Christine würden bis Ostern warten müssen, oder mit ein bisschen Glück sogar bis zu den Weihnachtsfeiertagen.

Ihre Abreise von der Familienfeier war nicht Richard geschuldet, sondern Tamara wollte ihre Beförderung in der Tasche haben. Sie hatte so hart daran gearbeitet, noch vor ihrem fünfunddreißigsten Lebensjahr DCI zu werden, das würde sie jetzt nicht gefährden, nur weil sie zu unflexibel war. Außerdem hatte sich Richard in die Frau verliebt, die aus Spaß und mir nichts dir nichts an einen neuen Ort zog. Das war ihr Ding. Ein Überbleibsel ihrer Erziehung durch Künstlertypen, *Bohèmes*, in Bristol.

Oh wie sie diese großen Familientreffen hasste. Das galt nicht nur für Richards Familie, sondern in gleichem Maß für ihre eigene, wenn auch aus völlig anderen Gründen. Richards Familie war so bieder, zivilisiert und langweilig. Ihre andererseits war radikal gegen alles, das als Staatsapparat gesehen werden konnte, einschließlich der Polizei. *Insbesondere der Polizei.* Das war einer der Gründe, weshalb Tamara den Westen des Landes nur zu gerne verlassen hatte, als Richard um ihre Hand angehalten hatte und sie auf die andere Seite des Landes gezogen waren. Die Arbeit und die lange Anreise waren immer eine gute Entschuldigung, wenn sie Einladungen in der Post fand.

Der Waggon ruckte und eine Sekunde lang fragte sie sich, ob man die Lokomotive abgekoppelt hatte und sie sich selbst überlassen worden waren, doch dann fühlte Tamara die schleppende Bewegung des Zugs und sie ratterten vorwärts. Im Geiste erlaubte sie sich einen kleinen Jubelschrei. So kurz die Reise auch war, so anstrengend gestaltete sie sich. Richard hatte darauf bestanden, das Auto zu behalten, und sonntags fuhren nur selten Züge, vor allem in Richtung der Küste East Anglias. Wartungsarbeiten hatten für weitere Ausfälle gesorgt. Näher als bis hierhin würde sie mit dem Zug nicht an ihren Zielort kommen. Und das war bei weitem nicht nahe genug.

Tamara stand auf und bahnte sich ihren Weg durch die anderen Passagiere, die Taschen und Mäntel zusammensuchten.

Sie hielt sich an den Kopfstützen fest, um ihre Sachen von der Gepäckablage zu angeln. Kreischend kam der Zug neben dem Bahnsteig zum Stehen und sie reihte sich in die Schlange der Passagiere ein, die darauf warteten, dass sich die automatische Tür öffnete. Das Blinklicht wechselte von Rot auf Grün und ein junger Mann mit buntem Beanie und tief sitzender Hose, die Tamara nur zu gern nach oben gezogen hätte, drückte auf den Knopf. Mit einem Zischen öffnete sich die Tür. Alle schlurften vorwärts und traten hinunter auf den Bahnsteig.

Die Leute eilten in Richtung Ausgang und Tamara sah sich um. Sie musste blinzeln, so hell war die Sonne, die tief am Himmel stand. Hier war Tamara noch nie gewesen. Sie zog den Griff ihres Koffers aus und folgte der Herde. Sie war die letzte in der Gruppe und der Bahnhof leerte sich schnell. Sie stand abseits, während Familie und Freunde die Neuankömmlinge abholten und diejenigen, die weiterreisten, in den Bus kletterten, der als Ersatz für den ausgefallenen Zug bereitstand. Diese Tortur blieb ihr glücklicherweise erspart. Tamara ließ den Blick über den Parkplatz schweifen und blieb an einem groß gewachsenen Mann hängen, der in der Sonne an einen dunkelblauen Volvo gelehnt stand und scheinbar nur Augen für sein Smartphone hatte. Er schien auf keinen der Reisenden zu warten und da niemand sonst anwesend war, der auf die Beschreibung passte, ging sie zu ihm hinüber. Der Mann hatte helle Haare, zu dem sein natürlich gebräunter Teint und die dunklen Augen einen starken Kontrast bildeten. Seine Erscheinung war nachlässiger, als sie erwartet hätte. Sie fragte sich, ob das der Standard für leitende Beamte im ländlichen Gebiet war.

„DCI Greave?", fragte er und grüßte sie mit einem Lächeln, das seine weißen Zähne enthüllte. Tamara Greave schätzte es, wenn jemand sich um seinen Körper kümmerte.

„Inspector Janssen?", antwortete sie und hielt ihm ihre Hand hin, die er schüttelte. „Sie scheinen überrascht zu sein."

„Ich wusste nicht, wen ich erwarten sollte."

Janssen klang verlegen und dann fiel der Groschen. Wahrscheinlich hatte er nur ihren Nachnamen gekannt und jemand anderes erwartet, vielleicht einen Mann. *Ich bin wieder in der Provinz gelandet*, dachte sie spöttisch, *aber er hat nicht den breiten Norfolk-Dialekt.* Allerdings hatte sie selbst die näselnde Aussprache des Westens schon vor Jahren hinter sich gelassen. Ob das eine bewusste Wahl oder das Ergebnis der gesellschaftlichen Kreise war, in denen sich ihre Familie bewegte, konnte Greave nicht genau sagen. Jedenfalls hatten die meisten Leute Probleme damit, ihren Akzent zuzuordnen.

„Ist das unseres?", fragte sie und zeigte auf das Auto, an das Janssen sich angelehnt hatte, als sie angekommen war. Er nickte und öffnete den Kofferraum per Knopfdruck. Der Deckel öffnete sich und er griff nach ihrem Koffer. Normalerweise würde Greave das ablehnen, sie kümmerte sich lieber selbst um ihre Angelegenheiten, doch dieses Mal ließ sie es durchgehen.

„Ich habe Ihnen ein Zimmer in einer Frühstückspension gebucht. Es ist eigentlich eher ein Hotel und Sie können dort auch abends essen, aber ich dachte mir, so können Sie selbst entscheiden, was Ihnen lieber ist. Ich bringe Sie gleich hin, damit Sie sich frisch machen können. Dann –"

„Nein!" Greave klang barsch, was nicht in ihrer Absicht lag, doch sie wollte so schnell wie möglich vorankommen. „Wenn es Ihnen nichts ausmacht, würde ich mir gerne den Fundort der Leiche ansehen."

„Nein, kein Problem." Janssen schien sich an ihrem Wunsch, gleich anzufangen, nicht zu stören. Das war gut, denn sie war niemand, der Wurzeln schlug. „Ich habe eine Zusammenfassung der Fallnotizen mitgebracht, die wir bisher zusammengetragen haben. Sie können sich auf dem Weg einen Überblick verschaffen. Die Fahrt dauert gut eine dreiviertel Stunde."

Greave kletterte in den Beifahrersitz, wobei ihr der Kindersitz auf der Rückbank auffiel. Allerdings sah sie keinen Ehering an seinem Finger. Nicht, dass sie das störte. Es war nicht jeder so verklemmt oder traditionsbewusst wie Richard und seine Familie.

Die Unterschiede zwischen einer Familie, die sich im Wesentlichen an den christlichen Werten orientierte, und ihrem eigenen humanistischen Hintergrund gaben interessante Gesprächsthemen zu den Mahlzeiten ab. Zumindest für Greave waren sie das. Sie dachte kurz an ihre leidgeprüfte bessere Hälfte. Er teilte die Ansichten seiner Eltern nicht, doch er hielt sich offiziell daran, um seine Ruhe zu haben. Doch er wollte die falsche Frau heiraten, wenn er dachte, sie würde es ihm gleichtun.

Janssen stieg ebenfalls ein und griff nach einem Ordner auf der Rückbank, den er ihr überreichte. Dann startete er den Motor und parkte rückwärts aus. Der Parkplatz war bis auf ein Fahrzeug in der anderen Ecke völlig verlassen. Es sah so aus, als wäre es über das Wochenende dort abgestellt worden. Vergeblich versuchte Greave, sich zu orientieren. Das Straßenschild zeigte an, wie weit es noch bis King's Lynn war, doch für sie war das nur ein weiterer Ort, an dem sie noch nie gewesen war. Auch Janssen hatte nichts weiter zu sagen. Er schien der schweigsame Typ zu sein. Entweder das oder sie schüchterte ihn ein. Sie blätterte durch die Fallnotizen und fragte sich, ob es hier irgendwo einen Drive-in gab, bei dem sie sich Kaffee holen konnte. Die Nachwirkungen der letzten Nacht machten ihr noch zu schaffen und sie brauchte jetzt einen klaren Kopf.

Sie fuhren durch einen großen Kreisverkehr, an dem mehrere Straßen zusammentrafen und bogen auf den direkten Weg zur Küste ab. Dieser lag ein kleines Stück über dem umgebenden Ackerland und Greave fiel auf, wie flach diese Gegend war. Eine moderne Wohnanlage befand sich seitlich unter ihnen. Ihr kam der Gedanke, dass dieser Bereich wahrscheinlich manchmal überflutet wurde.

Während Greave die Seiten mit den Notizen las, stellte sie gelegentlich Fragen nach mehr Details. Janssen schien sich mit dem Fall bestens auszukennen und konnte fast alles beantworten. Falls er keine Antwort hatte, ließ er sie das wissen. Das fand sie erfrischend. In Norwich war sie ständig von Menschen umgeben, die es als Schwäche ansahen, zugeben zu müssen, dass sie sich nicht sicher waren. Sie würden definitiv niemals eingestehen, etwas nicht zu wissen.

Im nächsten Kreisverkehr folgten sie dem Schild in Richtung Fakenham. Janssen war nun gesprächiger und erzählte Greave mehr über den Hintergrund des Opfers. Sie war die älteste Tochter einer angesehenen Familie mit Tradition im Arztberuf gewesen. Offensichtlich hatten die Eltern gehofft, sie würde in ihre Fußstapfen treten und Medizin studieren. Greave fragte sich, ob das Mädchen den Druck ausgehalten hatte. Sie dachte an ihre eigene Kindheit zurück und fand einige Gemeinsamkeiten. Tamara Greaves Eltern waren Akademiker und hatten starken Einfluss auf ihr Leben. Deshalb hatte sie eine bessere Ausbildung genossen als die meisten andern im staatlichen Schulsystem. Außerdem hatten sie sich die allergrößte Mühe gegeben, Tamara ein sicheres Gespür für Ethik zu vermitteln.

Obwohl ihre Eltern selbstbewusste, sozial verantwortliche Kinder großziehen wollten, wurden diese unbewusst dazu gedrängt, ökologisch verantwortungsbewusste Berufe zu ergreifen. Tamaras Brüder waren Senior Partner in NGOs in Übersee und ihre jüngere Schwester kandidierte bei der letzten Wahl für die Grünen, sie hatten also ihre Mission erfüllt. Tamara allerdings wurde oft als das schwarze Schaf betrachtet. Verglichen mit einigen der Kinder, die sie in Ausübung ihrer Tätigkeit kennengelernt hatte, würden sich sicher viele Eltern eine Tochter wünschen, die so motiviert war wie sie. Doch ihre Entscheidung, der Polizei beizutreten, wurde bestenfalls mit Enttäuschung hingenommen und manchmal sogar mit Verachtung gestraft.

Als Janssen auf die Verwicklung des Freundes von Holly zu sprechen kam, war Greaves Neugier geweckt. Er war scheinbar aus einem ganz anderen Holz geschnitzt als das Opfer. Auch die Frau des Künstlers durfte man nicht vergessen. Janssen schien den richtigen Riecher dafür zu haben, wenn etwas nicht stimmte, doch wie er selbst feststellte, war es bis jetzt reiner Instinkt. Der Fall schien sich um interne Familiendynamiken zu drehen und wie andere Personen damit in Zusammenhang standen und in die

Sache verwickelt waren. Für Greave war Holly ein junges Mädchen, das sie stark an sich selbst im gleichen Alter erinnerte. Sie behielt ihre Geheimnisse für sich, traf sich mit Leuten, die ihren Eltern nicht gefallen würden. Wahrscheinlich unterschied sich ihre wahre Persönlichkeit sehr von der Fassade, die sie der Welt zeigte.

KAPITEL ACHT

Tom Janssen hielt sich zurück, als Tamara Greave den Ort in Augenschein nahm, an dem sie die Leiche von Holly Bettany gefunden hatten. Sie war am vorherigen Nachmittag weggebracht und dem Pathologen übergeben worden, damit dieser die Todesursache feststellen konnte. Der Weg durch das Naturreservat war für die Öffentlichkeit weiterhin gesperrt, ein Uniformierter stand an beiden Enden der Absperrung, um das zu kontrollieren. Eine erste forensische Suche war am Samstagnachmittag durchgeführt worden, doch weder Hollys Schuhe, Tasche oder andere Dinge, die vielleicht ihr gehört hatten, waren gefunden worden. Die ließen den Tatort unberührt, bis der Pathologe seine Ergebnisse mitteilen würde.

Die DCI machte bisher einen guten Eindruck auf Janssen. Sie vergeudete keine Zeit, kam zum Punkt, wollte schnell in den Fall hineinkommen und konnte gleichzeitig gut zuhören. Anfangs war er eher besorgt darüber, dass ein gerade erst in diese Stelle beförderter SIO die Leitung dieses Falls übernehmen würde, wenn auch nur in kommissarischer Funktion. Dabei ging es ihm nicht um vorgefasste Ansichten, wie die Dinge gehandhabt werden sollten, sondern eher um die Art des Arbeitsverhältnisses. Normalerwiese wäre in diesem Fall Marcus Galbraith angereist. Sie kamen gut miteinander aus und kannten die gegenseitigen Stärken und Schwächen. Die beiden Männer ergänzten einander und Tom arbeitete gerne an der Seite von Marcus. Der SIO war vielleicht einer vom alten Schlag, aber man wusste immer, woran man bei ihm war. Von Greave hingegen wusste er nichts. Und sie wusste nichts von Norfolk.

Tamara Greave kniete sich an der Stelle hin, an der Holly gefunden worden war, und starrte auf die Sandbank. Was sie sich da so genau ansah oder wonach sie Ausschau hielt, wusste Janssen nicht. Sie stand auf, drehte sich um und blickte die Küste hinauf und hinab. Der Küstennebel, der nachts aufgezogen war, wurde schnell von der aufgehenden Sonne vertrieben und sie sahen wieder einem wunderschönen Tag entgegen. „Atemberaubende Aussicht, nicht wahr?", sagte Greave zu Janssen, der zustimmend nickte. „Irgendeine Idee, wieso sie hier draußen war?"

Janssen ließ den Blick über das Meer schweifen. Ein Frachtschiff machte einen Bogen um die riesige Windfarm vor der südlichen Küste und fuhr weiter in Richtung Norden. „Sie war früher am Abend mit ihrem Freund und einigen Schulkameraden hier. Wir glauben, dass sie entweder mit ihrem Freund hierhergekommen ist oder dass sie alleine war und sich mit jemand anderem treffen wollte. Ich habe keine Abwehrwunden an ihrer Leiche gesehen, wir warten allerdings noch auf die Bestätigung."

Janssen sah Greave an, als diese sich zu der Stelle umwandte, an der Holly gelegen hatte, und sich die Situation wahrscheinlich anhand der Fotos im Fallbericht vor ihrem geistigen Auge vorstellte. „Wann soll der Bericht eintreffen?"

„Montag." Das war schon morgen, aber für Janssen fühlte es sich nicht mehr nach Wochenende an und er hatte sein Zeitgefühl verloren.

„Was glauben Sie, wohin ihre Schuhe gekommen sind?" Er hatte den Eindruck, dass Greave die fehlenden Schuhe ein Rätsel aufgaben und nicht, dass sie wirklich eine Antwort von ihm erwartete.

„Ihre Füße waren schmutzig, aber das heißt nicht, dass Holly keine Schuhe hatte, sondern nur, dass sie sie nicht die ganze Zeit getragen hat."

„Unbequem?"

„Vielleicht. Die Wege hier sind nicht sonderlich gut. Mit Turnschuhen oder Wanderschuhen ist das kein Problem, aber wenn man andere Schuhe trägt, kommt man möglicherweise in Versuchung, sie auszuziehen."

„Ziemlich kalt." Greave zog die Augenbrauen hoch, als sie den Gedanken aussprach. Janssen konnte ihr nur zustimmen. Eigentlich machte es keinen Sinn.

„Haben wir schon mit dem Freund gesprochen?"

Janssen schüttelte den Kopf. Er hatte das gleich als Erstes erledigen wollen, doch dann hatte er umplanen und zunächst die SIO abholen müssen. Also hatte er das Gespräch verschoben und angenommen, dass Greave dabei sein wollen würde. Sie gingen zurück zum Auto. Die McCalls lebten weiter landeinwärts auf einem Stück Land, das seit langer Zeit in Gemeindebesitz war und über das sich die örtlichen Landbesitzer schon häufig gestritten hatten. Bisher konnte es niemand erfolgreich für sich einfordern, da die Ansprüche von Verhandlung zu Verhandlung überworfen worden waren. In der Folge blieben die McCalls, ohne dass jemand eine Zwangsräumung durchsetzen konnte. Einmal hatte ein Einheimischer einen Antrag gestellt, die Familie räumen zu lassen, doch da sie so abgelegen lebten und keine Nachbarn hatten, wurde der Antrag mit der Begründung abgelehnt, dass es sich nicht lohnte, dafür öffentliche Gelder in die Hand zu nehmen.

Die Adresse war schwer zu finden, denn die McCalls lebten am Ende eines unbefestigten Weges, auf dem landwirtschaftliche Geräte und das Vieh, das von einer Weide auf die andere gebracht wurde, tiefe Spuren hinterlassen hatten. Das Auto hüpfte mehr, als dass es fuhr, als Janssen vorsichtig die richtige Fahrspur suchte und dabei sein Bestes tat, um die Schlaglöcher und Spurrinnen zu vermeiden. Obwohl der Winter mild gewesen war und es nur wenig Niederschlag gegeben hatte, war das Flachland in Norfolk immer noch eine Schlammwüste. Greave hielt sich am Türgriff fest und sah manchmal mit einem merkwürdig missbilligenden Blick zu ihm herüber. Janssen war versucht, ihr anzubieten, die Rückfahrt selbst zu übernehmen, ließ es dann aber doch bleiben.

Das Haus der McCalls lag am Ende des Weges hinter einem Weißbirkenwäldchen verborgen. Wobei Haus das falsche Wort war. Eigentlich war es ein alter Eisenbahnwaggon, der schon seit Jahrzehnten nicht mehr für Reisen benutzt worden war. Rundherum waren Fenster eingelassen. Da sie blind vor Schmutz waren, konnte man durch die Fenster nichts erspähen. Der Waggon stand nicht mehr auf Rädern und als Janssen ausstieg, hatte er den Eindruck, dass die McCalls die Paneele entfernt hatten, um aus ihnen und anderen Materialien eine behelfsmäßige Unterkunft zusammenzuschustern. Alles machte einen äußerst instabilen Eindruck.

Das Dach bestand aus einer wilden Kombination von Wellblechen, Wellplatten aus Kunststoff und verschiedensten Filzbespannungen, die oft für Hütten oder Gartenschuppen verwendet wurden. Janssen bemerkte ein Kabel, das an der Außenseite der heruntergekommenen Behausung schräg nach oben führte und in den Bäumen verschwand. *Ich frage mich, woher sie den Strom bekommen.* Es war völlig unmöglich, dass das Grundstück an die Wasserversorgung angeschlossen war, also nahm Janssen an, dass die McCalls Zugang zu einer eigenen Quelle oder Ähnlichem in der Nähe hatten. Für jemanden, der keine umweltfreundlichen Technologien und nur wenig Geld besaß, lebte die Familie so autark wie möglich.

Greave und Janssen näherten sich, kamen jedoch nur ein paar Schritte weit, bevor sich die Tür öffnete, ein Mann heraustrat und sie mehr oder weniger gleich wieder wegschickte. Für einen Mann war er klein, etwa 1,70 m groß, aber stämmig. Er trug schmuddelige Jeans und ein weißes Unterhemd, das über die Jahre grau geworden war. An seinen Bartstoppeln sah man, dass er sich seit Tagen nicht rasiert hatte, und sein Haar war zerzaust.

Callum McCall kratzte sich am Hinterkopf und betrachtete die beiden argwöhnisch. „Hab' ihn nich' geseh'n und weiß nich', wo er is'. Würd' ich Ihnen aber sowieso nich' sag'n!"

Greave sah ihn an und Janssen neigte den Kopf.

„Guten Morgen, Mr. McCall. Woher wissen Sie, dass wir zu Mark wollen?"

„Na ja, wollen Sie nich'?"

„Doch, wollen wir, Mr. McCall", sagte Greave und zeigte ihm ihren Dienstausweis. „DCI Tamara Greave und das ist Detective Inspector Janssen." Sie zeigte in Richtung Janssen, der ihm grüßend zunickte. McCall ignorierte sie und wandte sich an Janssen.

„Janssen? Kein Name aus Norfolk." Er schien ernst und seine Miene war starr und verächtlich. „Sie sehen auch nich' aus wie ein Einheimischer. Der Name klingt für mich eher skandinavisch. Kommen Sie da her?"

„Wann haben Sie Mark zuletzt gesehen?", fragte Janssen und ignorierte die Frage. „Kommt er bald nach Hause?"

„Keine Ahnung." McCall schien keine Lust zu haben, ihnen zu helfen.

„Es ist sehr wichtig, dass wir mit ihm sprechen, Mr. McCall." Greave verschaffte sich Geltung und stellte sich ein wenig vor Janssen. Offensichtlich wollte sie McCall gegenüber ihre Autorität verdeutlichen. Für Janssen war das in Ordnung, wenn das etwas war, das sie tun musste. „Ich bin sicher, Sie wissen, wie solche Dinge laufen."

„Weiß ich, jap." McCall starrte sie direkt an. „Machen Sie sich bloß keine Mühe, den wahren Täter zu finden, wenn ein McCall genauso gut ins Bild passt."

„Da ihr Sohn nicht hier ist", sagte Greave und ließ den Blick über die Umgebung schweifen, „könnten Sie uns vielleicht etwas über Ihre Bekanntschaft mit Holly erzählen. Da war doch was, nicht wahr?" Der letzte Teil war zwar als Frage formuliert, doch Greave sprach es wie eine Feststellung aus, um McCall zu zwingen, es entweder zuzugeben oder geradeheraus zu leugnen. Sie war gerissen, das musste Janssen ihr zugestehen. McCall dachte kurz nach, wahrscheinlich hatte er die Frage genauso verstanden.

„Ja. Ich kannte sie. Sie war Marks Freundin. Klar kannte ich sie." Er zog geräuschvoll die Nase hoch und wischte sie mit dem Handrücken ab.

„Und die Auseinandersetzung, die Sie vor einiger Zeit mit ihr in der Stadt hatten? Um was ging es da?" Tamara redete nicht um den heißen Brei herum und kam direkt zur Sache.

Janssen schätzte, Callum würde sich seine Antwort gut überlegen und seine Worte sorgfältig wählen. Er würde nicht wollen, dass sie gegen ihn ausgelegt werden konnten. „Das war im Café in der Stadt. Sie hat sich in der Schlange vor mich gedrängt. Wollte mich wohl verarschen. Ich hab ihr gesagt, was Sache ist. Nichts weiter."

„Gibt es jemanden, der das bezeugen kann?", fragte Janssen.

Callum sah ihn wütend an und nickte. „Haufenweise, ja."

Tamara und Tom blickten sich an. Sie drehte sich um und ging wieder Richtung Auto. „Sagen Sie Mark, dass er sich bei uns melden soll, ja?", sagte sie über ihre Schulter. Janssen nahm eine Visitenkarte heraus und gab sie McCall, der sie widerwillig entgegennahm. Er warf einen schnellen Blick darauf.

„DI Tom Janssen", las er langsam und fuhr sich mit der Zunge über die Unterlippe. „Tom, was? Wenn man sich nur Englisch anhört, zählt das nicht, wissen Sie? Mit einem Namen wie dem sind Sie immer ein Außenseiter." Er starrte Janssen aufgebracht an.

„Das gilt auch für Sie Mr. McCall", antwortete dieser mit hochgezogener Augenbraue. McCall lächelte, offensichtlich genoss er den kleinen Schlagabtausch. Janssen machte einige Schritte rückwärts, bevor er sich umdrehte und die Autotür öffnete. Er setzte sich neben Greave, die sich bereits angeschnallt hatte. Dann startete er den Wagen und ließ ihn neben McCall rollen, bevor er das Fenster hinunterkurbelte. „Sorgen Sie dafür, dass Mark mich anruft, es ist zu seinem Besten." Anschließend trat er das Gaspedal und fuhr langsam davon.

McCall sah ihnen nach. Ohne zu fragen, stellte Greave den Rückspiegel so ein, dass sie den Mann beobachten konnte, während sie wegfuhren. Er stand wie angewurzelt da und starrte dem Auto mit ausdruckslosem Gesicht nach. Sie behielt McCall im Auge, bis sie das Wäldchen hinter sich hatten und er aus dem Sichtfeld verschwunden war. Dann stellte Greave den Spiegel ungefähr so zurück, wie er ihrer Meinung nach eingestellt gewesen war. Das war nicht annähernd richtig, doch Janssen verlor kein Wort darüber, sondern richtet ihn so ein, wie er es haben wollte.

„Angenehmer Zeitgenosse." Ihr Sarkasmus war nicht zu überhören.

„Er ist mehrfach vorbestraft. Ist letzten Sommer nach einer kurzen Haftstrafe wegen einer Tätlichkeit entlassen worden. Ich bin überrascht, dass er überhaupt so entgegenkommend war."

„Stimmt es, was er gesagt hat?", fragte Greave. Er sah sie fragend an. „Ich weiß, ein Name bedeutet heutzutage nicht viel, aber sind Sie aus Skandinavien? Ihre Haare und Ihr Körperbau würden dazu passen, aber nicht Ihr Teint oder Ihre Augen."

Für einen Moment wusste er nicht, was er sagen sollte. Dann lachte er und Greave fiel mit ein.

„Nicht ganz daneben. Mein Großvater war Holländer, aus Friesland, eine Gegend an der Küste nordöstlich von Amsterdam. Er war in der Freien Niederländischen Armee und in Nordafrika stationiert, als das Land während des Krieges besetzt wurde." Sie nickte, als er seine Geschichte fortsetzte, nachdem sie den Weg hinter sich gebracht hatten und wieder auf der Schnellstraße waren. „Er hat meine Großmutter kennengelernt, als er hier war, das war bevor die Landung der Alliierten geplant wurde."

„Also ist er nach dem Krieg hiergeblieben?" Greaves Frage klang ehrlich interessiert. Janssen schüttelte lächelnd den Kopf.

„Nein. Er kehrte nach dem Krieg in die Niederlande zurück, um beim Wiederaufbau des Landes zu helfen, aber ... ich glaube, er hat sie vermisst." Er sah kurz zu Greave, um sich zu vergewissern, dass sie immer noch an der Geschichte interessiert war. Sie hörte aufmerksam zu. „Man hat mir nicht alles erzählt. Ich denke, es gab einige Komplikationen, die sie dem Rest der Familie nie erzählen wollten, aber ein paar Jahre später kam er zurück, um sie zu sich zu holen. Sie sind nie von hier weggegangen.“

Greave wandte den Blick ab und starrte geistesabwesend auf die Landschaft. Janssen hatte nicht das Bedürfnis weiterzureden und fragte sich, ob er sich ihr Interesse nur eingebildet hatte. Doch ein paar Minuten später bemerkte er, dass sie zu ihm hinübersah.

„Das ist eine wunderschöne Geschichte“, meinte sie leise, dann wandte sie sich wieder der vorbeiziehenden Landschaft zu.

KAPITEL NEUN

Er wird sich beruhigt haben. *Jetzt ist es sicher.* Mark hoffte es eher, als dass er es sicher wusste. Er hatte seinem Vater schon oft genug Grund für eine wütende Reaktion geliefert, aber dieses Mal war es etwas anderes. *Er kann mir nicht die Schuld geben, ich habe es nicht getan.* Er trat gegen einen Ast, der am Boden lag, sodass dieser seitlich in einen Busch flog. Auf dem Feld neben dem Pfad blökten Schafe einander zu. Es war Lammzeit.

Mark knurrte der Magen. Er hatte Hunger. Nicht überraschend, wenn er darüber nachdachte. Gestern hatte er nichts essen können. Der Schock, Holly zu finden … so zu finden … bei der Erinnerung daran wurde ihm übel. Sie so zu sehen, so bleich, so friedlich. Man hätte glauben können, sie schliefe, wären da nicht ihre Augen gewesen, die kalt und leblos zum Himmel gestarrt hatten. *Und dann war da die verrückte Frau.* Die, die Holly immer als neurotische, psychopatische Hexe bezeichnet hatte, hatte etwas über ihm am Weg gestanden und ihn beobachtet. Er war so weit und so schnell gelaufen, wie seine Beine mitgemacht hatten und er nach Luft schnappend auf dem Boden gelandet war. Diese Furcht war etwas völlig anderes, eine neue Erfahrung, und dabei dachte er, schon alles zu wissen, was es über Angst zu wissen gab. Er war eines Besseren belehrt worden.

Wieder meldete sich sein Magen und ihn durchzuckte kurz ein Gefühl des Betrugs. Ein so normales Bedürfnis zu haben und zu erfüllen, fühlte sich irgendwie falsch an, er fühlte sich schuldig. Es war seltsam. Holly war für immer weg und er konnte es nicht verstehen. Als er am Vortag irgendwann am frühen Nachmittag nach Hause gekommen war, war sein Vater wach gewesen und hatte sich um seinen Brummschädel gekümmert ... seinen ständigen Brummschädel. Mark hatte ihm von Holly erzählt und sofort das Bedürfnis verspürt, seine Unschuld zu beteuern. Schließlich ermahnte sein Vater ihn ständig, aufzupassen, wohin er ging und wem er etwas anvertraute. *Der Rest der Welt ist nicht wie du, Sohn. Du kannst niemandem vertrauen. Du kannst nur uns vertrauen.* Damit meinte er die Familie, sich selbst und die anderen Kinder, seine Geschwister, aber nicht seine Mutter. Definitiv nicht seine Mutter. Das hatte sie klargemacht, als sie vor Jahren eines nachts verschwunden war, als Mark gerade zehn Jahre alt gewesen war. Sie war gegangen, als alle noch geschlafen hatten, und hatte sie sich selbst überlassen.

Die Reaktion seines Vaters hatte ihn überrascht. Erst hatte er Mark nur wortlos angestarrt, ohne die Miene zu verziehen. In der Schule hatte sein Englischlehrer einmal Shakespeare zitiert und gesagt, *die Augen sind die Fenster zu deiner Seele.* Das waren wunderbare Worte. Falls das stimmte, war die Seele seines Vaters ein schrecklicher Ort. Mark hatte ihn angestarrt und erinnerte sich an das Gefühl der Nervosität unter dem prüfenden Blick. Dann hatte sein Vater laut die Nase hochgezogen, eine Angewohnheit, die immer unter Stress zum Vorschein kam, und die Sache einfach abgetan. *Er hatte Hollys Tod abgetan, als wäre es nichts!* Zorn flammte in Mark auf. Genau wie in Situationen, in denen andere Menschen ihm zu nahe kamen. *In seinen persönlichen Freiraum eindrangen,* so hatte es sein Betreuer einmal genannt.

Die Nacht war kalt gewesen, gnadenlos kalt, doch es war nicht die erste, die Mark draußen verbracht hatte, und es würde zweifellos nicht die letzte sein. Die Worte, die sie am Vortag gewechselt hatten, waren schroff gewesen, bitter. Er dachte darüber nach.

Jetzt würde sich die Situation beruhigt haben. Sie beide würden sich jetzt beruhigt haben.

Als Mark sich der Rückseite des Hauses näherte, trug der sanfte Wind Stimmen zu ihm herüber. Sein Vater sprach mit jemanden. Er war zornig. Sein Tonfall war unmissverständlich, auch wenn er es nicht zeigte. Wenn man ihn so gut kannte, wie ein Sohn seinen Vater kennt, bemerkte man die Spannung sofort. Der andere Mann sprach höflich mit ihm, allerdings war sein Ton streng und autoritär. Er hörte sich an wie Marks Lehrer, bevor er in die Oberstufe gekommen war. Jetzt waren sie freundlicher zu ihm und behandelten ihn und die anderen mehr wie Erwachsene. Vor seinen Augen tauchte das Bild von Holly auf, still und leblos. Tot. Sie würde nie erwachsen werden.

Mark verlangsamte seine Schritte, verbarg sich hinter den nahen Bäumen und duckte sich. Er schlich um sein Zuhause herum und versteckte sich hinter einem Busch, von dem aus er das Gespräch beobachten konnte. Da war auch eine ernst aussehende und attraktive Frau, doch sie sagte nichts. Er sah ihr zu, wie sie wieder ins Auto stieg. Sein Vater sagte noch etwas zu dem Mann. Dieser war recht groß, hatte blonde Haare und schien nicht auf das Gesagte zu reagieren. Mark konnte seine Antwort nicht hören, so sehr er auch die Ohren spitzte, doch seinem Vater gefiel sie nicht. Sein ganzer Körper spannte sich an. Mark kannte den Gesichtsausdruck nur zu gut. Halb erwartete er, dass er dem großen Fremden einen Hieb verpassen würde, doch der Mann entfernte sich rückwärts und stieg ins Auto. Das waren Polizisten. Im Laufe der Jahre waren genug von ihnen vor ihrer Haustür erschienen, dass Mark sie problemlos als solche erkannte.

Vor Furcht krampte sich sein Magen zusammen, der Hunger war vergessen. *Sie waren wegen mir hier.* Das Auto verschwand aus seinem Blickfeld, doch er blieb, wo er war. Als er das Gewicht verlagerte, zerbrach unter seinem Fuß ein Zweig. Sein Vater sah sich um und starrte genau auf den Busch, hinter dem Mark sich versteckte. Trotzdem bewegte dieser sich keinen Millimeter. Er war wie festgewurzelt.

„Komm raus da, Junge!", rief sein Vater ihm zu. „Ich glaube, du und ich haben ein bisschen was zu bereden."

KAPITEL ZEHN

Jane Francis stand im Garten vor ihrem Haus und ließ sich die Sonne ins Gesicht scheinen. Die Teetasse hielt sie mit beiden Händen umschlossen, um ihre Finger zu wärmen. Es wurde wärmer draußen, doch in der sternklaren und windstillen Nacht hatte es noch einmal leichten Frost gegeben. Bald wäre der Frühlingsbeginn nicht mehr zu bremsen und die eisig kalten, nebelverhangenen Tage schnell vergessen. Zum Glück löcherten die Kinder sie nicht mehr über die Details der makabren Szene, über die ihre Mutter in ihrer Vorstellung tags zuvor gestolpert war. Vor allem William störte sich sehr am offensichtlich nicht vorhandenen Blut am Tatort. Nicht, dass Jane es ihm gesagt hätte, wäre da welches gewesen. Seine Beharrlichkeit zahlte sich schließlich aus und er bekam eine sehr knappe Beschreibung zu hören. Sie achtete genau darauf, so viel zu erzählen, dass zwar seine Neugier befriedigt, aber seine Begeisterung nicht angefacht wurde.

Das ist sicher wegen der verdammten Computerspiele, überlegte sie und dachte dabei an das Strahlen in seinen Augen, als er sie darum angebettelt hatte, zu erzählen, was sie gesehen hatte. Ken sah kein Problem darin und erklärte sich das Verhalten seines Sohnes mit kindlicher Naivität und dem fehlenden Verständnis für den Zusammenhang zwischen Handlung und Konsequenz. *Als ob er sich damit auskennen würde.* Unvermittelt sah Jane wieder Holly vor sich, wie sie sie auf dem Pfad gefunden hatte. Sie hatte ganz anders ausgesehen als das arrogante Kind mit dem stolzen Gesichtsausdruck. Sie war ein Mädchen gewesen, das unbedingt eine Frau hatte sein wollen. So viel hatte sie noch zu lernen gehabt und hatte trotzdem so getan, als hätte sie schon alles gewusst. *Tot ist sie besser dran.* Sobald der Gedanke sich manifestiert hatte, fühlte Jane sich schuldig. Das war ungerecht. Das Mädchen war töricht gewesen, und hatte es ihrer Meinung nach auch gewusst, aber den Tod hatte es nicht verdient.

Trotzdem ist es in Ordnung, sie nicht zu mögen.

Als Jane zurück ins Haus ging, waren die Kinder nirgends zu sehen. Der Klang von Füßen, die über den Holzboden donnerten, drang an ihre Ohren und verriet ihr, dass die Kinder oben waren. Am Tisch in der Küche saß Ken, skizzierte mit einem Bleistift etwas auf seinem Papierblock und trank dabei seinen Kaffee. Sie hatte diesen Morgen länger geschlafen. Ken war für seine Verhältnisse sehr früh wach. Da Jane nicht mit ihm hatte reden wollen, hatte sie so getan, als würde sie noch schlafen. Aber sie hatte bemerkt, dass er eine ganze Weile wach gelegen hatte, bevor er aufgestanden, eine halbe Stunde im Schlafzimmer auf und ab getigert und dann nach unten gegangen war.

Ihr Mann wirkte abgespannt und ausgezehrt. Kein Vergleich mehr zu dem Mann, den sie vor Jahren geheiratet hatte. Er war bei der Hochzeit fast zehn Jahre älter als sie gewesen. Heute schien dieser Unterschied noch größer zu sein, und das nicht nur in Jahren gerechnet. Jeder veränderte sich, wurde älter und weniger attraktiv. Jane wusste, dass sie ihren Zenit überschritten hatte. Die Kinder hatten ihr das mehr als klar gemacht, aber sie fühlte sich immer noch gut, sah nach wie vor großartig aus und bekam Komplimente. Nur nicht von Ken. Ihre Ehe war nur noch ein Tauschgeschäft. *War das schon immer so gewesen?*

„Möchtest du noch Kaffee?" Jane schlug einen leichteren Tonfall an als sonst, um ihn aus seinem tranceähnlichen Zustand zu holen. Vielleicht war sie doch daran interessiert, was Ken eventuell zu sagen hatte. Seit die Polizei gestern gegangen war, hatte er kaum ein Wort gesprochen.

„Nein, danke. Ich gehe gleich ins Atelier."

Sie sah ihm zu, wie er seinen Kaffee austrank, aufstand und die Tasse neben, nicht in, den Geschirrspüler stellte. Er setzte sich hin, um die Schuhe anzuziehen. An diesem Morgen hatte Ken sich weder geduscht noch rasiert. Er war ungepflegt, aber es stand ihm bei weitem nicht so gut wie dem blonden Detective, der am Vortag hier gewesen war.

„Du hast nichts über sie gesagt", meinte Jane. Ken hielt inne. Er war vornübergebeugt und wollte sich gerade seine Schuhe binden, schaute aber nicht hoch. Erst Sekunden später schnürte er sie zu.

„Was gibt es da zu sagen?"

Na ja, du könntest sagen, wie sehr du sie vermissen wirst. Es könnte dir leidtun, dass du nie wieder Sex mit ihr haben wirst, denn das hattest du, nicht wahr? Aber das würdest du niemals zugeben, oder? Das waren alles gute Fragen, die Jane da einfielen, doch sie sprach keine davon laut aus. Ken stand auf, mied ihren Blick und ging zur Hintertür. An der Schwelle zur Küche blieb er stehen, drehte sich mit einer Hand auf den Türrahmen gestützt halb zu ihr um und blickte sie an. Er wollte gerade etwas sagen, da erregte William seine Aufmerksamkeit, der gerade die Treppe am anderen Ende des Raums heruntergelaufen kam. Ken schüttelte nur den Kopf.

„Ich werde sie vermissen", sagte er kaum hörbar.

Ich wette, das wirst du. Und dann wirst du sie einfach ersetzen, wie du es mit dem letzten Mädchen gemacht hast ... und dem davor.

William stürmte auf der Suche nach Essen in die Küche und Ken schlüpfte hinaus. Durch das offene Fenster sah Jane ihm nach, wie er den Hof überquerte und in seinem Atelier verschwand.

„Mama, ich habe Hunger", jammerte William. Seine Worte

kamen nicht an. „Mama, ich habe Hunger. Ich *brauche wirklich* was zu essen."

„Was hast du gesagt?", fragte Jane und drehte sich zu ihm um. Er wollte sein Anliegen gerade ein drittes Mal vorbringen, als sie einen Schrei hörten. Er hörte sich verzweifelt und gequält an, nicht zornig.

„Ist das Papa?", fragte William mit nervösem Stirnrunzeln.

„Warte hier", sagte Jane ihm, stellte ihre Tasse auf der Arbeitsfläche ab und lief nach draußen. Sie rannte über den Hof und passte auf, dass sie nicht auf den immer noch vom schmelzenden Frost nassen und unebenen Pflastersteinen ausrutschte. Diese würden trocknen, sobald die Sonne über das Dach des Hauses kletterte.

Das Atelier war eine umgebaute Scheune, zwölf Meter lang, sechs Meter breit und offen bis zum Dachstuhl hinauf. Ein Ende nutzte Ken für seine Keramikarbeiten, Skulpturen und Einzelstücke, die andere Seite war für seine Malereien reserviert. Jane sog scharf die Luft ein. Letztere lagen im ganzen Atelier verstreut. Manche waren zerstört, die Leinwand aufgerissen und manche mehr oder weniger nur noch in Fetzen. Irreparabel zerstört. Andere Arbeiten, ob Kohle- oder Bleistiftskizzen oder teilweise gemalte Werke, waren mit verschiedensten Farben beschmiert worden oder sahen so aus, als wäre eine ganze Farbdose über sie gekippt worden. Der Raum war das reinste Chaos.

Jane blickte ans andere Ende hinüber und sah überall Bruchstücke herumliegen. Die Skulpturen lagen auf dem Boden, manche waren bis zur Unkenntlichkeit zerschlagen worden, andere waren nur angeschlagen oder es fehlten ein paar Teile.

„Oh, Ken … was ist passiert?", fragte sie leise. Der Schaden war verheerend. Ihr Ehemann stand mit dem Rücken zu ihr und sagte kein einziges Wort. Seine Schultern zuckten und sein Kopf kippte nach vorne. Jane wurde klar, dass er weinte. Nun hörte sie es auch und Ken sank auf die Knie. Er schnappte laut nach Luft, und seine Tränen wurden von Schluchzern begleitet.

„Was stimmt nicht mit Papa?", erklang hinter ihnen eine leise Stimme. Jane drehte sich um und sah ihre Kinder an der Eingangstür. William stand mit offenem Mund da und seine Augen verengten sich, als er seine Eltern ansah. Links hinter ihm spähte Rosie furchtsam an ihrem Bruder vorbei ins Atelier. Mit dem Versprechen von Schokoladenkeksen und Limonade scheuchte Jane sie zurück ins Haupthaus. Rosie leistete bereitwillig Folge, doch William zögerte. Er sorgte sich sichtlich um seinen Vater. Widerwillig und nur auf Janes Beharren hin folgte er ihr.

Sobald sie alles hatten, wies Jane die Kinder an, im Haus zu bleiben, und rannte zurück ins Atelier. Ken saß mit dem Rücken an die Wand gelehnt am Boden. Er hatte seine Fassung wiedererlangt, aber man konnte noch deutlich sehen, dass er geweint hatte. Er betrachtete die Zerstörung und sie sah, dass die Tränen auf beiden Wangen Spuren hinterlassen hatten. Als Jane eintrat, wanderte Kens Blick zu ihr. Sie blieb einen kurzen Moment stehen, bevor sie zu ihm hinüberging und sich neben ihn kniete. Beruhigend legte sie ihm eine Hand auf die Schulter. Seit Monaten war dies der erste körperliche Kontakt zwischen den beiden, der von ihr ausging. Wortlos lehnte er sich an sie und sie machte es sich neben ihm bequem, sodass er den Kopf auf ihre Brust legen konnte.

Keiner von beiden sprach. Jane sah sich um. Über das Doppelbett, das Ken nicht nur als Kulisse für seine Modelle, sondern auch als gelegentlichen Schlafplatz für sich selbst nutzte, waren mehrere verschiedene Farben gekippt worden. Die weiße Daunendecke und das Bettzeug waren mit Gelb und Lila gesprenkelt. Auch die Wände waren nicht verschont worden. *Abschaum* war an einer Stelle zu lesen und *Pädo* an einer anderen. Neben dem Bett lag willkürlich verstreut ein Paar roter hochhackiger Schuhe.

Jane sah hinunter auf den gebrochenen Mann, den Schatten des Mannes, in den sie sich verliebt hatte, und dem sie nun über den Kopf strich. Als sie Kens Hand mit ihrer freien Hand griff, fiel ihr ein Spruch ein. *In guten wie in schlechten Zeiten.* Ihre Gedanken wanderten weiter zu der Nachricht, die sie am Morgen zuvor in der Post gefunden hatte. Jane erinnerte sich daran, dass sie immer noch in der Tasche der Jeans steckte, die sie gestern getragen hatte. Diese lag jetzt im Wäschekorb. Zum Glück würde Ken nie auf die Idee kommen, die Wäsche zu machen, trotzdem behielt sie ihm Hinterkopf, die Nachricht später herauszufischen. *Die Dinge laufen langsam aus dem Ruder.*

KAPITEL ELF

Auf dem Revier war es ruhig. Das war es sonntags immer. Eric saß alleine im Einsatzraum. Er schob den Ordner vor sich auf dem Tisch zur Seite, um Platz für sein Mittagessen zu machen. Erst hatte er es abgelehnt, doch angesichts der eingeschränkten Möglichkeiten hatte er schließlich nachgegeben und seiner Mutter erlaubt, ihm Mittagessen zum Mitnehmen zu machen. In einem Punkt hatte sie recht. Sein Arbeitstag hatte keine festen Zeiten, nicht bei einem Fall wie diesem. Insgeheim machte er sich Sorgen, dass das der Hauptgrund war, weswegen seine Versetzung in die CID genehmigt worden war. Die heutigen Dienstverträge sahen vor, dass uniformierte Beamte Überstunden geltend machen oder Zeitausgleich nehmen konnten, wenn sie länger als die zugeteilte Schicht arbeiteten. Kripo-Beamte hatten keine derartigen Ansprüche. Gab es einen wichtigen Fall, wurde von jedem erwartet, dass er seinen Teil dazu beitrug. Es war also kein Wunder, dass die CID Probleme hatte, Polizisten zu finden und zu behalten.

Und genau da passte er ins Bild. Eric hatte keine Familie. Nun, er hatte seine Mutter, aber das zählte nicht. Da er keine Kinder hatte, wofür er sich selbst noch viel zu jung hielt, und auch keine Freundin, bestand keine Gefahr, dass sein Arbeitspensum sein

Privatleben beeinträchtigte. Nicht, dass die Fälle, die bisher auf seinem Tisch gelandet waren, besonders spannend gewesen wären. Er war sich sicher, dass DI Janssen bestimmte Dinge von ihm fernhielt, allerdings wusste er nicht, *wieso*. Einerseits dachte sich Eric, dass man ihm Zeit geben wollte, sich einzugewöhnen und Fuß zu fassen, bevor mehr Druck auf ihn zu kam. Andererseits gab es da diese leise, quälende Stimme, die ihm erklärte, wieso er keine Freundin fand. Diese Stimme sagte ihm, dass Tom Janssen ihn für nicht gut genug hielt, ihn nicht in seinem Team wollte und ihm deshalb nicht vertrauen konnte. Die Zeit würde es schon zeigen.

Eric entfernte die Frischhaltefolie von seinem Sandwich und nahm einen Bissen. Es war mit hausgemachtem Hühnersalat gefüllt, dazu gab es einen frischen grünen Salat und ein Stück Kuchen. *Deshalb wäre ich verrückt, wenn ich mir eine eigene Wohnung suchen würde*, dachte er, egal, was seine Freunde sagten. Stimmen im Gang kündigten die unmittelbar bevorstehende Ankunft seines Chefs an. Eric setzte sich auf und kaute eilig. Er versuchte, den Bissen hinunterzuschlucken, bevor der DI hereinkam, schaffte es aber nicht.

Tom Janssen trat ein und warf ihm einen Blick zu. Die Frau daneben war Eric Collet nicht bekannt, deshalb schaute er an ihr vorbei in Erwartung, DCI Galbraith zu sehen. Ihm wurde schnell klar, dass die beiden alleine waren. Janssen musste Collet die Verwirrung angesehen haben.

„Eric Collet. Das ist DCI Tamara Greave. Sie ist die SIO im Bettany-Fall."

Als Collet realisierte, dass sie der neue Boss war, sprang er praktisch von seinem Stuhl auf, um einen guten Eindruck zu machen. Der Stuhl rollte nach hinten und stieß an seinen Schreibtisch. Durch den Aufprall kam seine geöffnete Flasche Cola ins Wanken und kippte um. Die Limonade ergoss sich über all seine Papiere. Collet fluchte, stellte die Flasche wieder auf und versuchte hektisch, so viele Papiere wie möglich zu retten, während die Flüssigkeit sich sprudelnd weiter ausbreitete, die

Tischkante erreichte und auf den Boden tropfte. Er fluchte noch einmal und errötete vor Scham.

Greave bemerkte eine Box mit Taschentüchern am Nebentisch und reichte sie dem jungen Mann. Der dankte ihr und begann, den Tisch zu säubern. Innerlich verfluchte Collet seine Tollpatschigkeit. Er wusste, dass das ein schlechter Start war. Aus den Augenwinkeln sah er zu den beiden hinüber. Janssens Gesichtsausdruck zeigte eine Mischung aus Mitleid und leichter Belustigung. Was die DCI anging, die runzelte nur die Stirn. Collet wünschte sich, der Boden würde sich auftun und ihn verschlingen.

„Sie sind gestern nochmal im Haus der Bettanys gewesen, richtig?", fragte Janssen Collet, nachdem dieser die Cola aufgewischt hatte. Er nickte. „Was haben Sie außer dem Laptop noch in Hollys Zimmer gefunden?"

Collet gewann ein Stück seiner Selbstsicherheit wieder, da er etwas Konstruktives vorweisen konnte. Er zog einen großen Beweisumschlag hervor und legte ihn auf einen anderen Tisch, der nicht mit Cola verklebt war. Aus dem Umschlag nahm er einige weiße Blätter und legte sie nebeneinander hin. Die beiden leitenden Beamten stellten sich hinter ihm auf und sahen ihm über die Schulter.

„Die habe ich in einem Ordner gefunden, der hinten in ihrem Schrank versteckt war."

„Versteckt?", fragte Greave.

„Ja. Sie lagen unter einem Kleiderstapel ganz hinten an der Wand. Aber ich denke nicht, dass es sich um alte, vergessene Arbeiten handelt. Schauen Sie mal", Collet zeigte auf die Blätter, „das Papier ist nicht vergilbt und die Kanten sind nicht zerfleddert oder eingerissen. Sie ist sorgsam damit umgegangen und ich denke, das sind ziemlich aktuelle Zeichnungen."

„Sie war also eine angehende Künstlerin", sagte Janssen und bewunderte eines der Bilder. Collet bemerkte sein Interesse an dieser bestimmten Skizze. Dem Anschein nach eine schwarzweiße Kohlezeichnung. Außerdem war es ein erstaunlich genaues Abbild von Holly.

„Ich glaube allerdings nicht, dass sie das gezeichnet hat", sagte Collet. Seine Vorgesetzten sahen in an. Plötzlich fühlte er sich gehemmt, sprach aber trotzdem weiter. „Sehen Sie sich das an." Er griff an ihnen vorbei und zog ein weiteres Bild hervor. Es zeigte ein männliches Gesicht und war mit Bleistift gezeichnet. Allerdings war es deutlich schlechter als die Kohlezeichnung. „Entweder war sie an manchen Tagen hervorragend, wenn sie Selbstportraits angefertigt hat, und hat dann an anderen Tagen vergessen, wie man zeichnet, oder …?"

„Sie hat ein paar davon gemacht, aber nicht alle", beendete Greave den Satz und nickte ihm für seine Schlussfolgerung anerkennend zu.

„Ganz genau. Ich schätze, jemand anderes hat sie gezeichnet und entweder hat sie das Bild mitgenommen oder es war ein Geschenk."

„Ist es signiert?", fragte Janssen und sah sich das Bild genauer an. Keine Signatur zu sehen, nicht einmal Initialen. Collet griff nach einer weiteren Zeichnung und wollte sie Janssen hinüberreichen, doch Greave interpretierte seine Absicht falsch und nahm die Zeichnung an sich. Diese zeigte einen weiteren Mann, dieses Mal war die Abbildung detaillierter. Er schien einen Bart zu tragen, vielleicht der Versuch eines Hipster-Bartes.

„Eine andere Person als auf dem vorherigen Bild", kommentierte Greave. „Vielleicht hat sie an einem Kurs für naturgetreue Kunst teilgenommen? Gibt es so etwas hier in der Gegend?"

Collet wusste nichts von so einem Kurs, doch beide schienen ihn erwartungsvoll anzusehen. Er wusste, dass Janssen von seinem Wissen über die Einheimischen beeindruckt war, aber künstlerische Hobbys waren nicht seine Sache. Collet schüttelte den Kopf. „Ich werde mich umhören." Falls die beiden enttäuscht waren, ließen sie sich nichts anmerken.

„Wir können ja Ken Francis fragen. Er würde von so etwas sicher wissen", schlug Janssen vor. Collet ärgerte sich, dass er nicht selbst darauf gekommen war. Es war ziemlich offensichtlich. „Haben Sie die Eltern, Colin oder Marie Bettany, über die Zeichnungen befragt?" Wieder sahen sie ihn an. Collet schüttelte den Kopf. Ein weiterer Fehltritt für den heutigen Tag. Es lief einfach großartig. „Irgendwelche Fortschritte bei Hollys Laptop?"

„Nein. Er ist passwortgeschützt und die Verschlüsselung bei dieser Marke schwer zu knacken. Wir müssen die Technikjungs aus Norwich anfragen, damit sie sich den Laptop ansehen." Janssen schien ernüchtert. Hollys Tagebucheinträge gaben kaum etwas preis, lediglich ein paar Einträge über das Beharren ihrer Mutter, dass Holly mit ihren musikalischen Bemühungen weitermachen sollte, waren interessanter. Sonst tappten sie über Hollys Gedankenwelt im Dunkeln. Sie hofften, dass in der digitalen Welt mehr über sie zu erfahren war als in ihren handgeschriebenen Worten.

„Was ist mit ihrem digitalen Fußabdruck neben dem Computer? Hatte sie ein Mobiltelefon?", fragte Greave.

„Wir haben weder den Koffer, mit dem sie Freitagabend das Haus verlassen hat, noch ihr Handy oder die Schuhe, die sie getragen hat, gefunden", sagte Janssen frustriert. Collet schätzte, dass sie jetzt mehr darüber wüssten, wo und mit wem Holly ihre letzten Stunden verbracht hatte und vielleicht auch, wieso sie getötet wurde, wenn sie eines dieser Dinge gefunden hätten.

„Ich habe mit der Telefongesellschaft telefoniert und um ihre Verbindungsprotokolle gebeten. Die sollten morgen ankommen." Collet freute sich, dass er etwas Nützliches beisteuern und seinen Wert beweisen konnte. „Das Telefon ist ausgeschaltet oder hat keinen Empfang. Ich habe es gestern und heute Morgen versucht. Außerdem habe ich gestern Abend mit dem Privatlehrer gesprochen."

„Gut", sagte Janssen. Sie hatten ihn den ganzen Samstag über nicht erreichen können. „Was hatte er zu sagen?"

„Holly ist nicht zum Unterricht erschienen." Der Privatlehrer hatte bereitwillig Auskunft gegeben und einen durchweg gut organisierten Eindruck gemacht, als Collet am Telefon mit ihm gesprochen hatte. „Er behauptet, er hätte die Eltern angerufen, um nachzufragen, ob es ein Missverständnis gegeben hätte, hätte jedoch nur den Anrufbeantworter erreicht. Er sagt, er hätte eine Nachricht hinterlassen."

„Marie Bettany hat ausgesagt, sie wäre Freitagabend bei einer Chorprobe gewesen, nachdem sie Holly an der Bushaltestelle abgesetzt hatte." Janssen sprach seine Gedanken laut aus, wahrscheinlich für Greave. „Keiner der beiden hat eine Nachricht auf dem Anrufbeantworter erwähnt. Ich nehme an, sie hatten ihn noch nicht abgehört."

Collet konnte, sehr zu seiner Freude, noch etwas beisteuern. „Ich habe auch mit dem Busfahrer gesprochen, der am Freitag die Route gefahren ist. Er kann sich nicht daran erinnern, dass Freitagabend jemand in Burnham Market eingestiegen ist. Der Fahrer meinte, am Abend wäre wenig los gewesen und er hätte sich erinnert, wenn Holly eingestiegen wäre. Sie fährt diese Strecke ein paar Mal die Woche und er war sich sicher, dass er sie erkannt hätte."

Greave drehte sich zu ihm um und dachte angestrengt nach. „Ich habe in Ihren Aufzeichnungen gelesen, dass die Bettanys wollten, dass Holly Medizin studiert und in ihre Fußstapfen tritt. Stimmt das?" Sie sah die Männer nacheinander an, beide nickten. „Wie schätzt der Privatlehrer Holly ein? Ich nehme an, Sie haben danach gefragt?"

Collet seufzte innerlich vor Erleichterung. Danach hatte er gefragt. „Komischerweise war er der Meinung, dass Holly nicht mit ganzem Herzen bei den akademischen Studien war." Greaves Augen verengten sich und sie konzentrierte ihren Blick auf Collet. „Er sagte, sie schien ...", er dachte nach, was genau der Privatlehrer gesagt hatte, „... in letzter Zeit abgelenkt. Ja, so hat er es formuliert, abgelenkt."

„Hat er auch gesagt, von was?", fragte Janssen. Der Privatlehrer hatte sich auf keine Spekulationen diesbezüglich eingelassen, also wusste Collet es nicht. Er schüttelte den Kopf.

„Sieht so aus, als hätten wir immer noch keine Anhaltspunkte, wer Holly Bettany wirklich war", sagte Greave. Sie trat vom Tisch zurück und ging auf und ab. Collet nahm an, dass sie in Gedanken versunken war, und tauschte einen schnellen Blick mit Janssen aus. Wie üblich verriet die Miene seines DI wenig. Er war oft schwer zu deuten und das wirkte einschüchternd. Zumindest auf Collet. Greave drehte sich um und lehnte sich an eine Tischkante. „Ich möchte, dass wir Hollys Freunde noch einmal aufsuchen, und wir müssen dringend Mark McCall finden. Laut ihrer Freundin, Amelia, waren Mark und sie so etwas wie ein Paar. Ich möchte wissen, wie weit ihre Beziehung reichte und wieso sie kaum jemandem davon erzählt hat. Es scheint so, als hätten alle ihre Schulkollegen Bescheid gewusst, nur nicht ihre Eltern. Falls das stimmt, dann gibt es genug Leute, die mehr über das Paar erzählen können. Collet, wenn nötig, gehen Sie morgen in die Oberstufe."

„In der Zwischenzeit", sagte Janssen, nachdem Greave scheinbar damit fertig war, Aufgaben zuzuteilen, „fahre ich raus zu Ken Francis, vielleicht weiß er etwas über Kunstkurse, an denen Holly hätte teilnehmen können. Wer weiß, vielleicht war er ja selbst bei einem dabei." Janssen sah sie an. Wollte er ihre Zustimmung einholen oder zeigen, dass er das Sagen hatte? Schwer zu sagen. Nach kurzem Zögern nickte sie. „Ich kann Sie an Ihrer Frühstückspension absetzen, wenn Sie möchten. Dann können Sie sich frisch machen."

„Sehe ich etwa müde aus?", entgegnete Greave scharf, fast beschuldigend. Ihre Worte klangen, als kämen sie aus dem Mund einer Person, die zu wenig geschlafen hatte. Collet fühlte sich unwohl. Als ob er zwischen zwei Elternteilen stünde, deren kleine Auseinandersetzung auszuufern drohte. Janssen lächelte und die Spannung, die Collet wahrgenommen hatte, löste sich in Luft auf. Er neigte ständig dazu, Dinge in etwas hineinzuinterpretieren, die gar nicht da waren. Paranoia nannte es seine Mutter.

„Ganz und gar nicht. Sie können sehr gerne mitkommen, wenn Sie möchten."

„Das werde ich. Sie können mich dann gerne auf dem Rückweg an der Pension absetzen."

Greave warf noch einen Blick auf Collets Schreibtisch. Er war sich nicht sicher, ob sie den Schaden begutachtete oder seine Tollpatschigkeit Revue passieren ließ. „Und wenn Sie ein Lokal kennen, in dem wir auf dem Weg zu Mittag essen könnten, wäre das großartig." Collet folgte ihrem Blick mit den Augen und blieb an seinem Sandwich hängen. Sein Magen knurrte. Er hatte auch Hunger.

KAPITEL ZWÖLF

Tamara Greave freute sich darauf, die Namen auf den vorbeiziehenden Straßenschildern zu lesen. *Burnham Overy Staithe* fiel ihr als Nächstes ins Auge. Sie hatte nicht viel Zeit in diesem Teil der Grafschaft verbracht. Seit sie in den Osten gezogen war, war sie vollauf damit beschäftigt gewesen, in Norwich Fuß zu fassen. Ihr Anspruch an sich selbst, ihre Fähigkeiten in dieser Position zu beweisen, hatte so gut wie alles andere verdrängt. Die Rolle, die Tamara Greave sich selbst auferlegt hatte, wirkte sich bereits auf ihr restliches Leben aus, also auf Richard und ihre bevorstehende Hochzeit. Nicht, dass sie sich schon auf ein Datum festgelegt hätten, sehr zum Verdruss ihrer zukünftigen Schwiegermutter. *Was wohl passiert, wenn sie herausfindet, dass wir nicht in einer Kirche heiraten werden?*

Noch ein Straßenschild. Dieses Mal stand darauf *Egmere* zu lesen. Greave versuchte, sich an die geschichtlichen Zusammenhänge zu erinnern und glaubte, die *hams* und *thorpes* kämen aus dem *Altenglischen*, allerdings war der Einfluss des *Altnordischen* in diesem Gebiet weithin bekannt und gut dokumentiert. Sie sah hinüber zu Janssen, der sich auf das Auto konzentrierte, und wollte ihn schon danach fragen. Er war schließlich ein Einheimischer und würde das wahrscheinlich wissen. Doch dann überlegte sie es sich anders. Tom Janssen war ein faszinierender Mann. Anscheinend hatte Greave mit ihrer ersten Einschätzung völlig danebengelegen. Nicht ein einziges Mal hatte sie den Eindruck gehabt, dass ihn ihre Ankunft oder Leitung der Ermittlung störte. Er war gewissenhaft, höflich und konzentriert. Sehr konzentriert.

Greave blickte hinter sich zum Kindersitz auf der Rückbank und fand es seltsam, dass Janssen nie über seine Familie sprach. Er hatte nie angemerkt, dass er nicht bei seinen Lieben sein konnte, weil er am Wochenende arbeitete. Das brachte ihre Arbeit nun einmal mit sich. Vielleicht war er insgeheim auch froh, nicht beim Kind sein zu müssen. Kinder waren nicht jedermanns Sache.

Richard wünschte sich Kinder. So sehr, dass er schon mit ihr über Mutterschaftsurlaub und Mutterschaftsgeld geredet hatte und ob sie plante, überhaupt wieder ihren Beruf auszuüben. Sie waren nicht auf derselben Wellenlänge. Es war nicht so, dass Greave ihn unverblümt angelogen hatte, sie hatte es eher vermieden, das auszusprechen, was wie wirklich dachte. Oft war es einfacher, nichts zu sagen und andere reden zu lassen, vor allem, wenn man nicht unbedingt einer Meinung war. *Man muss rechtzeitig über solche Dinge nachdenken,* sagte er oft. Wahrscheinlich war das seine Art, sie auf ihr Alter hinzuweisen. Greave sah darin kein Problem. Es war nicht unüblich, dass Frauen erst in den späten Dreißigern oder sogar frühen Vierzigern Kinder bekamen …

Greave verdrängte die Gedanken an ihre Beziehung und konzentrierte sich auf Holly und das, was sie von ihr wussten. Das Mädchen war ein einziges Rätsel, wenn man versuchte, hinter die Fassade zu blicken, die sie der Welt gezeigt hatte. Ihre Eltern dachten, sie wäre auf dem Weg Richtung Medizinstudium gewesen. In der Schule war sie zwar nicht die Beste gewesen, doch die Bettanys hatten genug Geld für Nachhilfestunden, um ihr diesen Weg zu ebnen. Dann wäre sie in ihre Fußstapfen getreten, hätte dieselbe Karriere eingeschlagen und denselben Lebensstil angestrebt. Greave fragte sich, ob die jüngere Tochter ebenfalls in diese Richtung gedrängt wurde. Das galt es nachzuprüfen.

Was auch immer Colin und Marie Bettany dachten, sie

schienen ihre älteste Tochter nicht gut gekannt zu haben. Als Greave Collets Beschreibung von Hollys Schlafzimmer und seine Ausführungen über die Ergebnisse der detaillierten Suche gehört hatte, waren ihr die Ähnlichkeiten zu ihrer eigenen Zeit als Teenager aufgefallen. Collet hatte das Fehlen von Make-up in ihrem Zimmer damit erklärt, dass Holly alles mitgenommen hatte, um sich für die bevorstehende Nacht hübsch zu machen. Wenn Greave jedoch von dem Bild ausging, das sie von den Bettanys hatte, war es wahrscheinlicher, dass Holly den Großteil des Make-ups irgendwo versteckt aufbewahrt hatte. Höchstwahrscheinlich hatte sie die auffälligeren Akzente, die ihre Erscheinung unterstrichen, woanders und nicht Zuhause aufgetragen, wenn das häufig vorgekommen war. Vor Greaves geistigem Auge tauchte das Bild von Hollys Gesicht auf. Schwarzer Eyeliner, blasse Foundation und knallroter Lippenstift. Instinktiv kam es ihr so vor, als hätte Holly verzweifelt versucht, der Welt ein anderes Bild von sich zu zeigen als ihre übliche Fassade. Oder vielleicht nicht gerade der ganzen Welt, sondern nur einer Person. Einer besonderen Person.

Janssen trat auf die Bremse. Das kam so plötzlich, dass Greave sich am Türgriff festhielt, um nicht nach vorne zu kippen. Überrascht warf sie Janssen einen zornigen Blick zu. Der löste die Bremse und sah die Straße hinauf, bevor er den Wagen wendete und in die Richtung zurückfuhr, aus der sie gerade gekommen waren.

„Tut mir leid."

Greave erwiderte nichts auf die Entschuldigung, hatte jedoch keine Zeit, zu fragen, was er vorhatte, denn Janssen lenkte den Wagen an der nächsten Kreuzung von der Hauptstraße herunter. Er hielt den Wagen an, schaltete den Motor aus und löste den Sicherheitsgurt. „Was machen wir hier?" Weil sie erschrocken und überrascht war, klangen ihre Worte zornig.

„Wir sind gerade an Mark vorbeigefahren."

Greave befreite sich schnell von ihrem Sicherheitsgurt und sprang aus dem Wagen. Sie beeilte sich, den großgewachsenen Detective einzuholen, der mit langen Schritten in Richtung

Hauptstraße zurücklief. Als sie an die Kreuzung kamen, sahen sie rechts von sich einen jungen Mann. Dieser schien überrascht, dass die beiden ihm den Weg blockierten. Er blieb stehen und sah sich nach rechts und links um, bevor er sich nach hinten umblickte.

„Wir wollen nur mit dir reden, Mark. Weglaufen ist gar nicht nötig." Janssen ließ seine Autorität durchklingen, wirkte jedoch gleichzeitig beruhigend. Greave war beeindruckt. Mark entspannte sich sichtlich, ließ die Schultern wieder hängen und machte keine Anzeichen mehr, dass er weglaufen wollte. Trotzdem sah der Junge noch aus wie ein Kaninchen vor einer Schlange, also machte sie einen Schritt auf ihn zu und lächelte, um ihn zu beruhigen.

„Mark, ich heiße Tamara Greave und das ist Tom Janssen. Wir sind Polizeibeamte. Es stimmt, wir wollen mit dir nur über Holly reden. Wir versuchen, herauszufinden, was ihr zugestoßen ist. Das ist alles." Mark starrte sie an. Als Greave ihn angesprochen hatte, war Furcht in seinen Augen zu lesen gewesen, doch jetzt, als er zwischen ihr und Janssen hin und her schaute und wahrscheinlich der erste Schock nachgelassen hatte, schien er ruhiger und umgänglicher zu sein. „Wir wollten gerade etwas essen. Hast du Hunger?" Mark öffnete den Mund und sie sah, dass er seine Zunge gegen die Unterlippe presste. Er schien darüber nachzudenken, sie und ihr Angebot gleichermaßen zu beurteilen. Dann nickte er.

Die beiden Beamten gaben den Weg frei und drehten sich zur Seite, Mark kam mit einigen Schritten vorwärts zwischen die beiden. Janssen lächelte. Greave wusste, dass es gezwungen war. Es war nicht mehr als eine Geste, um den Jungen zu beruhigen, wirkte aber trotzdem natürlich. Sie hatte den Eindruck, dass Janssen oft lächelte. Nur vielleicht nicht so viel bei der Arbeit.

Sie fanden ein kleines Café, das noch offen hatte, obwohl der Mittagsansturm bereits vorüber war. Laut dem Schild an der Tür, auf dem die Öffnungszeiten abzulesen waren, müsste es eigentlich geschlossen sein. Wenn Greave richtig nachgerechnet hatte, würde die Hauptgeschäftszeit Ende des Monats mit Ostern losgehen. Die wechselnden religiösen Feiertage bereiteten ihr öfter Schwierigkeiten, da diese in ihrer Kindheit keine Bedeutung gehabt hatten. Weil das Wetter so gut war, vor allem für Frühlingsbeginn, und deshalb viele potenzielle Kunden unterwegs waren, erschien es Greave sinnvoll, dass das Café trotzdem geöffnet hatte.

Sie saß mit Mark draußen an einem blau-weiß gestrichenen Picknicktisch. Das Lokal bot nur wenigen Gästen Platz und Greave war froh, dass die geschäftigste Zeit des Tages bereits vorbei war. Eine kleine Gruppe Spaziergänger drängte sich mit Kaffee zum Mitnehmen und hausgemachtem Kuchen und Keksen in den Händen an ihrem Tisch vorbei. Es war ein herrlicher Nachmittag für einen Spaziergang. Janssen kam mit einem Tablett aus dem Lokal. Darauf standen zwei Kaffee, einer für jeden von ihnen, und eine Flasche Cola für Mark. Er stellte das Tablett und ein Glas mit einem großen Holzlöffel, auf dem mit schwarzem Textmarker die Nummer Vier aufgemalt war, auf den Tisch. Greave blickte sich im leeren Außenbereich um und spähte an Janssen vorbei ins Innere des Lokals. Auch dort waren keine Gäste mehr zu sehen.

„Glauben Sie, die werden Schwierigkeiten haben, herauszufinden, für wen die Brötchen sind?" Sie deutete mit dem Kinn auf den Holzlöffel, der das Personal zum richtigen Tisch leiten sollte. Janssen lächelte, sagte aber nichts, und stellte den Kaffee vor ihr ab. Sie bedankte sich bei ihm.

„Ich habe ein Spiegelei für Sie bestellt. Das stimmt doch, oder?", fragte Janssen und sie nickte. Greave aß kein Fleisch, da sie als Vegetarierin erzogen worden war, doch sie war nicht bereit, sich vegan zu ernähren. Noch nicht. Obwohl es sich bei jedem Besuch ihrer Familie aufdrängte. Mark nippte an seiner Cola. Sie sah ihn einen Moment an, bevor sie sprach.

„Du warst Freitagnacht mit Holly zusammen." Greave hätte die Ehrlichkeit des Jungen prüfen können, wenn sie es als Frage formuliert hätte, doch sie wollte das Gespräch schnell ins Rollen bringen. In dieser Phase der Ermittlungen war er für sie nicht der wahrscheinlichste Mörder. Noch nie hatte sie es erlebt, dass ein Mörder sein Opfer entsorgt hatte, nur um am nächsten Morgen mit dem Frühstück in der Hand zurückzukehren. Soziopathisch veranlagte Narzissten wären dazu fähig, Menschen, die keinerlei Empathievermögen besaßen, doch diese Personen behielten ihre Opfer in ihrem Zuhause verborgen und legten sie nicht in aller Öffentlichkeit ab. „Einer deiner Freunde von der Party hat uns das erzählt."

Mark sah ihr direkt in die Augen. „Das sind keine Freunde von mir. Nur Holly." Die Feindseligkeit in seiner Stimme war nicht zu überhören.

Greave quittierte diese Richtigstellung und behielt sie im Hinterkopf. „Wann haben Holly und du die Party verlassen?" Mark schüttelte den Kopf und zuckte mit den Schultern. „Wohin seid ihr gegangen?" Er schien unwillig, die Frage zu beantworten, doch sie hatte nicht den Eindruck, dass er etwas verbergen oder Ausflüchte suchen wollte. „Das ist wichtig, Mark."

„Es gibt da einen Ort. Da gehe ich hin, wenn ... wenn ich allein sein will."

„Und du wolltest mit Holly dort hin?" Wieder antwortete Mark nicht gleich und senkte den Blick. Greave wollte gerade nachhaken, als die Kellnerin das Essen brachte. Die fröhliche, etwas überschwängliche Frau stellte die Bestellungen und das Besteck vor ihnen ab und fragte, ob sie gerne Soßen dazu hätten. Dann entfernte sie sich und die drei waren wieder unter sich. Greave riss ein winziges Päckchen mit Salz auf, bestreute ihr Ei und drückte die obere Hälfte des Brötchens darauf. Mark kämpfte mit seinem Tütchen Ketchup, sodass Janssen ihm dabei half, es zu öffnen.

Sie aßen und ließen den Jungen zur Ruhe kommen. Der verschlang sein Essen mit so großem Appetit, dass Greave sich unwillkürlich fragte, wann er das letzte Mal etwas gegessen hatte. „Mark, du hast Holly an deinen Ort mitgenommen. Bedeutet er dir viel?" Mark sah sie an und nickte heftig, da sein Mund voll war. Dann lächelte er und wischte sich die Ketchup-Reste mit dem Handrücken ab.

„Sie war neugierig. Ich habe ihr immer gesagt, dass ich sie eines Tages mitnehmen würde."

„Und? Gefiel es ihr dort?" Greave biss in ihr Brötchen. Sie wollte das Gespräch während des Essens locker halten. Das Eigelb platzte auf und lief aus dem Brötchen ihren Handrücken hinunter. Sie legte es zurück auf den Teller, tupfte sich den Mund mit der Papierserviette ab und säuberte ihre Hand. „Gefiel ihr dein Ort?"

Mark schüttelte den Kopf. „Wir waren nicht dort."

„Warum? Was ist passiert?", fragte Greave und warf einen schnellen Seitenblick auf Janssen. Der beteiligte sich nicht am Gespräch. Für das ungeübte Auge sah es aus, als würde er dem Gespräch kaum folgen und sich nur auf das Essen und seinen Kaffee konzentrieren. Doch Greave wusste es besser. Er bemerkte jedes Detail, jede Nuance, egal, wie klein.

„Sie hat ihre Meinung geändert."

Greave wartete ab, ob er das weiter erklären würde, doch er blieb still. „Einfach so?" Mark nickte niedergeschlagen. „War das ungewöhnlich für sie? Dass sie einfach so ihre Meinung geändert hat?"

„Nein, nicht wirklich", antwortete er. Er klang nun melancholisch, enttäuscht. „Sie war mal so und dann so. An manchen Tagen schien sie sehr gern bei mir zu sein und an anderen ... na ja ... sie war so unbeständig wie das Wetter, so hätte es meine Mama ausgedrückt."

„Das hat sie über Holly gesagt?", fragte Greave.

„Nein. Über die Leute allgemein. Passte allerdings auf Holly."

„Und wohin ist sie stattdessen gegangen?" Mark schüttelte den Kopf, er wusste es nicht. „Wann hast du sie das nächste Mal gesehen?"

„Samstagmorgen, auf dem Pfad ... als ich ..." Mark verstummte. Greave nahm an, dass er die Erinnerung erneut durchlebte. Sie sah zu Janssen hinüber, der nur die Augenbraue hochzog.

„Wieso bist du weggelaufen, Mark?", fragte sie und verlieh ihrer Stimme dabei einen strengen Unterton, um den Ernst der Frage zu betonen.

„Wegen ihr. *Dieser Frau.*" Der Hass in Marks Stimmte traf Greave unvorbereitet, wenn auch nur für einen Augenblick.

„Jane Francis?", fragte Janssen leise. Mark sah ihn mit schmalen Augen an. „Was an ihr magst du nicht?"

Die Antwort sprühte vor Zorn. „*Sie ist böse*, das mag ich nicht."

KAPITEL DREIZEHN

Tom Janssen ging das Gespräch mit Mark McCall nicht aus dem Kopf. Für einen jungen Mann von siebzehn Jahren hatte er reichlich naive Vorstellungen von der Welt. Diese Einschätzung wurde durch seine Familie noch verstärkt. Wenn es eine Familie gab, die todsicher andere Menschen oder das System zum eigenen Vorteil manipulierte, dann waren das die McCalls. Mark entsprach allerdings so gar nicht Janssens Erwartungen und das beschäftigte ihn. Er würde lügen, wenn er behauptete, dass er den Jungen nicht sofort in eine Schublade gesteckt hatte, als er erfahren hatte, dass er und Holly ein Paar gewesen waren. Das hieß nicht, dass er Mark für schuldig hielt, doch der Ruf der Familie kam nicht von irgendwo. Janssen fragte sich, ob Tamara Greave ähnlich dachte.

Sie hatte nicht viel gesagt, seit sie Mark am Ende des Pfades, der zu seinem Zuhause führte, abgesetzt hatten. Der Junge schien es nicht eilig gehabt zu haben, wieder nach Hause zu kommen. Vielleicht hatte das mit dem Bluterguss zu tun, den Janssen unter dem Kragen seines T-Shirts erspäht hatte. Da Holly keine Abwehrverletzungen aufwies, war er sicher, dass der Bluterguss nicht von einer Auseinandersetzung mit ihr stammen konnte. Außerdem war er an den Rändern schon gelblich verfärbt, was bedeutete, dass er mindestens eine Woche alt war.

Anscheinend hatten die Kinder das herannahende Auto gehört, denn sie ließen fallen, was sie gerade in den Händen hielten, und rannten zum Tor, um die Ankömmlinge zu begutachten. Rosie, das jüngere Kind, war vielleicht sechs oder sieben Jahre alt, ähnlich wie Saffy, und kletterte auf das Tor, als sie gerade in den Hof einbogen. Mit den Füßen stand sie fest auf dem unteren Balken und Janssen war froh, dass das Tor einrastete, als das kleine Mädchen vor und zurück schwang. Der Junge, *William*, wenn er sich richtig erinnerte, stand weiter weg. Er fixierte sie mit einem starren Gesichtsausdruck, der schon beinahe bedauernd wirkte und wesentlich ernster war, als er es bei einem Zehnjährigen sein sollte, zumindest in Janssens Vorstellung.

Als die beiden am hinteren Ende des Hofs ankamen, wo die Autos der Francis standen, stellte Janssen überrascht fest, dass Ken Francis auszumisten schien. Er trug stapelweise Holz und etwas, das nach Leinwand aussah, aus seinem Atelier zu einem Container am anderen Ende des Hofs, gleich neben dem ehemaligen Schuppen. Daneben lag ein großer Haufen Bauschutt, der noch von den Renovierungsarbeiten stammen dürfte und darauf wartete, noch verwendet oder entsorgt zu werden. Ken Francis schaute kurz zu ihnen herüber, bevor er seine Ladung in den Container warf und auf sie zu kam. Sein Gesichtsausdruck war ernst. Janssen fand, dass er angespannt aussah, fast aufgewühlt.

„Ich frage mich, was er da macht", flüsterte Greave durch zusammengepresste Lippen. Der beste Lippenleser der Welt hätte Schwierigkeiten gehabt, ihre Worte nachzuvollziehen, da war sich Janssen sicher.

„Genau das habe ich mich auch gerade gefragt."

„Sprechen Sie mit Ken Francis, Sie beide kennen sich schon. Ich schätze, er wird eher mit Ihnen reden als mit mir. Ich nehme Jane Francis zur Seite und horche sie aus, vielleicht finde ich heraus, was Mark gemeint hat."

Janssen stimmte zu und die beiden stiegen aus. Rosie stand immer noch auf dem Tor, doch nun saß sie auf dem obersten Balken und ließ die Füße baumeln, während sie die beiden Polizisten fasziniert beobachtete. William war nirgends zu sehen. Janssen begrüßte Ken Francis, Greave sah zum Haupthaus hinüber. „Ich hätte einige Fragen zur lokalen Künstlergemeinschaft, wenn Sie ein paar Minuten Zeit für mich hätten." Ken Francis blieb stehen und ein kaum zu deutender Ausdruck huschte über sein Gesicht. *War es Gereiztheit*? Was auch immer es war, der Ausdruck verschwand so schnell, wie er gekommen war.

„Wenn es Ihnen nichts ausmacht, dass ich hier weitermache, während wir reden", antwortete Francis und ging wieder zum Atelier.

„Ist Ihre Frau da?", rief Greave ihm nach. Er wandte den Kopf nur leicht zur Seite, ohne sie anzusehen.

„Im Haus. Tür ist offen."

Janssen war überrascht. Falls Ken Francis neugierig war, wer Greave war, schien er nicht auf die Idee zu kommen, danach zu fragen. Sie war mit Janssen gekommen, also musste sie eine Polizistin sein, doch die kurz angebundene Antwort war interessant. Janssen sah zu Greave hinüber, die es gleichermaßen seltsam zu finden schien. Die beiden trennten sich. Greave ging zum Haus hinüber und Janssen folgte Ken Francis ins Atelier.

Als er es betrat, konnte er sein Erschrecken über den Anblick nicht verbergen. Mit offenem Mund inspizierte er das Atelier. Der Raum war verwüstet. Er sah, dass einige Dinge zusammengetragen worden waren, um wenigstens etwas Ordnung zu schaffen. Schutthaufen lagen da und dort aufgehäuft im Atelier. Zerrissene Leinwände standen säuberlich aneinander gelehnt da und ein Häufchen zerschlagene Keramik war in eine Ecke gefegt worden. In der Luft hing ein feiner Staubnebel und kratzte beim Einatmen in der Kehle. Im ganzen Raum war Farbe verschüttet worden und jemand hatte etwas von den Wänden entfernt. Zwei waren noch feucht. Der Kontrast zur trockenen Oberfläche daneben sprang sofort ins Auge. Vor einer Wand stand ein Wassereimer, in dem auf dem Seifenwasser noch ein Schwamm trieb. Am Rand der Decke waren noch Reste von violetter Farbe zu erkennen und hoben sich stark vom Weiß der Grundfarbe ab.

„Ich traue mich fast nicht zu fragen", bemerkte Janssen leise. Francis sah ihn misstrauisch an, während er sich weitere seiner zerstörten Arbeiten, die jetzt mehr Schrott als Kunst waren, auf den Arm lud.

„Letzte Nacht wurde eingebrochen." Er klang bitter und zornig.

„Haben Sie das angezeigt?" Janssen bemerkte seinen beschuldigenden Tonfall selbst. Das war nicht seine Absicht.

„Was soll das bringen? Es wurde nichts gestohlen, sie haben nur meine Arbeiten zerschmettert. Nur meine fertigen Werke sind versichert und die bewahre ich nicht hier auf." Francis klang desinteressiert. Er ging wieder nach draußen, doch Janssen blieb, wo er war, er wollte ihm nicht wie ein Hündchen nachlaufen. Er sah sich um und bemerkte, dass keines der Fenster eingeschlagen war. Also untersuchte er beiläufig, ob die Tür aufgebrochen worden war. Es waren keine Spuren eines gewaltsamen Eindringens zu sehen. Die ganze Sache erschien ihm eigenartig. Soweit Janssen wusste, hatte der Mann allerdings keinen Grund, ihn anzulügen.

Francis kam zurück, als er gerade das Schloss in Augenschein nahm. Ihm wurde wohl bewusst, was Janssen dachte. „Ich mache mir nicht die Mühe, das Atelier nachts abzuschließen. Wer würde schon ein paar halbfertige Gemälde stehlen wollen? Das wäre völlig verrückt."

„Ich wette, ab jetzt tun sie's." Die Antwort kam wie aus der Pistole geschossen und klang vielleicht etwas schnippisch.

„Vielleicht nur Kinder, die auf Krawall aus waren." Janssen zog bei dieser Erklärung die Augenbrauen hoch, sagte jedoch nichts. Ihm waren noch nie Jugendliche untergekommen, die aus Langweile eine solche Zerstörungswut entwickelt hatten. Das Wartehäuschen einer Bushaltestelle oder das Zu-Verkaufen-Schild einer Immobilienfirma beschmieren, das ja, aber das hier war eine ganz neue Qualität an Vandalismus.

„War in letzter Zeit jemand unzufrieden mit Ihnen?"

„Nein, natürlich nicht!", antwortete Francis gereizt. „Hören

Sie, Inspector, ich möchte nicht unhöflich sein, aber wie Sie sehen, habe ich gerade viel um die Ohren. Vielleicht könnten Sie zum Grund Ihres Besuchs kommen?"

„Natürlich, Mr. Francis." Janssen ging zu einem souveränen, professionellen Tonfall über. „Wir verfolgen einige Hinweise in die Kunstszene und Sie sind der führende Künstler in dieser Gegend und außerdem der einzige Künstler, den ich zufällig persönlich kenne. Daher wollte ich Sie fragen, ob es Ihres Wissens nach hier in der Umgebung Anfängerkurse oder Seminare oder etwas Ähnliches gibt."

Francis kniete auf dem Boden und stapelte zerbrochene Rahmen aufeinander, an denen noch einige Fetzen Leinwand hingen. Er hielt inne und sah Janssen an. „Welche Kunstrichtung? Malerei oder Keramiken?"

„Zeichnungen, würde ich sagen. Eventuell mit Kohle", antwortete Janssen und zeigte auf ein Bild, das etwas abseits an die Wand gelehnt war. Eine der wenigen Arbeiten, die verschont geblieben waren.

„Ja, das ist Kohle. Verwenden nicht viele hier, soweit ich weiß. Zumindest nicht die, die von sich behaupten, Kunstlehrer zu sein."

„Aber Sie schon."

Ken Francis sah ihm direkt in die Augen, bevor er damit fortfuhr, sich seine Arbeiten auf den Arm zu laden. „Ja. Ich verwende Kohle, aber nein, tut mir leid. Ich weiß nichts von Kursen. Sie haben keine Ahnung, wie anstrengend diese provinziellen Anfänger sind. Ich versuche, jeden Kontakt zu vermeiden. Sobald sie wissen, dass man einige Werke verkauft hat, nerven sie einen damit, an ihren Sitzungen teilzunehmen. Sie wollen sich im Ruhm sonnen und selbst etwas Prestige einheimsen. Ich mische mich nicht unter die *künstlerische Gemeinschaft*." Die letzten Worte waren eine überraschend höhnisch klingende Beschreibung für eine Gruppe von Menschen, die an den gleichen Dingen wie er interessiert war. Francis hob seine nächste Ladung an und ging hinaus.

Janssen atmete tief durch. Um nichts in der Welt konnte er verstehen, wieso jemand an diesem Mann und seiner Einstellung Anstoß nehmen könnte. Tags zuvor war er ein angenehmer Gastgeber gewesen, auch wenn er die Rolle nur gespielt hatte. Obwohl er einen guten Grund für seine momentane Laune hatte, schien der zornige Mann mehr dem wahren Ken Francis zu entsprechen als die gestrige Darbietung. Der Mann, der sich normalerweise hinter der Fassade eines erfolgreichen und kreativen Künstlers versteckte, hatte auch weniger angenehme Seiten.

Dieses Mal folgte Janssen Francis in den Hof. Der Mann war aufgewühlt und deshalb, so dachte Janssen, anfälliger dafür, etwas mit einer zornigen Antwort oder einem unbedachten Kommentar preiszugeben. Vielleicht würde er ehrlich antworten. Janssen schirmte seine Augen vor dem grellen Sonnenlicht ab, als er nach draußen trat. Das Innere des Ateliers war eher abgedunkelt. Ihm kam der Gedanke, dass die Fenster nach Norden zeigen mussten. Aus heiterem Himmel fiel ihm die Tatsache ein, dass Künstler ihre Ateliers meist nach Norden ausrichteten, da das Licht konstant blieb, unabhängig davon, welche Tages- oder Jahreszeit gerade herrschte.

Ken Francis kam wieder auf ihn zu. Janssen sah sich um. Die Kinder waren nirgends zu sehen. „Wie gut kannten Sie Holly?" Die Frage kam unvermittelt und Francis blieb wie festgenagelt stehen.

„Gar nicht!", beteuerte er nachdrücklich. „Ich meine, ich habe ihre Eltern manchmal getroffen und sie haben von ihr erzählt."

„Sie kennen sie also. Zumindest ein bisschen."

„Ich schätze schon. Wieso fragen Sie?"

„Und was ist mit Ihrer Frau?" Janssen sah zum Haus hinüber und erinnerte sich an Marks Ausbruch, was Jane Francis betraf. Er sah Silhouetten, die sich hinter dem Küchenfenster bewegten. Ken Francis öffnete den Mund, als wollte er etwas sagen, entschloss sich dann allerdings, doch zu schweigen. „Kennt sie Holly besser, als Sie sie kannten?"

„Ich … weiß nicht, was Sie damit andeuten wollen."

„Ich möchte gar nichts *andeuten*, Mr. Francis. Es ist nur eine Frage."

Janssen beobachtete den Mann genau, um seine Reaktion besser einschätzen zu können, denn er reagierte definitiv. Leider konnte er es im Moment aber nicht deuten.

„Ich weiß nicht. Sie sollten sie selbst fragen."

Ken Francis ging an Janssen vorbei zurück ins Atelier. Janssen sah ihm nach, bis er aus seinem Blickfeld verschwunden war. Dann überquerte er den Hof in Richtung Haupthaus und fragte sich, was auf die Wände geschmiert worden war, das so dringend hatte entfernt werden müssen.

KAPITEL VIERZEHN

Jane Francis sah die Frau auf das Haus zu kommen, während Janssen mit ihrem Mann sprach. Wieso konnte es nicht andersherum sein? Janssen war clever, doch sie konnte ihn durchschauen, gut genug zumindest. Er war sehr zurückhaltend und sicher ein guter Beobachter, doch sie nahm an, dass er auch für bestimmte Reize empfänglich und in einem Alter wäre, in dem ihr Charme noch Wirkung zeigte, sollte dies nötig sein. Der Gedanke, mehr Zeit mit ihm zu verbringen, war ein angenehmer. Schnell eilte sie zurück an die Arbeitsplatte und suchte sich eine Beschäftigung. Als sie hörte, wie die Hintertür geöffnet wurde, atmete sie tief durch und wappnete sich.

„Hallo!"

Die helle Stimme kam aus der Garderobe und sollte sich freundlich anhören. „Hallo, ich bin hier", rief Jane Francis zurück und versuchte, ihre Worte fröhlich klingen zu lassen. „Kommen Sie herein." Sie stellte gerade den letzten Teller in den Geschirrspüler und machte die Tür zu, als die Frau die Küche betrat. So, wie sie mit Janssen gesprochen hatte, war sie wahrscheinlich seine Vorgesetzte. Ein bisschen zu jung dafür, befand Jane Francis.

„Hallo, ich bin DCI Tamara Greave und die leitende Untersuchungsbeamtin im Bettany-Fall. Ihr Mann sagte, ich könnte hereinkommen."

Jane Francis sah zum offenen Fenster hinüber. Ken hatte nichts in diese Richtung gesagt, aber stillschweigend zu verstehen gegeben, dass sie hineingehen könnte. Sie mochte diese Frau nicht. Ihr falsches Lächeln und liebenswürdiges Auftreten waren nichts als eine Maske, um sie in Sicherheit zu wiegen und zu überrumpeln. Diese Einschätzung traf Jane Francis, während sie nach dem Wasserkocher griff. „Möchten Sie einen Tee oder Kaffee?" Die Frau war attraktiv, wenn man dieses gewöhnliche Aussehen mochte. Ziemlich langweilig, schreckliche Frisur und ihre Kleidung sah aus, als käme sie direkt aus einer schlechten Siebzigerjahre-Sitcom. Anscheinend war es ihr egal, was die Leute von ihrem Stil hielten.

„Tee wäre großartig, danke."

Wieder dieses Lächeln. Allerdings waren ihre Zähne, die ganz natürlich aussahen, gut gepflegt. Niemand brachte so ein Lächeln ohne regelmäßige Zahnarztbesuche zustande. „Was führt Sie so schnell wieder zu uns? Ich glaube nicht, dass ich Ihnen mehr sagen kann als gestern Ihren Kollegen." Jane Francis stellte zwei Tassen auf die Arbeitsfläche und gab in jede einen Teebeutel. „Das ist doch in Ordnung, oder? Ich verwende ungern eine Teekanne."

„Ich auch nicht, außer meine Mutter kommt zu Besuch. Das passt so", antwortete Greave und setzte sich auf einen Stuhl. Jane Francis warf ihr einen Blick zu, schwieg aber. *Mach's dir gemütlich.* „Keine Sorge. Ich habe den Bericht gelesen und Sie haben recht. Es hat alles seine Richtigkeit. Wir sind hier, weil es im Rahmen der Ermittlungen neue Hinweise gibt."

„Oh, das klingt interessant." *Du versuchst, unbefangen zu klingen,* dachte sich Jane Francis. *Du übertreibst es.*

„Wie gut kannten Sie Holly?"

Das ist es. Deshalb sind sie so schnell zurückgekommen. Sie wissen es. Der Wasserkocher klickte und Jane Francis goss das heiße Wasser in die Tassen. Sie runzelte die Stirn, als würde sie intensiv über die Frage nachdenken. Dann stellte sie den Wasserkocher zurück und wandte sich der Untersuchungsbeamtin zu. „Ganz gut, schätze ich. Wir kennen ihre Eltern, wissen Sie?"

„Ganz gut?"

Jane Francis zuckte mit den Schultern. „Wir haben ein paar Mal zusammen gegessen. Mal hier und mal in ihrem Haus. Als wir herzogen, waren wir so etwas wie lokale Berühmtheiten. Dank Ken und allem Drumherum. Ich glaube, die *Sunday Times* hat ein paar Artikel über seine Ausstellungen letzten Sommer veröffentlicht und das hat wohl das Interesse der Einheimischen angefacht."

„Ah ja. Ich verstehe."

Sie fischt im Trüben. Sei vorsichtig. „Und natürlich kam Holly öfters her." Jane Francis achtete penibel darauf, diesen Satz so beiläufig wie möglich klingen zu lassen.

„Hat sie auf die Kinder aufgepasst?"

Jane Francis schüttelte lächelnd den Kopf. „Nein, sie hat für Ken Modell gestanden." Sie fischte die Teebeutel aus den Tassen, ging wieder zum Tisch und reichte eine davon Greave hinüber. Dann holte sie sich die andere Tasse und hielt sie in beiden Händen, während sie sich an die Arbeitsfläche lehnte und in die dampfende Flüssigkeit blies. Sie las Greaves Gedanken an deren fragendem Blick ab und lächelte wieder. „Es war alles legal. Ken ist bekannt für seine modernen Interpretationen von Stillleben. Sie verkaufen sich bis heute von all seinen Stücken am besten. Sie haben Holly ja gesehen. Sie hatte einen wunderbaren Knochenbau, perfekt für Kens Stil."

„Ich verstehe. Das haben Sie meinen Kollegen gegenüber nicht erwähnt."

Das freundliche, beruhigende Lächeln war verschwunden. Greave arbeitete sich nun durch die Details, um einen losen Faden zu finden, an dem sie sich vorarbeiten konnte. „Es tut mir leid. Ich schätze, ich habe das nicht für wichtig gehalten."

„Lassen Sie bitte uns in Zukunft beurteilen, was wichtig ist und was nicht."

„Ich schätze, ich hätte es erwähnen sollen. Es tut mir leid. Ich werde in Zukunft daran denken." Diese Aufsteigerin mit ihrer krisseligen Frisur und der Bluse von der Stange machte sie zornig. *Wie kann sie es wagen, so mit mir zu sprechen?* Jane Francis versuchte, sich zu beruhigen, und nahm einen Schluck von ihrem Tee. Er war noch viel zu heiß und sie verbrannte sich die Zunge.

„Und wie kamen Sie und Holly miteinander aus?"

„Ganz okay, schätze ich." Jane Francis hatte ihre Fassung wiedergewonnen. Sie und Holly hatten kaum miteinander zu tun. Ken allerdings würde sich bei dieser Frage sehr unwohl fühlen. „Wie gesagt, ich kannte sie recht gut. Gut genug, um miteinander zu reden, aber um ehrlich zu sein, sie war nicht mein Modell." Ihre Gedanken wanderten zu Ken und seinem Atelier. *Seine Regeln. Seine Entscheidungen.* Jane Francis verdrängte die Gedanken, jetzt war nicht die Zeit, um sich damit herumzuplagen.

„Was die Modelle betrifft, wie viele gibt es denn?" Sie sah Greave an, um ihren Gesichtsausdruck zu ergründen. *Wieso fragt sie das? Wie viel weiß sie schon?* „Kam es regelmäßig vor, dass Mädchen ins Atelier Ihres Mannes eingeladen wurden?"

„Frauen!", brach es aus Jane Francis hervor. Sie konnte sich nicht zurückhalten.

„Holly war gerade erst siebzehn, nicht wahr?"

Aus irgendeinem Grund wollte diese Beamtin sie zu einer Reaktion provozieren, wahrscheinlich zu einer negativen. Jane Francis sah aus dem Fenster zum Atelier hinüber und nickte. „Ich glaube, ja. Sie ging hier in die Oberstufe."

„Also kaum eine Frau", kommentierte Greave spitz. Jane Francis schaute sie an. Einen Augenblick lang sprach keine der beiden, sie sahen sich nur an.

„Es tut mir leid. Was wollen Sie damit sagen?" Diese Frau gab nicht leicht auf, doch Jane Francis wusste, dass sie einen kühlen Kopf bewahren musste.

„Ich habe mich nur gefragt ..." Die Untersuchungsleiterin stand auf, blickte kurz aus dem Fenster zum Atelier und dann wieder zu Jane Francis, während sie am Tee nippte, „... was eine Ehefrau davon hält, dass ihr Mann so viel Zeit mit anderen

Frauen, vor allem jungen Mädchen, verbringt." Jane Francis schaute zum Atelier – die beiden Männer standen davor und sprachen miteinander. Ken Francis ging zurück ins Atelier und Janssen wandte sich um. Er ging über den Hof in Richtung Haus.

„Ich glaube, Sie sollten jetzt gehen."

Greave stellte ihre Tasse auf den Tisch. „Danke für den Tee."

Jane Francis ging durch die Küche, blieb am Fenster stehen und sah der Frau nach. Diese blieb bei Janssen stehen und er schaute kurz in ihre Richtung. Dann klingelte sein Telefon und er nahm den Anruf entgegen, während er zum Auto zurückging. Als er auf dem Fahrersitz Platz nahm, sprach er mit jemandem. Das Gespräch dauerte einen Moment, bevor er das Telefon weglegte. Er sah seine Chefin neben sich an und sie unterhielten sich kurz. Die Frau sah geschockt aus. Jane Francis konnte nur raten, worum es dabei ging. Für einen kurzen Moment spürte sie bei dem Gedanken, sie könnten aussteigen und wieder ins Haus kommen, nackte Angst in sich hochsteigen. Die Sorge verflüchtigte sich, als sie den Motor starten hörte.

William kam von oben herunter. Sie lächelte ihn an, merkte aber, dass es nur halbherzig war. „Kommt die Polizei noch einmal?" Er klang besorgt, das tat er meistens, wenn er unter Stress stand.

„Nur wenn sie denken, dass wir ihnen helfen können." Die Antwort war für den Jungen wenig befriedigend, aber zu mehr war Jane nicht imstande. Er drehte sich um und polterte wieder die Treppe hinauf. Die nervöse Atmosphäre im Haus übertrug sich auf ihn. In dieser Beziehung war er wie sein Vater. *Wie viel hat er gehört? Hat er das ganze Gespräch mitangehört?* Sie hoffte, dass das nicht der Fall war.

Als sie in den Hof hinaustrat, war die Polizei bereits weg und sie ging zum Atelier hinüber. Ken trug einen schwarzen Müllbeutel, der unter dem Gewicht der zerschlagenen Töpfereien zu reißen drohte. Janes Gedanken mussten deutlich in ihrem Gesicht zu lesen sein, denn er stellte den Beutel auf den Boden.

„Was ist los?", fragte er mit besorgter Miene.

„Was hast du ihm über Holly gesagt?"

„Nichts! Ich habe gesagt, dass ich sie kaum kannte."

Zorn flammte in ihr hoch. Für einen angeblich intelligenten Mann war er manchmal ziemlich beschränkt. „Ernsthaft, Ken? Was glaubst du, warum sie das gefragt haben? Du solltest ihnen immer alles sagen, was sie leicht *auf anderem Weg* herausfinden können. Sie haben wahrscheinlich genau gewusst, dass sie öfter hier war, bevor sie zu uns gefahren sind, und du hast uns mitten ins Schlamassel geritten. Du bist manchmal ein richtiger Trottel!"

„Es tut mir leid." Ken klang kraftlos, schon beinahe erbärmlich.

„Was hat dich da nur geritten?" Jedes ihrer Worte traf. Er sah aus, als würde er gleich wieder weinen.

„Sie ist tot, Jane. Holly ist tot."

„Und was an ihr war so *besonders*, das alle anderen davor nicht hatten? Nichts!" Wenn er in Momenten wie diesem so mit sich kämpfte, wählte Jane ihre Worte normalerweise mit Bedacht, doch jetzt, nach all den Ereignissen der letzten Wochen, hatte sie nicht mehr die Kraft, auf seine Gefühle Rücksicht zu nehmen. Ken ließ den Kopf hängen und brach in Tränen aus. Jane machte auf dem Absatz kehrt und stapfte zurück ins Haus. „Reiß dich zusammen und komm wieder klar, Ken. Dieses Mal kannst du nicht alles auf mich abwälzen!"

KAPITEL FÜNFZEHN

Als sie aus dem Haus kam, nickte Janssen Greave zu. Jane Francis stand am Fenster, ihr Gesicht war deutlich zu erkennen. Wie auch immer das Gespräch gelaufen war, Greave hatte Eindruck hinterlassen. Hoffentlich war Mrs. Francis mitteilsamer gewesen als ihr Mann. Er wusste mehr, als er gesagt hatte, so viel stand fest. Allerdings wusste Janssen nicht, was das war. Von DCI Greaves Gesichtsausdruck schloss er, dass zwischen den beiden Frauen etwas vorgefallen war, von dem er unbedingt wissen sollte. Sein Telefon klingelte. Es war James Collins, der Pathologe aus Norwich. Der Mann, dessen Erzählerstimme gut in die alte Wochenschau aus Zeiten des Schwarz-Weiß-Fernsehens gepasst hätte, stand kurz vor der Pensionierung.

„Ich hab' da was für dich." Keine Begrüßung. Wie immer kam er gleich zur Sache. „Es tut mir leid, dass ich nur halbgare Informationen für dich habe, Tom, aber ich dachte, das würde dich interessieren. Die Todesursache lautet definitiv Erwürgen, aber warum ich dich eigentlich anrufe: Dein Opfer war schwanger. Spätes erstes Trimester, wenn ich recht habe, eine genaue Zeitangabe ist schwierig. Vielleicht achte bis zehnte Woche."

„Bist du sicher?" Janssen machte auf dem Absatz kehrt und ging zum Auto. Nachdem er es aufgeschlossen hatte, stieg Greave auf der Beifahrerseite ein. Interessiert schaute sie zu ihm herüber. Janssen zog die Tür zu, schaltete das Telefon auf Lautsprecher und gab der DCI zu verstehen, dass es um etwas Wichtiges ging. „Ich habe definitiv keine Zweifel an dir, James, aber das Mädchen sah nicht schwanger aus."

„Na ja, sie war ein zartes kleines Ding."

„Hätte sie es selbst gewusst?" Seine Kenntnisse über Schwangerschaften waren nicht gerade umfangreich. Doch wenn Holly gewusst hatte, dass sie schwanger war, hätte das sicher Einfluss auf ihr Verhalten gehabt. Greave kniff die Augen zusammen.

„Natürlich, zweifellos. Wahrscheinlich war ihr morgens schon übel und die Periode dürfte ausgeblieben sein. Ich wäre sehr überrascht, wenn ein Mädchen ihres Alters das nicht mitbekommen hätte. Aber ich will dich nicht länger aufhalten und melde mich morgen mit dem vollständigen Bericht. Vielleicht hast du dann etwas Zeit und kannst mir erzählen, wie du mit deiner neuen DCI zurechtkommst. Gerüchten zufolge hat sie Haare auf den Zähnen!"

„Wir kommen gut zurecht!", sagte Greave laut und deutlich. Stille. Janssen sah zu ihr hinüber. Sie schaute starr nach vorne und er konnte nicht ausmachen, ob sie beleidigt war und wenn ja, wie sehr. Innerlich musste er grinsen.

„Großartig ... großartig. Ich melde mich dann morgen ... bei euch beiden."

Damit war das Gespräch beendet. Janssen hielt es für das Beste, Collins' Kommentar einfach zu ignorieren, und war erleichtert, dass Greave auch kein Wort darüber verlor. Nachdem er geprüft hatte, dass der Weg frei war, startete er den Wagen und fuhr los. Der Anruf des Pathologen hatte wie eine Bombe eingeschlagen, denn durch die Schwangerschaft ergaben sich einige Motive für den Mord. Während der Fahrt schaute Janssen wieder zu Greave hinüber, doch die schien nachzudenken. Wahrscheinlich beschäftigte sie sich ebenfalls mit dem Fall. Normalerweise war er es, der stillschweigend seinen Gedanken nachhing. Eine Angewohnheit, die seine Kollegen oft irritierte. Greave schien ähnlich gestrickt zu sein. Entweder das oder sie konnte gut abschalten und sich stattdessen mit angenehmeren Dingen beschäftigen. Aber irgendwie bezweifelte er das. Sie war nicht umsonst DCI.

„Wer ist also der Vater?" Ihre Frage durchbrach die Stille und bestätigte Janssens Annahme. Seit sie das Haus des Ehepaars Francis verlassen hatten, war Janssen alle Möglichkeiten durchgegangen.

„Mark würde am ehesten infrage kommen", doch er selbst fand, dass das unglaubwürdig war. Aus den Augenwinkeln sah er Greave nicken und bemerkte, dass auch sie diese Theorie für unwahrscheinlich hielt.

„Er schien so ..." Das richtige Wort wollte ihr nicht einfallen. „Jung?" Dem konnte Janssen nur zustimmen. Schon die Aussicht, Zeit mit Holly zu verbringen, hatte ihn in Begeisterung ausbrechen lassen. Vielleicht weil sie doch eine sexuelle Beziehung gehabt hatten? Möglich war es.

„Mir scheint, dass ihre Beziehung kompliziert war", meinte Janssen, während er an einer Kreuzung abbog und sich hinter einem Kleintransporter einordnete. „Aber ich bin mir nicht sicher, ob tatsächlich eine körperliche Beziehung der Grund dafür war."

„Sie wären nicht die ersten Kinder, die sich in Schwierigkeiten gebracht haben." Greaves Worte klangen so bedauernd und mitfühlend, dass Janssen sich fragte, ob sie sich auf eine persönliche Erfahrung oder ihre Arbeit bezog. Laut stellte er die Frage allerdings nicht. „Ihr Vater ist Arzt, nicht wahr?"

„Die Mutter auch. Sie sind Seniorpartner der örtlichen Praxis", bestätigte Janssen. „Man würde meinen, einer der beiden hätte die Anzeichen bemerkt."

„Außer, sie hatte viel Übung darin, Dinge vor ihren Eltern zu verstecken. Junge Mädchen haben ein Talent dafür!" Dieses Mal war Janssen sich sicher, dass sie aus persönlicher Erfahrung sprach. Sie mussten noch einmal mit Colin und Marie Bettany reden, außerdem waren weitere Besuche bei Mark und Hollys Freunden nötig. Vielleicht hatte die Schwangerschaft nichts mit

Hollys Tod zu tun, aber wenn sie sie geheim gehalten hatte, war das durchaus ein mögliches Motiv. Es hatte keine anderen wichtigen Ereignisse in ihrem Leben gegeben, und wenn sie sich jemandem wegen des Babys anvertraut hatte, dann könnte sie das auf die Spur des Mörders bringen und erklären, weshalb sie ermordet worden war. „Es wäre gut, wenn wir mit den Lehrern der Oberstufe sprechen."

Eine scharfsinnige Idee, wie Janssen fand. „Um herauszufinden, wie Holly sich machte? Ihre Eltern hielten Nachhilfestunden für nötig, aber lag das an ihrer Leistung oder ihrer Einstellung?"

„Genau." Zwar bestätigte Greave seine Annahme, doch Janssen hatte trotzdem das Gefühl, dass das nicht alles war. Er wartete ab. „Ich möchte auch mehr über Mark erfahren. Wie passt er in die Klassengemeinschaft? Es ist seltsam, dass gerade Holly und er befreundet waren."

Janssen überlegte eine Weile. „Vielleicht ist es andersherum." Greave warf ihm einen auffordernden Seitenblick zu. „Allem Anschein nach ist Mark ein Außenseiter, er passt nicht dazu. Bedenkt man seine Herkunft, ist das nicht weiter verwunderlich, aber da steckt mehr dahinter. Er hat irgendetwas an sich. Jeder denkt, dass er ...“

„Verrückt ist?"

„Ja. Ein Spinner. Aber so, wie er mit uns geredet hat ... Die Dinge sind für ihn entweder schwarz oder weiß, er hat die Meinungen anderer so dargestellt, als ob es Fakten wären. Als ob er nicht dazwischen unterscheiden könnte."

„Was meinen Sie damit?" Greave klang neugierig, nicht skeptisch. Janssen dachte nach und versuchte, seine Theorie in Worte zu fassen.

„Ganz sicher bin ich mir nicht. Ich glaube nicht, dass er einfach nur verrückt ist. Soweit ich beurteilen kann, macht er von allen McCalls die wenigsten Probleme. Zumindest aus Sicht der Polizei. Ich glaube nicht, dass er – wie etwa Ken Francis – etwas verschweigt, aber ... möglicherweise hatten Holly und er irgendetwas gemeinsam. Vielleicht fühlten sich beide als Außenseiter.

Hollys Eltern erwarteten von ihr, dass sie Medizin studiert, aber dazu reichten ihre Noten nicht. Und vergessen wir dabei nicht, dass ein Baby diesen Plan sicher gefährdet hätte."

Greave nickte bedächtig, als würde sie seine Argumentation überdenken. Allerdings war er sich nicht sicher, ob er seine Theorie klar formuliert hatte. Während sie durch die Dörfer fuhren, verebbte das Gespräch allmählich. Sie kamen schnell voran. Wenn erst die Osterfeiertage anbrachen, würde auf der A149 und den umgebenden Straßen Stau herrschen. Und es würde schwierig werden, eine Unterkunft zu finden. Sicherlich waren die meisten schon längst ausgebucht. Janssen hatte für Greave ein Hotel ausgesucht, das zwischen Deepdale und Brancaster lag. Es war nicht nur günstig gelegen, sondern hatte auch einen guten Ruf, also nahm er an, dass Greave damit einverstanden war.

„Tod durch Erwürgen, interessant, oder?" meinte Greave nach einigen Minuten, den Blick nach vorne gerichtet. „Das zeugt von einer starken persönlichen Motivation."

Dem konnte Janssen nur zustimmen. Es brauchte Zeit, um jemanden mit bloßen Händen zu erdrosseln, nicht wie in den Filmen oder Fernsehsendungen. Fünf oder mehr Minuten waren dazu schon notwendig. Die Halsmuskulatur gibt nicht einfach nach, sie versucht, dem Druck standzuhalten. „Wenn es etwas Persönliches war, dann deutet das auf ein Verbrechen aus Leidenschaft hin."

„Ich bezweifle, dass sie einfach so einem durchreisenden Serienkiller über den Weg gelaufen ist, auch wenn wir das nicht ausschließen können. Statistisch gesehen suchen wir nach einem Einheimischen, vielleicht jemanden aus ihrem Bekanntenkreis, und das Baby wirft verschiedenste Motive auf."

Janssens Gedanken wanderten zu Alice und Saffy. Vor seinem geistigen Auge stieg das Bild des kleinen Mädchens auf, als sie noch ein Säugling gewesen war. Holly und ihr ungeborenes Kind taten ihm leid. Sie würden nicht mehr erfahren, was das Leben für sie bereitgehalten hätte. Alice hatte die Situation als alleinerziehende Mutter gut im Griff. Wäre auch Holly diesen Weg alleine gegangen, wenn es notwendig gewesen wäre? Das alles war ein reines Gedankenspiel. Ihre wohlhabenden Eltern hätten ihr wahrscheinlich geholfen, auf einen solchen Rückhalt hatte Alice nicht zählen können. Es musste der reinste Albtraum gewesen sein, die Schichten im Krankenhaus mit der Kinderbetreuung unter einen Hut zu bekommen, deshalb die Rückkehr nach Norfolk und die Stelle als Arzthelferin bei den Bettanys. Beinahe erlag er der Versuchung, sie anzurufen und über ihre Arbeitgeber auszufragen, überlegte es sich dann aber anders, ein privater Rahmen wäre dafür besser geeignet. Auf keinen Fall wollte er Alice in Schwierigkeiten bringen und ihr Arbeitsverhältnis belasten. Der Gedanke, dass sie wieder in sein Leben getreten war, entlockte ihm ein Lächeln.

„An was haben Sie gedacht?" fragte Greave, sie hatte ihn beobachtet.

Janssen errötete und schüttelte den Kopf. „Ich bringe Sie zu Ihrem Hotel, wenn Ihnen das recht ist."

„Natürlich. Hätten Sie Lust auf ein Arbeitsessen? Wir könnten unser weiteres Vorgehen planen." Wahrscheinlich hatte sie eine unwillkürliche Reaktion bemerkt, denn sie verwarf die Idee schnell wieder. „Wenn Sie schon etwas anderes vorhaben, ist das kein Problem. Ich habe vergessen, dass Sie ja hier leben."

Wieder dachte er an Alice. Doch dieses Mal achtete Janssen darauf, dass sein Lächeln unsichtbar blieb.

KAPITEL SECHZEHN

Tamara erwachte frühmorgens. Ob das am fremden Bett, dem ungewohnten Zimmer oder einfach an Richards Abwesenheit lag, konnte sie nicht sagen. Der Wecker am Nachttisch ging falsch. Das war ihr bereits aufgefallen, als sie zu Bett gegangen war, doch sie hatte es nicht geschafft, die richtige Uhrzeit einzustellen, und es dann aufgegeben. Richard hatte gestern Abend angerufen. Es war ein kurzes und angespanntes Gespräch, offensichtlich war er noch gekränkt, weil sie verfrüht zur Arbeit gefahren war. Das würde er allerdings niemals zugeben, außer, man drängte ihn dazu. Stattdessen gestaltete sich ihr Telefonat aufgesetzt und nichtssagend. Sie erzählten einander die Geschehnisse des Tages, wobei sie sich Mühe gaben, Interesse vorzutäuschen, jedoch kläglich scheiterten, ernsthafte Begeisterung aufzubringen. Wo nichts war, konnte man nur schwer etwas vortäuschen. Ihre Gedanken galten dem Fall und Richard war mit seiner Familie beschäftigt, das eine interessierte ihn nicht und das andere war für sie belanglos.

Nachdem Tamara aufgestanden war, ging sie zum Fenster und ließ den Blick über das Sumpfgebiet von Brancaster Bay bis zur Küste schweifen. Am Horizont zeigte sich bereits das Orange der aufgehenden Sonne, ein wolkenloser Morgen stand bevor. Durch die offene Tür des französischen Balkons strömte eine kalte Brise herein, die sich herrlich auf ihrer Haut anfühlte. Der Wind brachte wärmere Luft aus Kontinentaleuropa mit sich und nahm der Kälte den Biss. Über ihrem Kopf hörte Tamara das Geschrei der Möwen. An der gesamten Küste lagen Boote vor Anker, von Jachten bis zu kleinen Nussschalen. Das tief gelegene Land und die Priele formten einen sicheren Hafen. Obwohl die Gegend hier ganz anders war, fühle Tamara sich durch den Anblick der Boote und die Geräusche an ihr Zuhause im Westen erinnert. Hier war die Küste zahmer, erschien weniger gewaltig. Es war definitiv ruhig. Norfolk schien eine würdevolle Stille auszustrahlen. Ein Ort, an dem sie sich konzentrieren und mit ihren Gedanken auseinandersetzen konnte. Ob Richard das auch so wahrnähme, wenn er hier wäre? Wahrscheinlich würde er jammern, wie wenig man hier unternehmen konnte. *Das ist gemein.* Tamara wies sich zurecht. Richard war ein intelligenter, charmanter und amüsanter Mann, und dazu noch höllisch sexy.

Nachdem sie geduscht hatte und in ihre letzten frischen Klamotten geschlüpft war, ging Tamara hinunter. Laut der Informationsbroschüre des Hotels wurde das Frühstück erst ab sieben Uhr serviert, also wartete sie. Am Ende des Gebäudes hatten die Eigentümer einen modernen Speisesaal aus Glas und Stahl bauen lassen, um für eine bessere Aussicht auf das Sumpfland zu sorgen. Man konnte auch draußen auf der Terrasse sitzen, doch dieser Morgen war selbst für Tamara noch zu kühl dafür. Stattdessen genoss sie den Ausblick durch die deckenhohe Glaswand. Die Sonne blitzte gerade über dem Horizont hervor. Meistens sah Tamara sie über der Küste untergehen, daher war dieser Anblick eine schöne Abwechslung.

Hinter ihr war ein Geräusch zu hören und eine Mitarbeiterin erschien, die überrascht war, dass sich bereits ein Gast im Saal befand. Tamara lächelte und sie tauschten Höflichkeiten aus. Die Frau bot ihr an, Kaffee aufzubrühen, während sie frisches Brot, Gebäck und – wie Tamara hoffte – regionale Erzeugnisse aufdeckte. Ein weiterer Hotelmitarbeiter tauchte auf und noch bevor das Büffet fertig gedeckt war, machte Tamara sich über die

Speisen her. Da sie kein Fan eines großen Frühstücks gleich nach dem Aufstehen war, nahm sie sich nur ein Körnerbrötchen und etwas Käse. Niemand schien sich daran zu stören, dass sie sich selbst Messer, Teller und Butter schnappte und sich ans Ende des Saales an einen Fenstertisch zurückzog. Kurz danach brachte man ihr den Kaffee, den sie dankbar entgegennahm.

Tamara schmierte geistesabwesend das Brötchen und ließ den Blick über die Landschaft schweifen, als ihr Telefon piepste. Eine Textnachricht von Janssen, er wollte wissen, wann er sie abholen sollte. Der Detective Inspector war anscheinend auch ein Frühaufsteher. Vielleicht wegen des Kindes. Sie tippte zurück, dass sie fertig war. Kaum hatte Tamara die Nachricht abgesendet, kam schon Janssens Antwort. *Ich hole Sie in zehn Minuten ab.* Er steht wirklich früh auf, dachte sie.

Als Janssen auf den Parkplatz fuhr, wartete sie bereits draußen auf ihn. Er begrüßte sie mit einem Winken und Greave beeilte sich mit dem Einsteigen. Nach ein paar morgendlichen Höflichkeiten kam sie gleich auf den Fall zu sprechen. „Ich möchte heute Morgen mit den Eltern reden. Den Bettanys. Wir sollten anrufen und uns anmelden. Ich möchte sie nicht überfallen."

„Das habe ich mir schon gedacht", meinte Janssen mit einem kleinen Lächeln. „Ich habe sie gestern Abend angerufen und ausgemacht, dass wir heute so früh wie möglich kommen. Sie erwarten uns. Wie gefällt Ihnen das Hotel?"

„Gut. Der Kaffee war miserabel, aber alles andere ist wunderbar." Ihre Antwort entlockte Janssen ein Lachen. Es kam von Herzen und bestätigte ihren Eindruck, dass er außerhalb des Dienstes oft lachte.

„Ich weiß, wo wir unterwegs einen bekommen. Zwar wird der Laden noch nicht offen haben, aber ich kenne den Besitzer und er müsste schon da sein." Greave schaute auf die Uhr und dann zu ihm. Eine Tasse guter Kaffee war verlockend, aber sie wollte mit den Bettanys sprechen, während sie noch nicht richtig wach waren. So nannte sie die Zeit des Tages, in der man automatisch funktionierte. Natürlich wollte sie nicht, dass die Bettanys sich überfallen fühlten, aber wenn es etwas gab, dass sie zurückhielten, dann wollte sie ihnen nicht die Chance geben, ihre Aussagen abzustimmen.

Anscheinend bemerkte Janssen, dass sie den Zeitplan überdachte. „Ich sagte, so früh wie möglich, nicht im Morgengrauen. Sicherlich rechnen sie jetzt noch nicht mit uns, oder wollen Sie die Bettanys im Schlafanzug überraschen? Wir haben Zeit."

Lächelnd lenkte Greave ein. „Wer ist denn Ihr Freund?"

Das Lokal, ein kleines Fischrestaurant nahe Burnham Norton, war nicht weit weg. Davor stand ein Schild, auf dem mit Kreide das Beste beworben wurde, was Norfolk zu bieten hatte: frische Austern aus den Buchten um Brancaster Bay, Krabben und Fisch vom Markt, die dort frisch von den Fangschiffen verkauft wurden. Janssen ging auf die Rückseite des Gebäudes. Für Greave sah es so aus, als wäre niemand hier, doch Janssen hämmerte an eine Seitentür. Diese wurde gleich darauf geöffnet und im Spalt erschien ein Gesicht. Ein kleiner muskulöser Mann begrüßte Janssen mit festem Händedruck. Er fiel tatsächlich auf. Callum McCall hatte recht, er sah nicht wie die Einheimischen aus, sondern überragte die meisten.

Nach einem kurzen Blick auf die Uhr beobachtete Greave die beiden Männer. Jeder kannte jeden. Darin lag der Vorteil einer kleinen Gemeinde, gleichzeitig war es auch ein Fluch. Janssen war nur fünf Minuten weg, ihr schien es allerdings länger. Zumindest dauerte es lange genug, um sie ungeduldig werden zu lassen. Mit zwei braunen Kaffeebechern samt schützenden Deckeln in Händen eilte Janssen zurück zum Auto. Greave lehnte sich hinüber und öffnete ihm die Fahrertür. Janssen nahm sein Knie zu Hilfe, um die Tür ganz zurückschwingen zu lassen, und reichte ihr einen Kaffee. Da er heiß war, stellte Greave ihn ab.

Der Stoßverkehr, oder das, was hier als solcher durchging, nahm stetig zu. Janssen lenkte den Wagen zurück nach Burnham Market und verließ die Hauptstraße. Der Großteil des Verkehrs rollte in die entgegengesetzte Richtung, doch wegen Bauarbeiten und einer ungünstiger Ampelschaltung in der Nähe des Dorfes hatten sie genug Zeit, um ihren Kaffee zu genießen, bevor sie am Brancaster House, dem Haus der Familie Bettany, ankamen.

Marie Bettany erwartete sie bereits und führte sie ins Wohnzimmer. Dort stand ein Tablett mit Tee und Keksen. Anscheinend wurde die Tugend, immer ein guter Gastgeber zu sein, trotz aller Umstände gewahrt. Obwohl Greave dieses Szenario für seltsam hielt, bekundete sie ihre Dankbarkeit. Ihre Gastgeberin forderte sie auf, sich zu setzen. Sie selbst nahm gegenüber Platz und schenkte den Tee ein.

„Kommt Ihr Mann auch?", fragte Greave. Für einen kurzen Moment änderte sich Mrs. Bettanys Gesichtsausdruck, bevor sie wieder freundlich lächelte, wenn auch nervös. Zumindest deutete Greave es so.

„Nein, es tut mir furchtbar leid. So kurzfristig konnten wir nur einen Vertretungsarzt finden. Sie haben sicher Verständnis dafür, dass wir uns immer noch um eine große Anzahl Patienten kümmern müssen. Es wäre schrecklich, so viele Leute im Stich zu lassen. Colin musste früher in die Praxis, um Vertretungen zu organisieren, und er arbeitet heute."

Greave bemerkte, dass Janssen sie ansah. Nicht nur er war überrascht, dass Colin schon wieder arbeitete. „Nun, wie auch immer. Wir können ihn später in der Praxis aufsuchen."

„Ich fürchte, er wird sehr viel zu tun haben", sagte Marie Bettany kopfschüttelnd.

„Sicherlich wird er sich für uns Zeit nehmen", entgegnete Greave, während sie zur Porzellantasse samt Untertasse griff. „Wir möchten dringend mit Ihnen beiden über diese Sache sprechen, Dr. Bettany, entschuldigen Sie also bitte, wenn meine nächste Frage unverblümt scheint."

Durch diese Bemerkung in Alarmbereitschaft versetzt, richtete Mrs. Bettany sich auf. Ihr Gesicht verriet plötzlich, wie tief ihr Schmerz der letzten Tage ging.

„Wussten Sie, dass Ihre Tochter schwanger war?"

Die Frage traf sie wie ein Faustschlag. Genau das war Greaves Absicht gewesen. Fassungslos riss Mrs. Bettany den Mund auf.

„Schwanger?" Sie schien ehrlich überrascht. „Ich ... wusste nicht ..." Stammelnd brach sie den Satz ab. „Wie kann das sein? Mir ist natürlich klar, wie das biologisch möglich ist, aber ..."

„Hatte Holly Ihres Wissens eine Beziehung mit jemandem?", fragte Greave. Ihr war bewusst, dass Janssen diese Frage bereits beim letzten Besuch gestellt und Colin sie dezidiert verneint hatte, aber der war ja gerade nicht da. Marie Bettany hob den Kopf und sah ihr direkt in die Augen, bevor sie zu Janssen hinüberschaute. „Es ist wichtig, Marie." Um Vertrauen aufzubauen, sprach Greave sie mit Vornamen an.

„Es gab da einen Jungen." Als hätte sie Angst, sie könnte belauscht werden, flüsterte Mrs. Bettany die Antwort. „Einer der McCalls, der Jüngste, Mark heißt er, glaube ich."

„Warum haben Sie das nicht schon am Samstag meinen Beamten mitgeteilt?" Der Blick, den Mrs. Bettany ihr zuwarf, war finster. Offensichtlich fühlte sie sich nicht wohl in ihrer Haut. Gab sie etwas Vertrauliches preis?

„Colin war dagegen. Als er es herausgefunden hat, handhabte er die Sache so, wie er es immer tat, wenn Holly einen Freund hatte."

„Und das heißt?", fragte Greave gespannt.

„Er hat dem ein Ende gesetzt, was sonst!" Das Verhalten ihres Mannes missbilligend schüttelte Mrs. Bettany den Kopf. „Er hat gedacht, dass Mark für Holly nicht gut genug war. Verstehen Sie mich bitte nicht falsch, auch ich hatte Bedenken, der Ruf der Familie und so, Sie wissen schon."

„Aber da ist noch mehr, nicht wahr, Marie?" Obwohl Greave es als Frage formulierte, war es mehr eine Annahme, die sie bestätigt haben wollte. Marie Bettany nickte. „Fahren Sie bitte fort."

„Keiner war jemals gut genug für Holly, ganz gleich, wer ihr Freund war. Sie hätte einen der Royals aus Sandringham heimbringen können und er hätte in Colins Augen nicht genügt. Was Holly auch tat, er hat immer alles im Keim erstickt."

„Ihr Mann hat der Beziehung also einen Riegel vorgeschoben?" Hinter Mrs. Bettany bewegte sich etwas. Die Tür zum

Wohnzimmer schwang zu stark hin und her, als dass ein Luftzug durch das offene Fenster dafür verantwortlich sein konnte.

„Aus gutem Grund, wie es scheint!", blaffte Mrs. Bettany, die ihren Frust nicht länger verbergen konnte. Sofort entschuldigte sie sich bei den beiden Detectives. Greave winkte ab.

„Ich weiß, Sie haben das schon zur Genüge beantwortet, aber stimmt es, dass weder Sie noch Ihr Mann wussten, wohin Holly am Freitagabend wollte? Seit meine Beamten am vergangenen Samstag mit Ihnen gesprochen haben, ist Ihnen nichts Erwähnenswertes mehr eingefallen?"

Kopfschüttelnd antwortete Dr. Bettany: „Nein. Wir beide haben gedacht, dass sie nach Norwich fährt. Wie wir schon gesagt haben."

„Und Sie haben nicht nachgefragt, ob sie dort sicher angekommen ist?"

„Mir gefällt nicht, was sie da andeuten. Wir sind fürsorgliche Eltern und Holly ist … war … siebzehn."

Wieder bewegte sich die Tür, was Greaves Aufmerksamkeit erregte. Sonst schien niemand die Bewegung wahrzunehmen. „Ich verstehe. Sie wussten nicht, wo sie war. Dürfte ich Ihre Toilette benutzen?" Der plötzliche Themenwechsel verblüffte Mrs. Bettany, doch sie hatte sich schnell wieder im Griff und wies ihr den Weg. Als Greave aufstand, schaute Janssen sie verdutzt an. „Ich bin gleich wieder da."

KAPITEL SIEBZEHN

FLINK HUSCHTE Greave durch das Zimmer in den Flur und sah gerade noch, wie ein junges Mädchen in der Küche verschwand. Greave nahm die Verfolgung auf und eilte an der Toilette vorbei. Als sie die Küche betrat, saß das Mädchen bereits auf dem Sofa, von dem aus man den perfekt gepflegten Garten überblicken konnte. Nachlässig blätterte sie durch ein Magazin, ein vergeblicher Versuch, so zu tun, als säße sie schon länger hier.

„Hallo. Ich heiße Tamara. Ich bin Polizistin", stellte Greave sich vor und ging auf das Mädchen zu. Es war zwölf, höchstens dreizehn Jahre alt. Ihre langen braunen Haare waren zu einem Pferdeschwanz gebunden und der ordentliche Pony fiel ihr bis knapp über die Augenbrauen. „Du bist sicher Madeleine." Das Mädchen blickte auf und über ihr Gesicht huschte ein Lächeln.

„Alle nennen mich Maddie. Madeleine gefällt mir nicht."

„Dann entschuldige bitte. Darf ich mich setzen?" Da Maddie einverstanden war, setzte sich Greave neben sie.

„Werden Sie herausfinden, wer das mit Holly gemacht hat?"

„Ja, das werde ich." Der Knochenbau des Mädchens ähnelte dem von Holly, nur war Maddies Gesicht etwas voller, wahrscheinlich weil sie jünger und noch nicht ausgewachsen war. Doch wenn sie älter war, würde sie ein Ebenbild ihrer älteren

Schwester sein. „Hast du gehört, worüber wir da drinnen gesprochen haben?" Greave deutete mit den Augen in Richtung Wohnzimmer. Schweigend nickte Maddie und senkte den Blick. „Keine Sorge, ich werde es niemandem verraten."

„Mama und Papa erzählen mir gar nichts."

Auch wenn die Reaktion kindisch war, ließ Greave sich das nicht anmerken.

„Vielleicht möchten sie dich einfach beschützen."

Auf Maddies Gesicht war deutlich die Verachtung für diesen Standpunkt abzulesen. „Holly war die einzige, die mich beschützt hat. Sie hat vor niemandem gekuscht!"

„Hat dir deine Schwester von Mark erzählt?"

Maddie zuckte mit den Schultern. „Ein bisschen. Sie mochte ihn sehr gern. Er war nett. Zu ihr und mir, aber er war nicht wirklich ihr fester Freund."

„Hatte sie einen festen Freund? Wusstest du vielleicht davon, aber deine Mama und dein Papa nicht?" Greave war klar, dass sie sich auf dünnem Eis bewegte, wenn sie einfach ohne Einverständnis der Eltern mit einer Minderjährigen sprach, doch man konnte das hier kaum als Vernehmung bezeichnen. Sollte das Mädchen etwas Wichtiges zu sagen haben, könnten sie das später noch offiziell aufnehmen. Zu ihrer Enttäuschung schüttelte Maddie den Kopf. „Was ist mit der Schwangerschaft, hast du davon gewusst?" Wieder nur Kopfschütteln. „Du hast gesagt, Holly hat dich beschützt, was hast du damit gemeint?"

Maddie schaute ihr geradewegs in die Augen. „Genau das. Sie hat nie zugelassen, dass mir jemand weh tut. Nicht in der Schule, nicht … egal, wo." Den letzten Teil flüsterte sie kaum hörbar. Bevor Greave nachhaken konnte, fuhr Maddie von sich aus fort. „Bei Mark war es dasselbe. In der Schule haben sie ihn ständig gemobbt, weil er anders ist, aber Holly hat das nicht zugelassen. Sie hat dafür gesorgt, dass sie ihn in Ruhe lassen. Ich glaube, deshalb ist Mark so vernarrt in sie."

„Maddie, wer hat Mark als *vernarrt* beschrieben? War das Holly?"

Kopfschütteln. „Nein! Sie hat das zwar auch so gefunden, aber gesagt hat das Papa. Deshalb hat er ihr verboten, ihn wiederzusehen. Er hat deswegen sogar mit seinem Vater geredet."

„Dein Vater hat mit Callum McCall gesprochen?" Das überraschte Greave, sie hatte nicht gedacht, dass ein Mann wie Colin Bettany den Mut aufbringen würde, um mit den McCalls zu reden. Vor allem, wenn man berücksichtigte, dass er Mark unterstellt hatte, nicht gut genug für seine Tochter zu sein. „Dein Vater muss ein tapferer Mann sein. Callum ist angsteinflößend, ich habe ihn getroffen."

Maddie nickte heftig. „Ich auch. Er ist schrecklich. Mark hatte auch Angst vor ihm."

„Wann hat er dir Angst gemacht?", fragte Greave und wunderte sich, wann die beiden sich getroffen haben könnten, auch wenn hier jeder jeden kannte.

„Vor ein paar Wochen waren Holly und ich unterwegs und wir sind McCall … tut mir leid, Mr. McCall, über den Weg gelaufen. Er hat Holly beschimpft. Ich hatte echt Angst. Niemand hat etwas gesagt oder versucht, zu helfen, aber das hat Holly nichts ausgemacht. Sie hat sich gewehrt und ihm die Meinung gesagt."

Das war äußerst interessant. Von dieser Auseinandersetzung hatte Greave gewusst, Janssen hatte ihr davon erzählt, aber soweit ihr bekannt war, hatte niemand mitbekommen, dass auch Maddie dabei gewesen war. „Um was ist es denn gegangen?"

„Keine Ahnung. Ich habe zwar gefragt, aber Holly hat mir gesagt, ich soll mich um meine Angelegenheiten kümmern. Meine Schwester war großartig, aber sie konnte furchtbar sauer werden. Sie hat mit jedem Streit angefangen, sogar Mama und Papa."

„Hat sie das? Sich mit deinen Eltern gestritten, meine ich."

„Meistens mit Mama, aber manchmal auch mit Papa. Zum Beispiel, als er darauf bestanden hat, immer zu wissen, wo wir sind. Das fand Holly total scheiße! Deswegen hat er uns neue Handys gekauft und gesagt, wir sollen uns melden, wenn wir später heimkommen oder wenn sonst was ist."

„Habt ihr das gemacht? Du und Holly?"

Maddie schaute aus den Augenwinkeln zu ihr herüber. *„Manchmal.* Holly wollte nicht."

Vom Wohnzimmer her war ein Geräusch zu hören und Maddie wurde unruhig. „Was ist los?", fragte Greave.

„Mama hat gesagt, ich soll mich fernhalten. Sie wird es nicht toll finden, wenn sie sieht, dass wir miteinander reden."

Greave tätschelte Maddie beruhigend das Knie und lächelte freundlich. „Keine Sorge. Ich werde es nicht verraten." Daraufhin stand sie auf und gab dem Mädchen ihre Visitenkarte. „Pass gut darauf auf und ruf mich an, wenn du über irgendetwas reden möchtest, *egal was*, okay?" Maddie lächelte, aber ihr Blick huschte nervös zwischen Greave und der Tür hin und her. Gedämpfte Stimmen waren zu hören. Die DCI verabschiedete sich flüsternd, eilte durch die Küche und versuchte, mit den Absätzen nicht zu laut auf dem Fliesenboden zu klappern.

Janssen und Marie kamen ihr im Flur entgegen. „Wir haben gedacht, Sie hätten sich verlaufen", meinte Janssen erleichtert und besorgt zugleich und seine Stimme klang höher als sonst. Wahrscheinlich ahnte er, dass sie etwas vorhatte, und befürchtete, dass sie überrumpelt werden könnte.

„Nun ja, Sie wissen ja, wie das ist. Wenn man muss, ..." antwortete Greave lächelnd. „Es tut mr leid."

„Schon in Ordnung." Marie Bettanys Antwort war kalt und sie bedachte Greave mit einem Blick, den die DCI für skeptisch, wenn nicht sogar argwöhnisch hielt. Anscheinend versuchte Mrs. Bettany, an Greave vorbei in die Küche zu spähen. Greave blickte sich um, das Sofa war leer. Maddie war nirgends zu sehen.

„Vielen Dank, dass Sie sich Zeit genommen haben, Dr. Bettany." Um zur beruflichen Distanz zurückzukehren, sprach Greave sie mit dem Titel an. Sowohl Marie Bettany als auch ihre Tochter hatten ihr, wahrscheinlich ohne es selbst zu wissen, reichlich Stoff zum Nachdenken gegeben.

Mrs. Bettany brachte sie zur Haustür und schloss diese schnell, nachdem Greave und Janssen hinausgegangen waren. Auf dem Weg zum Wagen schwiegen beide. Janssen schloss auf und sie stiegen ein. Nachdem er den Motor gestartet hatte, blickte er zu ihr herüber. „Könnten Sie mir bitte erklären, was da los war?" Dabei klang Janssen eher neugierig als verärgert oder beschuldigend. Greave schaute zurück zum Haus und erspähte Maddie, die sie aus einem Fenster im oberen Stock beobachtete. Anscheinend gab es hinten im Haus eine zweite Treppe. Auf das Lächeln von Greave hin lächelte das Mädchen zurück. Die DCI schnallte sich an und warf einen Seitenblick auf Janssen.

„Fahren wir zur Praxis und sprechen mit Colin. Ich erkläre es Ihnen auf dem Weg."

ÜBERRASCHENDERWEISE WAR das Wartezimmer kaum belegt. Greave fragte sich, ob es auf dem Land nicht die Wartezeiten und Verzögerungen gab, die in größeren Städten üblich waren. Offenbar dachte Janssen dasselbe, als er sich umschaute. Ein Patient war gerade fertig und die Sprechstundenhilfe forderte die beiden Beamten mit einem Wink auf, näherzutreten. *Außerdem sind die Leute hier höflicher*, dachte Greave.

„Ich kenne sie", sagte Janssen. Das war nicht überraschend für die DCI. „Vor Jahren haben Margaret und meine Mutter zusammengearbeitet." Greave blieb einen Schritt hinter Janssen und überließ es ihm, mit der Frau zu reden. Er bat darum, mit Colin Bettany zu sprechen.

„Ich fürchte, er ist nicht hier, Tom. Du hast ihn verpasst."

Janssen schaute auf die Uhr an der Wand hinter der Aufnahme. Es war kaum zehn Minuten her, dass sie von Marie Bettany weggefahren waren. „Er hat die Praxis heute Morgen geöffnet, bevor ich da war, aber jetzt ist er nicht hier."

„Ist das ungewöhnlich?", wollte Janssen wissen. „Dass er aufschließt, meine ich."

„Ja, das ist es. Das Verwaltungspersonal und die Arzthelferinnen sind immer vor den Bettanys hier. Nicht, dass diese zu spät kommen würden, diesen Eindruck möchte ich nicht erwecken. Dr.

Colin, so nennen die Patienten und wir ihn, sonst wüsste man ja nicht, wer von den Bettanys gemeint ist, kam heute früher, um eine Vertretung zu organisieren."

„Richtig, ja … das hat uns seine Frau gesagt, aber wir dachten, er würde bleiben und sich um seine Patienten kümmern."

Margaret war verdutzt. „Seltsam. Dr. Colin hat mir gestern Abend eine Nachricht auf dem Anrufbeantworter hinterlassen und mich gebeten, seine Termine für heute abzusagen und auf später in der Woche zu verschieben. Zugegebenermaßen war ich überrascht, dass er heute Morgen gekommen ist, wenn man bedenkt, was seiner armen Holly zugestoßen ist."

Das erklärt einiges, dachte Greave, als Janssen sich zu ihr umsah. Er wandte sich wieder der Frau hinter der Aufnahme zu. „Nicht weiter schlimm, es handelt sich wahrscheinlich um ein Missverständnis. Vielleicht sind wir auf dem Weg hierher aneinander vorbeigefahren. Wann ist er gegangen?" Obwohl die Frage wie nebenbei und charmant klang, war sie wichtiger, als Margaret ahnte.

„Oh, so gegen acht Uhr." Das war lange bevor sie vom Haus der Bettanys aufgebrochen waren. Wäre er nach Hause gefahren, hätten sie ihn sehen, sogar antreffen müssen. Außer natürlich, er hatte von Anfang an vorgehabt, ihnen aus dem Weg zu gehen. Greave hielt das für eine interessante Hypothese. Ein Mann mit Kontrollzwang, der Widerworte nicht gut aufnahm. Ein Mann, der die Polizei mied, sogar wenn diese den Mord an seiner Tochter untersuchte.

„Hat er einen Ersatz gefunden? Ich dachte, er war auf der Suche nach einem zweiten Vertretungsarzt." Ruhig und das berufliche Interesse verbergend, grub Janssen nach weiteren Details.

„Soweit ich weiß, nein." Margaret senkte die Stimme, wahrscheinlich um zu vermeiden, dass jemand mithörte. Greave schaute sich im Wartezimmer um, in dem nun drei Patienten saßen und sich nicht für sie zu interessieren schienen. Sie musste sich anstrengen, um die Unterhaltung zu hören. „Ehrlich gesagt weiß ich nicht genau, was er hier wollte." Margaret klang verschwörerisch. „Er hat nichts erledigt und kaum mit uns gesprochen. Es ist nicht immer einfach mit Dr. Colin. Versteh' mich bitte nicht falsch, er ist ein wunderbarer Arzt, aber als Mensch … manche von uns haben so ihre Probleme mit ihm … auf persönlicher Ebene, und ich kenne ihn besser als die anderen, schließlich arbeite ich schon seit Jahren hier."

Janssen dankte der Sprechstundenhilfe und drehte sich zu Greave um. Die beiden wollten die Praxis gerade verlassen, als eine Seitentür aufging und eine Arzthelferin, die herauskam, beinahe mit ihnen zusammenstieß. Gleichzeitig entschuldigten sich Greave und die Frau, die allerdings nur Augen für Janssen hatte.

„Hallo, Tom. Nette Überraschung! Was machst du hier?" Die Augen der Arzthelferin leuchteten. Durch die Art und Weise, wie Janssen antwortete, fühlte Greave sich schnell wie das fünfte Rad am Wagen und setzte sich höflich ab. Sie war sich sicher, dass die beiden ihre Abwesenheit ohnehin nicht bemerkt hätten, wenn sie sich nicht verabschiedet hätte.

Ein paar Minuten später kam Janssen zum Auto, neben dem sie wartete. Er schloss auf und als Greave einstieg, bemerkte sie, dass der Kindersitz auf der Rückbank fehlte. „Eine Freundin?", fragte Greave schelmisch. In privaten Angelegenheiten zu schnüffeln war nicht gerade ihre Art, aber sie wollte ihn besser kennenlernen und hatte das Gefühl, ein kleiner Ansporn könnte nicht schaden.

„Eine gute Freundin." Seine neutrale Antwort beendete das Gespräch. Offensichtlich trug Janssen sein Herz nicht auf der Zunge. Greaves Gedanken kehrten zu Colin Bettany zurück und sie fragte sich, womit er seine Zeit an diesem Morgen verbracht hatte.

KAPITEL ACHTZEHN

Eric wachte mit dem Duft von gebratenem Speck in der Nase auf. Auf den Ellenbogen gestützt schaute er auf die Uhr. Es war erst kurz nach sechs Uhr morgens. Das Licht, das durch den Spalt zwischen den Vorhängen ins Schlafzimmer fiel, verriet ihm, dass die Sonne bereits aufgegangen war. Er fühlte sich wieder jung. Nicht, dass er sich mit seinen vierundzwanzig Jahren als alt bezeichnen konnte. Mit T-Shirt und Jogginghose bekleidet ging er die Treppe hinunter und fand seine Mutter am Herd stehend vor.

„Ich dachte, du würdest vielleicht gerne frühstücken, bevor du zur Arbeit fährst. Ich kann mir vorstellen, dass du sonst kaum Zeit hast, etwas zu essen."

Eric küsste sie lächelnd auf die Wange. Auch wenn sie es nie laut sagte, war sie sehr stolz auf ihn und gleichzeitig sorgte sie sich um seine Gesundheit. Darum machte sie sich auch die Mühe, ihn mit Mittagessen – und nun auch mit Frühstück – zu versorgen. Sie fühlte sich schuldig. Nur bei seltenen Gelegenheiten, vielleicht nach einem Gin zu viel am Samstagabend, ließ sie durchblicken, was sie quälte. Durch den plötzlichen Tod ihres Mannes, Erics Vater, und ihren eigenen kräftezehrenden Kampf gegen den Krebs hatte die Versorgung der Familie schon sehr früh auf Erics Schultern gelegen. Sie wusste, wie schwer diese Bürde auf seiner Jugend gelastet hatte. Während seine Freunde die Zeit mit Partys am Strand verbrachten, war Eric jeden Tag und bei jedem Wetter zuhause, kümmerte sich um alles und stand früh auf, um zur Arbeit zu gehen.

Die Polizei rekrutierte gerade neue Mitarbeiter. Es war eine vernünftige und sichere Arbeit, und er konnte in der Nähe seiner Mutter bleiben und sich um sie kümmern. Doch weder seine Mutter noch der frühe Tod seines Vaters hatten Schuld daran. Eric fragte sich, was er tun würde, wenn seine Rolle als Familienoberhaupt nicht mehr notwendig war. Aber das war hoffentlich noch lange nicht absehbar. Wahrscheinlich würde er bei der Polizei bleiben. Sein Blick fiel auf die Brotdose auf der Arbeitsfläche und er musste kopfschüttelnd lächeln.

Sein erster Halt war die Schule, deren Oberstufe sowohl Holly Bettany als auch Mark McCall besuchten. Zugegeben, das Treffen mit dem Direktor machte Eric nervös. Als er durch das Tor auf den Schulhof fuhr und das Auto parkte, verstärkte sich dieses Gefühl. Es war höchst unangenehm. Hunderte Male war er schon durch dieses Tor gegangen, doch das war immer als Schüler gewesen. Eric erinnerte sich daran, als wäre es erst gestern gewesen.

Weder in Bezug auf seine Schulkameraden noch seine Leistungen oder sein Verhältnis mit den Lehrern war die Schulzeit schwierig für ihn gewesen. Damals war es ihm nicht bewusst gewesen, aber er hatte immer versucht, der Unauffälligste seines Jahrgangs zu sein. Er besaß nicht das *Hey-seht-mich-an-Gen*, daher zog er niemals die Aufmerksamkeit auf sich und verursachte weder für Lehrer noch für Mitschüler Probleme. Um ehrlich zu sein, seine Zeit an der Schule dürfte kaum einen bleibenden Eindruck hinterlassen haben, und dennoch stand er schwitzend hier angesichts seiner Aufgabe, das Schulgebäude zu betreten und mit dem Direktor zu sprechen. Vielleicht lag es daran, dass er ein schlechtes Gewissen hatte, weil er nie viel gelernt hatte und sich wie ein Betrüger vorkam, wenn er dann mit einem guten Zeugnis heimkam. Hätte er sich mehr Mühe gegeben, wäre er möglicherweise in die Oberstufe und zur Universität gegangen und hätte eine ganz andere Karriere eingeschlagen. Das allerdings war unwahrscheinlich, wenn man die Umstände berücksichtigte, die sein Leben bestimmten.

Der Direktor hatte sich kaum verändert, war nur etwas grauhaariger und kleiner, als Eric ihn in Erinnerung hatte. Er hieß Carl Hendry, oder *Demon Hendry*, wie sie ihn früher nannten, eine Anspielung auf ein Buch, dass sie in der Unterstufe gelesen hatten. Das Gespräch verlief interessant. Zu Erics Überraschung erinnerte sich der Direktor an ihn und merkte an, was für ein effizienter Klassenspreche er gewesen war. Zwar war Eric nicht der Meinung, er hätte in dieser Position irgendetwas Herausragendes geleistet, doch nahm er das Kompliment dankend an. Hendry sprach mit ihm auf Augenhöhe, was eine weitere ungewohnte Erfahrung für den jungen Mann war.

„Schrecklich, was mit Holly passiert ist. Wir werden sie hier an der Schule sehr vermissen und wir trauern mit Colin und Marie … und natürlich mit Madeleine. Für Schüler, die den Verlust nur schwer verkraften, haben wir einen Beratungsdienst eingerichtet. Allerdings weiß ich nicht, wie ich Ihnen bei den Ermittlungen helfen kann."

„Ich versuche, mehr über sie herauszufinden. Zum Beispiel, wie sie mit ihren Klassenkameraden ausgekommen ist."

„Interessantes Mädchen, das muss ich schon sagen. Es ist nicht so, dass ihr Zeugnis oder ihr Verhalten sonderlich auffällig war. Wir haben hier wesentlich problematischere Kinder, aber sie hat die Erwartungen an eine Schülerin ihrer Herkunft definitiv nicht erfüllt."

Diese Bemerkung ärgerte Eric Collet. Das war der Demon Hendry, an den er sich erinnerte: elitär und herablassend. „Hat sie Probleme mit Lehrern oder Mitschülern gehabt? Etwas Auffälliges?" fragte er, während er sich Notizen machte.

„Holly mangelte es an der richtigen Einstellung und Motivation. Das Mädchen war sehr intelligent. Jeder dachte das, aber sie war nicht fähig, sich auf die Schule zu konzentrieren. Wenn sie das gekonnt hätte, wäre der Traum ihres Vaters, dass sie Medizin studiert, sicher Realität geworden."

„Der Traum ihres Vaters?", fragte Eric Collet und Hendry nickte. „Aber Sie sind der Meinung, dass das ein ... unrealistisches Ziel für sie war?"

„Ich habe Colin, ihrem Vater, die Nummer eines ehemaligen Kollegen in Norwich gegeben, ein herausragender Lehrer, ich hatte nämlich gehofft, dass er sie dazu motivieren könnte, ihr volles Potenzial auszuschöpfen, aber ... und ich denke nicht, dass es Schaden anrichten wird, wenn ich Ihnen das jetzt sage: Mein Kollege hatte keine überaus hohe Meinung von ihr. Nicht in Bezug auf ihr Verständnis, sondern wiederum in Bezug auf ihre Motivation. Wenn Sie mehr über Hollys Umgang mit ihren Klassenkameraden wissen möchten, wenden Sie sich am besten an unsere Leiterin der Seelsorge. Über solche Dinge weiß sie mehr als ich."

DIE FRAU, die das Seelsorge-Team leitete, war außerdem für den sonderpädagogischen Förderbedarf verantwortlich. Und sie war gereizt. Sie waren sich bisher nie über den Weg gelaufen und Collet hatte keinerlei Erfahrung mit ihrer Position. Er konnte sich nicht erinnern, dass es zu seiner Schulzeit eine solche Einrichtung gegeben hatte. Seit er die Schule verlassen hatte, musste sich einiges verändert haben. *Zum Besseren,* dachte er. Für ihn machte es Sinn, dass es jemanden außerhalb des Lehrkörpers gab, der sich um die geistige und soziale Gesundheit der Schüler kümmerte und ein sicherer Hafen für Kinder in Schwierigkeiten war. Collet schien es, als dachte sie, dass er sie befragen würde, weil sie etwas übersehen haben musste, etwas in Hollys Schulzeit, das zu ihrem Tod geführt hatte. Das allerdings war eine grobe Fehleinschätzung. Außer natürlich, sie hätte Holly tatsächlich auf irgendeine Art und Weise im Stich gelassen und wüsste mehr, als er dachte.

Dieser Gedanke veranlasste ihn, seine Befragungsstrategie zu ändern.

„Was glauben Sie, warum hatte Holly Probleme, Anschluss an ihre Klassenkameraden zu finden? Sie hatte nur wenige Freunde."

„Es hat nichts darauf hingedeutet, dass sie Probleme damit hatte." Die Frau fühlte sich in die Defensive gedrängt und versuchte, eventuellen Schuldzuweisungen aus dem Weg zu gehen. Warum sie das für notwendig hielt, war Collet nicht klar.

„Also denken Sie *tatsächlich*, dass sie Probleme hatte?"

Die Illusion, Schuld von sich weisen zu können, wurde durch diese Frage zerschmettert. Collet wünschte sich, dass alle Kriminellen, mit denen er es zu tun bekam, genau so einfach zu durchschauen wären. „Nun ja, schulisch gesehen hatte sie definitiv Schwierigkeiten. Die Lehrer sind an ihrer Einstellung verzweifelt und haben nach Gründen gesucht, wieso Holly nicht voll motiviert war. Außerdem erhielten sie Druck von ..." Sie hielt inne. Für Collet war klar, dass er da auf etwas gestoßen war. Da war etwas, das sie sich von der Seele reden wollte, das aber nicht auf sie zurückfallen sollte.

„Sie können frei sprechen", sagte Collet und legte demonstrativ Stift und Notizblock beiseite. Dank seines guten Gedächtnisses würde er das Gesagte einfach später notieren.

„Hollys Eltern sind große Unterstützer der Schule. Mir ist klar, dass wir keine Privatschule sind, aber die Förderungen reichen kaum. Das hier ist eine wohlhabende Gegend und im nationalen Vergleich gibt es hier nur wenige Schüler mit Förderanspruch." Collet verstand. Schulen mit einer überdurchschnittlichen Schülerzahl aus einkommensschwachen Haushalten profitierten von höheren staatlichen Förderungen, was hier nicht der Fall war. In der Politik war die Bildungsfinanzierung ein heißes Thema, vor allem dann, wenn Sparmaßnahmen anstanden. „Die letzten Budgetkürzungen waren einschneidend. Die Schule hat um Beiträge geben und die Eltern sind wirklich wunderbar. Vor allem die Bettanys sind überaus großzügig." Collet wusste, worauf sie hinauswollte.

„Und im Gegenzug wollten sie, dass sich ihre Investition ... bezahlt macht?" Weil er sich unsicher war, die richtigen Worte getroffen zu haben, ließ er das letzte wie eine Andeutung klingen. Seine Sorge war unbegründet.

„Ganz genau. Deshalb hat man Holly regelmäßig zu mir geschickt. Als ob ich sie wieder auf Kurs bringen könnte."

„Und wie lief das?" Das verächtliche Schnauben der Frau war in gewisser Hinsicht auch eine Antwort.

„Sie hat sich weder mir noch sonst jemandem gegenüber geöffnet. Holly war ein sehr verschlossenes Mädchen, sehr defensiv." Collets Ansicht nach hätte das die Alarmglocken schrillen lassen müssen, aber er war eigentlich nicht qualifiziert, das zu beurteilen. Zurückblickend fiel ihm ein halbes Dutzend Schulfreunde ein, auf die diese Beschreibung passen würde, und soweit er wusste, litt keiner von ihnen unter einer diagnostizierten Störung. Vielleicht waren es Ereignisse außerhalb der Schule, die sie bewegten. Und möglicherweise traf das auch auf Holly zu. Selbst hatte er das Phänomen „*Helikoptereltern*" nie erlebt, wofür er dankbar war.

„Freunde?" Mit dem lockeren Tonfall wollte er verhindern, sie zu verschrecken.

„Soweit ich das sehe, blieb Holly immer am Rand, sie mischte sich zwar unter alle, gehörte aber zu keiner bestimmten Gruppe."

„Und was ist mit Mark McCall?" Collet beobachtete ihre Reaktion genau. Sie schien auf den Namen anzuspringen, darum wollte er tiefer graben.

„Man kann sie sicher als Freunde bezeichnen. Mark spricht oft über sie." Mit seinem Schweigen forderte Collet die Frau auf, mehr zu erzählen. Die meisten Leute mochten Stille nicht. Es war eine klassische Verkaufstaktik, wie er aus einem Dokumentarfilm wusste. „Manchmal habe ich den Eindruck, er ist ein wenig besessen von ihr. Nicht auf gefährliche Art und Weise, das nicht, aber er hing förmlich an ihren Lippen. Ich glaube, das liegt an seinem Syndrom."

„Syndrom?"

„Ja, er hat Asperger. Ich begehe keinen Vertrauensbruch, wenn ich Ihnen das erzähle, jeder weiß davon." Für Collet war das sehr aufschlussreich.

„Mir war nicht klar, dass er eine Behinderung hat."

„Hat er nicht! Zumindest sehen wir das nicht so und er auch nicht. Mark interpretiert und verarbeitet Informationen einzigartig und ganz anders als wir. Dadurch hat er Talente und Fähigkeiten, um die ihn einige von uns beneiden würden. Manche Menschen sehen das eher als Stärke und nicht als Nachteil an." Ein wenig schämte Collet sich für sein Unwissen und anscheinend bemerkte die Frau sein Unbehagen. Es war ihm wohl ins Gesicht geschrieben. „Machen Sie sich bitte keine Gedanken. Es bestehen viele Missverständnisse über Menschen mit diesem Syndrom und ich würde lügen, wenn ich behauptete, dass es keine negativen Seiten gibt."

„Die da wären?", fragte Collet mit gezücktem Stift. Jegliche Zurückhaltung ihrerseits hatte sich in Luft aufgelöst.

„Alle Menschen auf diesem Spektrum unterscheiden sich voneinander. Bei Mark ist es so, dass er die Welt nur in Schwarz und Weiß unterteilt. Es gibt keine Grauzonen. Was gesagt wird, nimmt er wörtlich. Wenn Sie ihm zum Beispiel erzählen würden, dass Aliens real sind, würde er ihnen glauben und es niemals hinterfragen. Er ist ein sehr vertrauensvoller junger Mann, meiner Meinung nach viel zu vertrauensvoll. Wir mussten hart daran arbeiten, dass er nicht von den anderen Schülern ausgenutzt wird. Das ist öfters passiert und hat Mark sehr aufgeregt. Wenn man nicht weiß, dass man das Ziel eines Witzes ist und diesen nicht versteht, kann das eine schmerzhafte Erfahrung sein. Dadurch hatte er öfters Wutausbrüche und manchmal wurde er dann auch gewalttätig. Holly ... nun, in gewisser Hinsicht hat sie auf ihn aufgepasst, aber ..." Sie ließ ihre Worte in der Luft hängen.

„Aber?" hakte Collet nach, instinktiv wusste er, dass das wichtig war.

„Ich weiß nicht. Ich frage mich, was Holly davon hatte. Manchmal ... hatte ich den Eindruck, dass ihre Freundschaft mit

Mark ziemlich einseitig war, dass sie irgendwie mit ihm gespielt hat. Dass sie ihm etwas vorgemacht hat, ist vielleicht übertrieben, aber … ja, ich denke, so war es." Collet lehnte sich zurück. Diese Entwicklung der Ereignisse war interessant. „Ich glaube, sie hat seine Anbetung genossen. Ich weiß nicht, ob es wichtig ist, aber Mark ist heute nicht zum Unterricht erschienen."

KAPITEL NEUNZEHN

JANE WACHTE mit trockenem Mund und einem Kater von den zwei Flaschen Wein am Vorabend auf. Die Betthälfte neben ihr war unbenutzt. Sie schaute auf die Uhr, die Kinder sollten schon wach sein, um rechtzeitig zur Schule zu kommen. Normalität. Das war jetzt gefragt. Diese ordinäre Frau, die *Senior Detective*, oder wie sie sich nannte, ging ihr nicht aus dem Kopf. *Die arrogante Ziege.* Einfach so in ihr Haus zu kommen und anzudeuten … alles Mögliche eben. Und Ken war keine Hilfe gewesen. Was auch immer er dem anderen Polizisten gesagt hatte, hatte ihm zweifellos einen Platz ganz oben auf der Liste der Verdächtigen eingebracht. Andernfalls wären die Ermittler inkompetent, und das glaubte Jane keinesfalls.

Nachdem sie aus dem Bett gekrochen war, zog sie sich an und kämmte sich schnell. Durch den Alkohol waren ihre Sinne noch benebelt, wenn auch nur ein wenig. Dieser Tage waren zwei Flaschen Standard, nichts Außergewöhnliches. Da sie es vorzog, durch die hereinscheinende Sonne geweckt zu werden, waren die Vorhänge nicht zugezogen. Wahrscheinlich hatte Ken wieder im Atelier geschlafen, aber warum er das tat, war ihr ein Rätsel. *Um mit seinem Elend allein zu sein.*

Williams Bett war leer, also ging sie in Rosies Zimmer. Die

Kinder waren nirgends zu sehen. Als sie nach unten ging, stellte sie fest, dass sie bereits gefrühstückt hatten. Auf dem Tisch standen Müslischachteln, Orangensaft und eine Flasche Milch, die benutzten Schüsseln und Gläser allerdings waren ordentlich auf der Arbeitsfläche aufgestapelt worden und warteten nun darauf, dass sie jemand in den Geschirrspüler stellte. Die Mäntel und Schuhe schon angezogen und die Schulsachen in Händen kamen die Kinder aus der Garderobe. Dieses Mal liefen die Vorbereitungen für die Fahrt zur Schule ohne die üblichen Kabbeleien ab. Ken kam gleich nach ihnen heraus und lächelte, als er die Küche betrat.

„Wir sind fertig. Kommst du mit?", fragte er sie. Die Kinder verlangten, dass sie sie begleitete.

„Ich habe weder geduscht noch gefrühstückt. Was werden die Leute denken?"

„Dann bleib im Auto, während ich die Kinder hineinbegleite. Keiner wird dich sehen. Es wird nicht auffallen." Da sie äußerst penibel auf ihr Aussehen achtete und niemals ohne Make-up aus dem Haus ging, verursachte diese Idee fast eine Panikattacke. Trotzdem ließ sie sich erweichen.

Nachdem Ken so nahe wie möglich an das Schultor herangefahren war, stiegen er und die Kinder aus. Obwohl sie protestierten, gab Jane nicht nach. So, wie sie aussah, brachten keine zehn Pferde sie dazu, sich in der Schlangengrube, auch Schulhof genannt, sehen zu lassen. Einige Eltern standen versammelt am Tor. Jane bildete sich ein, dass ein paar davon zu ihr herüberschauten. *Wussten sie schon über Holly Bescheid*? Der hübsche einheimische Detective hatte nicht den Eindruck gemacht, Gerüchte zu verbreiten, und die andere, die hochnäsige Kuh, kam nicht von hier. Ihr Akzent und ihr Benehmen verrieten, dass sie niemanden kannte.

Allmählich löste sich das Grüppchen am Tor auf, als die Eltern die Kinder hineinbegleiteten. Wie immer setzten sie dabei ihr Gespräch fort und klatschten über die Person, die gerade ihre volle Aufmerksamkeit hatte. Jane stellte sie sich als Geier vor, die zufällig gefundenes Aas zerrupften. Sie war bei ihnen nicht gut angekommen. Im Lauf des letzten Jahres hatte sie versucht, mit einigen Eltern ins Gespräch zu kommen, und wenn sie einzeln mit ihnen redete, waren sie zwar freundlich, aber sobald sie sich als Gruppe zusammentaten, hatte man als Außenstehender keine Chance. Dann taten sie so, als hätten sie noch nie miteinander gesprochen, als wollten sie das auch nicht.

Ken war ihr dabei keine Hilfe. Er war ungesellig und verbrachte seine Zeit lieber allein. Rückblickend war es ein Wunder, dass er sie zum ersten Date eingeladen hatte. Schon damals hätte ihr auffallen müssen, wie er tickte. Sie war als Event-Koordinatorin tätig gewesen, ein pompöser Titel für jemanden, der Räume für Unternehmen organisierte und gestaltete, damit diese dort ihre Produkte präsentieren konnten, als sie sich bei einer solchen Vorbereitung kennenlernten. Zufällig fiel das Datum der Präsentation mit einer einwöchigen Feier kultureller Kunst zusammen. Zu dieser Zeit verkauften sich Kens Werke gut und zogen großes Interesse auf sich. Dem Künstler selbst war das Rampenlicht jedoch egal und er verschwand, nachdem er bei der Eröffnungszeremonie genug Leute begrüßte hatte, in eines der Hinterzimmer, um der medialen Aufmerksamkeit und jenen Menschen, die sich in seinem Ruhm sonnen wollten, zu entkommen. Dort waren sie sich zum ersten Mal begegnet und hatten sich unterhalten.

Ihre gemeinsame Zeit war angenehm und, wenn auch nicht gerade aufregend, so doch entspannt. Die Jahre bis zu diesem Kennenlernen waren für Jane aufregend genug gewesen, sie hatte sich Stabilität, Finesse und Komfort gewünscht. Das tat sie immer noch. Dennoch war da das Verlangen nach dem Übermut ihrer Jugend. Soweit sie sich erinnerte, war diese Sehnsucht jetzt stärker als je zuvor seit ihrer Heirat. Jane hatte angenommen, dass diese Tage Vergangenheit wären, doch bei all dem, was in letzter Zeit passiert war, schien die Freiheit, die sie fühlte, wenn sie alle Verantwortlichkeiten und Verpflichtungen jemand anderes übergab, wieder verlockend.

Ken kam zurück und stieg ins Auto. Heute war er irgendwie anders. Eigentlich hatte sie damit gerechnet, dass er nach seinem gestrigen Zusammenbruch, nachdem das Atelier zerstört worden war, in Depressionen versinken würde, deshalb überraschte sie seine Reaktion im positiven Sinn. Als wäre ihm eine Last von den Schultern genommen worden. Vielleicht erreichten die Ereignisse des vergangenen Jahres nun einen Punkt, an dem Ken entweder implodieren oder stärker daraus hervorgehen würde. So labil Ken auch sein konnte, von irgendwo her nahm er, ähnlich wie früher, eine innere Kraft.

„Letzte Nacht habe ich nachgedacht", setzte er an und startete den Wagen. Obwohl er fröhlich klang, lag etwas anderes hinter seinem Lächeln. „Vielleicht könnten wir heute zusammen etwas unternehmen, spazieren gehen oder so? Das Wetter ist prima. Ich schätze, es würde uns beiden guttun, aus dem Haus und dem Atelier zu kommen. Was hältst du davon?" Es war eine ehrlich gemeinte Frage. Aus Angst, sie würde nein sagen, klang er nervös.

„Ja. Ich würde gerne etwas unternehmen." Als sie lächelte, wurde sein Lächeln breiter. „Aber zuerst möchte ich nach Hause und duschen."

„Und frühstücken."

„*Und* frühstücken", wiederholte Jane. Es war bemerkenswert, dass Ken vorschlug, zusammen etwas zu unternehmen. Früher waren solche Vorschläge immer von ihr ausgegangen, doch das war lange her, bevor alles so kompliziert wurde.

„Außerdem will ich mit dir über etwas reden", sagte Ken. Wieder klang er nervös. „Ich denke, wir müssen einiges klären." Das war besorgniserregend. Jane wusste, dass Ken gern Geheimnisse hatte. Nichts neues, soweit. *Aber wieso will er gerade jetzt reden?* Anscheinend merkte er, dass sie zu ihm hinüberschaute. „Nicht jetzt. Später."

WIEDER ZUHAUSE FRÜHSTÜCKTE Jane schnell Toast und Müsli, bevor sie sich unter die Dusche stellte und anschließend umzog. Als sie nach unten kam, hatte Ken ein Picknick für später vorbereitet. Nichts Ausgefallenes, nur ein bisschen Obst, ein paar Sandwiches und eine Thermoskanne mit Tee oder Kaffee. Ihr war beides recht. Auf der kurzen Fahrt nach Holkham plauderten Ken und Jane über Nichtigkeiten. Nachdem sie geparkt hatten, gingen sie in Richtung Strand. In den letzten Tagen war ein scharfer Wind von der Nordsee gekommen, doch nun ließ dieser nach und ein wolkenloser Himmel versprach einen warmen, sonnigen Frühlingstag. Sie mussten den langen Sandstrand nur mit einer Handvoll Hundebesitzer und einigen Touristen teilen, die schon vor der Hauptsaison angereist waren.

Das Gespräch zwischen Jane und Ken verebbte und Jane hatte den Eindruck, dass ihr Mann angestrengt über etwas nachdachte. Vielleicht versuchte er, den Mut aufzubringen, über das zu reden, worum es ihm eigentlich ging. Ein Teil von ihr wünschte sich, er würde es nicht ansprechen, es sein lassen, damit sie diesen Moment genießen konnten. Diesen kurzen Moment, in dem es nicht um Eheprobleme oder anstrengende Kinder ging, oder um … sie wollte nicht an *sie* denken.

„Ich muss dir etwas sagen", meinte Ken und starrte vor sich hin. Was auch immer es war, er konnte – oder wollte – sie nicht ansehen, während er sprach. Wie Jane mit einem schnellen Seitenblick feststellte, schmerzte ihn das Thema. Plötzlich hatte sie Angst. „Es geht um Holly." Sie redeten nie über seine Modelle, das war die Abmachung. Sie fragte nicht und er sagte nichts. So lautete ihre Vereinbarung. Aus irgendeinem Grund brach er diese jetzt. Sie wollte ihn berühren, ihm sagen, dass sie kein Geständnis hören wollte, dass es nicht notwendig war, aber sie tat nichts davon. Ken blieb stehen und schaute sie an. „Sie ist vorbeigekommen."

„Wann?" Jetzt hatte sie wirklich Angst vor der Antwort.

„Freitag. An dem Abend, an dem sie … an dem sie gestorben ist." Als Überraschung konnte man das nicht bezeichnen, so viel hatte sie sich bereits gedacht, dennoch ärgerte sie sich. Nach einer Sitzung verbrachte Ken oft die Nacht im Atelier. Diese Sitzungen wurden vorab vereinbart. Abgesprochen. So geplant, dass die Kinder nirgends hineinplatzen konnten, wie damals, als William erst drei Jahre alt gewesen war. Holly hätte an diesem Abend nicht da sein dürfen.

„Du hast sie gebeten, vorbeizukommen?" Sie schaffte es nicht, den beschuldigenden Tonfall aus der Frage zu halten. Sie war zornig, verletzt.

„Nein! Natürlich nicht!", protestierte Ken, der sich wieder umdrehte und losging. Zögernd folgte sie ihm. *Du hast mit ihr geschlafen, nicht wahr?* Mit seinen Sehnsüchten, Bedürfnissen, mit seinem Wunsch nach Freiheit konnte sie umgehen, solange alles in den vereinbarten Bahnen ablief. *Nicht so. Sie war zu jung für diese Art von Beziehung, das war offensichtlich, aber du hast nicht mehr als deine Lust gesehen.* „Sie ist so gegen 23:00 Uhr hergekommen. Du bist eingeschlafen, nachdem du die Kinder zu Bett gebracht hattest." *Wie ich es immer mache*, dachte sie. *Und jetzt kommen wir zur Sache, der Betrug.*

„Was hat sie gewollt?" So unschuldig die Frage klang, so sehr fürchtete sich Jane vor der möglichen Antwort.

„Sie wollte weggehen."

„Und?", fragte Jane mit schmalem Blick, während sie Ken eine Hand auf den Unterarm legte. Die Augen auf den Sand zu ihren Füßen gerichtet blieb er stehen.

„Sie wollte, dass ich mitkomme."

Das war der Beweis für das, was sie sich die ganze Zeit gedacht hatte! „Ken! Du bist ein Narr. Wie konntest du zulassen, dass sie dir so nahe geht?" Ihr Zorn wuchs. Natürlich war dieses kleine Mädchen nicht die erste, die sich in ihn verliebt hatte, aber Jane hatte gedacht, dass er, vor allem seit dem letzten Mal, etwas dazugelernt hatte.

„Ich weiß, ich weiß!", antwortete er mit Blick zum Himmel. Da Jane ihren Mann kannte, fühlte sie, dass das noch nicht alles war. *Er wollte mitgehen.* Anscheinend hatte er diesen Gedanken von

ihrem Gesicht abgelesen und ging in die Defensive. „Versteh'
doch, es war schwierig in letzter Zeit –"

„Oh, ich *verstehe schon, Kenneth*. Ich war dabei."

„Die Vorstellung, wegzulaufen und alles hinter mir zu lassen,
war … verlockend. Sie war … anders."

„Sie war nicht einmal halb so alt wie du! Glaubst du, du
hättest länger als ein paar Wochen mithalten können?" Jedes Wort
war wie ein Messerstich, sie wollte ihm so weh tun, wie er ihr
weh tat.

„Ich habe nein gesagt!", protestierte er abermals. „Tief drinnen
habe ich gewusst, dass ich dich und die Kinder nicht verlassen
könnte, nicht für –"

„Ein Kind?"

„Für jemanden, von dem ich *dachte*, dass ich sie liebe."

„Du dachtest? Du bist ein schwacher, bemitleidenswerter
Mann, Ken", blaffte sie ihn an und genoss es, wie ihre Worte ihn
trafen. „Wieso bist du nicht gegangen? Scheinbar ist das Letzte,
was du willst, bei uns zu sein."

„Das will ich ändern. Diese Mädchen … sie bedeuten mir
nichts, das haben sie nie. Ich habe geglaubt, dass sie, dass Holly
anders wäre. Für eine Weile habe ich das für sie gefühlt, was ich
für dich empfunden habe, als wir uns kennengelernt haben. Sie
war wie ein frischer Wind in meinem eingefahrenen Leben, etwas,
das mich inspiriert und belebt hat. Ich habe mich geirrt."

Dieses Mal ging Jane weiter und Ken musste ihr nachlaufen.
Sie hatte es satt, sein Anhängsel zu sein. Irgendwie musste sie
diese Sache klären. „Komm schon, Ken," rief sie ihm über die
Schulter zu, „ich weiß, dass das noch nicht alles war."

„Sie war schwanger."

Unvermittelt blieb Jane stehen und drehte sich so schnell zu
ihm um, dass er fast in sie hineingelaufen wäre. Gerade als er sich
aufrichtete, verpasste sie ihm eine Ohrfeige. Ken reagierte nicht.

NACHDEM JANE das Sandwich auf die Decke gelegt hatte, wischte sie sich die Hände mit einer Serviette ab. Sie hatte kaum einen Bissen gegessen, nur daran geknabbert. Ihr fehlte der Appetit. Die Flut kam. Das Donnern der Wellen, die am Strand brachen, war bis zu ihnen zu hören. Sie saßen in den Dünen, doch sie hätten überall sein können, auch allein auf einer einsamen Insel. Mit angezogenen Beinen und die Arme um die Knie geschlungen saß Ken neben ihr.

„Sie dachte, du würdest mit ihr gehen, nicht wahr?", fragte Jane, ohne ihn anzusehen. Stattdessen waren ihre Augen starr aufs Meer gerichtet.

„Wahrscheinlich."

„Wie war sie?" Jane hatte das seltsame Bedürfnis, mehr über das tote Mädchen zu erfahren, um zu verstehen, wieso ihr Mann derart verzaubert von ihr war.

„Hinreißend. Bei ihr fühlte ich mich lebendig." Diese Beschreibung verletzte Jane, doch sie versteckte ihre Gefühle, weil Ken unaufgefordert weiterredete. „Manchmal sprach sie davon, fortzugehen. Und an anderen Tagen schwärmte sie von einem Kunststudium. Ihre Eltern hätten das nie erlaubt und das wusste sie."

Wollte sie deshalb in deiner Nähe sein? Ich verstehe schon, was du an ihr gefunden hast – Jugend, Leidenschaft, sexuelles Verlangen, aber was hat sie in dir gesehen?

„Ich schätze, sie wollte, dass ich ihr ein paar Türen öffne", sagte Ken bedauernd. Als hätte er ihre Gedanken gelesen, schaute er Jane an. „Offensichtlich konnte ich das nicht, zumindest jetzt nicht mehr."

Das brachte Janes Gedanken zurück zum eigentlichen Problem. Ken hatte verheimlicht, wie gut er Holly kannte. Sobald die Polizei das genauer untersuchte, würden sie herausfinden, wieso sie überhaupt hierhergezogen waren. *Und jetzt auch noch das.* Sie konnte damit fertigwerden. Für jedes Problem gab es eine Lösung und die würde sie schon finden. Jane hatte wieder alles unter Kontrolle. „Wann in der Nacht ist Holly gegangen? Sie *ist* doch wieder gegangen, oder?" Bei dieser Frage wagte Jane es nicht, ihren Mann anzusehen. Wenn er log, wüsste sie es. Doch sie hatte zu viel Angst, genauer hinzuschauen.

„Natürlich ist sie das! Wofür hältst du mich?" Ken rang verzweifelt um Glaubwürdigkeit und klang verletzt. „Ich habe keine Ahnung ... vielleicht kurz nach Mitternacht. Kann auch später gewesen sein. Ich habe nicht auf die Uhr geschaut. Sie war zornig und aufgebracht."

Holly war über eine Stunde da. Ihre Bitte, dass er mit ihr weggehen sollte, hätte nicht so lange gedauert, und Jane wollte nicht genau wissen, was vor diesem Teil des Gesprächs stattgefunden hatte. Sie konnte es sich vorstellen. *Ich kann ihr nicht vorwerfen, dass sie zornig war. Sie muss sich benutzt vorgekommen sein. Wie ein Ding, das man wegwirft.*

Schon wollte Jane zu einem vernichtenden Schlag gegen die Naivität ihres Mannes ausholen, als sie jemanden, von dem durch die Sonne in seinem Rücken nur die Silhouette zu erkennen war, herannahen sah. Offensichtlich wusste noch jemand über Ken und Holly Bescheid, denn er hielt die Fäuste geballt und sein Gesicht war wutentbrannt.

KAPITEL ZWANZIG

Tom Janssen parkte den Wagen vor dem Revier. Als er ausstieg, bemerkte er eine einsame Gestalt neben der Bushaltestelle. Es war Mark McCall und er schien sich mehr für sie beide zu interessieren als für den Fahrplan, den er zu lesen vorgab. Einer Eingebung folgend lenkte Janssen Greaves Aufmerksamkeit auf den Jungen. Sie folgte seinem Blick und nickte.

„Ich gehe hinauf zum Einsatzzimmer und schaue nach, ob Collet schon von der Schule zurück ist", sagte sie.

Janssen ging auf den Jungen zu. Der schaute den Detective nur von der Seite an und trat von einem Fuß auf den andern. Seine Wangen und Augen sahen eingefallen aus. Anscheinend hatte der Junge nicht gut geschlafen. „Hallo, Mark. Solltest du heute nicht in der Schule sein?"

„Hatte heute keine Lust. Alle werden über mich reden und mit dem Finger auf mich zeigen."

Janssen verstand. Mark war ein seltsamer Junge mit nur wenigen Freunden und einem schwierigen Zuhause. Der Fels, an dem er sich festgehalten hatte, war Holly gewesen. Jetzt war sie tot und die meisten, die bei der Party dabei gewesen waren, wussten, dass sie mit ihm weggegangen war. Obwohl sie diskret ermittelten, waren sicher

schon die ersten Gerüchte im Umlauf. „Fährst du irgendwo hin?",
fragte Janssen mit einem Blick auf den Fahrplan. Marks verwirrter
Gesichtsausdruck bestätigte seine Annahme. Er hatte auf einen der
Detectives gewartet. „Gibt es da etwas, dass du mir erzählen willst?"

„Nein, eigentlich nicht." Mark schaute sich um, dann setzte er
sich am Straßenrand ins Gras. Zögernd folgte Janssen seinem
Beispiel, um den Jungen zu beruhigen. „Sie fehlt mir." Seine
Worte kamen von Herzen.

„Deine Freundschaft mit Holly war dir wichtig." Janssen
konnte verstehen, dass der Verlust für Mark schwer wog. „Ohne
sie fühlst du dich verloren, nicht wahr?"

„Ja", antwortete Mark leise. „Das wäre sowieso irgendwann
passiert, schätze ich." Für einen kurzen Moment war Janssen
überrascht und alarmiert. „Irgendwann hätte sie mich sicher
verlassen."

„Hat sie davon geredet, dass sie weggehen wollte?"

„Sie wollte keine Ärztin werden, das weiß ich!" Die Worte
brachen aus Mark hervor, doch schnell wich der zornige
Ausdruck, der über sein Gesicht huschte, der Resignation. „Sie
wollte etwas erschaffen, Künstlerin werden."

„Ich habe ein paar von ihren Bildern gesehen", sagte Janssen
und erinnerte sich an die Bilder aus Hollys Schlafzimmer. „Sie hat
sie versteckt. Vor ihren Eltern?"

Mark nickte.

„Sie hätten es nicht erlaubt, oder?"

„Sie halten Kunst für Zeitverschwendung", sagte Mark.
„Etwas, das andere für sie machen, an dem sie sich erfreuen
können, aber für sie ist es nicht mehr als ein zeitaufwändiges
Hobby."

„Hat sie dich mal gezeichnet?" Janssen erinnerte sich, dass es
Zeichnungen verschiedener Personen waren, also fragte er sich,
ob eine davon Mark zeigte.

„Einmal", sagte er. Sein breites Grinsen verschwand so schnell,
wie es gekommen war. „Allerdings hat es mir nicht besonders

ähnlich gesehen. Holly hat es geliebt, zu zeichnen, aber … sie war nicht so gut."

In Gedanken ging Janssen die Zeichnungen durch. Einige davon waren beeindruckend, andere definitiv nicht. Wenn sie nicht von Holly stammten, von wem dann? „Hat sie dir ihre Zeichnungen gezeigt? Die, die sie im Schlafzimmer versteckt hat?" Mit Blick auf den Boden unter seinen Füßen verstummte Mark. Nur ein vorbeifahrender LKW störte ihr Gespräch. „Bist du jemals in ihrem Zimmer gewesen?"

„Ein paarmal", antwortete Mark und knabberte auf seiner Unterlippe. „Wenn ihre Eltern ausgegangen waren oder es schon spät war. Sie haben einen tiefen Schlaf und ihr Schlafzimmer ist auf der anderen Seite des Hauses. So, wie die Ziegel an der Wand unter Hollys Schlafzimmer angeordnet sind, kann man leicht daran hochklettern. Das ist schon fast eine Leiter. Man kann in ihr Schlafzimmerfenster steigen, ohne einen Fuß in das Haus zu setzen."

„Und Holly hat dich dazu angestiftet?"

„Manchmal, ja." Mark schien verloren, als wäre die Erinnerung zu schmerzhaft. „Ich habe die Nacht auf dem Boden verbracht und bin vor allen anderen aufgestanden."

„Du hast nicht mit ihr geschlafen? In ihrem Bett, meine ich?" Janssen wollte herausfinden, wie weit die beiden gegangen waren, ohne den Jungen zu verschrecken. Als Antwort schüttelte Mark nur den Kopf.

„Holly wollte das nicht. Manchmal hat sie mich geküsst … hat mich sie küssen lassen … ab und zu durfte ich sie anfassen, aber mehr haben wir nicht gemacht. Ich bin nicht blöd. Ich habe ihr leid getan, glaube ich. Deshalb durfte ich bei ihr übernachten. Das war in Nächten, in denen mein Vater besonders übel drauf war. Seit meine Brüder weggegangen sind, ist er schlimmer als je zuvor." Marks Blick wanderte zu einem weit entfernten Punkt am Horizont.

Einige Minuten saßen sie schweigend nebeneinander, während Janssen Marks Darstellung ihrer Freundschaft überdachte. Wie er ihre Interaktionen beschrieben hatte, klang ehrlich, sehr faktisch. Janssen überlegte, ob er die nächste Frage stellen sollte. Ob es überhaupt richtig war. „Hast du gewusst, dass Holly schwanger war?" Der Schock war Mark ins Gesicht geschrieben. Die Reaktion war zu heftig, als dass er sie vorgetäuscht hätte, Janssen war sich so gut wie sicher. „Weißt du vielleicht, wer der Vater sein könnte?"

„Nein, tut mir leid." Der Detective beobachtete den Jungen prüfend. Mit Ausnahme seiner flüchtigen Gesichtsausdrücke und der Ausbrüche, die schnell wieder verflogen, verriet er nur wenig über seine Gefühle. Jede seiner Antworten war genau überlegt und auf den Punkt. Die Ausbrüche gaben Janssen jedoch zu denken. Obwohl sie anscheinend schnell vorübergingen, wie lange würde es dauern, bis er sich beruhigt hatte, wenn er jähzornig wurde? Zwei Minuten? Drei? Das würde reichen, um ein zartes Mädchen wie Holly Bettany zu erwürgen.

„Es überrascht mich nicht, dass sie sich noch mit jemand anderem getroffen hat", sagte Mark leise und ohne Groll. „Holly wusste, dass alle Jungs sie hübsch fanden. Ich habe immer gedacht, wie glücklich ich mich schätzen musste, dass sie so viel Zeit mit mir verbringt."

„Als du bei ihr im Zimmer gewesen bist, hat sie dir mal ihren Laptop gezeigt?", fragte Janssen. Mark nickte. „Weißt du, wo sie ihn herhat? Ihre Eltern haben gesagt, dass er nicht ihr gehört."

„Sie hat es nie gesagt. Ich habe angenommen, ihre Eltern hätten ihn gekauft. Die sind stinkreich."

„Was ist mit einem Handy? Hatte sie eines?"

„Ja. Erst vor kurzem hat ihr Vater ihr und Maddie welche gekauft. Holly hat sich darüber beschwert. Es war ein iPhone und *sie hat es gehasst.*" Das überraschte Janssen, er hatte angenommen, die meisten Jugendlichen wollten nur die besten Geräte. Anscheinend bemerkte Mark Janssens Verwirrung. „Sie hat gesagt, dass ihr Vater ein iPhone hat und ihnen nur deshalb auch solche gekauft hat. Das Betriebssystem war ihr ein Rätsel, und außerdem hat er irgendwas darauf eingestellt und ihr hat das nicht gefallen.

Den Vertrag vom alten Handy hat er gekündigt, damit sie gezwungen war, das neue zu benutzen. Der Typ ist ein Kontrollfreak." Mark wandte sich Janssen zu und konzentrierte sich auf ihn. Plötzlich war er wachsam, setzte sich aufrecht im Schneidersitz hin und stützte die Ellenbogen auf die Knie. „Werden Sie die Person schnappen, die Holly getötet hat?"

Normalerweise zog Janssen es vor, nicht auf eine solche Frage zu antworten. Geliebten Menschen, Freunden oder Verwandten falsche Hoffnung zu machen, sah er nicht gerne. Doch etwas am Gesichtsausdruck des Jungen veranlasste ihn, dieses Mal anders zu handeln. Außerdem war er sich sicher. „Ich denke, das werden wir, ja."

„Und was passiert dann?"

„Nun, es wird eine Gerichtsverhandlung geben und wenn wir unsere Arbeit ordentlich gemacht haben, wird der Mörder verurteilt und eingesperrt." Nachdenklich runzelte Mark die Stirn. „Für eine sehr lange Zeit", fügte Janssen hinzu, falls das dem Jungen nicht klar war. Mark ließ den Kopf hängen.

„Mein Papa war schon oft im Gefängnis." Das wusste Janssen. „Er meint, man kann der Polizei nicht vertrauen." Überraschend war das nicht. Es gab kaum einen verurteilten Kriminellen, der nicht entweder von der Polizei angeschwärzt oder von Richter und Jury schlecht behandelt worden wäre. „Er sagt, dass immer nur Leute wie wir eingesperrt werden."

„Leute wie ihr?", hakte Janssen nach, wobei er annahm, dass Callum McCall jene am Rande der Gesellschaft oder mit krimineller Vergangenheit meinte.

„Ja. Leute, die alles tun, um gerade so über die Runden zu kommen." Das waren die Worte des Vaters, die aus Marks Mund kamen, dachte Janssen. „Ich weiß, was Sie denken. Ich habe die Polizeiserien im Fernsehen gesehen. Ich war der Letzte, der mit Holly gesehen wurde, und ich bin … wie ich bin."

Janssen atmete tief durch. Immer noch richtete Mark seinen durchdringender Blick auf ihn und hielt Ausschau nach dem kleinsten Anzeichen einer Unehrlichkeit, doch da war mehr, etwas, das Janssen nicht in Worte fassen konnte. „Hast du Holly umgebracht?" fragte er. Mark schüttelte den Kopf. „Dann kannst du mir vertrauen. Du hast nichts von der Polizei zu befürchten." Anscheinend akzeptierte der Junge diese Antwort, oder zumindest sagte er nichts dazu, und schaute weg. „Ich weiß, du solltest eigentlich in der Schule sein, aber kann ich dich irgendwohin fahren? Vielleicht nach Hause?"

Mark stand auf, klopfte sich die Hose ab und rieb sich die Hände sauber. „Nein, danke. Ich habe etwas zu erledigen."

Wortlos und ohne ihn eines weiteren Blickes zu würdigen, marschierte er los. Janssen schaute ihm noch kurz nach und empfand Mitleid für den Jungen, während er über dessen Rolle in dem Ganzen nachdachte. Mark war eine geplagte Seele. Anschließend drehte Janssen sich um und ging ins Revier.

KAPITEL EINUNDZWANZIG

Janssen betrat das Einsatzzimmer. Collet lauschte konzentriert dem Telefon an seinem Ohr. Als Janssen nebenan in die Teeküche ging, stellte er erfreut fest, dass das Wasser im Kocher noch warm war. Die Außenseite des Geräts war zu heiß, um sie zu berühren, trotzdem schaltete er es ein, damit das Wasser kochte. Da er, außer im Notfall, keinen Instantkaffee mochte, auch sein Vater hatte nie welchen im Haus, entschied Janssen sich für eine Sorte grünen Tee. Die war neu, wahrscheinlich hatte Greave sie mitgebracht. Collet war es bestimmt nicht gewesen.

Dieser hatte sein Telefongespräch beendet, als Janssen zurück ins Einsatzzimmer kam. „Ich habe gerade mit einem DC in Canning Town gesprochen." Aufgeregt wollte Collet ihm die Neuigkeiten erzählen. „Sie wissen ja, in Newham, wo das Olympiastadion steht." Diese Nebensächlichkeit sorgte bei Janssen für ein Stirnrunzeln. Er kannte die Gegend. Collet sprach weiter. „Es hat sich herausgestellt, dass vor zwei Jahren schwere Anschuldigungen gegen Ken Francis erhoben wurden. Die darauffolgenden Ermittlungen führten zu einer Anklage durch die Strafverfolgungsbehörde CPS."

„Weswegen?" erklang Greaves Stimme von hinten, als die SIO den Raum betrat.

„Drei Anklagepunkte wegen sexueller Nötigung und einer wegen Freiheitsberaubung", antwortete Eric in ihre Richtung gewandt. „Doch der Fall kam nie vor Gericht, weil die Hauptzeugin ihre Aussage zurückzog. Aber der Typ, mit dem ich gesprochen habe, meinte, dass Francis in mindestens einem Punkt schuldig gewesen sein muss."

Mit der Tasse in den Händen lehnte sich Janssen an eine Tischkante. „Wer war die Klägerin?"

Collet blätterte durch die Notizen, die er sich während des Gesprächs gemacht hatte. „Rebecca Martins. Soweit ich das sehe, ist sie begeisterte Freiberuflerin und wollte sich als Model selbstständig machen."

„Und ihre Verbindung zu Francis?", fragte Janssen und nippte an seinem Tee. Er war noch zu heiß zum Trinken, aber das Aroma war angenehm.

„Anscheinend hat sie für ihn Modell gestanden und ... es wurde etwas intimer, wenn Sie wissen, was ich meine."

Wegen der unübersehbaren Verlegenheit des jungen Mannes musste Janssen ein Lächeln unterdrücken. Ein leichter Rotstich zierte Collets Nacken. „Sie behauptet, Francis hätte sie nicht gehen lassen, sich ihr in den Weg gestellt und das Atelier abgeschlossen. Natürlich hat er das bestritten und als Missverständnis abgetan."

„Drei Anklagepunkte, sagten Sie?" Greave stellte sich neben Janssen. Seiner Meinung nach sah sie müde aus, in ihrem Gesicht waren deutliche Falten zu sehen.

„Ja, sie haben noch mit anderen Models gesprochen und zwei weitere Frauen sind mit ähnlichen Geschichten herausgerückt. Allerdings war die CPS nicht der Meinung, dass diese für eine Strafverfolgung ausreichten, also wurden diese beiden Punkte fallengelassen und alles hing von der einen Frau ab." Erwartungsvoll schaute Eric Collet seine beiden Vorgesetzten an.

Janssens Ansicht nach warf das ein anderes Licht auf Ken Francis und seine mögliche Verstrickung in den Fall. Laut Aussage seiner Frau hatte Holly für ihn Modell gestanden und er hatte auf die Frage, wie gut er das Mädchen kannte, gelogen. Mit einer derartigen Vergangenheit sollte er selbstverständlich auf die Liste der Verdächtigen aufgenommen werden.

„Ich frage mich, ob sie deshalb von London aufs Land gezogen sind", meinte Greave. „Vielleicht hat das seinem Ruf geschadet und sie haben die Stadt im Schlechten verlassen. Collet, versuchen Sie, mehr darüber herauszufinden, ob seine Karriere einen Knick bekommen hat. Jane Francis sagte, dass er mittlerweile die meisten seiner Arbeiten an ausländische Kunden verkauft. Gut möglich, dass das eher eine Notwendigkeit als eine freie Entscheidung ist."

„Sollten wir ihn verhaften?" Mit dem Gefühl, auf etwas Wichtiges gestoßen zu sein, huschte Collets Blick zwischen den beiden hin und her.

Janssen schaute zu Greave hinüber und kaute auf seiner Unterlippe. Collet war zu voreilig. Die Spur schien richtig, trotzdem war es reine Spekulation. Zwischen dem Vorwurf sexueller Nötigung und Mord bestand ein großer Unterschied, obwohl das natürlich neue Möglichkeiten eröffnete, die man berücksichtigen sollte. Für Janssen lag der Verdacht nahe, dass Francis der Urheber der Zeichnungen war, die sich in Hollys Besitz befunden hatten. Doch das waren alles nur Indizienbeweise, nichts Haltbares, das eine offizielle Vorladung rechtfertigen würde. „Natürlich müssen wir noch einmal mit ihm reden." Greaves Gesichtsausdruck ließ vermuten, dass sie zum gleichen Schluss wie er gekommen war.

„Wir fahren gleich hin und sprechen mit ihm, setzen ihn ein bisschen unter Druck, wieso er uns angelogen hat. Sicher hat er schon mit seiner Frau darüber geredet, übertreiben wir es also nicht." Janssen stimmte dem Vorhaben zu. „Wir können ihn immer noch zu einem späteren Zeitpunkt vorladen, je nachdem, was uns das Labor oder ein Zeuge liefert, um die Schlinge um seinen Hals enger zu ziehen."

„Möglicherweise belastet er sich auch selbst", fügte Janssen hinzu. „Collet, sehen Sie zu, dass Sie die Klägerin auftreiben. Vielleicht kann sie mehr Licht in die Angelegenheit bringen als der Beamte aus Canning Town, mit dem Sie gesprochen haben."

„Ich bin mir nicht sicher, ob sie gern mit mir reden wird", sagte Collet besorgt. „Soweit ich weiß, hat man ihr, nachdem sie die Aussage zurückgezogen hatte, mit einer Anklage wegen Verschwendung von Polizeiressourcen gedroht. Sie hat garantiert nichts für uns übrig."

IN DER ZWISCHENZEIT hatte es sich zugezogen, doch gelegentlich brach die wärmende Frühlingssonne durch und erinnerte daran, dass der Sommer nicht mehr fern war. Janssen liebte Norfolk im Sommer. Durch die geschützte Lage und die vorherrschende Windrichtung war die Ostküste von der Nordsee geschützt und die Stürme über dem Atlantik drangen meist nicht so weit ins Landesinnere vor. Deshalb schien hier öfter die Sonne und es regnete weniger als im Rest des Landes. Wenn jedoch der Wind seine Richtung änderte und aus Osten kam, war die Küste den ganzen Tag lang in Nebel gehüllt. Während die Menschen im Landesinneren blauen Himmel und Sonnenschein genossen, konnten die Unglücklichen, die an der Küste lebten, kaum hundert Meter weit sehen. Heute allerdings versprach ein frühlingshafter Tag zu werden.

„Glauben Sie, Ken Francis könnte Hollys Gönner gewesen sein?", fragte Greave ihn nach einer langen Gesprächspause. Seit sie das Revier verlassen hatten, war sie anscheinend in Gedanken versunken gewesen und Janssen hatte sie nicht stören wollen. Vielleicht hatte sie sich mit dem Fall befasst. Tatsächlich musste sie in eine ähnliche Richtung wie er gedacht haben.

„Der, der ihr den Laptop verschafft hat?", fügte er hinzu, nur um sicherzugehen, dass er richtig verstanden hatte. Greave nickte. „Könnte es ein Geschenk gewesen sein? Mr. Francis hat definitiv genug Geld dafür und wenn sie ihn nicht von ihrem Taschengeld gekauft hat, von wem hätte sie ihn sonst bekommen können?"

Wieder zog sie sich in ihr Schneckenhaus zurück und schwieg, also sagte Janssen nichts dazu und ließ sie in Ruhe nachdenken.

„Es besteht noch eine Möglichkeit. Der Laptop gehört weder Holly, noch war er ein Geschenk."

„Sie hat ihn ausgeliehen ... *oder gestohlen*?" Jetzt dachte er laut. Sie hatten keine Beweise für ihre Annahmen, es waren reine Vermutungen.

Greave lachte humorlos. „Nach allem, was wir wissen, gehen wir davon aus, dass Holly völlig unschuldig war. Wie oft stellt sich heraus, dass das Opfer Mitschuld an seinem Tod hat?" Janssen schaute zu ihr hinüber, missbilligend, wie ihm selbst auffiel, die Bemerkung schien ihm unangebracht. Unabhängig davon, was Holly getan oder nicht getan hatte, ihr Baby war vollkommen unschuldig gewesen. Offensichtlich hatte sie seine Reaktion bemerkt und wollte sich erklären. „Ich meinte, dass Holly scheinbar ein schwieriges Kind war, nicht, dass sie tatsächlich dafür verantwortlich gemacht werden kann, was ihr zugestoßen ist. Ich will damit nur sagen, dass sie anscheinend viele Geheimnisse hatte. Niemand kennt sie richtig, am allerwenigsten wir. Soviel wir wissen, könnte sie Ken Francis erpresst und Geld verlangt haben. Wer weiß."

„Er könnte auch einfach ihr Sugar-Daddy gewesen sein", konterte Janssen harscher als notwendig. „Himmel, wenn er eine Schwäche für junge Mädchen hat, dann hätten wir ein Motiv, auch wenn Holly nicht mehr minderjährig war."

„Das Model in Canning Town war über zwanzig."

„Immer noch weniger als halb so alt wie er!"

„Wenn das ein Verdachtsgrund ist, dann müssen wir die meisten Geschiedenen befragen, die in Thailand Urlaub machen ... natürlich, weil man dort gut tauchen kann."

Unwillkürlich lächelte Janssen. Er war mit seiner Deutung ihrer Bemerkung über das Ziel hinausgeschossen und gewann den Eindruck, dass sie bei Scherzen eher zu schwarzem Humor neigte. „Sie wissen einiges darüber, wie man als Teenager ein

Geheimnis bewahrt, oder?" Lächelnd schaute sie zu ihm herüber, hielt sich aber bedeckt.

Blaulicht blitzte im Rückspiegel auf und Janssen fuhr links ran. Ein Feuerwehrauto raste mit Sirenengeheul vorbei und verschwand an der nächsten Kreuzung aus dem Sichtfeld. Janssen fuhr weiter bis zum nicht asphaltierten Weg, der zum Haus der Francis führte. Wenige Sekunden später kam das Haus in Sicht. Dahinter stieg dichter grauer Rauch in den Himmel empor, bevor er vom Wind davongetragen wurde. Die Feuerwehrleute waren schon dabei, ihre Schläuche auszurollen, und blockierten damit die Einfahrt. Das Löschfahrzeug war zu groß, um auf den Hof zu gelangen, deshalb stand es auf der östlichen Stirnseite des Anwesens.

„Brennt das Haus?", fragte Greave.

„Nein, ich glaube, es ist das Atelier", antwortete Janssen, während er ausstieg. Plötzlich änderte sich die Windrichtung und Rauch und glühende Asche wehten zu ihnen herüber. Selbst diese geringe Menge hinterließ einen ätzenden Geschmack in Janssens Mund. Als sie sich dem Haus näherten, versperrte ihnen ein Feuerwehrmann den Weg. Obwohl Janssen seinen Dienstausweis vorzeigte und sich identifizierte, wurden sie gebeten, Abstand zu halten. „Ist noch jemand drinnen?"

„Soweit wir wissen, nicht. Die Besitzer halten sich im Haupthaus auf."

Greave und Janssen wandten sich zur Eingangstür. Der wenig benutzte Pfad war überwuchert, das Unkraut wuchs zwischen den Steinplatten und über die Ränder. Janssen musste mehrmals fest an die Eingangstür klopfen. Im Hof waren die Feuerwehrleute laut zugange, was bis hierher zu hören war. Es brauchte einige Versuche, bis jemand auf sein Klopfen reagierte.

Jane Francis öffnete ihnen. Sie sah zutiefst schockiert aus, vor Angst hatte sie die Augen weit aufgerissen, und falls ihr Erscheinen sie überraschte, ließ sie sich das nicht anmerken. Mit einem Schritt zurück bat sie die beiden Beamten hinein. Sie folgten ihr ins Wohnzimmer. Ken Francis stand an der Fenstertür, die zum Hof hinausführte, und starrte mit dem Rücken zu ihnen in Richtung seines Ateliers. Als er sie hörte, drehte er sich um. Eine Hand presste er auf Mund und Nase, seine Haut war blass, blutleer, und er atmete schwer. Janssen fragte sich, ob er eine Panikattacke hatte. Als er auf den Mann zutrat, stellte er überrascht fest, dass Ken Francis eine Schwellung am linken Auge aufwies. Vielleicht hatte er versucht, die Flammen zu löschen und war dabei gestürzt, überlegte Janssen. Nervös wich Jane Francis seinem Blick aus. Sofort bot sie an, Kaffee zu machen, wahrscheinlich um sich zu beschäftigen und Aufmerksamkeit zu vermeiden, wie Janssen vermutete.

Greave räusperte sich und blieb neben Ken Francis stehen. „Sie müssen ziemlich was durchmachen in den letzten Tagen, nicht wahr?", fragte sie leise.

KAPITEL ZWEIUNDZWANZIG

KEN FRANCIS WANDTE sich vom Anblick der Feuerwehrmänner ab, die mit gewaltigen Wasserfontänen versuchten, den Brand unter Kontrolle zu bringen. Tamara Greave ließ ihn dabei nicht aus den Augen. Bei den früheren Besuchen hatte Francis den Eindruck eines liebenswürdigen Mannes gemacht, der sich zwar sehr anstrengte, diesen Anschein zu erwecken, aber dennoch recht nett war. Er erinnerte sie an einen verstorbenen Onkel, der ein ähnliches Verhalten an den Tag gelegt hatte. Wenn nötig, konnte er oberflächlich genau das sein, was man von ihm erwartete, und wusste, was er sagen und wie er sich verhalten sollte. Die meiste Zeit aber, wenn sonst niemand anwesend war, hörte er auf, etwas vorzuspielen, und bei diesen Gelegenheiten kam seine wahre Natur zum Vorschein. Normalerweise war das im privaten Rahmen der Fall, oder wenn nahe Familienmitglieder oder enge Freunde zugegen waren. Sie selbst hatte es nur einige Male beobachten können, oder zumindest hatte sie es nur dann bemerkt, damals war sie noch sehr jung gewesen.

Nun fiel Greave dieses Verhalten auch bei Ken Francis auf. Selbst wenn man die brutale Zerstörung seiner Kunstwerke, seiner Lebensgrundlage, berücksichtigte, war wenig von dem Mann geblieben, den sie vom ersten Besuch her kannte. Sein

Gesicht war abgehärmt und höchstwahrscheinlich sah sie nun seine wahre Miene. Bei früheren Gelegenheiten hatte er Wert darauf gelegt, sie zu begrüßen, jetzt schien er kein Interesse daran zu haben. Und das lag nicht nur an den Ereignissen, die sich vor seinen Augen abspielten.

„Wie ist das Feuer ausgebrochen?", fragte Greave in den Raum. Entweder hatte das Ehepaar ausgesprochenes Pech, erst der Vandalismus im Atelier und jetzt das Feuer, oder hier spielte sich etwas anderes, etwas Schlimmeres ab. Kopfschüttelnd zog Ken Francis sich einen Stuhl vom Frühstückstisch heran und setzte sich.

„Wir waren nicht da." Seine Frau, Jane Francis, beantwortete die Frage. Greave schaute zu ihr hinüber. Mrs. Francis reinigte die Kaffeemaschine und bereitete alles vor, viel zu umständlich, wie Greave fand. Vielleicht lag es am Zynismus, den sie sich durch ihre Erfahrungen angeeignet hatte, doch die DCI beobachtete das Ehepaar Francis genau auf ungewöhnliche Anzeichen.

Offensichtlich war ihre Beziehung etwas angeschlagen, aber keiner der beiden verhielt sich in dieser Situation so, wie Greave es erwartet hätte. Jane Francis wirbelte in der Küche herum und stellte demonstrativ ihre Gastgeberqualitäten zur Schau, während das Atelier ihres Mannes, ein Teil ihres traumhaft schönen und frisch renovierten Zuhauses, niederbrannte. Ken Francis dagegen saß ausdruckslos auf seinem Stuhl, mehr eine leere Hülle als ein menschliches Wesen. Natürlich lag das teils am Schock, trotzdem war er völlig emotionslos, nicht einmal wütend. Es schien, als würde er es einfach hinnehmen.

Anscheinend fiel Mrs. Francis ihr Interesse auf und sie schüttete nervös zu viel Kaffee in den Filter der Maschine. Fast wäre ihr ein Fluch über die Lippen gekommen. Greave rückte näher an sie heran, wobei Janssens Blick ihr folgte. „Sie waren unterwegs, als das Feuer ausbrach? Gemeinsam?" Mrs. Francis nickte und schnappte sich ein Geschirrtuch neben der Spüle, um das Kaffeepulver wegzuwischen. „Dürfte ich fragen, wo Sie waren?" Wütend starrte Jane Francis sie an. Der Blick war besonders giftig, sodass Greave Mark McCalls Aussage einfiel, Mrs. Francis sei *böse*. Bei so einem Blick leuchtete ihr ein, wieso er diesen Eindruck hatte, vor allem, weil Jane Francis eindeutig durch die Anwesenheit der Polizei eingeschüchtert war.

„Ken dachte, es wäre nett, wenn wir den Tag draußen verbringen und das Wetter ausnutzen, solange die Kinder nicht hier sind."

Greave schaute auf die Uhr, es war gerade erst Mittag. Mrs. Francis wirkte nervös, aufgewühlt. „Sie sind früher zurückgekommen?" Entweder hörte niemand die Frage oder sie wurde absichtlich ignoriert. Was davon zutraf, war für Greave nicht ersichtlich. Ken Francis ließ den Kopf hängen und sie sah, dass auch Janssen nach unten schaute. Offenbar dachte er über etwas nach.

„Was ist mit Ihrem Gesicht passiert, Mr. Francis?" fragte Janssen. Greave hatte sich so sehr auf das Verhalten des Ehepaars konzentriert, dass ihr das gar nicht aufgefallen war. Jetzt schaute sie genauer hin. Die Rötung und leichte Schwellung um das linke Auge sahen schmerzhaft aus. Ken Francis war definitiv nicht der Typ Mann, der gegen das Inferno angekämpft hätte. Zwar war er sportlich gebaut, aber ihrer Meinung nach hatte er nicht den Mut dazu.

„Ich muss gestürzt sein", flüsterte Mr. Francis, ohne aufzusehen. Ausgerechnet seine Frau bestritt diese schwache Behauptung.

„Oh, Ken! Wann sagst du ihnen endlich die Wahrheit? Sie sind keine Dummköpfe!"

Greave war überrascht. Jane Francis, die eigentlich stets wohlüberlegt, wenn nicht sogar berechnend handelte, klang gereizt. Dass Janssen die Augenbraue hochzog, war für Greave die lebhafteste Reaktion, die sie bisher bei einer Befragung von Zeugen oder Verdächtigen an ihm beobachtet hatte. Ken Francis schwieg eisern, also musste Jane Francis eine Erklärung liefern. Offensichtlich frustriert gab sie es auf, Kaffee aufzubrühen, und lehnte sich mit verschränkten Armen gegen die Arbeitsfläche.

„Am Holkham-Strand ist uns Colin Bettany über den Weg gelaufen", sagte sie. „Er hat Ken angegriffen."

„Welchen Grund hatte er dafür?", fragte Greave.

„Der Mann ist geistesgestört", lautete Mrs. Francis Antwort. „Wenn ich nicht da gewesen wäre, hätte er ihn sicher umgebracht."

„Das ist eine ziemlich schwere Anschuldigung", warf Janssen ein.

„Meine Frau übertreibt … wie immer." Endlich eine Reaktion von Ken Francis, der die Darstellung seiner Frau abwinkte und so tief seufzte, dass man es noch am anderen Ende der Küche hören konnte. Kopfschüttelnd nahm er ihre Wut hin. „Der Mann trauert. Er hat seine Tochter verloren und will einen Sündenbock. Jemanden, den er für seinen Verlust verantwortlich machen kann. Seine Wahl ist auf mich gefallen. Lassen wir die Kirche im Dorf."

Greave schaute beide an. Immer noch warf Mrs. Francis ihrem Mann wütende Blicke zu, doch dieser interessierte sich nicht für ihre Theorien. „Meiner Erfahrung nach greifen trauernde Eltern nicht grundlos ihre Mitmenschen an."

„Klar ist das Opfer schuld!", antwortete Jane Francis. „Was für eine Überraschung."

Diese Bemerkung ignorierte Greave, ging zu Ken Francis und setzte sich neben ihn. Er schaute sie an, wandte den Blick aber schnell wieder ab. „Holly hat für Sie Modell gestanden. Ihre Frau hat das bestätigt. Gibt es da noch etwas, das wir wissen sollten?" Greave wählte ihre Worte sorgfältig. Sie wollte ihm mit dieser Frage klarmachen, dass seine Lüge aufgeflogen und es nun Zeit für Klartext war.

„Holly und ich … hatten eine Beziehung", sagte Ken Francis leise. „Ich dachte, ich würde sie lieben … zumindest eine Zeit lang." Er hob den Kopf und schaute sie an. Tränen quollen ihm aus den Augen. „Ich vermisse sie. *Ich habe sie nicht umgebracht.*" Seine Stimme klang fest, unnachgiebig.

„Was hat Colin Bettany gesagt, als er Sie Ihrer Aussage nach angegriffen hat?"

Einen Moment lang schürzte Ken Francis die Lippen, bevor er antwortete. „Er hat über alle möglichen seltsamen Dinge geschimpft. Ich habe kaum etwas davon verstanden. Alles ist so schnell gegangen. Ich bin aufgestanden. Wir haben in den Dünen gesessen und geplaudert. Dann hat er mich geschlagen."

„Wie haben Sie reagiert?", fragte Greave ihn.

„Ich habe eigentlich nichts gemacht. Jane hat ihm die Meinung gesagt."

„Wusste Colin Bettany von Ihrer Beziehung oder davon, dass Holly für Sie Modell gestanden hat?" Sie warf einen schnellen Seitenblick auf Janssen, der wie immer keine Miene verzog. Mr. Francis schüttelte den Kopf. „Wie ist es zu der Beziehung gekommen?"

„Wir haben uns bei Colin und Marie kennengelernt. Jane und ich waren dort zum Essen eingeladen. Holly interessierte sich sehr für das, was ich machte. Sie hat über meine Arbeit gesprochen und gemeint, dass sie meine Werke großartig fand. Ob sie vorher schon wusste, wer ich bin, oder ob sie sich über mich informiert hat, sobald sie wusste, dass wir kommen, kann ich nicht sagen. Sie hat mein Ego gestreichelt, das will ich gar nicht abstreiten. Ich fühlte mich antriebslos und ihre Aufmerksamkeit hat mich begeistert, ich fühlte mich … lebendig."

Jane Francis wandte ihnen den Rücken zu. Sicher war es hart für sie, diese Worte zu hören, ein völlig gleichgültig vorgetragenes Geständnis der Untreue. *Wie reagiert man auf einen solchen Betrug? Was würde eine gekränkte Ehefrau tun?* Offenkundig hörte Jane Francis nicht erst jetzt davon, doch der Zeitpunkt, wann sie davon erfahren hatte, brachte ihr entweder einen Platz auf der Liste der Verdächtigen ein oder machte sie zu einer unwissenden Leidtragenden.

„Ich weiß, wie das klingt … und auch, wie es aussieht", fuhr Mr. Francis fort, „deshalb habe ich bis jetzt nichts davon gesagt. Ich bin vielleicht ein närrischer Mann mittleren Alters, aber ich bin kein Mörder."

„Und das Baby? Wie stehen Sie dazu?" Greave behielt ihn

genau im Auge. Ken Francis riss zwar den Mund auf, hielt ihrem Blick aber stand. Wenn er davon gewusst hatte, war sein Pokerface ziemlich gut. „Holly war schwanger. Wussten Sie das?"

„Nein! Ich … Holly war schwanger?", stammelte er mit Blick auf seine Frau.

Auch Greave schaute zu Jane Francis hinüber. Diese war vollkommen gefasst, ihr Gesichtsausdruck undurchdringlich. „Ausgehend von dem, was Sie uns erzählt haben, könnten Sie der Vater sein. Außerdem haben wir die Umstände rund um Ihren Umzug aus London untersucht." Ken Francis verkrampfte sich merklich. „Es lagen mehrere Anschuldigungen gegen Sie vor –"

„Und keine davon hat zu einer Anklage geführt", fuhr seine Frau dazwischen.

„Aufgrund der Enthüllungen Ihres Mannes und des Vorfalls mit Colin Bettany dürfen wir keine Möglichkeit ausschließen. Ich sollte Sie darauf hinweisen, dass Sie nichts sagen müssen, das –"

„Ich kenne meine Rechte, Detective", unterbrach Ken Francis sie und hinderte sie so an ihrem Vorhaben, ihm seine Rechte zu verlesen. „Ich habe nichts zu verbergen. Fragen Sie, was auch immer Sie fragen müssen, und dann gehen Sie beide bitte!"

„Wer wusste noch von Ihrer Beziehung zu Holly?"

Ken Francis kniff die Augen zusammen und schien ernsthaft darüber nachzudenken. Ob er scharf überlegte, wer infrage käme, oder ob er die Antwort absichtlich hinauszögerte, um sie auf eine falsche Spur zu locken, konnte sie nur erraten. „Soweit ich weiß, niemand. Ich habe es Jane erzählt nach … Hollys Tod. Sonst habe ich zu niemandem etwas gesagt. Wieso sollte ich auch?"

Greave bat Jane Francis, diese Informationen zu bestätigen.

„Ja, ich wusste, dass Holly vorbeikam, um für Ken Modell zu stehen."

„Und es war kein Problem für Sie, dass er mit einem jungen Mädchen allein war?", wollte Greave wissen und konnte sich dabei einen gewissen Unterton nicht verkneifen. Zwar war Mrs. Francis gereizt, doch sie antwortete nicht darauf. „Sie haben sich nie Gedanken darüber gemacht, was da ablief, vor allem nach den Vorfällen in London? Das kann ich nur schwer glauben."

„Sind Sie verheiratet, Detective Chief Inspector?", fragte Jane Francis spitz. Greave allerdings war nicht bereit, ihr Privatleben zum Gesprächsthema zu machen, also schüttelte sie nur den Kopf. „Nun, wenn Sie es einmal sind, werden Sie herausfinden, dass jede Ehe auf gewisse Art und Weise einzigartig ist. Am Anfang versteht man sich noch gut, aber mit der Zeit verändern sich die Umstände." Jane Francis starrte zu ihrem Mann hinüber. Scheinbar gleichgültig gegenüber den Ausführungen seiner Frau blieb er weiterhin teilnahmslos. „Meist findet man heraus, dass man nicht mit der Person verheiratet ist, für die man sie anfangs gehalten hat. Einer oder beide entwickeln sich in eine andere Richtung und entweder kommt man damit zurecht und geht Kompromisse ein oder ...."

„Oder was?" fragte Greave ernsthaft interessiert, sowohl was ihr Privatleben als auch den Fall anging.

„Man ... akzeptiert einander, wie man ist und ... was jeder braucht, oder man geht getrennte Wege." Die letzten Worte klangen fast resigniert. „Vielleicht hofft man als Ehepartner, dass sich diese Wege irgendwann wieder zu einem vereinen."

„Sie *tolerieren* die Untreue Ihres Mannes?" Wenn Mrs. Francis schon so aufrichtig tat, dann hatte Greave kein Problem damit, freimütig nachzufragen. Jane Francis starrte ihr direkt in die Augen. Die beiden Frauen waren sehr verschieden, aber die DCI musste zugeben, dass wahrscheinlich viele Frauen die Ansicht von Mrs. Francis teilten. Einige Freundinnen ihrer Mutter würden dem aus ganzem Herzen zustimmen. Für Greave selbst war diese Einstellung keine Option für ihr zukünftiges Leben. Allerdings war sie auch noch nicht verheiratet.

„Eine Ehe bedeutet viel Arbeit." Die Art, wie Jane Francis das sagte, konnte man beinahe als herablassend bezeichnen. Ihr Blick fiel auf Greaves Hand, die gerade mit dem Zeige- und Ringfinger auf den Tisch vor ihr trommelte. „Vielleicht werden Sie das eines Tages selbst herausfinden." Offenbar hatte sie den Verlobungsring am Finger der DCI bemerkt. Sowohl ihre Haltung als auch ihr Tonfall zeugten von Überlegenheit. Und obwohl die meisten das Gespräch wegen des Geständnisses ihres Mannes als demütigend beschreiben würden, stand Jane Francis aufrecht und mit geraden Schultern da. Sie wirkte souverän und herausfordernd.

„Wenn keiner von Ihnen jemandem etwas gesagt hat, woher wusste Colin Bettany davon?", fragte Janssen. Diese Frage lag auf der Hand, Greave ärgerte sich, dass sie nicht selbst darauf gekommen war. Mr. und Mrs. Francis sahen sich an, hatten aber keine Antwort darauf. „Was ist mit dem Feuer? Wahrscheinlich haben Sie die Elektrik damals überprüfen lassen, oder?" Ken Francis nickte. „Normalerweise fangen Gebäude nicht plötzlich zu brennen an. Bei alten Bauten, bei denen die Verkabelung schadhaft ist, kann das vielleicht vorkommen, aber ein Feuer wie bei Ihnen ist selten. Haben Sie eine Ahnung, wie das passiert sein könnte?"

Wieder hatten beide keine Antwort. Greave signalisierte Janssen, ihr zu folgen, und sie verließen das Haus. Die Erleichterung darüber, dass sie aufbrachen, hing fast greifbar im Raum.

KAPITEL DREIUNDZWANZIG

WIE NACH DEM Guy-Fawkes-Day im November hing der Geruch nach verbranntem Holz und Rauch in der Luft. Als Janssen und Greave den Hof überquerten, war das Feuer bereits gelöscht und die Zerstörung im Atelier für jedermann sichtbar. Obwohl der Schaden enorm war, beschränkte er sich auf das steinerne Gebäude, das Feuer hatte nicht auf andere übergegriffen. *Das wird nur ein schwacher Trost für Ken Francis sein*, dachte Janssen, als er den Feuerwehrkommandanten, leicht erkennbar an seinem weißen Helm, auf sich aufmerksam machte. Dieser signalisierte ihnen, einen Moment zu warten, also blieben sie stehen.

Ken Francis' Eingeständnis seines Verhältnisses mit Holly, die Darstellung als törichte Liebe im Zuge einer Mid-Life-Crisis, das alles störte Janssen. Damit tat er die Affäre als unwichtig ab und machte aus dem, was für Janssen eine viel düsterere Angelegenheit war, etwas Normales. Holly war siebzehn und von Gesetzes wegen volljährig und nicht zu dieser Beziehung gezwungen worden. Damit hatte Ken Francis keinen Grund, sich der Beziehung zu schämen oder deswegen ein schlechtes Gewissen zu haben. Mit der Moral verhielt es sich jedoch nicht so einfach. Ein Mann, der doppelt so alt war wie sie, noch dazu verheiratet, auch wenn es eine merkwürdig offene Ehe mit vereinbarten sexuellen Grenzen (oder eben ohne Grenzen) war, und der eine körperliche wie auch emotionale Bindung mit einem so jungen Mädchen einging – all das brachte Janssen dazu, die moralischen Ansichten dieses Mannes zu hinterfragen. Holly war noch ein Mädchen gewesen, vielleicht nicht vor dem Gesetz, aber dennoch in Janssens Augen. Wann sich die beiden kennengelernt hatten, war ihm nicht ganz klar, aber sie war wahrscheinlich gerade erst siebzehn gewesen und obwohl sie die Oberstufe besucht hatte, war sie trotzdem zu jung gewesen. Wären sie die Beziehung nur ein Jahr früher eingegangen, hätten sie in dem Fall vielleicht wegen Grooming und Ausbeutung einer Minderjährigen ermittelt. So schmal war der Grat.

Außerdem machte Janssen die Sache mit dem Einverständnis Sorgen. Solange sie niemanden auftrieben, der Francis' Versicherung, dass es sich um eine einvernehmliche Beziehung gehandelt hatte, bestätigen konnte, mussten sie sich auf seine Behauptung verlassen. Durch die Anschuldigungen gegen ihn erschien das alles in einem ganz anderen Licht. *Kann man ihm vertrauen?* Als Janssen ihn nach der Schwangerschaft fragte, schien seine Reaktion ehrlich gewesen zu sein, doch falls Holly vorgehabt hatte, die Geheimhaltung aufzugeben und ihn öffentlich als Vater zu nennen, dann war das ein Mordmotiv. Und das galt ebenso für seine Frau.

Entweder war der Umzug der Familie Francis nach Norfolk ein Neuanfang nach ihrem Leben mit einem möglichen strafrechtlichen Verfahren oder, was ebenso wahrscheinlich war, eine Flucht vor dem Schreckgespenst der Verdächtigungen. Janssen fiel auf, dass Greave ihn aufmerksam anschaute. Wie lange sie es schon tat, wusste er nicht.

„An was denken Sie gerade?", fragte sie ihn. Er lächelte.

„Sie sind schon ein seltsames Paar." Janssen schaute zurück zum Haus. Ken Francis stand am Fenster, aber ob er zu ihnen oder zu den glimmenden Ruinen seines Ateliers schaute, war nicht ersichtlich. „Ich versuche, schlau aus ihnen zu werden."

„Sie mögen sie nicht."

Diese Feststellung verwirrte ihn. Ihm war nicht klar, dass er so leicht zu durchschauen war. Bis zu diesem Zeitpunkt hatte er das Ehepaar Francis nicht unter diesem Gesichtspunkt betrachtet. Persönliche Ansichten sollte man aus Ermittlungen heraushalten, weil solche Gefühle das Urteilsvermögen trüben und für die Ermittlung nachteilig sein konnten. *Mache ich diesen Fehler gerade?* Allerdings hatte sie recht. Mit keinem der beiden Francis würde er freiwillig Zeit verbringen wollen, schon gar nicht, je mehr er über sie in Erfahrung brachte. Aber machte das einen der beiden zum Mörder? Nein. Sicher, beide waren dazu fähig. Ken Francis mit seinem kontrollierten, geheimniskrämerischen Wesen und seine Frau, die so zornig und neurotisch war. Oft mordeten Menschen aus geringeren Gründen als jenen, die diese beiden vielleicht hatten. Die verschmähte Gattin und die jüngere Frau. Das uneheliche Kind, das ihren Status und ihre Ehe gefährdete. Außerdem sagten sie nicht die Wahrheit. Zumindest nicht ganz. Dieser Gedanke kam ihm instinktiv und Janssen vertraute auf dieses Gefühl.

Der Feuerwehrkommandant kam zu ihnen herüber und ersparte Janssen eine Antwort auf die Frage. Er bat sie zum Atelier hinüber.

„Ich dachte, das sollten Sie sehen." Er führte sie zum Eingang. Da man einen Zugang zum Feuer gebraucht hatte, war die Tür eingeschlagen worden und fehlte nun. „Passen Sie auf, wo Sie hintreten, es ist etwas feucht, aber das Dach wird halten." Durch einen schmalen Korridor gingen sie ins Atelier und Janssen sah, dass das Feuer nicht so groß gewesen war, wie er angenommen hatte. Drinnen stand der Rauch, und die Löscharbeiten hatten, wie üblich, zusätzlich Schaden angerichtet, aber die Struktur des Gebäudes, einige Wände und das Dach waren von den Flammen verschont geblieben. Die Überraschung war ihm deutlich anzumerken. „Laut Bauverordnung müssen offene Holzkonstruktionen mit einer feuerfesten Farbe oder Beschichtung behandelt werden. Das hat uns Zeit verschafft. Fünfzehn oder zwanzig

Minuten später und das Dach wäre in Flammen aufgegangen und die Konstruktion zusammengebrochen."

„Brandursache?", fragte Greave und schlug den Kragen hoch, um sich vor dem heruntertropfenden Wasser zu schützen.

„Irgendeine Art von Beschleuniger, vielleicht einfach Benzin", bestätigte der Kommandant.

Nach dem Vandalismus war die Brandstiftung keine schockierende Nachricht für Janssen. Eigentlich hatte er damit gerechnet. Als er sich umschaute, bemerkte er, dass der Raum in der Mitte dunkler und schwerer beschädigt war als der Rest. Das schloss auch den Bereich mit ein, in dem das Doppelbett gestanden hatte. „Ist das der Brandherd?", fragte Janssen, der Greave in dem Moment unterbrach, als sie etwas sagen wollte. Dafür entschuldigte er sich.

„Ja, davon gehe ich aus."

„War die Tür aufgebrochen, als Sie ankamen?", wollte Janssen wissen, während er die Fenster auf Schäden absuchte. Tatsächlich waren einige davon zerbrochen, doch das konnte genauso gut von der Hitze des Feuers wie von einem mutwilligen Brandstifter stammen.

„Ich frage meine Leute, aber ich glaube, sie war verschlossen." Der Kommandant zeigte auf einen schmalen Spalt in der Steinwand, der gerade eine Handbreit weit und etwa siebzig Zentimeter hoch war, wie es sie oft in Scheunen aus dieser Zeit gab. Bei dieser fanden sich an der südlichen Wand vier davon, die von Janssens Hüfte bis über seinen Kopf reichten und verglast waren. Das Glas in dem Spalt, auf den der Kommandant zeigte, war zerbrochen. „Natürlich kann es sein, dass das Feuer daran schuld ist, aber da der Spalt direkt über dem Bett ist, wurde höchstwahrscheinlich hier das Benzin hereingeschüttet. Dann musste man nur etwas Brennendes nachwerfen und wegrennen. Aus der Richtung ist das Grundstück nicht einsehbar. Ihr potenzieller Brandstifter hätte sich unbemerkt nähern können."

Nachdem die drei das Atelier wieder verlassen hatten, machten sich die Feuerwehrleute erneut an die Arbeit. Ein Untersuchungsbeamter würde den Brandherd untersuchen und feststellen müssen, ob es Brandstiftung war, doch das war in diesem Fall reine Formsache. Blieb nur noch die Frage, wer es gewesen war. Die Person, die nur wenige Tage zuvor das Atelier zerstört hatte, gab einen guten Verdächtigen ab.

„Ganz schöner Zufall, oder?", sagte Janssen. „Holly wird ermordet und Francis' Atelier wird erst zerstört, dann in Brand gesteckt. Und das alles innerhalb weniger Tage."

„Vor allem, wenn man bedenkt, dass er mit ihr geschlafen hat."

Sie unterbrachen ihren Gedankenaustausch, weil Ken Francis aus der Hintertür trat. Für einen kurzen Moment zögerte er und blieb an der Schwelle stehen, bevor er auf sie zuging. Jeder Schritt schien ihn mehr und mehr Überwindung zu kosten.

„Ich habe da etwas, dass ich … von dem ich glaube, dass Sie es sehen sollten", sagte er gefasst. Dann drehte er sich um und verschwand wieder im Haus. Janssen und Greave folgten ihm und als sie die Küche betraten, bemerkte Janssen Jane Francis' verwirrte Miene. Anscheinend wusste selbst seine Frau nicht, was Ken Francis zu sagen hatte. Vielleicht war es auch Furcht, nicht unbedingt Verwirrung. Fast schon erwartete Janssen, als er für Greave und sich Stühle heranzog, dass Francis die Vaterschaft von Hollys ungeborenem Baby gestehen würde. Er wusste, dass er durch seine Größe einschüchternd wirkte, also setzte er sich schnell hin. Wenn es gleich ein Geständnis gab, dann wollte er den Mann nicht verschrecken. Seinem Eindruck nach war Ken Francis es nicht gewöhnt, über seine innigsten Gedanken und Gefühle zu sprechen. „Ich … Ich war nicht ganz ehrlich zu Ihnen." Er wandte den Blick von den beiden Polizeibeamten ab und schaute nervös zu seiner Frau. „Zu niemandem."

„Was möchten Sie uns sagen, Mr. Francis?", fragte Greave. Das irritierte Janssen. Er hätte ihm mehr Zeit gelassen, um die richtigen Worte zu finden. Sie könnten ihn auch später noch in die Mangel nehmen.

„Ich habe etwas vor meiner Familie geheim gehalten", sagte

Francis, „aber verstehen Sie bitte, ich habe das nur getan, um ihnen keine Sorgen aufzubürden." Janssen war nicht klar, ob diese Bemerkung ihm und Greave oder seiner Frau galt. Ken Francis ging an ihnen vorbei in Richtung Garderobe und Janssen reckte den Hals, um zu sehen, wie der Mann in einem Raum, anscheinend seinem Arbeitszimmer, verschwand und gleich danach mit Papieren in der Hand wieder auftauchte. „Die habe ich erhalten." Ken Francis übergab Greave einen Stapel handgeschriebener Briefe, die sie mit einem leichten Nicken entgegennahm und sofort las. Einen nach dem anderen gab sie an Janssen weiter. Die Zettel waren eher bekritzelt als beschrieben und die vorgedruckten Linien völlig außer Acht gelassen worden. Die Schrift war unregelmäßig. Ob sie in Eile oder Wut verfasst worden waren, ließ sich nicht sagen. Die Botschaft allerdings war düster. „Jemand hat es auf mich abgesehen ... vielleicht auf uns beide. Ich weiß nicht genau. Ich, meine Arbeit, wurde bedroht."

„Wie lange bekommen Sie diese Briefe schon?", fragte Janssen. Bevor Mr. Francis darauf antwortete, warf er einen schnellen Blick auf seine Frau.

„Seit einigen Monaten." Er und Janssen schauten zu Jane Francis. Diese hielt eine Hand auf den Mund gepresst, als wäre sie von dieser Enthüllung schockiert. „Kurz nachdem wir eingezogen sind, hat das angefangen. Zuerst habe ich mir nicht viel dabei gedacht. Kinder, die Blödsinn machen. Ein eifersüchtiger Einheimischer, der das Grundstück auch gern gekauft hätte. Irgendetwas in der Art."

„Das ist kein Blödsinn", meinte Janssen und las einen Brief, den er Ken Francis unter die Nase hielt, laut vor. „*Abschaum! Du solltest in der Hölle schmoren.*"

„Nicht alle waren so ... aber in den letzten zwei Monaten ist es schlimmer geworden."

Janssen hielt den Brief Jane Francis hin. „Haben Sie davon gewusst?" Sie schüttelte den Kopf, griff aber nicht nach dem Papier, um es zu lesen. Das fand Janssen merkwürdig. „Erkennen Sie die Handschrift?" Wieder nur Kopfschütteln. „Was ist mit

Ihnen, Mr. Francis? Sind Sie mit jemandem außer Dr. Bettany aneinandergeraten?"

„Nein. Nein, überhaupt nicht. Ich gehe nicht unter Leute, wenn ich nicht muss," lautete seine Antwort. Letztes ging anscheinend in Richtung seiner Frau.

„Könnte er es sein? Dr. Bettany?", rätselte Greave, doch Janssen deutete den hohlen Unterton ihrer Frage als fehlenden Glauben an diese Theorie.

„Ich wüsste nicht, warum er das machen sollte", antwortete Ken Francis. „Die Briefe wurden vor dem Haus abgelegt, bevor ich Holly beziehungsweise irgendeinen der Bettanys kennen gelernt habe." Zerknirscht schaute er seine Frau an. „Liebling, es tut mir leid, dass ich dir nichts davon erzählt habe. Es ist so viel passiert und ich wollte dich nicht beunruhigen, aber ... das ist anscheinend nach hinten losgegangen."

Mit einem dünnen Lächeln kam sie zu ihm hinüber und legte ihm beruhigend die Hand auf die Schulter. „Schon in Ordnung. Ich verstehe das. Du hast gedacht, du würdest das Richtige tun."

Ken Francis schaute wieder zu Janssen. „Vielleicht hat diese Person Holly das wegen unserer Beziehung angetan?" Auch wenn Mr. Francis es nicht zu bemerken schien, Janssen sah, wie seine Frau ihn fester an der Schulter packte. „Dann wäre ich irgendwie schuld an ihrem Tod."

„Oh, Ken! Rede keinen Unsinn.", tat Jane Francis die Idee ab. Und das ziemlich streng, wie Janssen fand. „Das ist so weit hergeholt. Sicher haben diese Briefe nichts mit Holly zu tun. Glauben Sie nicht auch, Inspector?"

Sehr darauf bedacht, dass weder sein Tonfall noch seine Miene etwas verrieten, antwortete Janssen. „Das müssen wir untersuchen. Das Feuer dürfte mit ziemlicher Sicherheit absichtlich gelegt worden sein, also ermitteln wir zumindest wegen Brandstiftung. Wir müssen diese Briefe mitnehmen." Dagegen hatte Ken Francis keine Einwände. Tatsächlich schien er erleichtert zu sein, endlich darüber gesprochen zu haben. Die Idee, dass sie mit Holly in Zusammenhang standen, war nicht so abwegig. Bisher gab es kein eindeutiges Motiv für ihre Ermordung. Janssen war noch nicht auf den Gedanken gekommen, dass sie vielleicht gar nicht das Ziel war und ihr Tod jemand anderem schaden sollte. „Wenn wir schon offen reden, wo waren Sie letzte Freitagnacht?

„Ich war hier", antwortete Ken Francis. „In meinem Atelier."

„Allein?"

„Nein. Er ist ins Haus gekommen, nachdem die Kinder schon im Bett waren, dann haben wir gemeinsam ferngesehen", sagte Jane Francis. „Das war so gegen 21:00 Uhr oder 21:30 Uhr." Ken schaute zu seiner Frau. *War das ein erleichterter Gesichtsausdruck*? Er selbst sagte nichts, sondern nickte Janssen nur zu, um die Uhrzeit zu bestätigen.

„Wir brauchen eine offizielle Aussage", meinte Janssen, ohne weiter darauf einzugehen. Es überraschte ihn nicht. Oft hielt eine Frau ihrem Mann den Rücken frei, ganz gleich, wie es um ihre Beziehung stand. Allerdings war es ein schwaches Alibi. „Wann haben Sie Holly einen Laptop gekauft?" Die Erleichterung in Ken Francis' Gesicht war nur von kurzer Dauer. Die Frage ließ seinen Kopf hochschnellen.

„Habe ich nicht. Wie kommen Sie auf diese Idee?"

Die Reaktion seines Gegenübers beobachtete Janssen genau. Es war eine der wenigen Gelegenheiten, bei denen Ken Francis ihm bereitwillig in die Augen schaute. „Er lag bei einigen ihrer Skizzen, vermutlich welche von Ihnen. Sie waren zusammen mit ein paar ihrer eigenen Zeichnungen versteckt." Janssen schmückte die Wahrheit ein wenig aus, denn die Skizzen waren nicht zusammen mit dem Laptop aufbewahrt worden.

„Tut mir leid, damit habe ich nichts zu tun … aber ich habe ihr erlaubt, ein paar Skizzen, die ich von ihr gemacht habe, zu behalten."

„Da war eine dabei, eine Kohlezeichnung von einem Mädchen in High Heels. Bis auf die roten Schuhe war die Skizze schwarzweiß, wenn ich mich richtig erinnere", sagte Janssen. „Ziemlich … aufreizend."

„War klar", sagte Jane Francis spitz, „sie zog sich immer so an, als wäre sie schon älter." Janssen schluckte einen sarkastischen Kommentar über den Versuch, einem älteren Mann zu gefallen, hinunter. Es war nicht nötig, seine moralischen Ansichten hinauszuposaunen.

„Wie sexuell ein Bild ist, liegt im Auge des Betrachters", sagte Mr. Francis. Versuchte er, die Art seiner sexuellen Beziehung herunterzuspielen oder dachten Künstler wirklich so? So oder so, Janssen wollte dieses Gespräch nicht fortsetzen. Die Briefe steckte er in einen Spurensicherungsbeutel und verließ dann mit Greave das Haus. Auf dem Weg zum Auto sprach er noch mit dem Feuerwehrkommandanten. Der Zugang zum Atelier war mit Absperrband versiegelt. Ein Untersuchungsbeamter aus Norwich war schon auf dem Weg.

Janssen schaute zurück zum Haus, doch dieses Mal waren weder Ken noch Jane Francis zu sehen. Auf den letzten Metern zum Wagen kreuzten sich sein und Greaves Blick. „Praktisch. Das Feuer und alles andere." Er schloss das Auto auf und beide stiegen sein. „Nehmen wir einfach einmal an, Ken Francis ist Hollys Mörder. Freitagabend besucht sie ihn. Es kommt zum Streit oder zu einer Auseinandersetzung, vielleicht wegen der Schwangerschaft, auch wenn er abstreitet, etwas davon zu wissen."

„Er tötet sie entweder unabsichtlich oder absichtlich", führte Greave den Gedankengang fort.

„Sein Atelier wird zerstört und dann niedergebrannt, als gerade die Details ihres Verhältnisses zutage kommen. In beiden Fällen ist er das Opfer und das Feuer eignet sich perfekt, um alle Beweise verschwinden zu lassen."

Greave dachte alles schweigend durch. Sogar wenn diese Theorie annähernd dem entsprach, was vorgefallen war, wusste Janssen, dass sie das kaum beweisen könnten.

KAPITEL VIERUNDZWANZIG

JANE FRANCIS BEOBACHTETE die Polizeibeamten dabei, wie sie im Hof mit dem Feuerwehrmann sprachen. Was hatte er ihnen gesagt? Das Feuer war absichtlich gelegt worden. So viel hatten sie ihnen schon gesagt. Ein Gedanke schoss ihr durch den Kopf. Waren die Kinder sicher? Das Haus? Anscheinend verabschiedeten sich die Polizisten und weil sie nicht gesehen werden wollte, entfernte sich Jane vom Fenster. Während Kens Geschichte war es notwendig gewesen, ruhig und zurückhaltend zu bleiben, und sie fragte sich, ob sie überzeugend gewesen war. Der Stille, Tom Janssen, war konzentriert und schlau. Die andere dagegen, die Frau, machte auf Jane einen manipulativen Eindruck. Dass sie absolut jedes Wort und jede Geschichte zerpflücken konnte, war für Jane offenkundig. Sie war diejenige, bei der man aufpassen musste. Vor der man Angst haben musste.

Ken tauchte hinter ihr auf und drückte sie sanft an den Oberarmen. Er konnte ein liebenswürdiger Mann sein. Zweifellos zuweilen heftig und launisch, trotzdem hatte er eine angeborene Liebenswürdigkeit, die er in letzter Zeit allerdings nur selten zeigte. *Vielleicht ihr gegenüber.* Möglicherweise gehörte das zu seinem Charme, der sie zu ihm hingezogen hatte. Die Leidenschaft für seine Arbeit war offensichtlich, jeder konnte das sehen.

Doch wenn man zu dem Teil vordrang, den er verborgen hielt, wenn er sich öffnete, dann fühlte man sich mit etwas Besonderem verbunden. Eine Welt, zu der nicht jeder Zugang hatte. Zumindest erinnerte sie sich so daran. Ken ließ kaum jemanden hinter seine Mauer. Für die anderen, die Mädchen vor Holly, gab es einen Grund. Sie waren eine Erweiterung seiner Kunst, wie er so gern sagte. Viele hatten gedacht, sie wären etwas Besonderes für ihn gewesen, anders als die anderen Models, aber sie kannten Ken nicht, verstanden ihn nicht.

Holly hat in dieses Schema gepasst, sie hat es nur nicht bemerkt. Ein Baby. Darauf war sie nicht gefasst gewesen. Ken beugte sich vor und küsste sie im Nacken. Die zarte Berührung war mehr ein Zeichen seiner Zuneigung als sexueller Natur.

„Es tut mir leid, dass ich diese Briefe vor dir geheim gehalten habe." Eigentlich sollte sie deswegen zornig sein, aber nicht einmal sie brachte so viel Scheinheiligkeit auf. „Ich hätte davon erzählen sollen." Jane war angespannt. Nicht unbedingt wegen Kens Nähe oder Berührung, doch seine Beschwichtigungsversuche schienen ihre Angst nur noch zu verstärken. Sie zwang sich zu einer Antwort und schüttelte den Kopf.

„Ich verstehe das", sagte sie. Die Worte klangen hohl und nicht überzeugend. Anscheinend fiel Ken das nicht weiter auf, er drückte sie noch einmal sanft an den Armen, bevor er sie losließ und wegging. Mit einem tiefen Atemzug drehte Jane sich um und schaute ihm nach. „Das Baby ... war es von dir?" Die Worte trafen sie, sobald sie ausgesprochen waren. Wie hatte er so ein Narr sein können. Dann dämmerte es ihr. Natürlich. Schließlich ging es um Ken. Einen Mann, der von zwei Dingen angetrieben wurde, seiner Kunst und seinem Penis. Manchmal kamen sich diese beiden in die Quere. Mit hängendem Kopf blieb er stehen. *Du traust dich nicht, mich anzusehen?* Sie hörte, wie er tief einatmete.

„Ich weiß es nicht. Könnte sein." Die Antwort war wenig zufriedenstellend, fast schon jämmerlich. Wie konnte er nicht die leiseste Ahnung haben und wenn er es schon für möglich hielt, wie konnte er nur so naiv sein?

„Ken! Du hättest es besser wissen sollen." Jane klang wütend aus Frust, Angst und vor allem Eifersucht.

„Sowas kann passieren", sagte er im Umdrehen. Einen Moment lang dachte sie, er würde wieder losheulen. „Bis sie Freitagabend aufgetaucht ist, wusste ich nicht, dass sie schwanger war. Das schwöre ich."

„Das würde erklären, wieso Colin Bettany so wütend war. Wie kommt es, dass er davon weiß, wenn du es nicht gewusst hast?"

Ken schüttelte den Kopf. „Er ist Arzt. Vielleicht hat er es herausgefunden."

„Und das mit dir. Wie hat er herausgefunden, dass du mit seinem kleinen Mädchen geschlafen hast?" Ken blieb eine Antwort schuldig. Ihre Wortwahl war emotional gewesen, das wusste sie. Sie hatte sie mit Absicht so gewählt. „Kaum siebzehn, Ken. Meiner Meinung nach immer noch ein Mädchen."

„Du hast in ihrem Alter weit Schlimmeres angestellt!" Jane unterdrückte den hochkochenden Zorn. Kens Gesicht verriet, dass er sah, wie sein Argument genau ins Schwarze traf. Es stimmte. Das hatte sie. Ohne diese Erfahrungen wäre es unmöglich gewesen, mit einem so gestörten Mann wie dem ihrem fertigzuwerden. „Und wenn wir schon die Karten auf den Tisch legen, wieso hast du gelogen?" Jane hielt Kens Blick stand. Reiner Trotz. „Wir haben Freitagabend nicht zusammen verbracht. Du hast mich bis Samstagfrüh nicht einmal zu Gesicht bekommen. Wenn du Zweifel an mir hast, wieso lügst du sie an?"

Jane wandte den Blick ab und ging ins Wohnzimmer hinüber. „Ich brauche was zu trinken!"

„Klar, weil das was helfen wird, nicht wahr?" Kens Stimme wurde laut. Schon lange hatte er nicht mehr so mit ihr gesprochen. „Warum, Jane? Wieso verschaffst du mir ein Alibi, wenn du denkst, dass ich irgendwie schuldig bin?" Der anklagende Tonfall wurde mit jedem Schritt, den er hinter ihr her ging, deutlicher. Für einen kurzen Moment fühlte sie etwas anderes als Wut. Angst. Angst vor ihrem Mann. In all ihren gemeinsamen Jahren hatte sie das noch nicht erlebt. Normalerweise verwies sie ihn mit einem bissigen Kommentar in die Schranken, doch etwas an seiner Haltung hielt sie dieses Mal davon ab.

Jane schraubte die Flasche auf, goss sich großzügig Gin in ein Glas und gab lächerlich wenig Tonic dazu. Mit zitternder Hand nahm sie einen Schluck. Der Drink war viel zu stark und bitter, aber der Schock brachte sie wieder auf den Boden der Tatsachen. Ken hatte sich zwischen ihr und dem Essbereich aufgebaut und wartete auf eine Antwort auf seine Frage. „Weil du mein Mann bist. Was auch passiert, wir sind eine Familie und ich werde *alles* tun, was nötig ist, um uns zusammenzuhalten." Ken kniff die Augen zusammen. Jane war sich nicht sicher, ob das die Antwort war, die er erwartet hatte oder hören wollte. So oder so, er machte einen Schritt zur Seite und ließ sie vorbei.

„Du hast mich nicht gefragt", sagte er leise, als sie zur Küche ging. Jane drehte sich um, nahm noch einen Schluck, schaute ihn aber nicht an.

„Dich was gefragt?" Ihr war klar, worauf er hinauswollte. Aber eigentlich wollte sie es nicht wissen. Diese Frage zu stellen war beängstigend genug, doch wie sollte sie mit der Wahrheit umgehen? Ihr Ablenkungsmanöver war nicht von Erfolg gekrönt. Offensichtlich war Ken frustriert. „Ich werde diese Frage nicht stellen, Ken. Ich lasse mich nicht in diese Situation drängen."

„*Situation*. Was zum Teufel meinst du damit?"

„In der ich nicht mehr für dich lügen kann." Sie ließ ihn mit offenem Mund hinter sich stehen.

„Du hast doch gerade für mich gelogen!"

„Nein", korrigierte sie seine Behauptung und schaute sich zu ihm um, „ich habe für mich gelogen … und die Kinder."

Ken murmelte ein paar Flüche, stolzierte aus dem Zimmer und stampfte die Treppe hinauf, wie William es oft tat. In Janes Kopf hämmerte es, die Spannungskopfschmerzen würden nicht lange auf sich warten lassen. Ihr fielen die Briefe wieder ein, sie wollte wissen, was in den anderen stand. Den einen, den Inspector Janssen zu ihr herübergehalten hatte, hatte sie lesen können, die anderen hatte er auf dem Tisch liegen lassen. Sie hatte sich demonstrativ desinteressiert gegeben. Das musste sie tun. Die Briefe waren für Ken bestimmt gewesen und beim Atelier oder an seinem Auto hinterlegt worden. Es waren andere als die, die sie bekam. Seine Reaktion war aufschlussreich gewesen. Hätten sie ihm das gesagt, was sie befürchtet hatte, als er mit den Briefen ankam, hätte er anders reagiert.

Sie hatte die Wahrheit gesagt. Ihr gemeinsames Leben war nicht perfekt, aber besser als das der meisten. Weit besser als das ihrer Eltern. Es gab viel Gutes. Vieles, das geschützt werden musste. Jeder von ihnen hatte Wege gefunden, um mit allem fertigzuwerden, und die Details vor dem anderen verborgen. Die Familie musste zusammengehalten werden. Das war wichtig. Notwendig. Um jeden Preis. Für eines hatte das Feuer gewiss gesorgt. Die Person, die sie tief in sich begraben hatte, von der sie dachte, dass es sie nicht mehr gäbe, musste wieder die Zügel übernehmen. *Was immer du tun musst*, sagte Jane zu sich selbst, als sie den letzten Schluck aus dem Glas nahm.

KAPITEL FÜNFUNDZWANZIG

Als Janssen mit Colin Bettany im Schlepptau aufs Revier kam, war es schon weit nach zwölf Uhr mittags. Er betrat den Einsatzraum, in dem Tamara Greave in einer leeren Chipstüte nach den Resten stöberte. Auf dem Weg vom Haus der Francis hierher hatten sie einen Umweg gemacht und im Supermarkt Tesco Express Sandwiches gekauft. Um diese Uhrzeit war die Auswahl nicht berauschend, aber sie hatte etwas Akzeptables gefunden. Janssen selbst war sofort nach ihrer Rückkehr wieder aufgebrochen, um den Doktor so schnell wie möglich zu einem Gespräch vorzuladen. Greave hatte Verständnis dafür. Der Angriff auf Ken Francis am Strand passte angeblich nicht zu Bettanys Charakter, doch da war sie sich nicht so sicher.

Maddie hatte auf den Kontrollzwang ihrer Eltern angespielt, vor allem in Hinblick auf ihren Vater, der immer wissen wollte, wo seine Töchter waren. Natürlich traf das auch auf andere Väter mit Töchtern im Teenageralter zu. Trotz seiner Ansichten zu Umweltschutz, Freiheit und humanistischer Lebensweise hatte Greaves eigener Vater es nur schwer akzeptiert, als sie ihren eigenen Weg gegangen war. Und in seinen Augen widersprach dieser Pfad seiner Lebenseinstellung. Allerdings stimmte das nicht. Im Gegensatz zu ihm und seiner sehr eng gefassten Auffassung sah sie die Gesellschaft einfach in einem breiteren Kontext. Er hatte sich bewusst für diese Einstellung entschieden. Für ihn war alles schwarz oder weiß, richtig oder falsch. Die Grauzonen waren Gesprächsthemen, mit denen andere ihre Zeit verschwenden konnten. Greave glaubte, dass das der Punkt war, an dem sie aneinandergerieten. Ihre Meinung unterschied sich von seiner und damit konnte er nicht umgehen. Laut ihrer Mutter lag das am Generationenkonflikt. Ein schwammiger Begriff, der immer dann herangezogen wurde, wenn Familienmitglieder stritten und eine friedliche Beilegung unmöglich schien.

Ausgehend von dem, was Maddie ihr gesagt hatte, sowie Eric Collets Ansicht über den Arzt, fragte sich Greave, wie viel von seinem Verhalten seiner eigenen Erziehung geschuldet war. Ein Fachmann, dem ein bestimmter Lebensstil bezüglich Ausbildung und Karriere eingebläut worden war und der diese Einstellung auch der nächsten Generation vermitteln wollte. Ein vorherbestimmtes Leben, das ohne Raum für Abweichungen durchstrukturiert war. Greaves Meinung nach hatte Holly einen anderen Lebensweg gewollt, einen, den ihre Eltern sicher nicht gut finden würden. Also hatte sie ihre Pläne vor ihnen – vor allen – geheim gehalten. Fast allen. Anstatt wie andere Teenager mit mehreren Piercings oder einem Freund heimzukommen, der Make-up und ausschließlich schwarze Klamotten trug, hatte Holly eine andere Strategie gewählt. Nach außen hin fügte sie sich, aber sobald sie allein war, machte sie ihre eigenen Regeln.

Das eigentlich Traurige daran war, dass es offensichtliche Anzeichen für ihren Schmerz gegeben hatte. Die Einstellung in der Schule, ihre Entfremdung von den Mitschülern und die Konflikte mit ihren Eltern waren alles Symptome eines aufgewühlten Gemüts. Allem Anschein nach hatte der Nachhilfelehrer gewusst, dass etwas nicht stimmte, genau wie die Lehrer an der Schule. Die Anzeichen waren da gewesen, wenn die Leute nur genauer hingesehen hätten. *Aber sie hat sie gut versteckt, nicht wahr? So wie du früher.* Vielleicht hatte man ihr Verhalten als übliches pubertäres Aufbegehren eingestuft. Wenngleich auch nichts davon ein Grund für ihren Tod darstellte. Die Affäre mit Ken Francis und eine ungewollte Schwangerschaft konnten jedoch ein Motiv ergeben. Menschen töteten aus geringeren Anlässen.

Colin Bettanys Angriff auf Ken Francis war auf keinen Fall eine spontane Aktion gewesen. Um zu wissen, wo Mr. Francis gewesen war, hätte er entweder unverschämtes Glück gebraucht, um ihm einfach so über den Weg zu laufen, oder er war dem Ehepaar Francis zum Strand gefolgt. Diese Handlungen deuteten auf einen zielgerichteten Menschen hin, der vielleicht von Trauer, Zorn oder Frustration überwältigt war. Der das Bedürfnis hatte, auf jemanden loszugehen. Ken Francis würde ins Schema passen. Immerhin waren sie im selben Alter. Greave versuchte sich vorzustellen, wie sie an seiner Stelle reagiert hätte. *Nicht gut.*

Eric Collet ließ seine Brotdose zuschnappen. Durch das Geräusch schreckte sie aus ihren Gedanken hoch. Als sie zu ihm hinüberschaute, lächelte er. Sie deutete an, dass er etwas zwischen den Zähnen hätte. Was auch immer seine Mutter ihm an diesem Morgen hergerichtet hatte, es roch nicht gut. Verlegen stocherte er mit einem Fingernagel zwischen den Zähnen und duckte sich dabei weg. Der Constable war so jung, so unschuldig. Kaum zu glauben, dass er schon genug Dienstjahre hinter sich hatte, um bei der Kripo zu arbeiten. Doch die Dinge änderten sich. Sie wollte damals zur Kriminalpolizei, weil ihr der Streifendienst zu eintönig war. Für sie war es eine Möglichkeit, sich in Fälle zu vertiefen, um dabei zu helfen, die Kriminellen tatsächlich von der Straße zu holen. Noch dazu boten sich gute Karrierechancen. Heutzutage fühlten sich die Detectives jedoch vom Innenministerium betrogen.

Nicht, dass sie sich an irgendeinem Punkt anders entschieden hätte. Richard hingegen würde sie sofort wieder in den Streifendienst schicken, wenn nicht sogar ganz aus der Arbeit holen. Greaves Gedanken schweiften zu ihrem Verlobten ab. Seit Sonntagabend hatten sie nicht mehr miteinander geredet. In Wahrheit vermied sie ein Gespräch mit ihm. Richard konnte lange schmollen, genau wie sie auch, um ehrlich zu sein, aber er würde darüber hinwegkommen und war es wahrscheinlich bereits. Warum er nicht – wie sonst üblich – angerufen hatte, war ihr schleierhaft.

Janssen kam herein. Unter Aufsicht eines Uniformierten wartete Colin Bettany in einem der Befragungszimmer. Greave stand auf und sie gingen hinüber. Im fensterlosen Befragungszimmer war es warm. Unangenehm warm. Wahrscheinlich lief die Heizung noch. Colin Bettany trug schicke Arbeitskleidung. Einen teuren Anzug aus Kaschmir und Baumwolle, das Hemd kostete sicher weit über hundert Pfund. Greave kannte den Unterschied. Das Glitzern der Manschettenknöpfe lenkte ihren Blick auf seine Hände und die Wunden an den Fingerknöcheln. Dieser Mann war nicht an Faustkämpfe gewöhnt.

Er war sogar im Sitzen groß. In Greaves Vorstellung hatte er im Rugby-Team seiner Privatschule gespielt. Sicherlich war er auf einer Privatschule gewesen. Das sagte schon seine Haltung. Der selbstsichere Gesichtsausdruck eines Mannes, der aufgrund des Vermögens seiner Familie nie am Hochstapler-Syndrom gelitten hatte. Tamara Greave fragte sich, wieso seine eigenen Kinder eine öffentliche Schule besuchten. Offensichtlich waren die Bettanys wohlhabend genug, um eine Privatschule zu bezahlen, hatten sich aber dagegen entschieden. Dieser Entschluss widersprach ihrem Wunsch, dass die Kinder Medizin studieren sollten.

Dr. Bettanys Gesicht war gerötet. Das konnte entweder an der aufgestauten stickigen Luft in diesem Raum liegen oder genauso gut an aufgestauten Emotionen.

„Ist das wirklich notwendig? Eine offizielle Vernehmung?" Die Worte waren an Janssen gerichtet. Bettanys Stimme war tief, befehlend.

„Ich fürchte, das ist es, Dr. Bettany. Vor allem, wenn Sie nicht da sind, wo sie jedem gesagt haben, dass sie sein würden, und einem Gespräch mit uns aus dem Weg gehen." Greave legte die Karten auf den Tisch, damit ihrem Gegenüber klar war, wer hier die Vernehmung leitete, nämlich weder Bettany noch Tom Janssen. „Außerdem müssen wir über den Angriff auf Ken Francis sprechen." Dieser weigerte sich standhaft, Colin Bettany anzuzeigen, denn er wusste genau, welchen Eindruck das bei den Einheimischen hinterlassen würde. Zudem wollte er nicht der Zuzügler sein, der einem trauernden Vater noch mehr Kummer machte. In Wirklichkeit wollte er zweifellos nur die Beziehung mit Holly aus den Zeitungen halten. „Soweit ich weiß, haben Sie auf Ihr Recht auf einen Anwalt verzichtet."

„Ich habe nichts zu verbergen." Bettany blieb selbstbewusst, reglos. „Madeleine hat Marie und mich darüber informiert, wie ... dass ... Holly im Haus der Francis Modell gestanden hat. In meiner Trauer habe ich die Situation falsch aufgefasst und die Beherrschung verloren. Mein Verhalten Kenneth gegenüber war weit unter dem Standard, den man erwarten würde, aber ... unter diesen Umständen denke ich, dass ein Richter diese Angelegenheit fallen lassen würde."

Berücksichtigte man die Kreise, in denen Colin Bettany sich bewegte, kannte er wahrscheinlich sämtliche amtierenden Richter in dieser Gegend. „Nun, Mr. Francis hat keine Anzeige gegen Sie erstattet." Colin Bettany schnaubte verächtlich, sagte aber nichts weiter dazu. „Sie sollten sich glücklich schätzen, Dr. Bettany. Das Gericht missbilligt Selbstjustiz."

„*Selbstjustiz*. Sein Sie doch nicht albern, junge Dame." Er klang herablassend. „Eine Ohrfeige geht wohl kaum als das durch."

„Und was ist mit Brandstiftung?" Greave schaute zu, wie der selbstgerecht empörte Ausdruck von seinem Gesicht verschwand. „Das Atelier von Mr. Francis wurde am Wochenende mutwillig zerstört und heute Morgen in Brand gesteckt. Kurz nachdem Sie beide Ihre ... Auseinandersetzung hatten. Die Richter lassen Brandstiftung nur selten fallen, Dr. Bettany. Brandstifter landen meist im Gefängnis."

„Ich ... ich ... habe nichts damit zu tun", stammelte Colin Bettany.

„Wohin sind Sie gegangen, nachdem Sie den Strand verlassen haben?"

„Ich bin eine Weile spazieren gegangen." Plötzlich schien

Bettany sehr daran interessiert, sich kooperativ zu zeigen. Seine Wut und Arroganz waren wie weggeblasen. „Dann bin ich nach Hause gegangen. So gegen Mittag war ich da, Marie kann das bestätigen." Der erste Schock über die Verdächtigung hatte ihn in seiner Gelassenheit erschüttert, doch er erholte sich schnell davon. Er richtete sich auf und schaute Greave in die Augen. „Jegliche Unterstellung, dass ich etwas mit einer solchen mutwilligen Zerstörung zu tun habe, wird mit allen Mitteln, die mir zur Verfügung stehen, zurückgewiesen, Inspector Greave."

„Detective Chief Inspector Greave", korrigierte sie ihn, innerlich lächelnd, weil er ihr diese Möglichkeit geboten hatte. Ihm blieb die Ironie nicht verborgen. „In Ordnung. Da wir das nun geklärt haben, könnten Sie mir sagen, wie Sie über Hollys Schwangerschaft denken." Darüber wollte sie eigentlich mit ihm sprechen. Dass Bettany ein Brandstifter war, erschien ihr unwahrscheinlich. Ein Feuer zu legen, könnte ein Racheakt sein. Allerdings war der Mann vor ihr nicht der Typ dafür. Das war zu vulgär für einen Mann wie Colin Bettany. Als Greave das Baby zur Sprache brachte, ließ er den Kopf hängen und schloss die Augen. Die erste echte emotionale Reaktion, die sie – außer Zorn natürlich – an ihm beobachten konnte.

„Marie hat es mir gesagt. Ich muss zugeben, dass ich das nur schwer verstehen kann." Bettany hob den Kopf und schaute zu den Detectives. Kerzengerade und schweigend saß Janssen da, ohne eine Miene zu verziehen. Greave leitete die Befragung und ihm schien das nichts auszumachen. Allerdings neigte Dr. Bettany ständig dazu, sich an ihn zu wenden. Vielleicht mochte er Greave nicht oder hatte ein Problem damit, dass eine Frau die Leitung hatte. Das war nicht ungewöhnlich für Männer seines Schlags. „Ich wusste nicht einmal, dass sie einen Freund hat."

„Was ist mit Mark McCall?" Greave stellte die Frage schnell, um eine Reaktion zu provozieren.

„Der junge McCall war nur eine Laune. Nichts weiter. Ich habe mit seinem Vater gesprochen und ihm gesagt, wie es aussieht."

„Und wie hat *es* ausgesehen?" Janssen brach sein Schweigen. Weil es eine relevante Frage war, störte sich Greave nicht daran.

„Dass da nichts läuft." Die Worte klangen so, als ob es offensichtlich wäre. „Sie konnten nicht zusammen sein. Absolut inakzeptabel." Heftig schüttelte er den Kopf.

„Warum nicht?", wollte Greave wissen, obwohl sie die Antwort schon ahnte.

„Holly konnte es zu etwas bringen. Die ganze Welt stand ihr offen. Mark McCall ist vielleicht durchaus ein netter Junge, schließlich sind Kinder nicht verantwortlich für die Sünden des Vaters ... oder der Familie, wenn ich es mir recht überlege. Nein, nein ... ein ganz netter Junge, aber nicht der Richtige." In dieser Erklärung lag so viel Unausgesprochenes, dass Greave sich einen Moment Zeit nahm, um darüber nachzudenken. Alle Eltern wollten das Beste für ihre Kinder und allem Anschein nach wurden die McCalls von jedem gemieden. Für Colin Bettany kam es absolut nicht in Frage, dass Holly und Mark auch nur kurz Zeit miteinander verbrachten. Sie hatte den Eindruck, dass dieser Mann nicht daran gewöhnt war, dass seine Gedanken oder Handlungen hinterfragt wurden.

„Wissen Sie, wohin Holly in der Nacht ihres Todes gegangen ist?"

„Ihrer Ermordung, meinen Sie." Colin Bettany starrte sie an. Dieses Mal hatte er kein Problem damit, ihr in die Augen zu sehen. „Sie können es ruhig beim Namen nennen. Die Nacht, in der jemand sie uns weggenommen hat. Nein. Ich weiß es nicht. Soweit ich weiß, war sie in Norwich bei der Probe. Das haben wir Ihnen schon gesagt."

„Natürlich. Ich wollte nur sichergehen, dass Ihnen nicht etwas eingefallen ist, dass Sie uns noch nicht gesagt haben." Bettany zuckte uninteressiert mit den Schultern.

„Ist sonst noch etwas?" Jetzt fiel er wieder in die demonstrativ arrogante Haltung von anfangs zurück. Greave nahm einen Ordner, öffnete ihn und holte einige Blätter Papier heraus. Die Drohbriefe, die an Ken Francis gerichtet waren. Sie legte einige davon nebeneinander hin und erlaubte Colin Bettany so, sie zu lesen. Gemächlich und ohne ein Anzeichen des Wiedererkennens überflog er sie. „Und was ist das?" Colin Bettany hob den Kopf, lehnte sich zurück und schaute sie argwöhnisch an.

„Ist das zufällig Ihre Handschrift?", fragte Greave.

„Definitiv nicht!" Die schroffe Erwiderung war so abweisend, als wäre es eine Beleidigung, auch nur zu denken, die Briefe könnten von ihm stammen. „Ich weiß, Ärzte sind dafür bekannt, eine unleserliche Schrift zu haben, aber ich würde mich schämen, mich als Wykehamist zu bezeichnen, wenn ich das geschrieben hätte. Der Mann kann nicht einmal richtig schreiben. Meine Eltern würden eine Rückerstattung verlangen." Bei diesen Worten deutete er auf das zweite Blatt von links.

Greave drehte es um und fand das Wort, auf das Bettany anspielte, *Schannde*. Mit einem Seitenblick auf Janssen vergewisserte sie sich, dass auch er es sah. Nachdem sie Dr. Bettany noch einige unergiebige Fragen gestellt hatte, beendete sie das Verhör. Colin Bettany wurde mit der strengen Ermahnung entlassen, sich von Ken Francis fernzuhalten, sofern er die Nacht nicht in einer Zelle verbringen wollte. Bettany versicherte ihnen, dass es keine Wiederholung seines Angriffs geben würde.

Greave schaute ihm nach, wie er von einem uniformierten Constable zum Haupteingang hinausbegleitet wurde. „Was meinte er mit *Wykehamist*?" Der Begriff war ihr nicht geläufig, doch sie hatte ihre Position vor dem Arzt nicht schwächen wollen. Sicher hätte dieser begeistert jede Möglichkeit genutzt, sie herabzuwürdigen.

„Er ist in Winchester zur Schule gegangen." Das war Janssens ganze Erklärung, und sie war so klug wie zuvor. Anscheinend bemerkte er das, denn er fuhr fort. „Wenn ich mich richtig erinnere, wurde die Schule von William of Wykeham gegründet. Die Abgänger tragen den Namen des Gründers. Soweit ich weiß, ist es die beste Schule gleich nach Eton."

„Ah, verstehe. Ich war am Gymnasium in Bristol."

„Das werde ich Ihnen nicht zur Last legen." Janssen lächelte sie kurz an. „Ich bin hier auf die Gesamtschule gegangen. Weniger Rugby, dafür wahrscheinlich mehr Mädchen." Greave lachte. Das waren die ersten persönlichen Informationen, die er seit ihrer Ankunft preisgegeben hatte. War er ein verschlossener Mann, der hinter selbst errichteten Mauern lebte, oder kam er mit der Zeit aus seinem Schneckenhaus? Sie würde Collet fragen, wenn sie das nächste Mal allein waren.

Im Einsatzzimmer wunderte Greave sich, dass Janssen so still war. Er schien in Gedanken und für eine Sekunde, einen paranoiden Moment, dachte sie, seine Zurückhaltung bezöge sich auf die Art, wie sie die Vernehmung geleitet hatte. Sie wurde ungeduldig. „Was denken Sie?" Auch Eric Collet drehte sich um, er war neugierig, ob die Befragung etwas ergeben hatte. Stirnrunzelnd lehnte Janssen sich an eine Tischkante. Er war ein sehr besonnener Mann.

„Offen gesagt, ich bin mir nicht sicher. Wie viel weiß er über Holly und Ken Francis? Ausgehend von dem, was er uns gesagt hat, tappt er anscheinend im Dunkeln." Mit verschränkten Armen dachte er angestrengt nach. „Er hat genau so viel Wut, Frustration und ... Reue gezeigt, wie ich es erwartet hätte."

„Das heißt?", fragte Greave etwas perplex, sie wusste nicht, worauf er hinauswollte.

Janssen zog die Augenbrauen hoch. „Wenn ich jemanden vernehme, bekomme ich selten *genau* das, was ich erwarte."

KAPITEL SECHSUNDZWANZIG

Eric Collet legte den Hörer auf. Da er allein war, ließ er seiner Frustration freien Lauf. Die Nachverfolgung der Anklägerin, deren Anschuldigungen zur Verhaftung von Ken Francis geführt hatten, stellte sich als weit schwieriger heraus, als er es sich vorgestellt hatte. Er war nicht naiv. Täglich tauchten Menschen ab. Manche freiwillig, andere hatten diesbezüglich kaum eine Wahl. Nicht unbedingt, weil sie etwas verbrochen hatten. Heutzutage mussten Menschen flexibel sein, vor allem in einer so riesigen Stadt wie London. Die Tage, in denen man ein Leben lang denselben Job hatte und im selben Haus wohnte, waren gezählt. Das Versprechen von Geld, das in einer Großstadt winkte, lockte viele. Der ständige Strom an Menschen aus dem ganzen Land wollte nicht abreißen. Gepaart mit dem immer beliebter werdenden Freiberufler-Dasein und den irrsinnig hohen Mieten war es kein Wunder, dass Leute mal hier und mal dort lebten und wahrscheinlich nie im Wählerverzeichnis oder auf Steuerlisten auftauchten.

Er hatte drei bekannte Anschriften von Amanda Stott sowie mehrere Telefonnummern, doch jede davon hatte zum selben Ergebnis geführt. Entweder wohnte sie nicht mehr dort, die aktuellen Mieter kannten sie nicht oder es hob niemand ab. In der

Akte, die er aus Canning Town erhalten hatte, standen mehrere Teilzeitjobs, von Event-Koordinatorin über Kellnerin bis zum Fahrradkurier, alles Tätigkeiten, neben denen sie ihre wahre Berufung, ihre Arbeit als Model, verfolgen konnte. Einige Personen aus ihrem Umfeld waren ebenfalls in der Akte aufgelistet und auch wenn diese nichts ergeben hatten, so hatte er wenigstens seine Kontaktdaten hinterlassen, falls sie ihr über den Weg liefen. Nachdem er ausgesprochen ausführlich erklärt hatte, dass gegen Amanda keinesfalls ermittelt wurde, machten einige ihrer Bekannten zumindest den Eindruck, dass sie anrufen würden, wenn sie sich meldete. Amanda war wie von der Erde verschluckt. Sie könnte überall sein. Collet lehnte sich zurück und schaute auf die Uhr. Bald schon würde die Vernehmung beendet sein und er wollte irgendetwas Nützliches in der Hand haben. Eigentlich hielten sie Colin Bettany nicht für den Mörder, zumindest konnte er sich das nicht vorstellen.

Soweit er es verstanden hatte, war die Vernehmung nur dazu gut, um ein bisschen auf den Busch zu klopfen. Er nahm sich wieder seine Akte vor. So wenig Erfahrung, wie er mit einem Fall wie diesem hatte, war das alles, mit dem er arbeiten konnte. Die Wahrscheinlichkeit, dass ein Fremder Holly ermordet hatte, war gering. In neun von zehn Fällen war jemand aus dem Familien-, Freundes- oder Bekanntenkreis für den Mord verantwortlich. Manchmal brachte eine winzige Information, die zum Zeitpunkt der Aussage als unverfänglich gesehen wurde, sie auf die Spur des Schuldigen.

Auf ihn machte Holly den Eindruck eines ungewöhnlichen Mädchens. An seiner Schule hatte es Mädchen wie sie gegeben, wahrscheinlich an jeder Schule. Durchaus beliebt, aber nicht übermäßig. Es gab Hierarchien. Die *Angesagten* bildeten eine Gruppe, mit der jeder abhängen oder zu der jeder gehören wollte oder, wie in seinem Fall, von der jeder anerkannt werden wollte. Diese Gruppe war wiederum unterteilt: diejenigen, die alle, Schüler wie Lehrer, mochten, und dann der Rest, der von der gesamten Schule, einschließlich Eric, gehasst wurde. Sie hatten Spaß daran, ihren Status heraushängen zu lassen, sich aufzuspielen, und nutzten dabei ihre Zahl und überwältigende Wichtigkeit, um jeden, den sie sich herauspickten, zu quälen. Neben dieser verschworenen Gruppe bildeten sich verschiedene kleinere Cliquen von sechs oder sieben Leuten, die sich beinahe in Stammesmanier zusammenschlossen, um das Überleben zu sichern. Zahlenmäßig waren sie sicher, aber nicht stark genug, um sich zu schützen, wenn die Aufmerksamkeit des Rudels auf sie fiel.

In welche dieser Strukturen passte Holly? Diese Gruppenbildung hatte es nicht nur zu seiner Schulzeit gegeben. Im ganzen Land, egal, ob öffentliche oder private Schule, auf dem Land oder in der Stadt, fand sich das gleiche Schema. So gingen die Menschen miteinander um. Die Machtspielchen setzten sich bis ins Erwachsenenalter fort, in den Büros oder Fabrikhallen. Das war die Natur des Menschen. Manchmal bestimmte die Stufe, auf der man bei diesen sozialen Interaktionen stand, wie sehr man tatsächlich zum Opfer wurde. Natürlich waren das alles soziologische Überlegungen und akademische Konstrukte, aber wenn man ein Profil vom Opfer erstellte, ergab sich vielleicht etwas Nützliches.

Holly Bettany war beliebt gewesen, jedoch am Rand der angesagten Gruppe geblieben. Ausgehend von ihrer Intelligenz, Persönlichkeit und ihrem Aussehen sah es von außen so aus, als hätte sie alles, was dazu nötig war, und trotzdem überließ sie anderen das Rampenlicht. Es überraschte Eric, dass sie sich von ihren Mitschülern ferngehalten hatte. Noch ungewöhnlicher war, dass sie Mark McCall als Freund auserwählt hatte und in der Schule sein Schutzschild gewesen war. Falls die Ansichten der Seelsorge-Mitarbeiterin richtig waren und Holly tatsächlich mit Mark gespielt hatte, welche Gründe hätte sie dafür gehabt? Ihn vor dem Hyänenrudel zu schützen, nur um selbst mit seinen Gefühlen zu spielen, ergab wenig Sinn. Außer, sie litt manchmal unter ihrer eigenen Unsicherheit oder ihrem niedrigen Selbstwertgefühl, und schlug dann um sich, wie so viele andere auch. Je mehr sie sich mit Hollys Charakter beschäftigten, desto komplexer schien er zu werden.

Das Telefon auf seinem Schreibtisch klingelte. Es war das Technikteam aus Norwich und das Gespräch verlief genauso kurz wie informativ. Die Verschlüsselung des Laptops, den er in Hollys Schlafzimmer gefunden hatte, war nicht so komplex wie ursprünglich angenommen, aber die Daten auf der Festplatte lieferten keine neuen Anhaltspunkte. Der letzte Punkt allerdings versetzte Collet in Aufregung und er konnte es kaum erwarten, ihn seinen Vorgesetzten mitzuteilen.

Kurz danach kamen die beiden. Tamara Greave ging mit stets festem Schritt voran. Eric Collet konnte nur hoffen, eines Tages so viel Vertrauen in seine Fähigkeiten zu haben wie sie in ihre. Janssen hatte sich zurückfallen lassen. Ihn beschäftige etwas, so viel war Collet klar. Wenn er auf eine Lösung hinarbeitete, verfiel er oft in längere Schweigeperioden. Das konnte über Tage gehen und war nervenaufreibend, um es diplomatisch auszudrücken. Es hatte Wochen gedauert, bis Collet gelernt hatte, das Schweigen nicht persönlich zu nehmen, denn es hatte nichts mit ihm zu tun, sondern nur mit Janssen und seinem Denkprozess. Unvermittelt fragte Eric Collet sich, was seine neue Vorgesetzte von Janssen hielt. Die Zusammenarbeit zwischen den beiden faszinierten ihn. Die zwei waren selbstbewusst, erfahren und sachkundig, verfolgten jedoch völlig verschiedene Herangehensweisen. Bisher war Tom Janssen mit seiner Intensität und Konzentration das Maß aller Dinge gewesen. Greave war anders. Offen, nahbar und positiv, doch Collet hatte das Gefühl, dass Idioten keinen guten Stand bei ihr hatten. Um ehrlich zu sein, bereitete ihm genau das ein wenig Sorge.

Janssens Ausführungen über seinen instinktiven Eindruck von Colin Bettany waren interessant. Für Collet war der Doktor einschüchternd. Er hatte eine einflussreiche gesellschaftliche Stellung, verkehrte mit lokalen Politikern und Landbesitzern und unterhielt einen Lebensstandard, der weit über dem lag, den er sich selbst jemals erhoffen könnte. Seine Mutter hackte immer auf seiner Bereitschaft herum, sich jenen mit einem scheinbar höheren Status unterzuordnen. Allerdings missverstand sie seine Einstellung. Er hielt diese Leute nicht für etwas Besseres, er wusste, dass sie das nicht waren, aber andere hielten sie dafür. Diese demütige Haltung war tief in den Menschen in seiner Umgebung verankert und diese Leute saßen definitiv am längeren Ast, um ihm das Leben schwer zu machen. Seit er der Polizei beigetreten war, hatte er festgestellt, dass Klassenzugehörigkeit keine Hilfe war, um zwischen jenen zu unterscheiden, die die Gesetze befolgten, und jenen, die der Meinung waren, dass Gesetze nur für andere galten.

Greave sagte nichts zu Janssens Ausführungen, alle schwiegen kurz. Collet wartete ab, ob es ein guter Zeitpunkt war, um den Anruf zu erwähnen, befürchtete aber, dass der Themenwechsel als fehlendes Verständnis für die tiefere Bedeutung der Erklärungen ausgelegt werden könnte. Janssens gerunzelte Stirn glättete sich und er atmete tief aus. Jetzt war ein guter Zeitpunkt. „Das Technikteam hat wegen Hollys Laptop angerufen. Es gibt gute und schlechte Nachrichten."

„Fangen Sie mit den Schlechten an und gehen Sie dann zu den Guten über", sagte Greave, während sie einen Bürostuhl näher heranrollte.

„Auf der Festplatte war nur wenig gespeichert. Kein Tagebuch, keine E-Mail-Verläufe. Es ist kaum etwas vorhanden, das mehr über ihr Leben verrät."

„Das ist enttäuschend", sagte Greave und schnappte sich eine Packung mit Trockenfrüchten vom Tisch hinter ihr. Kauend schaute sie ihn erwartungsvoll an. Eric Collet war nervös, weil er ihre ungeteilte Aufmerksamkeit hatte, denn er wollte unbedingt einen guten Eindruck machen.

„Aber die Seriennummer hat etwas ergeben. Der Laptop wurde vor ein paar Monaten als gestohlen gemeldet, ein Einbruch in Fakenham." Beide Vorgesetzten tauschten überraschte Blicke. „Ein ganz normaler Einbruch. Während die Eltern die Kinder in die Schule brachten, wurde das Haus auf den Kopf gestellt. Rein und wieder raus in weniger als zehn Minuten. Wie aus dem Lehrbuch."

„Irgendwelche Hinweise auf den Täter?", fragte Janssen. Der

Fall verlief ergebnislos. In der kurzen Zeit, in der Collet auf ihre Rückkehr gewartet hatte, hatte er nur die Akte zur zugehörigen Referenznummer auftreiben können. Der Fall galt als offen, es wurde aber nicht aktiv ermittelt.

„Nein. Sieht kalt aus", antwortete Collet. Das war normal. Solange es keine guten Zeugen gab oder der Täter auf frischer Tat ertappt wurde, war die Aufklärung eines solchen Einbruchs eher unwahrscheinlich. Wenn sie aufpassten und es nicht übertrieben, konnten Einbrecher leicht dutzende wenn nicht sogar hunderte Straftaten begehen, bevor sie geschnappt wurden. „Ich gleiche das Datum mit der Schule ab – vielleicht war Holly abwesend – aber ich glaube nicht, dass sie der Typ dafür war." Er wusste, dass sie nichts mit dem Einbruch zu tun hatte, aber es war immer ratsam, sich Klarheit zu verschaffen.

„Nein, es ist gut, dass Sie dem nachgehen", sagte Greave mit zusammengekniffenen Augen. „Nichtsdestotrotz, sie kennt wahrscheinlich die Person, die es getan hat. Kennen wir jemanden, auf den das passen könnte?"

Zögernd schaute Eric Collet Janssen und Greave an, er wollte nicht wie einer der engstirnigen Heuchler klingen, die hier lebten, aber es musste gesagt werden. Es war offensichtlich. „Da ist eine bestimmte Familie, die bei uns für genau solche Sachen bekannt ist."

„Die McCalls." Janssens Antwort klang wie eine Feststellung, keine Andeutung. „Soweit wir wissen, ist Mark auch nicht der Typ dafür."

„Aber ... er *ist* ein McCall", meinte Collet. Janssen warf ihm einen finsteren Blick zu und Collet wurde klar, dass er in genau die Falle getappt war, die er hatte vermeiden wollen. Schnell dachte er nach, um den Schaden zu begrenzen. „Wir wissen, dass Mark nicht infrage kommt, aber was ist mit seinen Geschwistern?"

Langsam und nachdenklich nickte Janssen. „Der eine Bruder, Bradley, sitzt im Gefängnis und der andere ist bei der Armee, aber Sie haben recht. Wir können Hollys Bekanntschaften nicht ignorieren. Da wir sie mit niemanden sonst in Verbindung bringen können, sollten wir dem nachgehen. Kontaktieren Sie das örtliche Regiment. Finden Sie heraus, wo der eine Bruder stationiert ist, ob das in der Nähe ist oder ob ein Urlaub mit dem Einbruch zusammenfallen könnte. Außerdem sollten Sie nachprüfen, wann Bradley verurteilt wurde. Er hätte den Einbruch vor der Verurteilung begehen können, während er gegen Kaution auf freiem Fuß war."

„Es gibt noch einen, Clinton", erinnerte Eric Collet seine beiden Vorgesetzten. „Der ist auch ein ziemliches Früchtchen."

„Wir wollen doch nicht sexistisch sein", warf Greave ein. „Da ist doch auch noch eine Tochter, oder?" Sie schaute Janssen an und der wiederum Collet. Eine Woge des Stolzes spülte über diesen hinweg.

„Sadie. Sie ist schon wegen Ladendiebstahl auffällig geworden. Freizeitdrogen sind ihr auch nicht fremd, aber Einbruch wäre eine neue Stufe für sie." Anerkennend nickte Greave und Collet konnte sich ein Lächeln kaum verkneifen. Er schob das Gefühl der Zufriedenheit beiseite und wandte sich wieder seinem Schreibtisch zu.

„Irgendwelche Fortschritte bei der Suche nach der Frau, die die Anschuldigungen gegen Ken Francis erhoben hat?", fragte Janssen.

„Noch keine, nein. Sie ist verschwunden, aber ich arbeite daran. Verflixt ungünstig!"

„Nicht für Mr. Francis", antwortete Janssen, dessen Tonfall über seinen Zynismus hinwegtäuschte. „Die einzige Person, die Licht auf seinen Charakter werfen könnte und nicht mit ihm verheiratet ist ... oder tot, und wir können sie nicht finden."

„Moment, Sie denken doch nicht ..." Collet beendete den Satz nicht. Er sprach häufig einen Gedanken aus, bevor er ihn zu Ende gesponnen hatte. „Sie ist doch nicht ... hierhergekommen, um Ken Francis zu ruinieren, nachdem der Fall abgewiesen worden ist?" Laut ausgesprochen klang dieser Gedanke gar nicht so dumm, wie er sich in seinem Kopf angehört hatte. „Ich sollte die örtlichen Hotels und so überprüfen, vielleicht hat sie bei einem eingecheckt. Sie hätte ein Motiv." Beide Vorgesetzten schauten ihn an und plötzlich fühlte er sich verlegen, als hätte er einen Fauxpas begangen. „Nun, hätte sie doch, oder?"

Greave warf einen schnellen Seitenblick auf Janssen, der ein Nicken andeutete. „Einen Versuch ist es wert. Guter Gedanke. Sie machen hier weiter, Collet. Ich denke, Janssen und ich werden Callum McCall noch einen Besuch abstatten."

„Wie möchten Sie vorgehen?", wollte Janssen wissen. Collet war überrascht. Normalerweise war Tom Janssen der, der die Entscheidungen traf, die Führung übernahm und sich nichts sagen ließ. Irgendetwas lag zwischen den beiden in der Luft. Es wäre interessant zu sehen, wie sich die Dinge in den nächsten Tagen entwickelten.

„Ich bin offen für Vorschläge", antwortete sie.

„Ich denke, wir sollten einen Durchsuchungsbefehl für das Grundstück einholen." Janssens Idee überraschte sie anscheinend. Collet fragte sich, weshalb das so war. „Ohne den Durchsuchungsbefehl wird McCall nicht erlauben, dass wir uns umschauen. Wenn wir verdächtige Indizien finden, haben wir Argumente in der Hand, um die Familie in die Mangel zu nehmen. Wenn McCall meint, dass er etwas zu verlieren hat, ist er vielleicht kooperativer. Das Gleiche gilt für seine Kinder. Langsam wird es Zeit, dass jemand zu reden anfängt."

„Einverstanden", antwortete Greave lächelnd. Dieses Gespräch verwirrte Collet. Da war etwas unter der Oberfläche, eine wortlose Kommunikation vielleicht. Die beiden zu beobachten war faszinierend.

KAPITEL SIEBENUNDZWANZIG

AM NACHMITTAG HATTE sich die Wolke von der Küste verzogen und machte dem Sonnenschein Platz, blieb aber unheilvoll über der Nordsee hängen, als könnte sie jederzeit zurückkommen. Der Südwind wurde stärker und brachte warme Luft vom Kontinent mit sich über den Kanal, damit allerdings auch die Gefahr einer Gewitterfront. Der Frühling war schon verlockend nahe. Im Wald, durch den Janssen vorsichtig auf dem unbefestigten Weg zum Haus der McCalls fuhr, blühten die ersten Glockenblumen, ein Farbenmeer, das in zwei Wochen wieder verschwunden sein würde. Schweigend saß Tamara Greave neben ihm und es war ihm angenehm, kein Gespräch erzwingen zu müssen.

Der Durchsuchungsbefehl war um 15:00 Uhr erteilt worden und es hatte sich eine Diskussion darüber entsponnen, ob sie bis zum Morgen warten sollten, da sie dann einen ganzen Tag Zeit für die Durchsuchung hätten, und welche Vorteile beziehungsweise Nachteile eine Verzögerung mit sich brächte. Schlussendlich hatten sie sich dazu entschieden, schnell zu handeln. Janssen hatte alle versammelt, die beim Streifendienst entbehrlich waren, und so waren sie aufgebrochen. Die Entdeckung, dass Hollys Computer aus einem Einbruch stammte, faszinierte ihn. Kinder wohlhabender Eltern gerieten ebenso leicht auf die schiefe Bahn wie alle anderen, daran lag es nicht. Doch Holly passte nicht in das Bild einer Rebellin, die gegen die Autorität aufbegehrte, obwohl sie allen Grund dazu hatte. Colin Bettany schien ihm eine Autoritätsperson zu sein und er konnte sich leicht vorstellen, wie er die Familie beeinflusste. Gleichzeitig war Marie alles andere als die unterwürfige Frau eines dominanten Ehemannes.

So sehr Janssen es hasste, voreilige Schlüsse über die Familie McCall zu ziehen, gab es in diesen Ermittlungen keine anderen Verbindungen zu Personen mit einer kriminellen Vergangenheit. Hollys Freundeskreis war klein, vor allem für ein Mädchen ihres Alters. In sozialen Medien war sie kaum aktiv, hatte dort nur wenige Freunde und noch weniger Interaktionen. Letztendlich tauchte die Theorie von Ockhams Rasiermesser immer wieder in seinen Gedanken auf. Die einfachste Schlussfolgerung, die auf den wenigsten Annahmen beruhte, könnte sich als die einzig Wahre herausstellen. Sie stellten Nachforschungen an und je schneller sie herausfanden, was in Hollys Welt passiert war, desto eher würden sie auf den Mörder stoßen. Bisher schienen alle zu behaupten, Holly gar nicht richtig zu kennen.

Als Janssen sich näherte, stand Callum McCall vor dem Haus. Falls er überrascht war, ihn und zwei Polizeiwagen mit Uniformierten heranfahren zu sehen, ließ er sich das nicht anmerken. Janssen stieg aus und ging auf ihn zu. McCall drehte ihm den Rücken zu. Vor ihm flackerte ein kleines, offenes Feuer, von dem eine dichte Rauchwolke aufstieg. Das Feuer knisterte und fauchte. Dem vielen Rauch nach zu urteilen brannten darin feuchtes Holz und Blätter. Eine Bö fegte in Janssens Richtung. Er hatte einen beißenden Geschmack auf der Zunge und musste mehrmals blinzeln, um wieder klar zu sehen.

„Wir haben einen Durchsuchungsbefehl", erklärte er, als er neben McCall zu stehen kam, und hielt ihm das Schriftstück hin. Zwar überflog dieser das Papier, rammte dann aber die Hände in die Taschen. Janssen wandte sich zu Greave um, die den Beamten das Zeichen gab, mit der Durchsuchung zu beginnen. Sie teilten sich auf, drei gingen zum Haus und die anderen verteilten sich im

Außenbereich. Rundherum standen einige Nebengebäude oder Schuppen, die über die Jahre aus verschiedensten Dingen wie Holz, Planen und Wegwerfmaterialien zusammengebaut worden waren.

„Sie werden es nicht finden." Geräuschvoll die Nase hochziehend starrte McCall ins Feuer. Anscheinend war er ruhig und steckte ihre Anwesenheit gut weg. Ein paar Sekunden später änderte sich sein Verhalten und er schaute kurz zu Janssen herüber. „Was auch immer Sie suchen, Janssen. Hier ist es nicht."

„Was suchen wir?" Eigentlich rechnete er nicht mit einer Antwort. Wieder änderte der Wind seine Richtung und blies den Rauch weg von ihnen. Als Janssen ins Feuer schaute, sah er nicht nur Zweige und Blätter, sondern auch undefinierbares Zeug. Es war dunkelblau und dick. „Was soll das Feuer?"

„Ich miste aus." McCall griff nach dem Durchsuchungsbefehl in Janssens Hand. Erneut warf er nur einen kurzen Blick darauf, bevor er ihn zerknüllte und in die Flammen warf. Sofort fing das Papier Feuer. „Praktisch, um Müll loszuwerden."

Das Knarren einer aufgehenden Tür brachte Janssen dazu, sich umzudrehen, und Mark kam heraus. Er sah verunsichert aus. Wahrscheinlich verstörten ihn die anwesenden Polizisten, die sein Zuhause durchkämmten. Sie schauten sich in die Augen und Mark zögerte kurz auf der Schwelle, bevor er näherkam. McCall drehte sich um und nickte seinem Sohn zu.

„Mach dir keine Gedanken, Junge. Die sind bald fertig." Er legte einen Arm um Marks Schultern, zog ihn zu sich heran und schüttelte ihn kräftig. Marks Kopf wackelte ein bisschen und sein Nicken wurde von einem wenig überzeugenden Lächeln begleitet. „Du weißt ja, wie es ist. Wenn die Bullen nichts in der Hand haben, dann klopfen sie einfach bei den McCalls an."

Janssen wurde zornig. Nicht, dass er von einem bekannten Kriminellen wie Callum McCall etwas anderes erwartet hätte. Sein ganzes Erwachsenenleben lang hatte er immer wieder im Gefängnis gesessen, war für Bagatelldiebstähle und sonstige Delikte verurteilt worden, arbeitete nur manchmal auf Bauernhöfen oder ging anderen Gelegenheitsjobs nach. Er war kein Berufs-, sondern nur Gelegenheitsverbrecher, der jedes Schlupfloch ausnutzte. Diese Lebenseinstellung sowie sein Hang zu Alkohol und Gewalt rückten ihn immer wieder in den Fokus der Polizei, nicht Vorurteile oder ein Komplott. „Wir suchen nach gestohlenem Eigentum, Mark." Der junge Mann schaute kurz zu Janssen und spürte wahrscheinlich den brennenden Blick seines Vaters im Nacken, deshalb wandte er sich schnell wieder ab. „Du weißt nicht zufällig etwas davon, oder?" Mark schüttelte den Kopf.

„Sie verschwenden Ihre Zeit", sagte McCall mit einer wegwerfenden Handbewegung. Die Hand war frisch bandagiert, nur ein paar Schmutzflecken waren zu sehen, die zweifellos beim Auftürmen des Feuers entstanden waren.

„Das sieht schmerzhaft aus", sagte Janssen und deutete auf den Verband. McCall schaute kurz darauf, ballte eine Faust und runzelte die Stirn, bevor er die Hand wieder sinken ließ. „Wie ist das passiert?"

„Weiß ich nicht mehr. Muss sie wohl verstaucht haben oder so."

Die Bemerkung klang wegwerfend. Beiläufig. Keine Sekunde lang glaubte Janssen diese Erklärung. Eine Bewegung zu seiner Rechten erregte seine Aufmerksamkeit. Greave befand sich an der Ecke des Gebäudes und signalisierte ihm, er solle hinüberkommen.

„Janssen. Kommen Sie her und sehen Sie sich das an!" Zum ersten Mal fiel die Maske der Gleichgültigkeit von Callum McCall ab. Es dauerte kaum eine Sekunde, bis seine Miene wieder trotzig wurde, doch auch Mark hatte es bemerkt, was seine Aufregung anscheinend noch steigerte. Janssen machte sich auf den kurzen Weg zu Greave, die ihm mit einem Nicken zu verstehen gab, dass er ihr folgen sollte. Sie gingen auf die Rückseite des Gebäudes. Dort war ein Unterstand angebaut worden, der aus kaum mehr als abgesägten und zusammengenagelten Brettern bestand, über die eine graue Plane geworfen war, um ein bisschen Schutz vor dem Regen zu bieten. Darin lagen Holzscheite, vermutlich für einen Brenner, eine Regentonne, die von der Dachrinne gespeist wurde, und ein paar Holzkisten, die etwa 30 mal 30 Zentimeter groß waren. Sie beherbergten Kleinkram, Ölkanister, ein paar rostige Werkzeuge und kleinere Plastikplanen, die zusammengelegt, plattgedrückt und mit einem Stein beschwert worden waren, damit sie nicht vom Wind davongetragen würden.

Janssen fühlte die Anwesenheit McCalls hinter sich und ging neben Greave in die Hocke. Für die Durchsuchung hatte sie sich Latexhandschuhe angezogen und hob nun eine dieser Plastikplanen an, um zu zeigen, was darunter verborgen war. Der Anblick war für Janssen mehr als verwirrend. Ein paar rote High-Heels lagen in der Kiste. Der Lack glänzte im Sonnenlicht und sie standen ordentlich nebeneinander, als hätte sie jemand in ein Schuhregal gestellt und nicht zusammen mit halbleeren Farbdosen weggeworfen. Vorsichtig und nur mit den Fingerspitzen hob Greave sie auf und drehte sie herum, um sie genauer unter die Lupe zu nehmen.

„Die Sohlen zeigen Gebrauchsspuren, aber weder oben noch an den Seiten sind Abnutzungen oder Kratzer zu sehen", sagte sie zu Janssen. Die Sohlen waren relativ sauber, nur an den oberen Rändern war etwas Schlamm festgetrocknet. Die Angaben im Inneren waren zwar verblasst, aber bei weitem nicht unleserlich. Wem auch immer die Schuhe gehörten, sie waren zwar nicht oft getragen, dafür aber sorgfältig gepflegt worden. Janssen drehte sich zu McCall um, der seine Augen zusammenkniff, sonst allerdings seine übliche nichtssagende Miene aufgesetzt hatte.

„Seltsamer Ort, um Schuhe aufzubewahren, finden Sie nicht auch?", fragte Janssen. McCall zuckte mit den Schultern. „Wieso lagen die hier draußen?"

„Ich hab' die noch nie gesehen, aber hier werden überall Dinge weggeworfen. Wer weiß schon so genau in diesem Haus und mit Kindern wie meinen."

Greave meldete sich zu Wort. „Sind allerdings weder Ihre Größe noch Ihr Stil, Mr. McCall."

„Man weiß nie, Mädchen", konterte McCall und zog geräuschvoll die Nase hoch. „Heutzutage geht alles. Außerdem gehören sie wahrscheinlich Sadie. Entweder hat sie sie vor mir versteckt, weil sie teuer waren oder … vielleicht ham sie ihrer Mutter gehört. Woher soll ich das wissen? Kann viele Gründe dafür geben."

„Ihre Tochter Sadie, ist sie zierlich?", fragte Tamara Greave. „Die Schuhe passen wahrscheinlich einem kleineren Mädchen." Wieder zuckte McCall nur mit den Schultern, vielleicht war er ebenso überrascht von dieser Entdeckung, verbarg es allerdings besser. Von welchem Blickwinkel man es auch betrachtete, es war merkwürdig. Ein Constable öffnete eine Plastiktüte und Greave legte die Schuhe hinein. Die Schuhe, die Holly in der Nacht ihres Todes getragen hatte, waren noch immer nicht gefunden worden, und obwohl nicht sicher war, dass diese hier ihr gehört hatten, war es eine Möglichkeit, die sie nicht außer Acht lassen konnten.

Als Janssen einen Schritt zurücktrat, sah er gerade noch, wie Mark in einiger Entfernung zwischen den Bäumen verschwand. Sie gingen zur Vorderseite des Gebäudes, als ihnen einer der Beamten entgegenkam, die das Haus durchsucht hatten. Sie folgten ihm nach drinnen und gingen durch den Wohnbereich, der nach allgemeinen Maßstäben ein einziges Chaos war. Verstreute Kleidungsstücke lagen herum, wobei nicht ersichtlich war, ob es frische oder gebrauchte waren. Schmutziges Geschirr stapelte sich in der Spüle und alle Arbeitsflächen in der Küche waren voll mit Pfannen, Taschen oder Stapeln an Werbepost. Wie jemand so leben konnte, entzog sich Janssens Vorstellung.

Sie betraten eines der Schlafzimmer. Im schmalen Raum stand ein Einzelbett an einer der Wände unter dem einzigen Fenster, die Gardine war zugezogen. In der Ecke stand ein schulterhoher Schrank, das einzige Möbelstück außer dem Bett. Darauf lagen Kleiderstapel. So, wie es aussah, gehörte das Zimmer einem Mädchen, Sadie. Auf dem Boden neben dem Bett lag eine kleine Tasche mit Make-up und daneben ein Schminkspiegel.

Der Beamte kniete sich hin und hob eine Schuhschachtel auf,

die unter dem Bett verstaut war. Als er den Deckel abnahm, sahen sie eine kleine Plastiktüte mit Cannabis darin. Außerdem befanden sich eine kleine Pfeife, Tabak und Papers in der Schachtel. Offensichtlich war der Inhalt zum persönlichen Gebrauch, die Menge war viel zu gering für einen Dealer. „Das ist alles?" Der Constable nickte. Mehr hatten ihre Bemühungen nicht zutage gefördert. Janssen schaute sich um und öffnete den Schrank, um die aufgehängten und zusammengelegten Kleidungsstücke zu inspizieren. Ohne dass er Sadie je getroffen hätte, stellte Janssen sie sich als jemanden vor, der sich auffällig kleidete, großzügig von Eye-Liner Gebrauch machte und grundsätzlich schwarz trug. Rote High-Heels schienen nicht zu ihr zu passen.

Als er ins Wohnzimmer zurückkam, sprach Greave gerade mit McCall. Sie hatten nichts gefunden, was einen Haftbefehl rechtfertigen oder ihnen einen Grund geben würde, ihn in die Mangel zu nehmen. So viel war auch McCall klar. Soweit Janssen die Gesprächsfetzen verstand, forderte McCall sie auf, endlich zu gehen, und das definitiv nicht zum ersten Mal. Sie hatten kaum etwas in der Hand, um seinem Wunsch nicht zu entsprechen. Das Durchsuchungsteam sammelte sich draußen und alle kehrten zu den Autos zurück. Von der Schwelle aus schaute McCall ihnen mit verschränkten, gegen die Brust gedrückten Armen nach.

Am Auto angekommen klingelte Janssens Telefon. Es war Eric Collet. Während Janssen den Wagen aufschloss, lehnte er sich mit dem Telefon ans Ohr gedrückt gegen das Dach und schaute zu McCall hinüber, der in seine Richtung blickte. Der Mann war gefasst, aber genervt. Das war offensichtlich.

„Der DS in Canning Town hat sich wieder gemeldet", erklärte Collet. „Er hat eine Spur, wo wir Amanda Stott finden könnten, aber er meint, er hat keine Zeit, um sich darum zu kümmern. Sieht so aus, als würde sie in der Nähe ihres letzten bekannten Aufenthaltsortes arbeiten."

„Nun, dann müssen Sie dorthin fahren und das überprüfen."

„Gut, ich fahre morgen Früh los. Wie läuft die Durchsuchung?"

Ein letztes Mal schaute Janssen sich um und versuchte, optimistisch zu klingen, aber bis auf die Schuhe waren die Ergebnisse enttäuschend. „Eine ziemliche Pleite, aber man kann nie wissen."

Er legte auf und stieg ein, als die anderen Polizeiwagen gerade wegfuhren. Greave fragte nach dem Anruf. „Collet fährt morgen nach London auf der Suche nach Amanda Stott." Nachdem er den Motor angelassen hatte, schlug er das Lenkrad voll ein und fuhr los. Ein Blick in den Rückspiegel zeigte ihm, dass McCall vom Gebäude wegging und beim Feuer stehen blieb, als er aus dem Blickfeld verschwand. Janssen hielt an und Greave schaute ihn erstaunt an. „Glauben Sie, dass Sie zurück zum Revier finden, wenn Sie allein fahren?"

„Ja, ich denke schon. Wieso?"

„Ich möchte da einer Sache nachgehen. Wenn es für Sie in Ordnung ist, erkläre ich nachher alles."

Greave war neugierig, das sah er, aber sie bohrte nicht weiter nach. Janssen schnallte sich ab und stieg aus. Nachdem Greave dasselbe getan hatte, schlüpfte sie an ihm vorbei in den Fahrersitz. Sie schaute zu ihm hoch, als er die Tür schließen wollte.

„Sie sind ein interessanter Mann, Tom Janssen", sagte sie mit einem Lächeln. Er lächelte ebenfalls.

„Bis später." Er schaute ihr nach, als sie losfuhr. Der Wind wurde stärker und Wolken zogen auf. Während Janssen seine Jacke zuknöpfte und die Hände in die Taschen steckte, verließ er den Weg in Richtung Wald. Er hatte so eine Ahnung, wohin Mark gegangen war.

KAPITEL ACHTUNDZWANZIG

MARK MCCALL SAß auf der Sandbank und beobachtete die Wolken am Horizont. Die Rotorblätter der Windanlagen weit draußen im Meer waren in Dunst gehüllt. Weiter zu seiner Linken sah er gerade noch ein Frachtschiff auf seinem Weg nach Norden. Er liebte diesen Ort. Zumindest war das einmal so gewesen. Während er dort hinüberschaute, wo er normalerweise immer saß, wo sie in *der* Nacht gesessen hatten, wurde ihm bewusst, dass sich die Dinge geändert hatten und dieselben Gedanken und Gefühle nie wiederkommen würden. Die Polizisten beim Haus hatten ihn frustriert, wie sie, ohne zu fragen, seine Sachen durchstöbert und alles aufgehoben hatten, wie es ihnen passte.

Er hatte gespürt, wie seine Angst stärker wurde, und war zu seinem Vater gegangen, um dort Sicherheit zu finden, so seltsam das auch anderen erscheinen mochte. Trotz seiner offensichtlichen Fehler war sein Vater eine Konstante in Marks Leben. Es war merkwürdig, beunruhigend, ihn wegen der Polizei so verunsichert zu sehen. Keinem, der seinen Vater nicht kannte, wäre das aufgefallen. Ihm schon. Selbst wenn er redselig war, verlor er kaum ein Wort, doch dass er vor der Polizei Erklärungen abgab, war noch nie vorgekommen. In diesen paar Minuten hatte er mehr geredet als sonst an einem ganzen Tag.

Und dann waren da die Schuhe gewesen. Ihre Schuhe. Sie hatten zu ihr gepasst, zu ihrem Lippenstift, Kleid und Stil. „Du hast diese Farbe auch geliebt, nicht wahr?" Seine Augen wanderten zu dem Fleck, an dem er und Holly nach der Party gesessen waren. Holly, wie sie gezittert und wie er ihr seine Jacke um die Schultern gelegt hatte. Sie hatte sich an ihn gelehnt und er hatte sich überlegt, ihr den Arm um die Schultern zu legen, sich aber im letzten Moment nicht getraut. „Ich dachte, ihr würde es hier gefallen, so wie dir." Er bemerkte, wie sich seine Augen mit Tränen füllten, und blinzelte diese weg. Anstatt sie beide hier allein unter den Sternen sitzen zu sehen, stand ihm das Bild ihres leblosen Körpers vor Augen. Sogar jetzt war es noch so klar wie an dem Morgen, als er sie im Gras liegend gefunden hatte, ihr Kleid, Gesicht und Haar vom Frost bedeckt, der in der Sonne glitzerte. Im Tod war sie weit schöner und engelsgleicher als im Leben.

Aufgeschreckt von der Anwesenheit einer anderen Person, die sich von links näherte, stand Mark auf. Der Mann hob die Hand, um ihm zu signalisieren, dass er bleiben sollte, wo er war, und Mark setzte sich wieder hin. Es war der großgewachsene Polizist, der, der ihm eine Cola und ein Speckbrötchen gekauft hatte. Seinem Lächeln nach schien er nett zu sein. *Du kannst ihm nicht vertrauen, vergiss das nicht. Papa hat das gesagt.* Mark erwiderte den Gruß des Polizisten. Dieser schaute an Mark vorbei zur nahegelegenen Sandbank.

„Hier hast du Holly gefunden, nicht wahr, Mark?"

Mark schaute weg, als ob er so das Bild in seinem Kopf verschwinden lassen könnte. Es blieb. Mark ließ den Kopf hängen. „Ja." Der Polizist setzte sich neben ihn hin, etwas ungeschickt, wie er dachte.

„Wieso bist du zurückgekommen?"

Mark schaute zu ihm hinüber. War das seine Taktik? Versuchte er, ihn hereinzulegen? Anscheinend kümmerte sich dieser Polizist nicht darum, sich angemessen und offiziell zu verhalten, denn er winkelte die Knie an, schlang die Arme um sie und schaute weg, hinaus über das Meer. Falls er ihn vernehmen wollte, dann sollte das im Revier passieren, wie im Fernsehen. Sorgfältig überlegte Mark sich die Antwort. „Mir gefällt es hier."

„Schöner Platz. Tolle Aussicht, still."

„Ich komme oft hierher. Es hilft mir, mich zu beruhigen." Plötzlich hatte er das Gefühl, dass er zu viel verriet, und schalt sich im Gedanken. Eine Minute lang saßen sie schweigend da. Die sanfte Brise war warm.

„Mit wem hast du geredet, als ich gekommen bin?" Panik überfiel Mark. Er musste schon eine Weile dagewesen sein. Er fühlte, wie er rot anlief. „Du hast doch mit jemanden geredet, oder?" Er klang weder beschuldigend noch wertend. Marks Verlegenheit ließ nach.

„Als ich noch klein war, hat meine Mutter mich oft hierher mitgenommen. Sie hat das Meer geliebt und es war nicht weit weg von daheim." Mit einem Seitenblick auf Janssen stellte Mark fest, dass dieser wirklich zuhörte und nicht nur so tat. „Manchmal, glaube ich, wollte sie einfach weg von Papa. Wenn er besonders schlimm drauf war."

„Vermisst du sie?" Einen kurzen Augenblick befürchtete Mark, dass Holly gemeint war. „Deine Mama. Du vermisst sie sicher." Es stimmte, aber welches Kind würde das nicht. „Trefft ihr euch überhaupt mal?"

Daran zu denken, dass sie gegangen war, stimmte ihn traurig. In seinen Erinnerungen gab es keine Schuld, kein Verlassen. Er hatte nur Schöne. „Nein. Ich habe keine Ahnung, wo sie ist. Ich vermisse sie sehr." Der Mann war nett, er stellte Fragen, aber ohne Hintergedanken. Er war nicht so, wie sein Vater ihn hatte glauben lassen. „Ich habe mit ihr geredet. *Meiner Mama.* Das klingt wahrscheinlich schräg, oder?"

„Überhaupt nicht."

Will er mich in Sicherheit wiegen? Mark glaubte nicht, dass das der Fall war. Etwas an seiner Art war unerschütterlich und beruhigend. „Ich erzähle ihr, was so in meinem Leben passiert. Ob ich einen guten Tag habe oder nicht." Als ihm bewusst wurde, dass er verrückt wirken könnte, schob er eine Erklärung nach. „Ich weiß, dass sie mich nicht hören kann. Ich bin nicht wahnsinnig oder so." Der Polizist lächelte.

„Ich rede dauernd mit mir selbst", sagte Janssen. Misstrauisch schaute Mark ihn an. Er wirkte aufrichtig. Holly hatte gesagt, das war sein größtes Problem, *sein großes Herz war zu vertrauensselig.* „Manchmal hilft es mir, mich zu konzentrieren."

„Wenn ich hierherkomme, bin ich ihr nahe. Oder zumindest fühlt es sich so an."

„Das muss ein besonderer Ort für dich sein. Hast du Holly hierher mitgenommen?" Mark schaute ihn finster an.

„Ich habe sie nicht umgebracht!" Jetzt fühlte er sich in die Ecke gedrängt und schaute sich nach einem Fluchtweg um, doch es gab keinen. Trotzdem konnte er an nichts anderes mehr denken. Aber der Polizist blieb ruhig. Sein Verhalten hatte sich nicht verändert.

„Ich will damit nicht andeuten, dass du es warst. Nur, dass das ein besonderer Ort für dich ist und Holly hier gefunden wurde. Das ist ein ziemlicher Zufall. Ich frage mich, wie das zustande gekommen ist." Er klang ehrlich. „Hast du sie jemals hierher mitgenommen?"

„Ja." Er antwortete, ohne nachzudenken. Er hätte nichts sagen sollen. Sein Vater hatte ihm das bei jeder Gelegenheit eingebläut. Vielleicht lag er bei *dem hier* falsch. Anscheinend legte er es nicht darauf an, die McCalls zu schikanieren, auch wenn das alle anderen taten. „Sie ist mitgekommen. Ich wollte mit ihr hier sein. Ihr zeigen, wie wichtig dieser Ort für mich ist."

„Hat es ihr hier auch gefallen?"

Diese Frage fand Mark seltsam. Schließlich hatte Holly keine Verbindung zu diesem Ort, nur zu ihm. „Nö. Sie war nicht wirklich interessiert. Weder am Ort noch an mir." Wieder schaute er hinüber und fragte sich, ob er zu viel gesagt hatte. „Das war keine Überraschung. Ich habe gehofft … gehofft, dass ich vielleicht unsere … Freundschaft … nicht falsch verstanden habe, aber tief drinnen habe ich es immer gewusst."

„Dass ihr nur Freunde wart?"

Mark nickte. „Ja. Manchmal schien es, als wäre da mehr …
aber ich schätze, Holly hat mich als Kind gesehen. Für mich hat
sie sich in dieser Nacht nicht so herausgeputzt. Ich weiß nicht
einmal, wieso sie zur Strandparty gekommen ist. Vielleicht wegen
mir, damit ich auch kommen konnte. Die anderen hätten mich
sonst nicht eingeladen."

„Deine Mitschüler?", fragte der Polizist. Wieder nickte Mark.
„Aber sie ist mit dir hierhergekommen."

„Ja, aber nicht lange. Sie ist dann gegangen. Sie hat gesagt,
dass sie was vorhat. Dass sie gehen muss."

„Hat sie gesagt, wohin?"

Darauf hatte er keine Antwort, denn er wusste es nicht. Holly
hatte es ihm nicht gesagt. Er war so enttäuscht … nein, wütend
gewesen auf sie, weil sie gegangen war, dass er nicht gefragt
hatte, wohin. Das allerdings wollte er dem Mann nicht sagen.
Zwar war er nett, aber trotzdem suchte er immer noch nach einem
Mörder. „Sie ist ohne mich weggegangen. Ich bin noch eine Weile
geblieben, bis mir zu kalt wurde und ich nach Hause gegangen
bin."

„Wer wusste sonst noch, dass du Holly mit hierher nehmen
wolltest?"

Darüber dachte Mark einen Moment lang nach. Soweit er
wusste, hätte niemand davon wissen können. Ohne den anderen
etwas zu sagen, waren sie davongeschlichen, und weil sie
wegen Holly weiter weg vom Feuer und von der Gruppe
gewesen waren, wäre es niemandem aufgefallen, sobald genug
Bier geflossen und die Party im vollen Gange gewesen war. Er
zuckte mit den Schultern. „Niemand." Unbeabsichtigt hörte sich
seine Antwort kleinlaut an, aber in seinem Kopf klang sie
dürftig.

„Hatte sie Schuhe an, erinnerst du dich? Sie hatte keine mehr
an, als wir sie gefunden haben."

„Natürlich hatte sie welche an. Ich hätte sie nicht bis hierher
tragen können und ohne wäre das Gehen schmerzhaft gewesen."
Er dachte an die roten Schuhe, die sie beim Haus gefunden hatten,

und schwieg. Dabei versuchte er, nicht so auszusehen, als hätte er etwas zu verbergen oder als würde er sich verteidigen.

„Wie haben sie ausgesehen?"

Dieses Mal kam die Antwort wie aus der Pistole geschossen. „Es waren einfach nur Schuhe", antwortete er achselzuckend und schüttelte den Kopf, um zu zeigen, dass er es nicht wusste. *War das überzeugend?* Sicher war er sich nicht, doch der Polizist bohrte nicht weiter nach.

„In letzter Zeit warst du nicht oft in der Schule." Es klang mehr wie eine Feststellung als eine Frage. Jetzt war er neugierig, mischte sich ein. Sein Vater hatte also doch recht. „Deine Mitschüler, machen sie dir das Leben schwer?"

„Alle glauben, dass ich es war!" Er konnte nicht anders, die Worte waren über seine Lippen, bevor er sie hinunterschlucken konnte. Nicht, dass sie ihn laut oder von Angesicht zu Angesicht beschuldigt hätten, aber ihre Blicke sagten alles, sogar die von manchen Lehrern. Er war ein McCall und noch dazu ein merkwürdiger. „Sie glauben, dass ich Holly umgebracht habe." Die Tatsache, dass er sie liebte und ihr nie absichtlich wehtun könnte und alles gegeben hätte, um sie wiederzusehen, beeindruckte die Leute in der Schule kaum. Sie wollten jemandem die Schuld geben und keiner glaubte ihm, also wieso sollte die Polizei das tun. „Vorhin habe ich nicht die Wahrheit gesagt." Er hörte seine Stimme als kaum vernehmbares Flüstern.

„Über was?" Jetzt war der Polizist interessiert, konzentriert, seine Augen leuchteten.

„Über Holly ... und ihr Leben. Ich wusste, dass sie zum Künstler geht."

„Ken Francis?"

„Ja." Es hatte keinen Sinn, deswegen zu lügen. Falls die Polizei nicht ohnehin schon davon wusste, würde sie es bald herausfinden. Vorausgesetzt, sie machte ihre Arbeit richtig, und dieser Mann sah ernstzunehmend aus, wie jemand, auf den man sich verlassen könnte, wenn man in Schwierigkeiten war. Sein Vater hatte ihm gesagt, dass der da anders war, *der teilt so gut aus, wie er einsteckt*, hatte sein Vater gesagt. „Holly liebte es, zu zeichnen, Kunst ... Malerei und so Zeug. Das wollte sie sein, eine Künstlerin, aber hier war das unmöglich. Sie hatte gedacht, dass er ihr dabei helfen könnte. Von hier wegzukommen."

„Sie wollte weggehen?"

„Ich glaube. Sie hat nicht gesagt, wann, aber jetzt ... nachdem, was mit ihr passiert ist ... ich denke, sie hat sich an diesem Abend von mir verabschiedet. Als sie gesagt hat, dass sie geht, meine ich."

„Und du meinst, dass Holly gedacht hat, dass Ken Francis ihr dabei helfen würde?"

„Sie hat das gedacht ... aber er hat sie benutzt, wie alle anderen auch."

„*Alle anderen* sagst du? Was meinst du damit?"

Als Mark genauer darüber nachdachte, wurde ihm bewusst, dass er sich nicht sicher war. „Das hat Holly immer gesagt."

„Wie hast du über ihre Beziehung mit Ken Francis gedacht? Es wäre absolut verständlich, wenn es dich gestört hätte."

Diese Frage wollte Mark nicht beantworten. Und auch nicht darüber reden, wie er ihr manchmal gefolgt war, wenn sie zu ihm gegangen war, und die beiden vom nahen Wald aus beobachtet hatte. So sehr ihn das in Rage versetzt hatte, so sehr hatte er diese Gelegenheiten auch erregend gefunden. „Ich glaube, sie hat ihn geliebt."

„Weißt du, jemand hat Drohungen an Ken Francis geschickt. Sein Atelier wurde zerstört und gestern hat es jemand in Brand gesteckt. Wir glauben, dass höchstwahrscheinlich eine Person für das alles verantwortlich ist."

Jetzt starrte der Polizist ihn an. Der Mann wollte wissen, ob er es gewesen war. *Hat er schon eine fixe Idee? Ich kann es Ihnen nicht sagen, was ich weiß. Ich kann es einfach nicht.* „Ich war's nicht. Ich würde so etwas nie tun." Er fühlte den Blick des Polizisten auf sich ruhen, der ihn abschätzte, beurteilte. Er machte sich schon auf die nächste Frage gefasst, aber der Mann sagte nichts mehr und schaute wieder aufs Meer hinaus.

KAPITEL NEUNUNDZWANZIG

ALS ER AM Ende des Weges zur Hauptstraße kam, dachte Tom Janssen über Mark McCall nach. Ein Transporter, dessen Aufkleber verrieten, dass er Lebensmittel an kleine Läden lieferte, rumpelte an ihm vorbei. Zwischen zwei Fahrzeugen überquerte Janssen die Straße und hielt sich nach links. Greave hatte angeboten, ihn abzuholen, wofür er dankbar war, obwohl der dreißigminütige Fußmarsch zum Revier kein Problem gewesen wäre. Ein Blick auf die Uhr verriet ihm, dass er noch mehr als genug Zeit hatte. Sie hatten ausgemacht, sich bei einem kleinen Tante-Emma-Laden am Dorfrand zu treffen, weil Greave dieses Geschäft leicht finden könnte. Falls nicht, gab es immer noch das Navigationsgerät.

Janssen kam zu dem Schluss, dass Mark McCall ein seltsamer junger Mann war. Allerdings lag das nicht an seiner Krankheit. Es war weit mehr als nur das. Bei den Einheimischen und jenen, die hier arbeiteten, war die Familie hinreichend bekannt. Auch wenn die Einheimischen manchmal übertrieben, hatten sich die McCalls ihren Ruf wohlverdient. Mit der Zeit wurden die Geschichten und Beschreibungen von Ereignissen immer blumiger, die Protagonisten erschienen finsterer und die Ereignisse schlimmer, als sie eigentlich gewesen waren. Nicht, dass man bei den McCalls viel hinzudichten musste. Mark war anders als sein Vater und seine Geschwister. So viel war Janssen klar und trotzdem hatte Mark ein genauso starkes Misstrauen den Behörden gegenüber. Rückblickend auf seine eigene Kindheit war das wahrscheinlich nicht so abwegig. Nicht nur Freunde beeinflussten, was man über die Welt dachte und fühlte, sondern hauptsächlich war die Familie für die Weltsicht verantwortlich. Erst, als Tom Janssen alt genug war, um sich seine eigenen Meinungen zu bilden und den Mut aufbrachte, für diese einzustehen, kam es zum Streit mit seinem Vater, obwohl das nur selten der Fall war, denn sie hatten einen guten Draht zueinander. Das war ein Ritual, das man auf dem Weg zum Erwachsenenalter durchlaufen musste und an dem keiner vorbeikam. Trotzdem, wenn er so darüber nachdachte, war er heute eine ziemlich genaue Kopie seines Vaters und vertrat ähnliche Werte und Ansichten.

So oder so, Mark McCall teilte die Lebensweise seiner Familie nicht, aber wie weit der Apfel vom Stamm gefallen war, konnte er noch nicht feststellen. Janssen war sich sicher, dass er die Mauer, die der Junge um sich errichtet hatte, überwinden und dahinterkommen würde, was dieser wirklich wusste. Da er das aber nicht erzwingen konnte, würde es Zeit brauchen. In einem Mordfall war Zeit leider ein Luxus.

Janssen erreichte den Dorfrand und den kleinen Laden, ein altes Ziegelgebäude, das man in ein Geschäft umgewandelt hatte und in dem grundlegende Dinge verkauft wurden, die man brauchte, wenn man nicht zu einem der größeren Supermärkte in der Stadt fahren wollte. Außerdem diente es gleichzeitig als Postamt, dessen Tresen am anderen Ende stand. Dadurch hielt sich der Laden vermutlich über Wasser. Außer ihm waren nur zwei weitere Kunden im Geschäft, ein älterer Mann inspizierte die Magazine an der Wand und blätterte durch eines über die Fischerei. Janssen ging an ihm vorbei zum Kühlschrank, der in einer Ecke vor sich hin summte, und holte eine Wasserflasche heraus.

Die Frau an der Kasse plauderte mit einer anderen Frau, die sich leicht an den Tresen lehnte und mit einer Hand auf eine

Gehhilfe stützte. Allerdings schien sie nicht unter Beschwerden zu leiden schien, während sie sich über dieses und jenes unterhielten. Zwei Freundinnen, die Zeit miteinander verbrachten. Janssen hatte das Gefühl, unerwünscht zu sein, als er näher kam und das Gespräch der beiden verebbte. Als hätten sie Angst, dass er etwas davon mitanhören würde. Lächelnd stellte er die Flasche auf den Tresen und die Frau grüßte ihn freundlich.

„Ermitteln Sie im Mord an dem armen jungen Mädchen?" Janssen war perplex und anscheinend stand ihm die Überraschung ins Gesicht geschrieben. „Sie sind Tom, Annabelles Sohn, oder?" Als sie seine Mutter erwähnte, entspannte er sich. „Früher haben wir zusammengearbeitet."

„Ich verstehe, ja. Es tut mir leid, Sie haben mich nur auf dem falschen Fuß erwischt", antwortete Janssen. Die Frau neben dem Tresen klinkte sich in das Gespräch ein.

„Furchtbare Angelegenheit. Werden Sie herausfinden, wer das getan hat?" Janssen wollte schon zu eine seiner Standardantworten ansetzen, kam aber nicht weit. „Ich hoffe sehr, dass es niemand von uns war. Das kann ich einfach nicht glauben. Zu jeder Jahreszeit kommen hier so viele Fremde durch. Und viele davon führen nichts Gutes im Schilde. Ihre Ermittlungen werden zu nichts führen, wenn er bereits weitergezogen ist."

Höflich lächelte Janssen. Hier in der Gegend herrschte eine der geringsten Kriminalitätsraten im ganzen Land und trotzdem spürte man die Angst vor Ausländern und Verbrechen. Vielleicht war es eine Frage des Maßstabs. Wenn man sich über den Stand der Dinge aufregen wollte, dann musste man nur Zeitung lesen oder die Nachrichten schauen. „Die Ermittlungen laufen noch. Ich bin mir ziemlich sicher, dass wir dem auf den Grund gehen werden."

„Ich wage zu behaupten, dass sie mit dem Künstler reden sollten, der in das alte Banks-Haus gezogen ist", mischte sich der ältere Mann ein, der immer noch hinter dem Regal stand. Er gesellte sich zu ihnen. Weil er mit leeren Händen ankam, nahm

Janssen an, dass er mit den Magazinen die Zeit totgeschlagen hatte, während seine Frau plauderte.

„Sie meinen Ken Francis?", fragte Janssen, vorsichtig darauf bedacht, nicht in den Tratsch verwickelt zu werden, den es in jeder Gemeinde gab, vor allem in einer derart isolierten wie dieser.

„Genau der", bestätigte der alte Mann. „Der führt da draußen nichts Gutes im Schilde. Ständig kommen und gehen Leute." Etwas an seiner Art ließ erahnen, dass er mit Details aufwarten konnte. „Junge Mädchen, alle schick angezogen."

„Soweit ich weiß, stehen sie Modell", antwortete Janssen. Der Mann schnaubte verächtlich und schüttelte den Kopf.

„Da steckt sicher mehr dahinter", meinte die Frau des Mannes und machte den Anschein, als hätte sie etwas Unglaubliches zu sagen. Höflich hörte Janssen zu und tat sein Bestes, um einen interessierten Eindruck zu machen, doch seine Augen suchten unwillkürlich die Gegend ab und er versuchte, seine Gedanken mit etwas Nützlicherem zu beschäftigen als dem, was die Gerüchteküche ausspuckte. Der Aushang hinter der Kasse erregte seine Aufmerksamkeit. An dem Brett aus Kork hingen Visitenkarten einheimischer Geschäftsleute und handgeschriebene Anzeigen. „Vor allem, weil Jane zurückgekommen ist." Bei dieser Bemerkung spitzte Janssen die Ohren.

„Ist sie weggegangen? Jane?" Stolz plusterte die Frau sich auf und sein Interesse befeuerte ihren Eifer.

„Oh ja. Ich erinnere mich an Jane als Mädchen. Sie war auch ein ziemliches Früchtchen und hat ihren Eltern ständig Ärger gemacht." Sie genoss ihren Auftritt. „Jahrelang ging das so, bis ihre alte Mutter genug hatte."

„Sie hat sie weggeschickt?"

„Sie hat sie rausgeschmissen, hielt es nicht mehr aus." Bedächtig nickte ihr Mann. „Auch wenn sie mit ihrem glänzenden neuen Range Rover und schicken Frisuren und all dem ... wie sagen die jungen Leute dazu – Bling-Bling, den Allüren, auf die sie so Wert legt, zurückgekommen ist, ist sie trotzdem noch das gleiche Luder wie damals."

„Woher wissen Sie das? Menschen ändern sich", gab Janssen zurück. Er war gespannt, wie sie darauf reagieren würde. Das Ehepaar winkte ab und die Frau hinter dem Tresen zuckte nur mit den Schultern, um zu signalisieren, dass sie es nicht wusste.

„Sie hat sich kaum verändert, ich habe sie vor einer Weile auf dem Parkplatz streiten gesehen." Wahrscheinlich rechtfertigte sie sich, weil sie dachte, Janssen würde ihre Ansichten hinterfragen. Allerdings traf das nicht zu, er wollte lediglich Fakt von Meinung unterscheiden. „Sie war immer noch zornig, aggressiv."

„Hat sie sich mit jemandem gestritten?", fragte Janssen. Heftig nickte sie. Ihr Ehemann sprach für sie weiter.

„Hatte einen ordentlichen Schlagabtausch mit dem merkwürdigen Typen. Mit dem Hochland-Zigeuner aus dem Wald."

„Sie meinen Callum McCall?" Janssen schaffte es nicht, seine Überraschung zu verbergen.

„Jup, genau der, und es war nicht angenehm, wie sich das hochgeschaukelt hat." Der Mann runzelte die Stirn, offensichtlich versuchte er, sich genau daran zu erinnern. „Ich dachte schon, einer würde verletzt werden."

„McCall hat sie bedroht?"

„Nein! Es war genau andersherum." Die Augen des Mannes leuchteten auf. „Ich dachte, sie würde *ihm* etwas antun. Der arme Mann stand mit dem Rücken zur Wand. Ich hatte Mitleid mit ihm. Zumindest für einen Moment."

„Bis du dich daran erinnert hast, wer er ist", warf seine Frau ein.

Janssen war erstaunt, dass keiner der Betroffenen bei den Gesprächen etwas davon erwähnt hatte. „Wissen Sie zufällig, um was es dabei gegangen ist?" Beide schüttelten den Kopf. Mehr hatten sie nicht zu erzählen und Janssen schätzte, dass er nicht mehr aus ihnen herausbekommen würde. Sein Blick fiel auf die Wasserflasche und er wollte bezahlen. Während er einen Geldschein hinüberreichte, schaute er wieder auf den Aushang. Auf den handgeschriebenen Notizen standen Beschreibungen von Dingen, die zum Verkauf oder Tausch standen oder kostenlos angeboten wurden. Es waren alles linierte Karten, wie man sie meist für Karteikästen verwendete. In der unteren Ecke fiel ihm eine davon ins Auge. Er zeigte darauf und bat darum, sie sich näher anschauen zu dürfen. Die Frau reichte ihm das Wechselgeld und griff nach der Karte, um sie ihm ebenfalls zu geben.

Darauf wurde die Verfügbarkeit für allgemeine handwerkliche Arbeiten, Gartenarbeit, Gelegenheitsjobs, körperliche Arbeit und so weiter beworben. Sowohl Handschrift als auch Zeichensetzung waren schlecht. Allerdings hatten sie starke Ähnlichkeit mit den Drohbriefen an Ken Francis. Auf der Karte stand die Nummer eines Mobiltelefons, aber kein Name. „Wer hat die aufgehängt?"

„Es tut mir leid, das weiß ich nicht. Martin, der Besitzer, kümmert sich darum. Oft schreibt er die Namen auf die Rückseite, damit er den Überblick behält." Janssen drehte die Karte um, aber sie war unbeschriftet.

„Darf ich sie behalten?" Natürlich hätte sie nein sagen können, dann hätte er einfach ein Foto mit seinem Handy gemacht, aber sie hatte nichts dagegen.

„Muss was erledigt werden?"

Weil er nicht noch mehr zum Tratsch beitragen wollte, der sicher wieder aufflammen würde, sobald er gegangen war, nickte er nur. Als er aus dem Laden trat, sah er seinen Wagen um die Kurve biegen und winkte. Greave hielt an und stieg aus, während er seine Flasche aufschraubte und ein paar Schlucke Wasser trank.

„Ich nehme an, Sie wollen fahren", meinte Greave, ging ums Auto herum und nahm auf dem Beifahrersitz Platz. „Das Restaurant hat bald offen und Sie können mir dann erklären, was Sie den Nachmittag über getrieben haben."

Janssen stimmte ihr zu und stieg ein. Alice war heute Abend ohnehin beschäftigt, Saffy war beim Schwimmkurs und bis der zu Ende war und sie ins Bett gebracht worden wäre, wäre Alice zu müde, um sich mit ihm zu treffen. Außerdem musste er dann nicht kochen.

An diesem Abend war das Restaurant nur halb voll. Die Zimmer des Hotels waren nicht ausgebucht und es war nur wenig Laufkundschaft unterwegs. Das würde nicht mehr lange so bleiben, schätzte Janssen. Da es ein warmer Abend war, saßen sie auf der Terrasse mit Blick über das Marschland und den Hafen bei Brancaster Staithe, in dem kleine Fischerboote und Ausflugsboote vor Anker lagen. Diejenigen, die noch draußen auf dem Wasser waren, würden im Lauf des Abends zurückkommen. Als er auf Greaves Meeresfrüchtesalat schaute, hatte er ein schlechtes Gewissen, weil er gierig sein Steak verschlang. Kein Wunder, dass sie so schlank war, sie schien nie viel zu essen. Woher sie ihre Energie nahm, war ihm ein Rätsel.

Zum Essen nippte Tamara Greave an einem Glas Wein. Weil er noch fahren musste, hatte Janssen auf Alkohol verzichtet und schenkte sich Mineralwasser nach. Ein Kellner erkundigte sich, ob alles zu ihrer Zufriedenheit war, und machte dann wieder die Runde.

„Was halten Sie von Mark McCall? Merkwürdiger Junge", sagte sie, als sie ihr Glas wieder auf den Tisch stellte.

„Er ist kompliziert." Aufrecht saß Janssen auf dem Stuhl und ließ kurz die Schultern kreisen, während er die Stirn runzelte. „Anscheinend nicht so von Holly eingenommen, wie viele glauben." Die Absichten des Jungen so zu entschlüsseln, dass sie seine Handlungen vorhersehen oder einordnen konnten, war schwierig. „Verstehen Sie mich nicht falsch, ich glaube, dass er sie geliebt hat. Auch wenn es nur die Schwärmerei eines Teenagers für ein Mädchen war, das Interesse an ihm gezeigt hat. Und irgendeine Art von Beziehung hatten sie."

„Glauben Sie, er wäre dazu fähig gewesen, sie zu töten?" Greave schaute ihn aus zusammengekniffenen Augen an. Anscheinend war diese Frage eine Art Test seiner Fähigkeiten, die Absichten eines Verdächtigen zu interpretieren.

„Ja, wäre er." Die Antwort klang fest, überzeugt. „Aber ich

will damit nicht sagen, dass er es getan hat. Ich glaube nicht, dass es sein Kind war. Ausgehend von dem, was ich erwarten würde, hat er ganz anders reagiert."

„Und was würden Sie erwarten?"

„Mehr Ausflüchte und versuchte Irreführung ... vielleicht Wut." Janssens Mund war trocken, also nahm er einen Schluck Wasser. „Verbrechen aus Leidenschaft fordern geistigen und körperlichen Tribut. Natürlich könnte Mark trotzdem schuldig sein, aber das glaube ich nicht." Er griff in die Tasche seiner Jacke, die über der Stuhllehne hing, und schob ihr die Karte aus dem Geschäft hin. „Die habe ich hier im Laden gefunden."

„Ähnliche Schrift. Von wem ist sie?" Janssen schüttelte den Kopf. „Wir können einen Schriftbildvergleich machen lassen und in der Zwischenzeit die Telefonnummer überprüfen. Vielleicht haben wir Glück und sie läuft auf einen Vertrag." Greave klang optimistisch.

„Es wird auf Callum McCall hinauslaufen." Jetzt hatte er ihre volle Aufmerksamkeit. Sie war sowohl neugierig als auch beeindruckt. Das konnte er von dem Lächeln ablesen, das um ihre Mundwinkel spielte. „Vor Kurzem wurde er bei einem Streit mit Jane Francis in aller Öffentlichkeit gesehen. Wie das zustande gekommen ist, weiß ich nicht. Vielleicht wollte McCall seinem Sohn helfen, er wusste, dass Mark sich mit Holly traf. Wenn, und es ist ein großes *Wenn*, Callum McCall wusste, dass Holly sich mit Ken Francis herumtrieb, hat er Jane eventuell gesagt, dass sie dem einen Riegel vorschieben sollte. Allem Anschein nach war sie sehr aufgebracht."

„Das würde auch die Drohbriefe erklären, wenn er ... Callum McCall dafür verantwortlich ist", sagte Greave mit einem Seitenblick auf ein vorbeifahrendes Boot, „aber wieso hat Jane Francis nichts von seinen Anschuldigungen gesagt, wenn es tatsächlich darum gegangen ist? Ich kann verstehen, wieso sie anfangs nichts davon erzählt hätte – um zuhause keinen Aufstand zu riskieren, aber jetzt nicht mehr, wo doch alles bekannt ist."

„Außer ... es ist noch nicht alles bekannt", gab Janssen zurück.

Greave neigte den Kopf, sie wollte eine detailliertere Ausführung hören. Allerdings war sich Janssen nicht sicher, ob er bereits eine Theorie hatte. Zumindest keine, die einer genaueren Überprüfung standhalten würde. „Wir wissen, dass Jane Francis die … nennen wir es Eskapaden ihres Mannes akzeptiert hat, und deshalb wäre es für sie nichts Neues gewesen, wenn Callum McCall ihr von der Affäre ihres Mannes erzählt hätte. Sie hätte keinen Grund gehabt, so aufgebracht zu reagieren. Das macht keinen Sinn."

„Es macht Sinn, wenn er angedroht hätte, die Beziehung auffliegen zu lassen oder sie zu erpressen. Ausgehend von der allgemeinen Meinung über Callum McCall scheint das nicht abwegig zu sein."

Janssen lehnte sich zurück und dachte darüber nach. Er musste Greave zustimmen. „Und wie hätte er wissen können, was Ken Francis vorhatte?" Jetzt dachte er laut und versuchte, die gegebenen Fakten einzubeziehen. „Mark hat mir gegenüber zugegeben, dass er davon gewusst hat, also hat er *möglicherweise* seinem Vater davon erzählt. Haben Sie gesehen, wie Mark reagiert hat, als Sie die Schuhe gefunden haben? Kurz danach ist er abgehauen."

„Sie glauben, dass es Hollys Schuhe sind, stimmt's?", fragte Greave. Offenkundig war sie dieser Meinung. „Ich habe sie heute Nachmittag ins Labor geschickt. Sie untersuchen sie auf DNA, Fingerabdrücke und alles auf den Sohlen oder Absätzen, was einen Hinweis darauf geben könnte, durch welches Gebiet sie vor Kurzem gegangen ist. Ich habe mit dem Gerichtsmediziner gesprochen und er meinte, sie könnten Holly passen. Wenn es tatsächlich ihre sind, dann stehen Mark und sein Vater ganz oben auf der Liste der Verdächtigen."

„Wäre einer der beiden dumm genug, sie an einem Ort zu verstecken, an dem sie leicht gefunden werden könnten?" Die Schuhe waren ein großes Geschenk gewesen und das ging ihm nicht aus dem Kopf. „Außerdem ist Callum McCall zwar nicht der Hellste, aber er ist erfahren genug, einen solchen Fehler nicht zu machen."

„Aber nur bei Bagatelldelikten. Nicht in dieser Größen-
ordnung."

„Motiv?" Soweit Janssen wusste, hatte Callum McCall keinen
Grund, Holly zu töten, und falls doch, war es zwar möglich,
jedoch nicht plausibel, die Leiche dort abzulegen, wo sein Sohn
viel Zeit verbrachte. Außer, er würde lieber Mark ins Gefängnis
schicken als selbst dorthin zurückzukehren. Greave hatte nicht
auf seine Frage geantwortet, wahrscheinlich, weil sie kein Motiv
nennen konnte. „Jane Francis kommt auch von hier, was mir nicht
bekannt war. Collet hat nichts davon gesagt. Zwar ist sein Wissen
über die Einheimischen nicht unbegrenzt, aber wahrscheinlich ist
sie weggezogen, als er kaum ein Teenager war, also hat er sie
vermutlich nicht gekannt. Möglicherweise übersehen wir etwas.
Eine Verbindung zu Callum McCall aus der Vergangenheit."
Janssen war bewusst, dass er laut nachdachte, um die Bezie-
hungen zwischen den Personen besser zu verstehen.

„Wenn wir schon Vermutungen anstellen", meinte Greave an
ihrem Wein nippend, „wenn das Hollys Schuhe sind und keiner
der McCalls etwas mit dem Mord zu tun hat … wie sind sie dort
gelandet, wo ich sie gefunden habe?"

„Der Mörder versucht, unsere Aufmerksamkeit weg von ihm
auf einen der McCalls zu lenken, entweder Callum oder Mark."

„Möglich." Ihre Antwort klang nicht überzeugt, wodurch er
diese Idee ebenfalls bezweifelte. Es war zu offensichtlich. Vielleicht war das das Problem. „Mal sehen, was Collet morgen in
London erreicht." Janssen wandte sich der Vergangenheit von Ken
Francis und deren Enträtselung zu. Der Mann lief vor seinen
Entscheidungen davon, doch die Konsequenzen schienen ihn
einzuholen. Janssen fiel auf, dass Francis durch persönliches
moralisches Versagen zu selbstzerstörerischen Handlungen
neigte. Aber war er ein Mörder, ein Brandstifter oder einfach ein
Mann zweifelhaften Charakters, der vom Pech verfolgt wurde?
Eventuell würde Collet auf etwas stoßen, das nicht in den Akten
stand und sie auf die richtige Spur bringen würde.

KAPITEL DREISSIG

WEIT früher als notwendig stand Eric Collet am Bahnhof in Norwich. Aus Angst, dass er keinen geeigneten Parkplatz finden und deshalb den Zug nach London verpassen würde, war er schon vor Sonnenaufgang aufgestanden. So leise er konnte, hatte er geduscht und sich dabei bemüht, seine Mutter nicht aufzuwecken. Ob er dabei Erfolg gehabt hatte, wusste er nicht, aber als er angezogen die Treppe hinuntergeschlichen war, hatte er keinen Laut gehört. Nach einer Schüssel Müsli war er auch schon zur Tür hinaus gewesen.

Der Zug um 8:00 Uhr von Norwich war garantiert voll bis auf den letzten Platz. Da die meisten, die in die Hauptstadt pendelten, eine frühere Verbindung genommen hatten, wäre der Parkplatz vor dem Bahnhof voll, bis er dort ankam. Selbst unter guten Umständen fand man sich in Norwich per Auto nur höllisch schwer zurecht, denn hier traf moderne Gegenwart auf die Stadtplanung vergangener Jahrhunderte. Früher war es die zweitgrößte Stadt Englands gewesen und konnte auf eine florierende Landwirtschaft zurückblicken. Die verheerenden Auswirkungen der Industriellen Revolution waren hier nicht zu spüren und die Gegend blieb unberührt von zuziehenden Massen an Arbeitskräften und Unternehmen. Eric mochte diese Geschichte. Natürlich wusste er, dass dieser Landstrich eine Weile gelitten hatte, weil man sich so an die Vergangenheit geklammert hatte, doch jetzt, nachdem eine Kreativwirtschaft aufgebaut worden war, ging es aufwärts. Eric hasste es nur, unter Zeitdruck zu reisen.

Im Zug saß er neben einem merkwürdigen Mann. Wegen dessen Tätowierungen, dem an den Seiten kahlrasierten Kopf und eingeölten Haaren, die zu einer Tolle wie aus *Tim und Struppi* geformt waren, betrachtete Eric ihn skeptisch. Er glaubte, sie hätten nichts gemeinsam und versuchte deshalb nicht, mit ihm ins Gespräch zu kommen. Es stellte sich heraus, dass der Mann genau gegenteilig dachte. Als Ingenieur für Anlagenbau arbeitete er an weltweiten Bauprojekten mit. Er reiste nach London, um von dort aus nach Schipol in die Niederlande zu fliegen, bevor es von da aus weiter nach Angola ging.

„Es geht ziemlich hektisch zu, die ganzen Reisen und der Zeitdruck, aber ich komme jedes Mal liebend gern hierher zurück. Und jedes Mal sage ich mir, dass es die letzte Reise war, aber …"

„Aber?", fragte Eric interessiert. Der Mann lächelte.

„Die Bezahlung ist super und ich glaube, meine Frau würde durchdrehen, wenn ich ständig zuhause wäre. Was ist mit Ihnen?"

Kurz erklärte Eric, was er als Buchhalter zu tun hatte. Als er das letzte Mal gefragt worden war, was er beruflich machte, hatte er gesagt, dass er für die Forstverwaltung arbeitete. Wenn möglich, vermied er es, Fremden zu sagen, wie er seine Brötchen verdiente. Nicht, dass er nicht stolz darauf war, bei der Kripo zu sein, das war er nämlich, aber die Leute reagierten merkwürdig, wenn er das sagte. Manche misstrauten der Polizei, wahrscheinlich, weil sie ein schlechtes Gewissen hatten, aber meistens nahmen sie an, dass Polizisten immer auf eine Verhaftung aus waren. Vielleicht hatte man sie bei einer Routineverkehrskontrolle oder wegen einer kleinen Ordnungswidrigkeit grob behandelt. Das war meist eine Fehleinschätzung. Polizeibeamte wurden dahingehend geschult, höflich, herzlich und gleichzeitig autoritär zu sein. Dieses Verhalten gehörte zum Dienstausweis. Trotzdem waren anständige Leute dann auf der Hut.

Höflich hörte der Mann neben ihm zu, aber Eric spürte, dass er sich entweder nicht dafür interessierte oder ihm die Geschichte nicht abnahm. Das Gespräch kam ins Stocken und versiegte schließlich völlig, als der Mann Kopfhörer aus seiner Reisetasche zog. Bald schloss er die Augen und verlor sich in seiner eigenen musikalischen Welt. Welche Musikrichtung es war, konnte Eric nicht genau erkennen, nur, dass es laut war. Ganz und gar nicht die ruhigen Töne, die er bevorzugte. Kurz vor 10:00 Uhr kam der Zug am kürzlich renovierten Bahnhof in Stratford an und Eric schob sich durch die verbleibenden Fahrgäste und die Schlange an Leuten, die einsteigen wollten und sich mit Rucksäcken und Koffern anrempelten, um eine bessere Position zu ergattern. Darum hasste Eric Großstädte. Immer hatten es alle eilig.

Das Mobiltelefon in seiner Hosentasche vibrierte und er entfernte sich von den Menschenmassen am Bahnsteig, um sich einen ruhigeren Platz bei einer der Säulen zu suchen. Sein Kontakt in Canning Town hatte ihm eine SMS geschrieben und riet ihm, die Hoch- und Untergrundbahn, die DLR, für die sechsminütige Weiterfahrt von Stratford aus zu nehmen anstatt der Jubilee-U-Bahn-Linie. Eric Collet schaute sich nach den Schildern um und sah, dass er durch die Bahnhofshalle gehen musste. Die Menschenmenge löste sich auf und der Zug, mit dem er angekommen war, fuhr wieder vom Bahnsteig ab in Richtung Liverpool Street. Während Eric die Halle durchquerte, kam eine Ansage über die Lautsprecher, dass es eine Verzögerung der U-Bahn gab, was ihm ein Lächeln entlockte.

Die Ansage löste eine Kettenreaktion aus, mehr Menschen als sonst nutzten die DLR und Eric Collet war heilfroh, als er an der Haltestelle Canning Town aussteigen konnte. Zu seiner Rechten befand sich die berühmte Skyline von Canary Wharf. Glitzernde, gläserne Monumente, die sich über dem East End Londons auftürmten. Laut SMS würde er sich mit seinem Kontaktmann am Kaffeestand treffen, aber als er sich umschaute, sah er nichts, das auf die Beschreibung passte. Es gab einige Imbissbuden, die mit den herumlaufenden Menschen ein Bombengeschäft machten.

Collet rief die Nummer zurück, hatte sofort den Detective an der Strippe und konnte ihn in der Nähe ausmachen.

Zwar hatte Collet nicht gewusst, was er von DC Frank Chambers erwartet hatte, aber der Mann am Bahnhof von North Canning machte einen etwas eigentümlichen Eindruck auf ihn. Collet schätzte, dass der rundliche Mann fünfzehn bis zwanzig Jahre älter war als er selbst. Seine Wangen waren kirschrot und seine Haut war mit einem Schweißfilm bedeckt, wie man ihn häufig im Sommer bekam. Allerdings hatten sie erst Frühlingsanfang und trotz des Sonnenscheins war es nicht besonders warm. Sie konnten sich nicht die Hände schütteln, weil Chambers keine frei hatte. In der einen hielt er einen Kaffeebecher und in der anderen irgendein dampfendes Gebäck. Als Eric Collet der Duft vom Imbissstand nebenan in die Nase stieg, lief ihm das Wasser im Mund zusammen. Seine Schüssel Müsli lag schon eine ganze Weile zurück. Nicht, dass er oft so etwas aß, normalerweise bevorzugte er gesunde Sachen, trotzdem spürte auch er manchmal die Verlockung von Fast Food. Als begeisterter Läufer wusste Collet sehr wohl, wie sich die Ernährung auf ihn auswirkte. Der Mann vor ihm war ein Aushängeschild für Mäßigung.

„Mein Informant sagt, dass Amanda Stott in einem Frisier- und Schönheitssalon gleich die Straße runter in Plaistow arbeitet", erklärte Chambers ihm, während er Collet in Richtung Ausgang führte. „Es ist nicht weit." Sie verließen den Bahnhof und schlängelten sich durch die ankommenden Busse, überquerten die Hauptstraße und gingen auf ein Auto zu, das vor einem neu gebauten Hotel im Halteverbot stand. Chambers wischte sich die fettigen Finger mit einer Papierserviette ab, schluckte das letzte Stück Gebäck hinunter und schloss das Auto auf. Er nahm eine halbvolle Flasche Cola und eine leere Chipstüte vom Beifahrersitz, wischte die Krümel in den Fußraum und forderte Collet auf, einzusteigen. Dieser setzte sich und bemerkte einen seltsamen Geruch, den er mehr auf die allgemeine Unordentlichkeit als mangelnde Hygiene schob. Zumindest hoffte er, dass es so war.

Chambers startete den Motor, fuhr los und fädelte sich in den

Verkehr ein. Hinter ihnen lagen die Docklands und Collet sah Schilder, die zum Olympiapark führten. Seit dem Bau hatte er ihn oft im Fernsehen gesehen und sich vorgenommen, ihn eines Tages zu besuchen. Als damals in London die olympischen Spiele abgehalten wurden, war Collet noch ein Teenager gewesen und hatte viel um die Ohren gehabt, deshalb hatte er nicht daran gedacht, sich Tickets zu besorgen. Jetzt wurde ihm bewusst, wie nahe der Austragungsort gewesen war, und er bereute ein wenig, dass er sich gar keine Gedanken darum gemacht hatte.

An der Hauptstraße, die zwischen Ziegelreihenhäusern und modernen Wohnblöcken verlief, reihten sich kleine Läden aneinander. Der Salon befand sich zwischen einem Floristen und einem Obst- und Gemüsehändler. Wie dieser in London neben all der Konkurrenz durch große Ketten überleben konnte, war Eric Collet ein Rätsel. In Norfolk gab es viele Bauernläden, die dank des Zugangs zu lokalen Erzeugnissen bestens florierten, aber hier war er nicht davon überzeugt, dass der Laden eine Zukunft hatte. Wieder parkte Chambers rechtswidrig. Dieses Mal halb auf dem Bürgersteig, direkt vor dem Salon. Als sie ausstiegen, warf ihnen ein Passant einen bösen Blick zu, und Eric war peinlich berührt. Allerdings schien der einheimische Detective weder die Geringschätzung noch sein Unbehagen zu bemerken.

Die Frau am Empfang lächelte sie an, als sie durch die Tür traten. Offensichtlich waren sie nicht hier, um einen Pflegetermin wahrzunehmen. Drei Kosmetikerinnen kümmerten sich um Kundinnen. Zwei ließen sich maniküren und was bei der dritten Dame gemacht wurde, war für Collet nicht erkennbar. Etwas mit den Wimpern oder Augenbrauen, er hatte keine Ahnung. Alle Anwesenden waren stark geschminkt, was er abstoßend fand. Offenbar lief man heute so herum. Manche zumindest.

„Wir wollen zu Amanda", sagte Chambers und zeigte seinen Dienstausweis.

„Tut mir leid, sie ist heute nicht da", antwortete die Frau. Bei ihr bemerkte Collet keine der negativen Schwingungen, die Leute normalerweise von sich gaben, wenn sie es mit der Polizei zu tun hatten. „Amanda ist nur zwei Tage die Woche hier."

„Ja, wir wissen, dass sie mehrere Jobs hat", meinte Chambers, während er sich umschaute. „Wissen sie zufällig, wo wir sie finden können?"

Einen kurzen Augenblick später verließen sie den Salon mit einer Adresse in der Hand. Collet wusste nicht, wo das war. Er musste sich erst orientieren, weil seine Ortskenntnisse von London sich auf kaum mehr als die unter Touristen bekannten Sehenswürdigkeiten, Monumente und Attraktionen beschränkten. Als sie weiterfuhren, kamen sie durch dicht bebaute Gebiete. Soweit Collets Augen reichten, erschien ihm alles dicht bebaut. So viele Eindrücke, die er verarbeiten musste. Kräne thronten über gewaltigen Baustellen neben heruntergekommenen Straßen und neu eröffneten Cafés. Boutiquen und kleine Einzelhändler, deren Schilder verwittert und ausgesprochen altmodisch aussahen, kämpften um Aufmerksamkeit.

„Gentrifizierung." Als ob Chambers seine Gedanken gelesen hätte, beantwortete er Collets unausgesprochene Frage. „In ein paar Jahren werden Sie diesen Ort nicht wiedererkennen." Sein Bedauern war nicht zu überhören. Die Gegend um ihn veränderte sich und die Zukunft sah völlig anders aus. Collet dachte, dass der Aufschwung eine gute Sache wäre, aber da er noch nie hier gewesen war, erlaubte er sich keine Meinung und schon gar nicht, eine auszusprechen. Still saß er im Auto und betrachtete die vorbeiziehende Umgebung. Sogar die größten Hotels an der Küste schienen im Vergleich zu den Gebäuden hier winzig. Er war froh und dankbar, dass er jeden Tag das Geschrei der Möwen und das Donnern der Wellen anstatt des Verkehrslärms hörte und nicht ständig den Benzingeruch einatmen musste.

Nachdem sie an einem vierstöckigen Mietshaus angekommen waren, stellte Chambers das Auto dieses Mal auf einem Parkplatz ab. Zwar merkte Collet an, dass dieser für die Mieter reserviert war, aber seine Bedenken wurden beiseite gewischt. Da die Wohnung im dritten Stock lag und es keinen Aufzug gab, schnaufte Chambers angestrengt, als sie die Betonstufen hinter sich gebracht hatten und den offenen Flur mit Sicht auf den Parkplatz entlanggingen. „Früher waren das Gemeindewohnungen", beklagte sich Chambers schwer atmend. Collet schaute sich zu ihm um, verlangsamte seine Schritte und dachte, dass es besser wäre, wenn der Mann nicht reden würde, aber der tat es trotzdem. „Jetzt sind es hauptsächlich Eigentumswohnungen und ein paar wenige gehören der Wohnbaugesellschaft. Unverschämt hohe Mieten und lange Wartelisten. Für Einheimische ist das nichts mehr."

Collet schaute sich um. Für jeden, der in die Stadt zog, gab es einen, der sie verließ, und er dachte an die vielen Londoner, die in den letzten Jahren in Teile Norfolks geströmt kamen. Er war immer davon ausgegangen, dass sie dem Stadtleben entkommen wollten, und war nicht auf die Idee gekommen, dass der Umzug nicht freiwillig, sondern eine Notwendigkeit sein könnte. „Sie leben hier?" Collet blieb stehen, legte die Hände auf die Ziegelwand und schaute über die benachbarten Gebäude hinweg in Richtung Themse. Für Chambers war es eine gute Gelegenheit, wieder zu Atem zu kommen.

„Ja. Vierte Generation", antwortete der DC mit stolzgeschwellter Brust. „Mein Großvater und sein Vater haben an den Docks gearbeitet, mein alter Herr in den Lagerhäusern. Es hat sich viel verändert, seit ich hier aufgewachsen bin, das kann ich Ihnen sagen."

„Wieso haben Sie nie daran gedacht, wegzuziehen?" Collet begriff, dass sein Tonfall einen Nerv getroffen haben musste, denn seine Frage brachte ihm einen gereizten Blick ein. „Nicht, dass Sie wegziehen sollten. Ich meinte nur –"

„Ja, Söhnchen. Ich weiß schon, was Sie meinten." Collet war ein wenig betrübt. Mit seiner Bemerkung hatte er keine bestimmte Absicht verfolgt, aber seine Abneigung gegen das Stadtleben war wohl unbeabsichtigt durchgeklungen. „Wenn sie nicht zu Hause ist, sind Sie auf sich allein gestellt. Ich bin vollauf mit einem Fall beschäftigt und kann nicht noch mehr Zeit vergeuden."

„In Ordnung", antwortete Collet lächelnd und bemühte sich sehr, die Kränkung mit Dankbarkeit wettzumachen. Sie gingen weiter zur Wohnung, die nur zwei Türen und kaum vier Meter weit entfernt war. Am Fenster zum Flur war eine Gardine vorgezogen und die Eingangstür war halb verglast. Collet klingelte, von drinnen war das Geräusch der Türglocke zu hören. Sie warteten, aber niemand kam. Wieder klingelte Collet, dieses Mal länger, als es höflich war, und versuchte, durch das Milchglas etwas zu erkennen.

„Ich schätze, das war's." Chambers versenkte die Hände in den Taschen. „Sie können gern hier warten, aber ich hab' viel zu –" Hinter dem Milchglas tauchte eine Silhouette auf und die Tür wurde aufgeschlossen. Eine offensichtlich übernächtigte Frau öffnete sie einen Spalt und schaute die beiden Männer argwöhnisch an. Ihre gesamte Erscheinung war zerzaust, offensichtlich hatten sie sie aufgeweckt.

„Polizei", erklärte Collet und klappte sein Portemonnaie auf, um den Dienstausweis zu zeigen. „Amanda Stott?" Sie nickte und schaute die beiden an, bevor sie die Sicherheitskette entriegelte und die Tür ganz öffnete. Collet und Chambers folgten ihr nach drinnen. In der Wohnung herrschte heilloses Chaos mit den Überresten einer ausufernden Party vom Vorabend. Es gab ein Wohnzimmer, die Küche und eine weitere Tür, die vermutlich zum Schlafzimmer führte. Der Gestank von kaltem Zigarettenrauch hing in der Luft. Mehrere überquellende Aschenbecher standen da und dort, leere Bier- und Weinflaschen, Kartons vom Lieferdienst und Geschirr mit eingetrockneten Essensresten lagen herum.

Amanda bot ihnen einen Platz an. Collet wollte nicht unbedingt, er hatte Angst, dass er sich in verschütteten Alkohol, Essensreste oder Schlimmeres setzte, aber genauso wenig wollte er unhöflich erscheinen. Nicht schon wieder innerhalb weniger Minuten. Darum kam er gleich auf den Punkt. „Ich möchte Ihnen ein paar Fragen über Ken Francis stellen." Als er diesen Namen erwähnte, riss Amanda Stott die Augen auf und atmete tief durch.

„Das ist alles vorbei. Ich habe alles gesagt, was ich dazu zu sagen hatte. Ich habe einen Fehler gemacht." Während sie sprach, schaute sie Collet nicht an und dieser wusste, dass er sie überrumpelt hatte, doch jetzt war sie wacher, wachsamer.

„Wir sind nicht hier, um den Fall wiederaufzurollen, falls Sie das denken", erklärte Collet. „Ich komme aus Norfolk. Wir untersuchen eine andere Angelegenheit und bei den Ermittlungen ist Mr. Francis ins Visier geraten. Ich versuche nur, Hintergrundinformationen zu sammeln, mehr nicht."

„Was wollen Sie von mir?"

„Ich möchte Ihnen keine Schuld zuweisen oder Probleme machen, aber ich muss mehr über Ihre Beziehung mit ihm wissen. Mit Ken Francis."

„*Beziehung*. Interessante Beschreibung für dieses perverse alte Schwein."

„Wieso haben Sie dann die Anzeige zurückgezogen?", fragte Collet. Sie machte auf ihn nicht den Eindruck, als würde sie sich von anderen einschüchtern lassen. Ken Francis war ein sportlicher Mann, aber sicher nicht bedrohlich. Zumindest wirkte er auf ihn nicht so. Amanda Stott schaute ihn an, bevor sie einen nervösen Blick auf Chambers warf. Dieser lehnte scheinbar desinteressiert am Türrahmen. Collet folgte ihrem Blick und Chambers verstand den Wink.

„Schon gut. Ich warte draußen", sagte Chambers seufzend. Einen Augenblick später hörten sie die Tür einschnappen und waren allein. Collet war zufrieden. Jetzt konnten sie ein inoffizielles Gespräch führen. Ihm machte das nichts. Alles, was sie sagte und im Fall verwendet werden könnte, war ohnehin nicht zulässig. Durch ihre vorherige Rücknahme und Änderung der Aussage war ihre Glaubwürdigkeit zerstört.

„Haben Sie eine Zigarette?", fragte sie. Collet schüttelte den Kopf, er war Nichtraucher. Ms. Stott war enttäuscht. „Es ist so … Ich habe das Geld gebraucht. Ich mag Ken nicht und kenne diesen Typ Mann. Macht voll auf New Age, als wäre er eine Art Guru. Er ist nichts weiter als ein Egoist mit einem ordentlichen Schuss

Frauenfeindlichkeit." Sie durchwühlte die Gegenstände auf dem Tisch und öffnete die Zigarettenschachteln. Bei der Dritten hatte sie Glück und fand zwei Zigaretten. Eine bot sie Collet an, der ablehnte. Sie zündete sich eine an und nahm einen tiefen Zug. „Ich gebe zu, dass ich ihn interessant fand. Ich habe gedacht, er würde sich auch für mich interessieren, bis mir bewusst wurde, dass er mit jeder ins Bett ging, die in sein Atelier kam. Alter Lustmolch!"

„Sie wollten sich rächen?" Collets Tonfall war vollkommen neutral. Offensichtlich war sie durch die Handlungen von Ken Francis verletzt worden und Menschen gingen unterschiedlich damit um.

„Erst war ich nur wütend. Ich hab' ihn zur Schnecke gemacht. Ihm war das völlig egal, aber dann ..." Amanda lehnte sich zurück, blies den Rauch aus den Nasenlöchern und schüttelte leicht den Kopf. „Ich war so wütend auf ihn. Ich bin zurückgegangen, um ihm auf die einzige Art weh zu tun, die ich kannte."

„Und das war?" Collet fühlte Zurückhaltung, doch alles, was sie ihm sagte, könnte nicht vor Gericht verwendet werden, denn er war allein mit ihr und hatte ihr nicht ihre Rechte verlesen.

„Ich wollte seine Sachen kaputt machen. Wenigstens die Bilder, die er von mir gemacht hat." Amanda grinste höhnisch und Eric Collet dachte, dass sie damit die Skizzen meinte.

„Sie haben Ihnen nicht gefallen?"

„Rückblickend hatte er einen echten Fetisch für Rot, wollte immer, dass ich etwas in der Farbe trage. Lippenstift, Kleid, Rock ... was auch immer. Er hat gesagt, dass das sein *Markenzeichen* oder so etwas in der Art war."

„Es gibt solche und solche", sagte Collet lächelnd, „Haben Sie es getan? Seine Kunstwerke zerstört?" Sie schüttelte den Kopf. Vielleicht wäre eine Anzeige wegen Belästigung in ihren Augen schädlicher für seinen Ruf gewesen und hatte weniger persönliches Risiko beinhaltet.

„Ich bin zurückgegangen, aber als ich da war, kam ein Mädchen aus dem Atelier." Amandas Beine zitterten und ihr Knie bebte. Für Collet sah es unbeabsichtigt aus. „Dieses Mädchen, mehr war sie nicht, ein Mädchen … war höchstens sechzehn, vielleicht sogar jünger. Manchmal ist das schwer einzuschätzen, nicht wahr? Jedenfalls hat sie geweint. Ich habe mich um sie gekümmert. Sie weggebracht."

„Er hat sie belästigt?", fragte Collet und bedauerte es sofort, ihr dieses Wort in den Mund gelegt zu haben. Sie zuckte mit den Schultern. „Hat sie das gesagt?"

„Ja, er hat es versucht. Ich weiß nicht, wie weit er gegangen ist."

„Hat sie Anzeige erstattet?"

„Nein, sie hatte zu viel Angst. Sie wollte nicht, dass ich sie zur Polizei bringe oder so, nicht einmal ihrer Familie wollte sie etwas sagen. Also dachte ich mir, ich übernehme das."

Als Collet ihr in die Augen schaute, wusste er, dass er auf die Wahrheit gestoßen war. Sie hatte falsche Anschuldigungen erhoben. Allerdings konnte er nicht feststellen, ob sie das aus Rache getan hatte oder ob das zumindest teilweise ein fehlgeleiteter Versuch gewesen war, Gerechtigkeit für das Mädchen zu erreichen. „Aber Sie haben die Anschuldigungen fallen gelassen."

„Habe ich, ja." Amanda schaute zu Boden. „Vielleicht hätte ich das, was ich getan habe, ohnehin nie machen sollen. Verstehen Sie mich nicht falsch, er hat es verdient. Ich bin nicht stolz darauf … diese Dinge erfunden zu haben, aber der Grund, wieso ich ausgestiegen bin, ist viel schlimmer … ich habe das Geld gebraucht. Fünftausend ist viel für jemanden wie mich."

„Mr. Francis hat Sie bestochen?"

„Nicht er." Sie schüttelte den Kopf. „Die Frau. Seine Ehefrau."

KAPITEL EINUNDDREISSIG

Geduldig hörte Greave Collets Beschreibung seiner Reise nach London an, wobei sie den verlegenen Bericht darüber, wie der junge Constable die Einheimischen beleidigt hatte, ausblendete. Sie war sich sicher, dass es nicht so schlimm war, wie er befürchtete. Falls der Detective so sensibel und schnell gekränkt war wie Collet annahm, dann war er im falschen Beruf. Die Wenigsten gingen zur Polizei, um beliebt zu sein. In der breiteren Gesellschaft wurde die Polizei respektiert, aber im täglichen Leben bewegten sie sich unter Leuten, die eher gegenteilig dachten. Ihr Eindruck von Ken Francis wurde durch das, was Amanda Stott Collet gestanden hatte, nur bestätigt. Womit sie allerdings nicht gerechnet hatte und was sie überraschte, war Jane Francis' Reaktion. Eigentlich hätte sie es wissen müssen. Die Beweise waren offensichtlich. *Wozu wäre sie noch fähig?* Anscheinend dachten die anderen ähnlich.

„Wenn Jane Francis bereit ist, jemanden zu bestechen, um ihrem Mann eine Verhandlung zu ersparen, vor allem, wenn sie weiß, was er so treibt, was würde sie noch alles tun?", fragte Tom Janssen. Collet runzelte die Stirn. Greave war nicht klar, ob er Janssen zustimmte oder nicht.

„Ihre Auseinandersetzung mit Callum McCall beschäftigt

mich, ich möchte mehr darüber wissen", meinte Tamara Greave. An Jane Francis war mehr dran, als sie sie wissen ließ. Bisher hatte sie sich bei jedem Zusammentreffen in einen Schleier der Unklarheiten gehüllt. Greave hatte den Eindruck, dass Mrs. Francis definitiv dazu fähig war, wenn nötig, ihre Weiblichkeit einzusetzen. Bei ihr brachte das nichts, deshalb musste sie auf beherrschtes Schweigen zurückgreifen. Das nächste Mal würde sie Janssen das Gespräch mit Jane Francis führen lassen. Eventuell öffnete sie sich ihm gegenüber unbewusst und er würde mehr erreichen.

„Sollten wir eine direkte Konfrontation versuchen?", wollte Janssen wissen. Greave schüttelte den Kopf. Bei einer Frau wie Jane Francis erreichten sie nichts mit Gewalt. Wahrscheinlich würde sie sich noch weiter zurückziehen. Schließlich war alles nur Hörensagen. Hinter Janssens Frage steckte noch etwas anderes. Ein Gefühl der Frustration. Ihr ging es genauso. Seit knapp einer Woche ermittelten sie in Hollys Mordfall und obwohl sie alle den Eindruck hatten, den Mörder zu kennen, war es unmöglich, ein Gesicht und einen Namen, geschweige denn ein Motiv einzugrenzen. Alles, was sie hatten, waren Indizienbeweise gegen mehrere Personen.

„Ich glaube, bevor wir mit ihr sprechen, sollten wir uns so gut wie möglich vorbereiten", sagte Greave, während sie die Informationstafel an der Wand begutachtete. In der Gemeinde hier war alles eng miteinander verflochten. Privatsphäre war nur eine Illusion und es war scheinbar unmöglich, andere aus den eigenen Angelegenheiten herauszuhalten. Irgendjemand wusste etwas, das letzte Puzzleteil in diesem Fall, da war sich Greave sicher. Selbst ein älteres Ehepaar wusste heute genauso gut Bescheid über Jane Francis' persönliche Begebenheiten wie damals vor zehn Jahren. Sämtliche Lücken zwischen den tatsächlichen Details wurden mit Geschwätz darüber gefüllt. Wie hier jemand ein Geheimnis bewahren konnte, war ihr ein Rätsel, und trotzdem tappten sie im Dunkeln. „Versuchen wir, herauszufinden, wer diese Briefe an Ken Francis geschickt hat. Ich glaube einfach, dass es da einen Zusammenhang gibt."

„Haben Sie eine Idee, wie wir das anstellen sollen?", fragte Janssen. „Die Telefonnummer auf der Karte aus dem Zeitschriftenladen gehört zu einem Prepaid-Handy. Ich habe nur die Seriennummer des Mobiltelefons und weiß, dass es hier in Norfolk gekauft worden ist. Aufgeladen wird es in bar, weder online noch mit einer Kreditkarte." Er klang niedergeschlagen. Zum ersten Mal wirkte er verzagt auf sie. „Die Telefongesellschaft hat gesagt, dass sie eine Liste der Orte schickt, an denen Aufladungen gekauft wurden. Falls das hier in der Gegend war, haben wir möglicherweise Glück und einer vom Personal erinnert sich an den Käufer, falls der regelmäßig kommt."

„Was ist mit Überwachungskameras?" Janssens Reaktion irritierte sie. Er lachte.

„Wir sind immer noch in Norfolk." Wahrscheinlich hatte er ihren Gesichtsausdruck gesehen. Seine Miene veränderte sich kaum merklich. „Falls er in einem der größeren Supermärkte war, dann wäre das vielleicht eine Option, aber wir können nur abwarten. Außerdem ist die Analyse der Handschriften ergebnislos verlaufen."

„In dem Fall müssen wir davon ausgehen, dass alle Möglichkeiten noch offen sind." Stille. Alle schauten sie an. „Wir müssen sie auf altmodische Art und Weise eliminieren. Janssen, Sie und ich fahren zur Schule und besorgen uns eine Schriftprobe von Mark. Dann machen wir bei seinem Vater weiter und wenn nötig, sorgen wir dafür, dass er etwas Handschriftliches aushändigt. Diese beiden kommen am ehesten in Frage, auch wenn mir bewusst ist, dass wir die Rolle von Callum McCall in all dem nicht ganz verstehen."

„Was soll ich machen?", fragte Collet erwartungsvoll.

„Fahren Sie zur Arztpraxis. Wir haben Colin Bettany gesagt, dass wir eine Schriftprobe von ihm brauchen. Und wenn Sie schon unterwegs sind, besorgen Sie sich auch eine von Marie Bettany, wenn auch nur, um die beiden auszuschließen."

TAMARA GREAVE KNÖPFTE ihre Jacke fast ganz zu und wünschte sich, sie hätte etwas Wärmeres zum Anziehen. Dabei vergaß sie, dass sie seit beinahe zehn Tagen nicht mehr zu Hause gewesen war. Die Lüftung im Auto war auf Kühlung eingestellt und sie schloss die Schlitze, die in ihre Richtung zeigten. Janssen schien sich nicht daran zu stören und konzentrierte sich auf die Straße. War ihm nicht kalt? Über Nacht waren mit dem starken Ostwind die Vorboten einer Sturmfront mit kalter Luft aus Skandinavien über die Nordsee herangerollt. Über dem Marschland hing dichter Nebel und der Himmel war bewölkt gewesen, als sie an diesem Morgen aufgestanden war. Und sogar jetzt noch, als sich Nebel und Wolken allmählich auflösten, sah die Landschaft um sie herum ganz anders aus, als sie es bisher gewöhnt war. Die Lebendigkeit des Frühlingsbeginns wurde von einem erdrückenden Grau gedämpft, das die Landschaft düster dominierte.

Ihre Gedanken wanderten zu Richard. Am Vorabend hatten sie endlich miteinander geredet, aber es war trotzdem ein aufgesetztes Gespräch gewesen und er hatte sie nicht gefragt, wann sie heimkommen würde. Er war immer noch aufgebracht. Möglicherweise noch mehr, als sie anfangs gedacht hatte. Am Telefon hatte er kühl gewirkt. Das würde vorübergehen.

Als sie auf das Schulgelände fuhren, kamen sie an einigen Schülern vorbei, die am Zufahrtsweg standen. Wahrscheinlich hatten sie gerade Pause. Janssen fand einen der letzten freien Parkplätze und stellte das Auto ab. Allmählich brach die Sonne durch die Wolkendecke und als Greave ausstieg, fühlte sie eine angenehme Wärme auf der Haut. Sie gingen gerade die Stufen in Richtung Eingangsbereich hoch, als sie ein bekanntes Gesicht erspähte. Es war Maddie, Hollys Schwester. Sie stand mit ein paar Freundinnen weiter links von ihr. Greave wollte Maddie begrüßen und sich nach ihrem Befinden erkundigen, aber da sie anscheinend in ein Gespräch vertieft war und wahrscheinlich nicht vor ihren Mitschülern wegen der Polizei auffallen wollte, beschloss Greave, es nicht zu tun.

Tamara Greave kam zu dem Schluss, dass Mark McCalls

Lehrer ein interessanter Mann war. Er ließ sich leicht ablenken, machte einen nervösen Eindruck und war anscheinend erleichtert, dass Marks Handschrift nicht die gesuchte war. Sogar ein ungeschultes Auge würde erkennen, dass nicht er für die Drohbriefe verantwortlich sein konnte. Dafür waren seine Buchstaben viel zu ordentlich aneinandergereiht. Dieses Ergebnis brachte Greave nicht aus der Ruhe, sie hatte es erwartet. „Wie geht es Mark? Wie macht er sich, seit er Holly gefunden hat?" Der Lehrer schien direkt durch sie hindurch zu starren. Einen Augenblick lang fragte Greave sich, ob er die Frage gehört hatte.

„Seitdem haben wir ihn kaum zu Gesicht bekommen. Ich glaube, gestern war er zum ersten Mal wieder hier. Sehr still, geistesabwesend. Das ist keine Überraschung, er war sehr in sie verliebt."

„Das haben Sie bemerkt?"

„Man hätte schon blind sein müssen, um das zu übersehen."

„Und heute?", fragte Janssen.

„Er war bei der morgendlichen Anwesenheitsüberprüfung, aber ist nicht zur ersten Stunde aufgetaucht. Ich habe keine Ahnung, wo er ist."

Janssen und Greave trugen sich aus dem Gästebuch im Empfangsbereich aus. Draußen sah es nun ganz anders aus als bei ihrer Ankunft vor wenigen Minuten. Der Nebel hatte sich hier im Landesinneren aufgelöst und war wahrscheinlich weiter zur Küste gewandert. Der Himmel klarte auf, aber die Luft fühlte sich noch feucht an, als sie zum Auto zurückgingen. Auf dem Weg dorthin nahm Janssen einen Anruf entgegen und flüsterte Greave zu, dass es Collet war, wahrscheinlich mit Neuigkeiten aus der Praxis. Aus den Augenwinkeln bemerkte Greave eine Gestalt, die um die Ecke des Verwaltungsgebäudes spähte, das sie gerade verlassen hatten. Es war Maddie Bettany. Der Schulhof und die umliegenden Wege waren leer. Vermutlich hatte der Unterricht wieder begonnen.

Tamara Greave ließ Janssen stehen und ging langsam zu dem Mädchen, das nervös zum Haupteingang schaute. „Du schwänzt eine Stunde?", flüsterte Greave gerade so hörbar, wobei sie darauf achtete, nicht scheltend zu klingen. Auf keinen Fall wollte sie das Mädchen verscheuchen, weil es Angst hatte, erwischt zu werden. Maddie verschwand um die Ecke und hinter einer Gruppe hoher Bäume, die die Sicht von den Fenstern der nahen Klassenzimmer blockierten.

„Ich weiß, ich sollte das nicht, aber …"

„Was ist los, Maddie?" Greave hatte das Gefühl, dass Maddie Aufmunterung vertragen konnte, und legte dem Mädchen beruhigend die Hand auf den Arm. Anscheinend war Maddie verunsichert, nervös. Kaum verwunderlich unter diesen Umständen. Außerdem überraschte es Greave, dass sie schon zurück in der Schule war. „Ich glaube nicht, dass dir jemand das Leben schwer machen wird, wenn du es im Unterricht nicht mehr aushältst –"

„Nein! Sie verstehen das falsch. Ich wollte unbedingt wieder in die Schule. Ich wollte einfach weg von daheim."

„Das muss für euch alle sehr schwer sein." Tamara Greave hatte das dringende Bedürfnis, das Mädchen fest zu umarmen, doch die Notwendigkeit, eine professionelle Distanz zu wahren, war stärker. Unter einer nahegelegenen Weide stand eine Sitzbank, zu der Greave das Mädchen führte und es aufforderte, sich zu setzen. Maddie sah verloren aus, wie sie mit gekreuzten Beinen und im Schoß verschlungenen Händen dasaß.

„Alles ist total verrückt seit … naja, seit Holly …" Ihre Worte verloren sich. Sie konnte sich nicht überwinden, den Satz zu Ende zu bringen. „Mama und Papa streiten die ganze Zeit. Ich glaube, sie geben sich gegenseitig die Schuld … oder mir."

„Wie könnten sie dir die Schuld geben?" Dieser Gedanke war absurd.

„Vielleicht nicht direkt die *Schuld*, … aber ich glaube, Papa wäre es lieber gewesen, es hätte mich erwischt statt ihr." Maddie klang bitter und ihr standen Tränen in den Augen, während sie sprach. Der Instinkt gewann die Oberhand und Tamara Greave vergaß ihre Ausbildung. Sie legte einen Arm um Maddie und das Mädchen lehnte sich an sie.

„Das darfst du nicht glauben, Maddie. Was auch immer deine Eltern sagen, sie sind auch tief getroffen und ... schlagen um sich. Das ist unlogisch, aber sehr menschlich." Warme Tränen tropften auf Greaves Handrücken, während sie dem Kind über die Wange strich.

„Papa ist durchgedreht", sprach Maddie weiter. Sie setzte sich auf, trocknete die Tränen und zog mit einem kleinen Lächeln geräuschvoll die Nase hoch. Tamara Greave gab ihr ein Taschentuch, das Maddie dankbar annahm. „Er war immer schon schlimm, wollte dauernd wissen, wo wir sind, mit wem wir uns treffen und so, aber jetzt ... ist das Ganze echt zu einem Zwang geworden."

„Er hat eine Tochter verloren", sagte Greave. So viel war offensichtlich, aber vielleicht war die Trauer ihres Vaters nur schwer zu erkennen. „Wer weiß, was ein Elternteil da fühlt?"

„Haben Sie Kinder?" Greave schüttelte den Kopf. Wie würde es ihr in so einer Situation gehen, wenn sie Familie hätte? Wie sehr würde sie sich bemühen, sie vor den Gräueln zu schützen, mit denen sie täglich zu tun hatte? Diese Fragen gingen ihr immer wieder durch den Kopf, wenn Richard oder seine Familie dieses Thema auf den Tisch brachten. Als Kind hatte sie die beinahe uneingeschränkte Freiheit genossen, hinzugehen, wohin sie wollte, und war oft den ganzen Tag lang mit ihren Geschwistern weg gewesen, was ihren Eltern kaum aufgefallen war. Sie hatten nie nach ihnen gesehen. Wenn sie zu spät nach Hause gekommen waren, sah die Sache anders aus, allerdings weil sie dann in Schwierigkeiten waren und nicht, weil man sich Sorgen gemacht hatte, dass etwas Schlimmes passiert war. Waren das damals andere Zeiten? *Nein, das ist Unsinn.* Statistisch gesehen waren Kinder heute keiner größeren Gefahr ausgesetzt als in ihrer Jugend. Nur die Einstellung hatte sich geändert. Die Wahrnehmung vielleicht. Wie *sollten* sich Eltern heutzutage verhalten? „Ich wollte wieder zur Schule, weil ich es nicht mehr ausgehalten habe. Hier kann ich wenigstens mit meinen Freundinnen reden und so."

„Wie ist es so? Wie sind sie zu dir?"

Maddie zuckte mit den Schultern. „Es ist schon okay. Alle benehmen sich komisch … sind überfreundlich, vor allem die Lehrer, aber meine Freundinnen sind normal. Naja … fast." Das Mädchen schwieg wieder und sein Gesichtsausdruck war gequält, als ob es über etwas brütete. Greave wartete, bis sie weiterredete, und gab ihr so viel Zeit, wie nötig war. „Ich muss dauernd dran denken, wenn ich bei ihr gewesen wäre … dann wäre das alles nicht passiert."

„So darfst du nicht denken, Maddie. Holly hätte in Norwich bei ihrem Nachhilfelehrer sein und sich dann auf ihren Auftritt am nächsten Tag vorbereiten sollen. Du hättest gar nicht bei ihr sein können." Maddie schaute ihr direkt in die Augen und in ihnen lag etwas, eine Offenbarung, über die sie sprechen wollte. „Was ist los, Maddie?"

„Ich wusste … ich wusste, dass sie Freitagabend nicht nach Norwich fahren wollte. Ich hab' sie in Schwierigkeiten gebracht." Tränen quollen aus den Augen. „Es ist meine Schuld."

„Ich verstehe nicht."

„Ich hätte bei einer Freundin sein sollen. Wir … wir sind zur Strandparty gegangen. Alle aus der Oberstufe haben davon geredet und wir wollten auch hin. Also habe ich meinen Eltern erzählt, dass ich bei ihr übernachte, und sie ihren Eltern, dass sie bei mir schläft. Dann sind wir auf die Party."

„Ah …. Verstehe." Sicher waren sie nicht die ersten Teenager, die diesen Trick angewandt hatten. So ähnlich hatte sie es auch gemacht. „Und was hat das mit dir zu tun?"

„Papa hat uns am Strand gefunden", sagte sie, den Blick auf die Füße gerichtet. „Er hat mich weggezerrt … vor allen anderen. Es war megapeinlich."

„Was ist mit Holly?" Es mutete seltsam an, dass die Bettanys nichts davon erwähnt hatten. Sie hätten an diesem Abend Termine wahrnehmen und nicht eine eigensinnige Tochter von einer Strandparty wegschleifen sollen. Allerdings drehte sich bei

Colin Bettany alles um Image und Status. Vielleicht wollte er nicht, dass diese Sache publik wurde.

„Keine Ahnung. Ich habe sie kaum gesehen. Sie war bei Mark. Ich habe mit Papa gestritten."

„Weswegen?"

„Er hat geschimpft, dass ich auf der Party war. Dass das nicht passend wäre … und so weiter. Mein Papa ist echt altmodisch. Ich fand' es nicht fair, dass ich nicht bleiben durfte, aber Holly schon."

„Ist sie? Geblieben, meine ich."

„Papa hat mich ins Auto gesteckt und sie dann angerufen. Sie ist nicht drangegangen. Wahrscheinlich hat sie ihn kommen gesehen und ist weggelaufen. Normalerweise hat sie mich immer verteidigt. Aber ich verstehe das schon. Er war echt total sauer. Er wollte los und sie suchen. Wir haben bestimmt zwanzig Minuten im Auto gesessen, in denen er nur auf sein Handy gestarrt hat, bevor wir heimgefahren sind."

„Maddie, woher wusste er, wo er dich findet?", fragte Greave verwundert. Und wieso hatte er gelogen … nicht gelogen, das war so nicht richtig. Aber offenbar war er nicht ganz ehrlich gewesen, was er Freitagabend gemacht hatte.

„Keine Ahnung. Wir haben keinem was davon gesagt." Maddie klang unsicher. „Vielleicht hat er Abbies Mama angerufen oder sie bei uns."

„Hast du dein Handy bei dir?" Maddie nickte und griff in die Tasche ihres Blazers. „Darf ich?", fragte Greave mit ausgestreckter Hand. Per Fingerabdruck entsperrte Maddie das Telefon und reichte es herüber. Ausgehend vom schlanken Design war es ein ziemlich neues Smartphone. Greave blätterte durch die Standard-symbole, die auf jedem Smartphone zu finden waren, und einige Social-Media-Apps, von denen sie die meisten erkannte, aller-dings gab es auch welche, die ihr fremd und wahrscheinlich nur bei Teenagern beliebt waren. Ihr fiel nichts Ungewöhnliches auf. Am besten wäre, wenn eine technisch versierte Person sich das Handy anschauen könnte. Möglicherweise Janssen, obwohl Collet besser geeignet wäre. So oder so, Colin Bettany würde es wahrscheinlich bemerken und ausgehend von seinen kürzlichen Ausbrüchen, würde er vermutlich einen Wirbel machen. Lächelnd gab Greave das Telefon zurück. „Danke. Ich schätze, bei euch zu Hause ist Hollys Telefon nicht aufgetaucht, oder? Wir haben es noch immer nicht gefunden."

„Nein, tut mir leid. Nicht, dass ich wüsste. Wahrscheinlich hatte sie es mitgenommen. Sie ist nirgendwo ohne hingegangen." Von drinnen war die Schulglocke zu hören und Maddie schaute sich um. „Ich sollte wieder rein. Ich habe gleich Mathe und Mr. Fothergill ist strenger als die meisten."

„Ich bin sicher, es ist alles in Ordnung." Greave wollte das Mädchen beruhigen und ihr sagen, dass alles gut werden würde. „Wenn du magst, begleite ich dich." Maddie lehnte dankbar lächelnd ab. „Ruf mich an, wenn du wieder mit mir reden willst." Das Mädchen drehte sich um, lief den Pfad entlang und verschwand durch die nächste Tür. Die Stimmen der Kinder, die aus den Klassen entlassen wurden, klangen zu Tamara Greave herüber.

KAPITEL ZWEIUNDDREISSIG

FRÜHER ALS GEWÖHNLICH WAR MARK WACH. SEIN Vater wälzte sich auf dem Sofa, während er in der Küche nach einer sauberen Schüssel für das Frühstück suchte. Schließlich gab er auf, nahm eine vom Vortag und spülte sie kurz ab. Schon wieder gab es kein heißes Wasser, zum dritten Mal diese Woche. Das Leitblech des Holzofens war kaputt, aber dieses Mal glaubte er kaum, dass seine Vaters das wieder reparieren konnte. Auch wenn der Mann beinahe alles wieder hinbekam, wäre er in diesem Fall überfordert. Mit dem Ärmel seines T-Shirts wischte Mark die Innenseite der Schüssel trocken und füllte sie mit Müsli und Milch. Nachdem er einen Löffel gefunden hatte, ging er zu seinem Vater hinüber und stellte die Schüssel auf dem Beistelltisch neben dem Sofa ab.

Mit einer Hand rüttelte Mark seinen Vater sanft an der Schulter, um ihn zu wecken. „Papa. Hier steht Frühstück für dich." Verschlafen und wenig begeistert setzte sich dieser auf. Er hatte es geschafft, Arbeit auf einem der benachbarten Höfe zu finden. Der alte Carlisle wollte einen Schuppen ausräumen lassen, da er Platz für neue Maschinen brauchte, die bald geliefert werden sollten, und konnte dafür keinen der Arbeiter auf dem Hof entbehren. Es war einfache Arbeit, wurde aber in bar bezahlt, und sie brauchten das Geld. Nur mit Frühstücksflocken und kalten Duschen würden sie nicht lange durchhalten. Das Mindeste, was Mark machen konnte, war, seinem Vater dabei zu helfen, die wenigen Jobs zu behalten, die er auftrieb. Callum McCall hustete, streckte die Arme nach oben und gähnte. Über seine Haut dünstete er den unverwechselbaren Geruch von Alkohol aus. Eine leere Flasche billiger Scotch oder Vodka lag neben dem Sofa am Boden. Er fragte sich, wie sein Vater ohne ihn zurechtkommen würde. Vielleicht könnte Sadie helfen. Letzte Nacht war sie wieder nicht nach Hause gekommen und Mark konnte es ihr nicht verdenken. Vielleicht würde sein Vater schon bald allein über die Runden kommen müssen.

Mark ließ das Frühstück ausfallen, holte demonstrativ seine Schultasche und ging los. Da er fast die ganze Nacht wach gewesen war, hatte er keinen Appetit. Nachdem er sich tagelang gequält gefragt hatte, was er machen sollte, hatte er letzte Nacht eine Entscheidung getroffen. Es war das Richtige. Allerdings war es ihm schwergefallen, den Anruf zu tätigen. Sich mitten in der Nacht aus dem Haus zu schleichen, um dabei nicht seinen Vater aufzuwecken, war einfach gewesen. Wie üblich war der Mann betrunken gewesen. Nein, es war die Unsicherheit, die an ihm nagte. Er wusste, was er erreichen wollte, aber es stand viel auf dem Spiel, und wenn etwas schiefging, dann war er in Schwierigkeiten. Sein Vater sagte kein Wort, als er das Haus verließ.

Bei diesem Tempo wäre Mark zu früh in der Schule, und da er keine Aufmerksamkeit erregen wollte, ging er langsamer. Als er am Schultor ankam, tauchte er im Gedränge der ankommenden Menge unter. Die Oberstufenschüler nahmen einen anderen Eingang als die Kinder, die Uniform tragen mussten, und er hielt sich von den anderen fern. Meistens redete sowieso kaum jemand mit ihm, doch jetzt mieden sie seine Gegenwart regelrecht. Mark wusste, was sie dachten und zweifellos auch sagten, und das würde nie aufhören. Selbst wenn man jemanden verhaftete und verurteilte, würden manche immer noch ihm die Schuld geben. Das würden sie immer tun. Außer, er, ein *McCall*, würde verhaftet werden. Na gut, wenn sie einen echten Grund wollten, um ihn zu fürchten, dann würden sie den schon bald haben.

Die morgendliche Anwesenheitsüberprüfung verlief ohne Zwischenfälle. Am Vortag, dem ersten Tag, an dem er seit Hollys Ermordung wieder in der Schule gewesen war, hatte niemand ein Wort darüber verloren, dass er nicht zum Unterricht erschienen war. Ein paar der Lehrer hatten sogar gefragt, wie es ihm ging. Heute war alles normal. Ein Tag wie jeder andere. Die Mitteilungen wurden verlesen, etwas über psychologische Betreuung, was wahrscheinlich ihm gelten sollte, zumindest dachte er das, aber er hörte nicht richtig zu. Die Zeit schlich dahin. Als die Schulglocke zur ersten Unterrichtsstunde läutete, übertönten das Schleifen der Stuhlbeine, die über den Boden gezogen wurden, und die vielen, sofort aufkommenden Gespräche unter den Schülern, seine wachsende Aufregung und Angst. Mark fühlte, wie er rot wurde und Schweißausbrüche bekam. Anscheinend bemerkte das niemand.

Als die Schüler sich anstellten, um das Klassenzimmer zu verlassen, reihte Mark sich ganz hinten ein und ließ sich zurückfallen. Sobald er auf dem Gang war, ging er als Letzter in Richtung Treppenhaus. Schüler um Schüler verschwand in den jeweiligen Klassen, doch er ging weiter bis ins Erdgeschoss und trat durch den Notausgang hinaus aus dem Gebäude in den bewölkten Morgen. Es war immer noch so kalt wie bei seinem Marsch zur Schule, aber die Sonne brach langsam durch die Wolkendecke. Er schaute sich um und versicherte sich, dass niemand in Sicht war. Bewusst hatte er den östlichen Ausgang gewählt, den niemand sonst nahm, weil man um das Gebäude herumgehen musste, um die Schule zu verlassen. Außer man stieg über den Zaun, so wie er. Im Wissen, dass er unbeobachtet war, warf Mark seine Schultasche hinüber und kletterte dann über den Zaun. Das war keine Herausforderung, denn er reichte ihm gerade bis über die Hüfte, und er schaffte es locker.

Normalerweise dauerte der Fußmarsch nach Hause eine halbe Stunde, wenn er aber etwas schneller ging, könnte er in zwanzig

Minuten da sein. Inzwischen sollte sein Vater bereits aus dem Haus in Richtung Arbeit unterwegs sein und Sadie würde auftauchen, sobald ihr das Geld ausging oder ihr neuester Freund sie hinausschmiss, je nachdem, was früher eintraf. Marks Weg führte entlang einer der Hauptstraßen und einige Autos kamen an ihm vorbei, doch niemand achtete auf ihn. Sobald er in der Nähe seines Zuhauses war, ging er vorsichtig weiter, für den Fall, dass sein Vater sich doch wieder schlafen gelegt hatte, anstatt zur Arbeit zu gehen. Als Mark die Tür öffnete und nach Anzeichen einer anwesenden Person lauschte, war alles still. Es war niemand da.

Die Tür schwang hinter ihm zu und knallte gegen den Rahmen. Da dieser verzogen war und die Tür nicht richtig hineinpasste, schnappte das Schloss nicht ein. Aber sie schlossen ohnehin nie ab. Wozu auch? Sie hatten nichts, das sich zu stehlen lohnte. Mark ging direkt ins Schlafzimmer seines Vaters, der das Bett hier selten benutzte und das Sofa oder Sadies Zimmer bevorzugte, und blieb vor dem Kleiderschrank stehen. Mark schob einen Stapel Magazine und eine alte Tüte voller Kabel beiseite, tastete nach hinten und fand, wonach er suchte: eine Tasche aus Segeltuch. Als er sie herunternahm, wirbelte Staub auf und brannte ihm in den Augen. Am Gewicht der Tasche erkannte er, dass das, was er suchte, noch immer darin war.

Die Tasche war etwas länger als ein halber Meter und hatte sowohl Tragegriffe als auch einen Schultergurt. Mark stellte sie am Fuß des Bettes ab und öffnete sie, um den Inhalt zu begutachten. Aus Angst, entdeckt zu werden, und als ob alle wüssten, was er plante, schaute er sich nach hinten um. Mark atmete tief durch, um die Ruhe zu bewahren. Wieder ging er zum Kleiderschrank, griff weit nach hinten und fand eine kleine Pappschachtel. Als er sie nach vorne zog, rasselte es. Nachdem er sie geöffnet hatte, kippte er den Inhalt in die Tasche, zog den Reißverschluss zu und schlang sich den Gurt um die Schultern.

Mark verließ das Schlafzimmer seines Vaters und betrat sein eigenes. Er ließ sich auf alle Viere fallen und wühlte, ohne etwas zu sehen, für einen Moment unter seinem Bett, bis die Finger das kalte Glas des Displays berührten. Er zog das Handy näher zu sich heran, bis er es in der Hand hielt. Nachdem er es eingeschaltet hatte, musste er nur ein paar Sekunden warten, bis es einsatzbereit war. Eine Melodie ertönte und das Firmenlogo leuchtete auf. Kurz danach erschien der Sperrbildschirm und Mark gab den vierstelligen PIN ein. Jetzt gab es kein Zurück mehr.

Als er das Haus so schnell wie möglich verließ, überkam ihn ein seltsames Gefühl. Es waren nicht die Nerven. Damit hatte er kein Problem. Prüfungsstress, Gruppendruck … ständig redeten die Leute davon, aber er hatte nie unter diesen Dingen gelitten. Allerdings war ihm dieses Gefühl fremd und er konnte es nicht einordnen. Vielleicht war es das, was andere fühlten, seine Brüder. Der eine auf dem Weg in die Schlacht, der andere ins Gefängnis. War es eine Art Aufregung, Begeisterung … Angst? Was auch immer es war, Mark mochte dieses Gefühl nicht und versuchte, es beiseite zu schieben. Aber mit jedem Schritt durch den Wald steigerte sich seine Intensität.

KAPITEL DREIUNDDREISSIG

Als Tom Janssen zurück aufs Revier kam, wartete ein aufgeregter Detective Constable im Einsatzzimmer auf ihn und Greave. Die zum Vergleich gesammelten Schriftproben mussten noch ins Labor geschickt werden, doch sogar bei einer oberflächlichen Prüfung waren Resultate sichtbar. Keine der Proben der Bettanys war auch nur ansatzweise ähnlich und die von Mark McCall passte ganz und gar nicht zum gesuchten Schriftbild. Trotzdem strahlte Collet über das ganze Gesicht, als Janssen und Greave das Zimmer betraten.

„Anscheinend ist Ihr Besuch in der Praxis gut verlaufen, so aufgeregt wie Sie sind", meinte Janssen, weil Collet sich kaum zurückhalten konnte. Janssen wusste, wie einschüchternd Colin Bettany auf den jungen Mann wirkte, dafür war dieser bemerkenswert aufgekratzt. Collet versuchte, seine Unsicherheit in der Gegenwart von gesellschaftlich höher gestellten Personen zu verbergen, was er meist gut schaffte. Doch für jemanden, der Übung darin hatte, Menschen zu beobachten, war die Wirkung dieser Leute auf den jungen Mann ziemlich offensichtlich. Mit der Zeit würde Collet besser darin werden. „Was halten Sie von Colin und Marie Bettany?" Diese Frage war nicht als Test gedacht, Janssen fand diese Familie schlichtweg merkwürdig.

„Um ehrlich zu sein, habe ich sie nicht angetroffen. Ich habe mein Kommen angekündigt und die Schriftproben lagen schon bei der Aufnahme für mich bereit, was seltsam ist. Ich dachte, sie würden jede Gelegenheit nutzen, um mit uns über den Fall zu sprechen, wie weit wir sind, aber beide waren mit Patienten beschäftigt."

„Wollten sie nicht Vertretungen suchen?", sagte Greave, die sich an einen Tisch lehnte und die Arme vor der Brust verschränkte.

„Alice meinte, sie hätten Probleme, Vertretungen für die ganze Praxis zu finden, deshalb kümmern sie sich wann immer nötig um die Patienten", erwiderte Janssen. Was Alice anging, er hatte sie seit Tagen nicht gesehen, so sehr beschäftigte ihn dieser Fall. Doch anscheinend hatte sie Verständnis dafür und es war ja nicht so, dass er jede Woche einen Mord aufklären musste. „Weshalb sind Sie dann so aufgeregt?" Collet trat von einem Fuß auf den anderen, offensichtlich irritierte ihn der Themenwechsel.

„Auf meinem Weg zurück von der Praxis habe ich eine Sprachnachricht vom Mobilfunkbetreiber bekommen, bei dem Hollys Telefon angemeldet ist. Es wurde eingeschaltet. Zum zweiten Mal heute."

Janssen und Greave schauten sich kurz an und genau wie er erkannte sie die Wichtigkeit dieser Information. Er klopfte Collet freundschaftlich auf den Oberarm und senkte den Kopf. „Nun, wieso haben Sie das nicht gleich gesagt?" Sein Tonfall war gleichermaßen scherzhaft wie sarkastisch. „Wann?"

„Letzte Nacht so gegen 02:00 morgens ist es im Netzwerk aufgetaucht, als es sich mit einem örtlichen Mobilfunkmasten verbunden hat. Das dauerte nur vier Minuten, dann war das Signal wieder weg. Der Anbieter meinte, dass der Anruf nicht mehr als zwei Minuten gedauert hat."

„Es wurde eingeschaltet, um den Anruf zu tätigen, und dann wieder ausgeschaltet, denke ich mir. Wissen wir, an wen der Anruf ging?" Mit einem Seitenblick auf Greave stellte Janssen fest, dass diese das wirklich hoffte. Collet schüttelte den Kopf.

„Nein, noch nicht. Der Anruf ging an jemanden, der bei einem anderen Anbieter gemeldet ist. Aufgrund unserer vorherigen gerichtlichen Anordnung habe ich schon die Anfrage gestellt. Ich warte noch auf eine Antwort."

„Sie haben gesagt, das Handy war zweimal eingeschaltet." Collet nickte. „Wann war das andere Mal?"

„Heute Morgen knapp vor 09:30 Uhr", antwortete Collet, der sich zu seinem Computer umdrehte und eine Karte aufrief. Zwei rote Kreise, die sich in den Abdeckungsbereichen zweier Mobilfunkmasten überschnitten, waren darauf zu sehen. „Hier verbindet sich das Signal mit diesen Masten und wechselt zwischen den beiden, deshalb die Überschneidung. Was aber entscheidend ist, es ist gerade eingeschaltet."

Janssen zog sich einen Stuhl heran, setzte sich und überlegte sich, was dahinterstecken könnte. „Wieso jetzt, nach einer Woche? Und wieso ruft man mitten in der Nacht an, und wen?" Es war eine seltsame und völlig unerwartete Entwicklung.

„Glauben Sie, jemand hat das Telefon gefunden?", schlug Collet vor. Greaves Gesichtsausdruck ließ darauf schließen, dass sie von dieser Idee nicht überzeugt war. Janssen genauso wenig. Eine ausführliche Durchsuchung des Gebiets hatte nichts ergeben. Falls das Handy verlegt oder weggeworfen worden war, wäre wahrscheinlich niemand einfach so darüber gestolpert. Collet vertiefte die Idee. „Oder vielleicht hat es jemand gestohlen und glaubt, dass er es nun sicher einschalten kann." Diese Idee war noch weniger glaubhaft als die erste.

„Unwahrscheinlich", meinte Greave mit konzentriert gerunzelter Stirn. Janssen hatte den Eindruck, dass sich in ihrem Kopf ein Teil des Puzzles zusammenfügte. „Vorhin habe ich mich mit Maddie unterhalten. Ihr Handy ist passwortgeschützt. Außerdem hatte sie vorher schon einmal erwähnt, dass sie und Holly neue Handys bekommen hatten. Heutzutage achten die meisten bei ihren Smartphones sehr auf Sicherheit. Deshalb war wahrscheinlich auch Hollys Telefon mit einem Passwort gesichert."

„Wer auch immer ihr Handy hat, kennt die PIN", schloss

Janssen die Erläuterung ab. Greave nickte. „Oder sie hat sie vor ihrem Tod verraten." Dies erschien Janssen äußerst unwahrscheinlich. Soweit er wusste, war Holly nicht wegen eines Raubüberfalls ermordet worden. Er wandte sich wieder der Karte zu, sie deckte ein großes Gebiet ab. Was die Mobilfunkabdeckung anging, hatte Norfolk durch seine Landschaft einen Vorteil. Nur wenige Hügel blockierten das Signal, wenn der Sender des Mobilfunkmasten also stark genug war, konnte er eine gute Reichweite erzielen. Dadurch mussten sie einen ziemlich großen Bereich berücksichtigen. „Es stellt sich die Frage, wer Holly nahe genug stand, um ihre PIN zu kennen, ... und in dieser Zone lebt. Machen wir uns nichts vor, wenn man mitten in der Nacht einen Anruf tätigt, dann geht man dafür nicht weit von Zuhause weg."

Die drei Detectives steckten die Köpfe zusammen, doch offenbar erfüllte nur ein Name diese Kriterien. Mark McCall. Diese Erkenntnis war schmerzlich. Auch wenn man dahingehend geschult wurde, gegenüber den Personen in einer Ermittlung Distanz zu wahren, so lag es doch in der menschlichen Natur, mitfühlend zu sein, und vielleicht wünschte er sich einfach, dass Mark keine Schuld traf. Immer hatte die Körpersprache des Jungen darauf hingedeutet, dass dieser zwar problembeladen war, aber kein Mörder. Hatte er sich getäuscht? Sogar jetzt fiel es schwer, den Hinweisen Glauben zu schenken. „Heute hat er wieder die Schule geschwänzt. Wir müssen mit ihm reden und herausfinden, was er vorhat."

„Einverstanden", erwiderte Greave. „Das Haus der McCalls liegt genau zwischen diesen beiden Masten. Und genau dorthin gehen wir. Ich weiß, es ist schwer für Mark, aber der Junge muss uns gegenüber endlich ehrlich sein, sonst ist er unser Hauptverdächtiger."

WÄHREND DER FAHRT zum Haus der McCalls schwiegen sie die meiste Zeit. Marks Rolle in dieser ganzen Angelegenheit ließ

Janssen nicht los. Worüber Tamara Greave brütete, wusste er nicht. Tom Janssen fragte sich, ob auch sie Zweifel an der Verwicklung des Jungen in diesen Fall hatte und sich fragte, ob sie in die falsche Richtung ermittelt hatten. Als er von der Hauptstraße abbog, tauchte eine Gestalt aus dem Schatten der Bäume auf, die auf dem unbefestigten Weg in Richtung des Hauses stapfte. Es war Callum McCall. Er hörte sie und schaute sich nach ihnen um. Sobald er Janssen und Greave erkannte, blieb er stehen. Seine Jacke hatte Callum McCall sich über eine Schulter geworfen und ein Schweißfilm bedeckte sein Gesicht. Sowohl er als auch seine Kleidung waren schmutzig. Anscheinend hatte er gearbeitet.

Nachdem Janssen angehalten hatte, kurbelte Greave die Fensterscheibe nach unten. Wie üblich bedachte McCall Greave mit einem kalten Blick. „Wir suchen Mark", sagte sie.

„Er ist in der Schule." Die Antwort war knapp und derb. Greave schüttelte den Kopf.

„Dort waren wir schon. Mark war nur bei der morgendlichen Anwesenheitsüberprüfung, er hat gleich die erste Stunde geschwänzt." Janssen sah, wie McCall die Augen kaum merklich zusammenkniff, mehr würde dieser Mann niemals preisgeben. Anscheinend war er überrascht. „Haben Sie ihn gesehen?"

„Nein. Vielleicht ist er zu Hause." Callum McCall schaute den Weg entlang. „Was wollen Sie denn überhaupt von ihm?" Die Frage klang angespannt. Er machte sich Sorgen, wie Janssen auffiel. Normalerweise ließ sich Callum McCall nicht so schnell von der Polizei ins Bockshorn jagen. Er war einiges gewöhnt, doch irgendetwas beschäftigte ihn.

„Es wäre am besten, wenn wir persönlich mit ihm sprechen", gab Greave zurück. „Steigen Sie ein, wir nehmen Sie das letzte Stück mit."

„Ne, schon in Ordnung. Wir treffen uns beim Haus", presste McCall zwischen den Zähnen hervor, trat zurück und machte sich auf in Richtung Haus. Janssen fuhr wieder los. Als er in den Rückspiegel schaute, hatte er den Eindruck, dass Callum McCall nun zielgerichteter wirkte.

Sie parkten am Grundstück, alles schien ruhig zu sein. Halb hatte er erwartet, dass Mark vor dem Haus saß und Luftschlösser baute. Oder hatte er das gehofft? Sie stiegen aus und suchten nach Anzeichen, dass jemand im Haus war. Greave deutete auf die umliegenden Nebengebäude und Janssen machte sich daran, das Hausinnere zu inspizieren. Vor allen Fenstern hingen Gardinen und blockierten die Sicht ins Haus, also rüttelte er an der Tür. Da diese nicht abgeschlossen war, öffnete er sie vorsichtig. Ohne einzutreten, schaute er sich um. Anscheinend war niemand zuhause. Er machte einen Schritt nach vorne.

„He! Dazu ham sie kein Recht!" Der Ruf kam von weiter weg, noch hinter dem geparkten Auto. Janssen wusste, dass es Callum McCall war. Trotzdem ignorierte er den Protest, ging ins Haus hinein und ließ die Tür hinter sich zufallen. Es roch seltsam, teils nach Feuchtigkeit, teils nach verrottendem Essen und menschlichen Ausdünstungen. Anscheinend lüfteten oder räumten die McCalls nicht oft auf. Die Tür krachte gegen die Wand und Callum McCall stürmte mit rotem Gesicht und schwer atmend herein. „Sie hab'n kein Recht, mein Zuhause zu durchsuchen, nich' ohne Durchsuchungsbefehl", blaffte er Janssen schnaufend an und drohte ihm mit dem Finger, während er versuchte, wieder zu Atem zu kommen.

„Das hier ist keine Durchsuchung, McCall. Wir suchen nach einem Verdächtigen in einem Mordfall und wenn wir Mark finden, werden wir ihn verhaften." Sprachlos stand Callum McCall mit offenem Mund und trotzig geballten Fäusten da.

„Mein Mark ist ein guter Junge. Er ist nich' wie der Rest von uns und'n Mörder is' er schon gar keiner, hören Sie, Janssen? Und Sie wissen das auch, verdammt noch mal."

„Wo ist er, McCall?"

„Woher soll ich das wissen?"

„Vielleicht, weil Sie sein Vater sind." Callum McCall wollte etwas erwidern, ließ es dann aber doch bleiben. Als er auf Janssen zu ging, zuckte seine Nase und er knurrte wütend. Einen kurzen Moment lang dachte Janssen, McCall würde auf ihn losgehen, und wappnete sich. Zweifellos konnte er mit einem halb betrunkenen McCall fertig werden, denn dessen beste Tage lagen hinter ihm, trotzdem hütete sich Janssen, seinen Gegner zu unterschätzen. Doch Callum McCall lief an ihm vorbei und verschwand in einem der Zimmer.

Kurz schaute Janssen dem Mann nach, bevor er seine Suche nach Mark fortsetzte, allerdings erwartete er nicht, ihn zu finden. Wäre er hier, dann hätte er sich entweder bereits zu erkennen gegeben oder wäre schon längst weg, wenn er das Gefühl gehabt hätte, fliehen zu müssen. Ein paar Augenblicke später tauchte Callum McCall in der Tür zum Wohnzimmer auf. Er hatte eine versöhnliche Miene aufgesetzt, was so kurz nach seinem Ausbruch verblüffend anmutete.

„Wieso sind Sie plötzlich hinter Mark her? Sie haben hier schon alles durchsucht. Wenn Sie ihn verhaften wollten, wieso haben Sie bis jetzt gewartet?"

„Es hat sich etwas Neues ergeben."

„Ach … hören Sie mit dem Unsinn auf, Janssen. Spucken Sie's aus."

Sie mussten Mark finden und wenn er sich nicht gerade in der Nähe versteckte, würden sie das ohne Hilfe nie schaffen. Callum McCall war vielleicht ein mieses Vorbild, aber anscheinend machte er sich etwas aus seinem Sohn. Zumindest wenn er nicht gerade zu tief ins Glas schaute. „Letzte Nacht und heute Morgen hat jemand Holly Bettanys Handy eingeschaltet." Wie alles andere auch nahm McCall diese Nachricht gelassen hin und fuhr mit der Zunge die Innenseite der Wange entlang. Er machte einen nachdenklichen Eindruck.

„Und Sie glauben, dass es Mark war?"

„Jemand hat es hier eingeschaltet." Streng genommen stimmte das nicht, aber Janssen nahm an, dass McCalls Wissen über Mobilfunkmasten begrenzt war. „Wenn Sie es nicht waren, bleibt nur Mark übrig. Was glauben Sie, wieso er das gemacht hat, ihr Handy vor uns zu verstecken und dann letzte Nacht jemanden damit anzurufen?" Callum McCall blickte nach hinten in das

Zimmer, aus dem er gerade gekommen war, und als er sich wieder umdrehte, schaute er zu Boden. Er war nervös. „Was ist los?" McCall hob den Kopf und signalisierte Janssen, dass er mitkommen und selbst sehen sollte.

Janssen ging auf ihn zu und McCall machte einen Schritt zur Seite, sodass er das Zimmer betreten konnte. Obwohl das Doppelbett ganz an die Wand geschoben war, hatte man nur wenig Platz. Das Bett war nicht gemacht, die Decke lag unordentlich auf der Matratze. In einer Ecke stand ein Kleiderschrank und am Boden lag eine kleine Pappschachtel. Sie war leer. Unsicher, was McCall ihm zeigen wollte, schaute Janssen diesen an. Der Mann wagte es nicht, ihm in die Augen zu schauen, er stand nur da, knabberte auf seiner Unterlippe und schüttelte den Kopf. „Was geht hier vor sich, McCall?"

„Es ist meine Schuld", murmelte er. „Ich hätt's wissen müssen."

„Spucken Sie es aus, McCall!" Janssen verlor die Geduld. „Wenn es etwas gibt, das ich wissen sollte, dann wäre jetzt ein guter Zeitpunkt."

„Mein Junge ... er nimmt alles zu wörtlich. Hätt' nichts sagen soll'n." McCall hörte nicht auf, sich selbst zu schelten. „Schauen Sie ... ich weiß, wie die Dinge lauf'n. Ihr Typen ... ihr sucht immer nach einer einfach'n Lösung. Leute wie wir sind leichte Ziele. Sie wiss'n das so gut wie ich."

„Außerdem verstoßen Sie ständig gegen das Gesetz. Sicherlich macht es das einfacher."

„Die Gesetze gelt'n nicht für alle gleich, mehr will ich dazu nich' sag'n." McCall war noch nicht fertig. Janssen beschloss, ihm Zeit zu geben. Schließlich kam es nicht oft vor, dass McCall etwas zu sagen hatte, zumindest nicht ohne die Gegenwart eines Anwalts. „Wenn man an der richtigen Schule war, die richtigen Leute kennt ... dann sieht der Gerichtssaal anders aus, als wenn man an den Docks arbeitet, richtig?" Dem musste Janssen zustimmen. Es sollte nicht so sein, aber es war so. Wenn man Zeugen mit hohem gesellschaftlichen Ansehen für die Verteidigung auftreiben konnte, die einen positiven Charakter bestätigten, dann konnte das den Richter für das Urteil milde stimmen. „Vielleicht hab' ich Mark auf die Idee gebracht, dass … Hollys Mörder wahrscheinlich nicht das bekommen wird, was er verdient."

„Normalerweise sind Sie nicht so mitteilsam. Was ist sonst noch?" Trotz der neu entdeckten Offenheit war McCall immer noch zurückhaltend. „Callum, wenn Sie etwas wissen, das Mark helfen könnte, dann müssen Sie mir das sagen."

„Meine Schrotflinte is' weg … die Kugeln auch."

Von einem Moment auf den anderen war Janssen aufgebracht, er konnte nicht glauben, was er da hörte. „Wieso zum Teufel haben Sie eine Schrotflinte?"

„Für die Hasenjagd."

„Eher zum Wildern", gab Janssen bissig zurück. Wütend starrte McCall ihn an, wagte es aber nicht, etwas zu erwidern. „Na ja, weit wird er damit nicht kommen." Wieder schaute McCall weg.

„Ich habe sie angepasst", sagte er kaum hörbar.

„Sie meinen, Sie haben den Lauf abgesägt?" Callum McCall nickte und verzog das Gesicht, als er sich geistesabwesend am Kinn kratzte. „Er kann sie also leicht verbergen. Wohin ist er gegangen? Sagen Sie es mir jetzt, bevor es zu spät ist!"

„Er ist ein guter Junge, Janssen. Er würde niemandem Schaden –"

„Nur, dass er mit einer geladenen Schrotflinte in Norfolk herumspaziert. Wie viele Kugeln hat er?"

„Ein halbes Dutzend. Vielleicht mehr. Ich zähle nie nach."

„Wohin geht er?" Die beiden Männer starrten sich an und eine Sekunde lang dachte Janssen, dass McCall sich in sein Schneckenhaus zurückziehen würde, doch nach einer kurzen Pause gab er nach.

„Zu diesem Pädo Ken Francis, schätze ich. Mark glaubt, dass er Holly umgebracht hat … und ich glaube das auch."

KAPITEL VIERUNDDREISSIG

Tom Janssen hielt Callum McCall am Unterarm fest und schleifte ihn mehr oder weniger durch das Wohnzimmer, bevor er ihn durch die Tür nach draußen bugsierte. Dieser erhob keinerlei Einwände. Als Tamara Greave auf die Männer zukam und Janssens Gesichtsausdruck sah, wusste sie, dass etwas vorgefallen sein musste.

„Was geht hier vor?", fragte sie, als Janssen McCalls Arm losließ.

„McCall besitzt eine illegale Feuerwaffe und anscheinend hat Mark sie genommen und ist unterwegs, um Holly zu rächen." In Greaves fragende Miene mischte sich Sorge. „Eine Schrotflinte mit wer weiß wie vielen Kugeln. McCall denkt, Mark hätte es auf Ken Francis abgesehen."

„Er glaubt, Mr. Francis hat Holly ermordet?"

„Das glaubt er allerdings!", warf McCall aggressiv ein. „Und er hat es verdient."

„Wie zum Teufel haben wir bei der Durchsuchung die Flinte übersehen können?", wollte Greave wütend wissen. Callum McCall schmunzelte.

„Ich hab' sie versteckt, weil ich wusste, dass ihr hier herumschnüffeln würdet, nachdem Holly ermordet worden ist. Es war nur 'ne Frage der Zeit, bis ihr an unsere Tür klopf'n würdet. Bin nich' so dumm, wie ihr denkt. Nachdem ihr weg wart, dachte ich, ich könnt' sie wieder reinholen."

„Los, ins Auto", befahl Janssen und McCall stieg widerwillig hinten ein. Als Janssen die Fahrertür öffnete, bemerkte er, wie Greave ihn über das Dach hinweg anstarrte. „Was ist?"

„Halten Sie es für eine gute Idee, ihn bei dieser angespannten Lage mitzunehmen?"

„Normalerweise würde ich Ihnen zustimmen, aber nicht in diesem Fall", erklärte Janssen. „Mark glaubt das, was Leute sagen, die er respektiert oder denen er vertraut. Mir gegenüber würde er sich nicht öffnen und auch nicht mit mir sprechen. Wenn ich ihn überreden muss, dann werde ich mein Bestes geben. Aber vielleicht müssen wir auf sein Vertrauen in seinen Vater zurückgreifen, um zu verhindern, dass er eine katastrophale Tat begeht."

„Wir sollten eine bewaffnete Einheit und einen geschulten Vermittler hinzuziehen."

„Rufen Sie auf dem Weg an, aber wir werden vor ihnen ankommen." Janssen wollte endlich los und startete den Motor, bevor Greave noch ihre Tür geöffnet hatte. Da die Zeit drängte, gab er Gas. Sicher hatte Mark sein Vorgehen geplant, sonst wäre er nicht bei der Anwesenheitsüberprüfung gewesen, bis sein Vater das Haus verlassen hatte und zur Arbeit aufgebrochen war. So hatte er genug Zeit gehabt, um unbemerkt zurück zu schleichen und die Schrotflinte zu holen. „Rufen Sie Ken und Jane Francis an. Sagen Sie ihnen, dass wir auf dem Weg zu ihnen sind." Greave nickte und nachdem sie die nächste bewaffnete Einheit angefordert hatte, rief sie bei der Familie Francis an. Sie ließ das Telefon eine Zeit lang klingeln, doch niemand hob ab. Greave versuchte es erneut. Auf Janssen wirkte ihre Miene bestürzt. Vielleicht war es bereits zu spät.

Janssen fuhr noch schneller und schaute im Rückspiegel auf McCall, der hinter Greave saß. Mit versteinertem Gesichtsausdruck starrte dieser aus dem Fenster. „Erzählen Sie uns mehr darüber." McCall wusste, dass diese Aufforderung ihm galt, denn er schaute nach vorne und für einen kurzen Moment trafen sich ihre Blicke im Spiegel, bevor Janssen sich wieder auf die Straße konzentrierte. „Sie wissen, was ich meine. Was ist zwischen Ihnen, Ken und Jane Francis? Wir wissen, dass es da eine Verbindung gibt." Callum McCall starrte weiter geradeaus, als würde er direkt durch Greave hindurch auf die Straße vor ihnen schauen. Dann wandte er den Blick wieder der vorbeiziehenden Landschaft zu.

„Mhm, und was wissen Sie?"

Auch wenn er den Köder nicht geschluckt hatte, war sich Tom Janssen sicher, dass er McCalls Aufmerksamkeit hatte. „Wir wissen über Sie und Jane Bescheid." Heimlich warf Greave einen Seitenblick auf Janssen, sie war zwar vorsichtig, aber definitiv dazu bereit, ihn weiter gewähren zu lassen. „Seit wann läuft da etwas?" Er wählte seine Worte mit Bedacht, er wollte sich nicht zu tief in die Karten blicken lassen.

„Sie sollt'n nicht auf das Geschwätz hör'n, Janssen", gab McCall abfällig zurück und schaute wieder nach vorne. „Das war alles vor langer Zeit."

„Vor ein paar Wochen ist nicht so lange her, oder?" Der Gesichtsausdruck von Callum McCall wurde weicher, anstatt sich zu verhärten, wie Janssen erwartet hatte, nachdem er an der Oberfläche gekratzt hatte. „Jane ist keine zurückhaltende Natur." Immer noch keine Antwort. „Vielleicht haben ihr die Briefe nicht gefallen, die Sie hinterlegt haben?" Diese Anspielung war eigentlich ein Schuss ins Blaue, doch er hatte mit fester Stimme gesprochen, um das zu verschleiern.

„Sie hat Ihnen davon erzählt, hm?" Geräuschvoll zog McCall die Nase hoch und wischte sie mit dem Handrücken ab. „Manchmal ist das der einzige Weg, damit die Leute seh'n, was sie falsch machen. Jane und ihr bescheuerter Ehemann."

„Drohbriefe zu schicken wirkt etwas ... kindisch für Sie, oder?" Janssen schaute in den Rückspiegel. Die Anschuldigung hatte gesessen, so viel konnte er am abgewandten Lächeln von McCall erkennen.

„Das hat sie gesagt?" Janssen schaute sich zu ihm um. „Ich wette, da gibt's noch viel, was Sie über das Mädel nicht wissen." Kopfschüttelnd sah McCall aus dem Fenster. „Sie habe ich nie bedroht und das ist die Wahrheit. Ihr Ehemann ... na ja, das ist eine andere Geschichte, aber der verdient es."

Der feste Ton dieser Antwort stimmte Janssen nachdenklich. Alle Briefe, die sie bisher zu Gesicht bekommen hatten, waren sowohl im Wortlaut als auch im Tonfall bedrohlich. Jedoch waren alle direkt an Ken Francis gerichtet und seine Frau wurde gar nicht erwähnt. Soweit sie wussten, hatte sie erst von den Briefen erfahren, als ihr Mann ihnen davon erzählte. Doch McCalls Reaktion ließ auf eine völlig andere Entwicklung der Ereignisse schließen. Die kurze Fahrt zum Haus der Familie Francis dauerte weniger als fünf Minuten, da Janssen sich sehr beeilte. Als sie dort ankamen, stellte er das Auto auf einem Grünstreifen fünfzig Meter vor dem Grundstück ab. Der Range Rover von Jane Francis stand im Hof, die verkohlten Überreste des Ateliers dahinter waren mit Absperrband gesichert.

„Warten Sie hier", sagte Janssen zu McCall, der schon aussteigen wollte. Dieser setzte zu einem Protest an, schwieg aber, als er Janssens wütenden Blick sah. Greave kletterte aus dem Auto und stellte sich neben Janssen.

„Die bewaffnete Einheit braucht noch zehn Minuten", informierte sie ihn. „Wir könnten warten, oder…"

„Eine taktische Einheit in voller Stärke könnte ihn dazu verleiten, etwas Unbedachtes zu tun. Wir sollten nicht vergessen, dass Mark immer noch ein Kind ist. Normalerweise macht er so etwas nicht. Mit einer weniger verschreckenden Herangehensweise haben wir eine bessere Chance, ihn davon abzubringen."

„Was, wenn er es schon getan hat?" Die Spannung in ihrer Stimme war nicht zu überhören und sie hatte recht. Wenn sie zu spät gekommen waren, dann hätte Mark bereits eine Spur der Verwüstung hinterlassen. Oder er war noch nicht da und saß nun im Wald, um auf eine gute Gelegenheit zu warten.

Janssen nahm sein Mobiltelefon und rief noch einmal bei Ken

und Jane Francis an. Der Anrufbeantworter schaltete sich ein. Kopfschüttelnd schaute Janssen zu Greave. „Gehen oder bleiben?"

„Wir gehen", antwortete Greave. Janssen war zufrieden. Noch einmal schaute er zu McCall und signalisierte diesem, unbedingt im Auto zu bleiben. „Gehen wir zum Hintereingang. Von dort aus sehen wir besser ins Innere."

Da ihnen klar war, dass ihre Ankunft einem aufmerksamen Auge sicher nicht entgehen würde, gingen sie schnell durch das Tor in den Innenhof und hielten sich nur für den Fall nahe an der Hauswand. Zum Glück waren die Kinder in der Schule, das beruhigte die beiden ein wenig. Das erste Fenster, zu dem sie kamen, gab den Blick auf den Flur frei, der zum Büro von Ken Francis führte. Die Tür war geschlossen und sie konnten die Garderobe einsehen, durch die man von der Rückseite aus ins Haus kam. Es war ein sehr eingeschränkter Blickwinkel und sie sahen nur einen kleinen Teil davon und von der Küche dahinter. Im Inneren bewegte sich ein Schatten, aber wessen, blieb unklar.

Sie gingen weiter bis zur Haustür. Janssen schlüpfte daran vorbei und schlich zum Küchenfenster, von dem aus man den Hof überblickte. Mit einem letzten Blick auf Greave versicherte er sich ihrer Zustimmung und als sie nickte, spähte er rasch ins Haus. In der Küche war Jane Francis, die gerade mit einem Messer in der Hand das Essen vorbereitete. Erleichtert seufzte Janssen. Ken Francis saß am Küchentisch und war in eine Zeitung vertieft. Mit einem Lächeln in Richtung Greave trat Janssen von der Wand zurück und streckte schweigend den Daumen hoch. Dadurch wurde er von Mrs. Francis entdeckt, die von seiner Anwesenheit überrascht war. Ihre Reaktion alarmierte den Hund, der bisher auf dem Sofa geschlafen hatte. Er sprang auf und rannte bellend in die Küche. Der überraschte Gesichtsausdruck von Jane Francis verwandelte sich in Verärgerung, als sie zur Hintertür ging.

Gerade als sie diese öffnete, kamen Greave und Janssen auf sie zu. „Sie haben ja Nerven, hier auf unserem Grund und Boden herumzuschleichen!"

„Mrs. Francis", sagte Greave, „wir müssen reden."

Jane Francis trat einen Schritt zurück, drehte sich um und ging wieder in die Küche. Ihr Mann stand auf und wollte wissen, was seine Frau beunruhigte. „Was ist los? Gibt es Neuigkeiten über das Feuer?"

„Nein. Leider nicht", erklärte Greave. Neben ihr ließ Janssen seinen Blick durch das Hausinnere schweifen, bevor er die Nebengebäude absuchte und nach Mark Ausschau hielt. „Wir haben erfahren, dass Mark McCall Ihnen eventuell etwas antun will, Mr. Francis." Diese Eröffnung verblüffte den Mann, eine scheinbar ehrliche Reaktion.

„Wieso um Himmels Willen sollte der Junge mir schaden wollen?"

Janssen fuhr mit der Erklärung fort. „Mark hatte eine Art Beziehung mit Holly Bettany. Es scheint, als hätte er die fixe Idee, dass Sie sie ermordet haben. Wie kommt er auf diesen Gedanken, was glauben Sie?" Mit offenem Mund schüttelte Ken Francis den Kopf. Janssen schaute zu Jane Francis, doch diese hatte den Blick in Richtung Boden abgewandt. Sehr vielsagend. „Offensichtlich ist er nicht der einzige McCall, der einen Groll gegen Sie beide hegt, nicht war, Jane?" Ken Francis wurde klar, dass der Polizist und Jane etwas wussten, in das er nicht eingeweiht war.

„Jane. Was zum Teufel meint er?", wollte Ken Francis mit gerunzelter Stirn wissen. Hinter ihnen bewegte sich etwas. Als sie sich umdrehten, stand Callum McCall in der Türschwelle. „Was machen Sie hier?", fragte Mr. Francis.

„Ich?", fragte Callum McCall mit süffisanter Miene. „Ich hab's mit deiner Frau gemacht, das tue ich hier. Wie in alten Zeiten." Er war erleichtert, dass sein Sohn nicht hier war, und diese Tatsache verlieh ihm anscheinend Mut.

„Ich dachte, ich hätte Ihnen gesagt, Sie sollen im Auto warten", meinte Janssen, der von McCalls absichtlichem Zuwiderhandeln genervt war. Der Mann zuckte mit den Schultern und genoss es offenbar, Unbehagen zu stiften.

Wie ein begossener Pudel stand Jane Francis da. Für Janssen

sah es so aus, als würde ihre Welt gerade auseinanderbrechen. Ken Francis starrte Callum McCall an, bevor sein Blick zu seiner Frau wanderte.

„Jup, ganz richtig, Ken. Du hast mit dem Mädel von meinem Sohn rumgemacht und ich hab' die Bekanntschaft zu deiner Frau aufgefrischt. Janey und ich, wir kennen uns schon lange. Stimmt doch, nicht wahr?"

„Himmel noch mal, halt die Klappe, Callum!" Jane Francis brach ihr Schweigen, bedachte ihren Liebhaber mit einem wütenden Blick, vermied es aber, ihren Mann anzuschauen. In Janssens Augen war dessen Reaktion ungewöhnlich, er war nicht direkt wütend oder aufgebracht, aber gleichzeitig war es ihm auch nicht gleichgültig. Der Mann sah verloren, verwirrt aus. „Ich hätte das *niemals* zulassen dürfen –"

„Das mag ja sein ... aber du hast es, mehrmals sogar!" Callum McCall genoss diesen Moment. Eine Möglichkeit, die Affäre auffliegen zu lassen und sie seinem Rivalen unter die Nase zu reiben. Durch diese Dreiecksgeschichte wurde Janssen klar, was hier wirklich vor sich ging. Plötzlich nahmen zufällige Ereignisse eine Gestalt an und ergaben endlich Sinn.

„Drohbriefe an Ken Francis und äh ... Liebesbriefe ... besessene Forderungen an Jane Francis, oder wie?", überlegte Janssen. Greave schaute zu ihm herüber und er spürte, dass ihre Gedanken in ähnlichen Bahnen verliefen. „Was sollte das mit dem Feuer im Atelier, McCall? Ausgleichende Gerechtigkeit für Ihren Sohn oder nur noch mehr kindische Eifersucht? Man zündet kein Gebäude an, um eine Geliebte für sich zu gewinnen."

Callum McCall wurde zornig. „Ach, und was wissen Sie schon? Ich hab' ihn nachts im Atelier gesehen, wie er junge Mädchen betatscht hat. Er ist ein verdammter Pädo und wenn Sie ein Polizist wären, der etwas auf sich hält, dann hätten Sie ihn schon längst verhaftet. *Aber ham Sie nich'*, oder, Janssen? Wieso? Weil er ein reicher Mann ist, 'n Künstlertyp, was? Trifft sich mit den richtigen Leuten und Sie sind trotzdem nicht hinter ihm her, sondern hinter meinem Jungen! Ihr würdet ihn nur zu gern hinter Schloss und Riegel bringen."

„Falls er vorhat, jemanden vorsätzlich zu töten, dann werde ich das ganz sicher tun." Als Janssen das erwähnte, verflog die Verwirrung und Ken Francis schien überwältigt. Jane Francis ging zu ihm und zog ihm einen Stuhl heran. Mit einer Hand auf seinem Unterarm wollte sie ihm behilflich sein, doch er schüttelte sie nachdrücklich ab und setzte sich alleine hin. Sie blieb, wo sie war, und ihre Miene verriet, dass sie verletzt war. Janssen dachte, dass sie gleich weinen würde. „Sie beide", sagte er und deutete dabei auf Jane Francis und Callum McCall, „haben dort weitergemacht, wo Sie aufgehört hatten, als Jane nach London gezogen ist. Aber mal ehrlich, McCall, Sie haben nicht viel zu bieten."

„Du kannst hier mit deinem schicken Auto und Make-up auftauchen, Janey, aber du bist immer noch dieselbe", meinte McCall, der Janssen nun größtenteils ignorierte. „Du hast dich nicht verändert und ich weiß, wer du bist und was du willst. Dein Mann verschafft dir vielleicht einen besseren Ruf als den, den du hattest, als du weggezogen bist, ein nettes Haus und 'nen Batzen Geld, aber er kennt dich nich' so wie ich dich kenn', Mädel. *Und das wird er nie."*

„Tust du nicht! Es ist aus, Callum. *Ich hab' dir das schon gesagt!",* fauchte Jane Francis.

„Und trotzdem kommst du immer wieder zurück und willst 'nen Nachschlag!", antwortete Callum McCall mit selbstgefälligem Grinsen. Janssen wusste nicht, was sie an ihm fand, aber er hatte es schon vor Jahren aufgegeben, die Wünsche, Bedürfnisse und Anziehungskräfte anderer Menschen verstehen zu wollen. Die Entscheidungen anderer folgten in seinen Augen weder der Logik noch vernünftigen Gründen.

„Das ist alles sehr faszinierend, aber nichts davon hilft uns, Mark zu finden", sagte Greave, um die Kontrolle zu gewinnen und die anderen zu beruhigen. „Ist er heute hier gewesen oder haben Sie ihn irgendwo in der Nähe gesehen?" Sowohl Jane als auch Ken Francis schüttelte den Kopf. „Wieso sind Sie beide nicht ans Telefon gegangen? Wir haben dauernd angerufen."

Diese Frage beantwortete Ken Francis. „Ein paar Journalisten aus London haben vom Feuer Wind bekommen und herumgeschnüffelt, angerufen und Fragen gestellt. Es wird nicht lange dauern, bis sie das mit Hollys Tod in Verbindung bringen und eine unsinnige Geschichte daraus machen. Wir haben das Telefon ignoriert. Ich wage zu behaupten, dass jemand in Ihrem Revier Profit aus der Weitergabe von Informationen schlägt." Letzteres klang anschuldigend und galt Janssen und Greave.

„Nun, wenn Sie Beweise dafür haben, Mr. Francis, dann reichen Sie bitte eine Beschwerde ein, diese wird objektiv untersucht", meinte Greave ausdruckslos. Bei diesem Vorschlag schnaubte Ken Francis nur verächtlich. „Zweifellos werden wir auch einen anderen Fall in Bezug auf die Ermittlung wegen sexueller Belästigung in London wieder aufrollen."

„Der Fall ist abgeschlossen. Da gab es nichts, wofür ich mich hätte verantworten sollen", protestierte Ken Francis.

„Nicht Sie, Mr. Francis, Ihre Frau." Mit zusammengekniffenen Augen schaute Ken Francis zu seiner Frau. Tamara Greave sprach weiter. „Die Manipulation von Zeugen ist ein schweres Vergehen. Auch wenn sich herausstellt, dass die Zeugin gelogen hat, ist Bestechung für die Zurücknahme einer Aussage trotzdem noch ein Verbrechen."

„Das hast du doch nicht wirklich getan!", schnauzte Ken Francis seine Frau an, die zum Konter überging.

„Wenn ich die Sache dir überlassen hätte, wären wir ruiniert gewesen. Manchmal bist du vollkommen nutzlos, Ken!"

Callum McCall lachte. Janssen fragte sich, ob er wirklich amüsiert war oder sich mokierte. Da McCall für viele das schwarze Schaf der Gemeinde war, freute es ihn sicher zu sehen, wie jene, die man für etwas Besseres als ihn hielt, vor seinen Augen in Ungnade fielen. Wie er reagiert hätte, wenn er von – wie Janssen annahm – der Liebe seines Lebens nicht öffentlich zurückgewiesen worden wäre, konnte Janssen sich nicht vorstellen.

Entweder hatte Jane Francis noch Gefühle für Callum McCall aus ihrer Jugendzeit oder diese Gefühle waren wieder aufgeflammt, als sie sich in einer für Jane sehr stressigen Zeit, auch wegen ihrer unorthodoxen Ehe, erneut über den Weg gelaufen waren. Vielleicht belog sie sich über ihre Gefühle oder sie hatte die Affäre völlig falsch eingeschätzt. So oder so, was bisher im Verborgenen war, lag nun offen für jedermann ersichtlich da. Janssen drehte sich zu Callum McCall um und dieser machte ein langes Gesicht, als er Janssens Blick sah.

„Die Richter haben auch wenig für Brandstifter übrig, McCall."

„Das müssen Sie erst beweisen!", gab Callum McCall zurück und verschränkte die Arme vor der Brust. Er wusste, wie der Hase lief. Ohne Geständnis oder Zeugen konnte man ihm nichts anhaben.

„Sie müssen viel Zeit damit verbracht haben, Ken Francis aus dem Wald heraus zu beobachten, wie hätten Sie sonst wissen sollen, was er so treibt?", sagte Janssen und wechselte das Thema.

„Öffentliches Land. Ich kann gehen, wohin ich will. Nicht meine Schuld, wenn er in aller Öffentlichkeit mit dem jungen Mädel rummacht." Bei dieser Beschreibung biss sich Jane Francis auf die Unterlippe. Anscheinend hatte sie in ihrer eigenen Welt der Ignoranz und Verleugnung gelebt, vielleicht schon jahrelang.

„Sagen Sie uns, was Sie in der Nacht von Hollys Tod gesehen haben", bat Janssen. „Sie haben etwas gesehen, sonst wären Sie nicht so felsenfest davon überzeugt, dass er der Mörder ist."

„Ich bin kein Mörder!", protestierte Ken Francis mit frisch erwachten Lebensgeistern. „Ich habe Holly nicht umgebracht."

„Schon okay", meinte Callum McCall wegwerfend. „Freitagnacht war sie hier in deinem Bett. Brauchst es gar nich' abstreiten. Ich hab' sie mit eigenen Augen gesehen. Ich hab' sie hier gesehen, mit dir."

„Ich habe sie nicht umgebracht! Sie war hier, ist aber gegangen. Wenn Sie vielleicht etwas länger gespannt hätten, dann hätten Sie auch das mit eigenen Augen gesehen!" Seine Haltung änderte sich vom furchtsamen Opfer zum selbstgerechten Beschuldiger. „Vielleicht haben Sie ja gesehen, wie sie gegangen ist, und haben die Gelegenheit ergriffen, sich zu rächen, um freie Bahn bei meiner Frau zu haben." Ken Francis schaute zu seiner Frau, die teilnahmslos neben ihm stand. „Nicht, dass sie sich dem Vernehmen nach sonderlich ziert. Das haben zumindest meine Freunde über sie gesagt, als wir uns kennengelernt haben." Sein Ton war hart und schneidend. Jane Francis verpasste ihm eine Ohrfeige. Ihr Mann zuckte nicht einmal und hielt ihrem Blick stand.

„Und das haben Sie Mark gesagt?", fragte Janssen. Callum nickte. „Und doch ist er nicht hier."

„Möglichweise hat er es sich anders überlegt oder doch gekniffen?", schlug Greave vor. Janssen dachte darüber nach. Das war zu einfach. Auf ihn machte Mark den Eindruck eines konzentrierten jungen Mannes, und das nicht nur wegen seines Asperger-Syndroms. Er war zielgerichtet, aber was das in diesem Fall bedeutete, konnte er nicht vorhersehen.

„McCall, Sie haben im Auto gesagt, dass Sie Mark erzählt haben, dass Hollys Mörder nicht belangt werden würde." Callum McCall nickte. „Hauptsächlich, weil Sie dachten, dass Ken Francis aufgrund der Tatsache, wer er ist, unserer Aufmerksamkeit entgehen würde. Dass sein Status, sein Name ihn vor uns schützen würde?"

„Jup. So ungefähr."

Janssen signalisierte Greave, ihm zu folgen, und ging aus der Küche. McCall drehte sich zur Seite, um ihnen Platz zu machen. Als ob ihm das erst nachträglich einfallen würde, drehte sich Janssen noch einmal zu den dreien um. „Und Sie alle benehmen sich, bis wir wieder hereinkommen. Es liegen so schon genug Anklagepunkte vor, mehr sind wirklich nicht nötig." Callum McCall grinste, offensichtlich genoss er diesen Moment immer noch. Alle schwiegen, als Janssen und Greave nach draußen gingen. Die Sturmfront war wieder ins Landesinnere gezogen, der Wind war stärker geworden und brachte den Nebel von der Küste mit sich. Zuvor war es hell gewesen, doch nun wurde es so schnell und völlig dunkel wie bei einer Sonnenfinsternis.

„Was denken Sie?", wollte Tamara Greave wissen.

„Dass wir hier falsch sind. Es ist nicht Ken Francis. Ich glaube nicht, dass er Holly ermordet hat."

„Gerade hat er zugegeben, dass sie in der Nacht ihres Todes hier gewesen ist und McCall hat praktisch gesagt, dass er sie beim Sex beobachtet hat, aber ..." Für einen Moment hielt sie den Atem an und suchte den umliegenden Wald ab. „Ich glaube, da ist etwas dran an dem, was Sie sagen. So gut alles zusammenpasst, es fühlt sich auch für mich nicht richtig an."

„Was McCall zu Mark gesagt hat, hat vielleicht sein Handeln beeinflusst, aber ich schätze, Mark hat weder uns alles gesagt, was er weiß, noch seinem Vater."

„Wer ist also das Ziel?"

„Ich bin mir nicht sicher, aber ich glaube, ich weiß, wo wir Mark finden", meinte Janssen zuversichtlich. Das Heulen einer Sirene war in der Ferne zu hören. Die Unterstützung nahte heran. „Die Frage ist, werden wir ihn allein vorfinden?"

KAPITEL FÜNFUNDDREISSIG

Tamara Greave zitterte, durch den Wetterumschwung war die Temperatur drastisch gefallen. Ihr Telefon klingelte, es war Eric Collet. Während sie konzentriert zuhörte, fiel ihr Janssens Interesse am Gespräch auf. Wahrscheinlich hatte sie überrascht ausgesehen. Immer noch versuchte sie, die kürzlichen Enthüllungen in diesem Fall zu verarbeiten, und machte sich Vorwürfe, dass sie die Zusammenhänge nicht früher erkannt hatte. In Hollys Umfeld gab es nur wenige Verdächtige und alle hatten Geheimnisse hinsichtlich ihrer Beziehung zu dem Mädchen und untereinander. Janssens Frust steigerte sich. Er wollte endlich los, um Mark McCall zu suchen. Trotz seiner zurückhaltenden, methodischen Herangehensweise war er, sobald er eine Entscheidung getroffen hatte, so zielgerichtet, dass er jegliches Risiko zu ignorieren schien. Immer noch war unklar, was sie erwarten würde. Sie legte auf.

„Das war Collet. Er ist auf dem Weg hierher, aber er wollte uns darüber informieren, dass Hollys Handy wieder eingeschaltet wurde. Wie beim letzten Mal ist es mit den gleichen Masten verbunden und war die letzten dreißig Minuten im Netz." Janssen runzelte die Stirn, er dachte dasselbe wie Greave. Das war Marks

Finale. Zumindest hatte er noch nicht mit seinem Spiel begonnen. „Wir haben noch Zeit."

„Wieso sind Sie sich dessen so sicher?"

„Wenn er es schon durchgezogen hätte, dann hätte er das Handy ausgeschaltet oder weggeworfen." Anscheinend stimmte Janssen ihr zu. Sie schaute sich zum Polizeiwagen um, der über den Zufahrtsweg herannahte, und ein Wirrwarr an Möglichkeiten schoss ihr durch den Kopf. „Sie meinten, Sie wüssten wo Mark ist?"

„Ich denke, ja. Wenn Mark unter Stress steht oder allein sein möchte, geht er immer zu einem besonderen Ort. Seine Mutter hat ihn oft dorthin mitgenommen", sagte Janssen, während er den uniformierten Beamten, die gerade aus dem Auto stiegen, signalisierte, dass sie sich zurückhalten sollten. Sie nickten ihm zu und warteten auf weitere Anweisungen. „Wir sind schneller, wenn wir über die Felder gehen, da führt ein Reitweg entlang."

„Bei dem Wetter?", fragte sie und deutete auf den immer dichter werdenden Nebel. Sich zu verirren oder von einem potenziellen Mörder überrascht zu werden, waren keine erbaulichen Aussichten.

„Dieser Weg ist eine Abkürzung. Die Uniformierten können die Straße nehmen, aber sie sollten am Beginn des Pfads warten, bis wir wissen, womit wir es zu tun haben. Außerdem wollen wir den Jungen nicht zu einer überhasteten Aktion treiben." Zwar war das ein vernünftiger Vorschlag, trotzdem konnte man leicht das Gegenargument vorbringen, dass sie diesen Zeitpunkt bereits verpasst hatten. Nichts an Mark deutete für sie darauf hin, dass er ein Mörder war, allerdings war sie während ihrer Karriere vielen Menschen begegnet, die sich nur ein einziges Fehlurteil erlaubt und jahrelang unter den Folgen gelitten hatten. „Ich kenne den Weg. Es ist nicht weit." Sein Selbstvertrauen gab den Ausschlag und sie stimmte seinem Vorhaben zu. „Was machen wir mit denen?" Janssen zeigte zurück zum Haus.

„Ich schätze, die haben noch genug zu besprechen, bis wir fertig sind." Die Dreiecksgeschichte zwischen Ken und Jane Francis sowie Callum McCall war der beste Tratsch, den das Dorf hervorbringen konnte. Bedachte man außerdem noch die sexuelle Beziehung zwischen Ken Francis und Holly, der Freundin von Callum McCalls Sohn, verlieh das dem Ganzen zusätzliche Würze, sodass man noch in Jahren davon sprechen würde, sofern Mark dies alles nicht noch übertraf. Je mehr Greave über diese Leute in Erfahrung brachte, desto mehr hatte sie das Gefühl, dass sie einander verdienten. „Allerdings ist es wahrscheinlich gut, dass Collet hierher unterwegs ist, um sie im Auge zu behalten. Callum McCall hat die Brandstiftung gestanden, Jane Francis hat zugegeben, eine Zeugin manipuliert zu haben, und wer weiß, welche Bombe hochgeht, wenn McCall herausfindet, dass sie versucht hat, ihm die Schuld in die Schuhe zu schieben."

„Die roten hochhackigen Schuhe?", fragte Janssen. Sie nickte. Jane Francis musste gewusst haben, dass ihr Mann in der Mordnacht mit Holly zusammen gewesen war. Auch wenn sie gedacht hatte, dass Ken Francis unschuldig war, und selbst wenn sie das nicht gedacht hatte, wies ihre Vergangenheit, in der sie ihren Mann schon einmal gedeckt hatte, darauf hin, dass sie ihre Bedürfnisse und die der Kinder über die Wahrheit stellte. Jane Francis würde nicht zweimal überlegen, bevor sie Hollys Schuhe am Haus der McCalls platzierte. Allerdings war sich Greave nicht sicher, ob sie Mark oder Callum McCall etwas anhängen wollte. Callum McCall hatte für Aufruhr gesorgt und war so etwas wie eine Bedrohung für ihre Ehe, die Sicherheit als Familie. Würde er ins Gefängnis gesteckt, während ihr Ehemann von sämtlichen Anschuldigungen freigesprochen wäre, hätte sie zwei Fliegen mit einer Klappe geschlagen. „Ich bezweifle, dass wir ihre Fingerabdrücke auf den Schuhen finden werden. Dafür ist sie zu berechnend."

„Sie haben recht. Wahrscheinlich werden wir das nicht beweisen können." Selbst wenn sie wussten, was vor sich ging, wie alles zusammenpasste, mussten sie erst sicherstellen, dass die Geständnisse offiziell aufgenommen wurden. Denn sie hatten nur Indizienbeweise und das ärgerte sie. Janssen wies die bewaffneten

Beamten an, wo sie sich positionieren sollten, und befahl ihnen strikt, sich zurückzuhalten, außer, sie waren eindeutig in unmittelbarer Gefahr.

Janssen zeigte ihnen, welchen Weg sie nehmen sollten. Sie umrundeten das Haus und verließen das Grundstück durch ein Tor am hinteren Ende des Hofs. Greave führte er an der Vorderseite des Hauses zu einem Zauntritt, über den sie kletterten und den Pfad entlang gingen. Durch seinen wiegenden Gang und die langen Schritte legte Janssen ein ordentliches Tempo vor und Greave hatte bald Probleme, mit ihm mitzuhalten. Als der Pfad steil nach oben in Richtung Küste führte, brannten ihr die Waden. Sie bat Janssen nicht, langsamer zu gehen, denn erstens wollte sie sich diese Peinlichkeit ersparen und zweitens würde er ohnehin nicht auf sie hören, denn er wollte unbedingt so schnell wie möglich zu diesem Ort. Scheinbar hielten sie sich nach links, aber das war schwer einzuschätzen, denn je weiter sie gingen, desto dichter wurde der Nebel, bis sie kaum noch ein paar Meter weit sehen konnten. Jetzt war die Sonne nur noch als verschwommener Fleck im undurchdringlichen Grau zu sehen.

„Ich gehe hier hinüber", sagte Janssen und blieb abrupt stehen. Greave schaute sich um, der Weg gabelte sich nicht, doch Janssen schickte sich an, über eine Steinmauer zu klettern, die nicht den Eindruck machte, als könnte sie seinem Gewicht standhalten. „Wenn ich diesen Weg nehme, komme ich oberhalb von Mark raus. Bleiben Sie auf dem Weg, Sie nähern sich dann von seiner rechten Seite." Er überprüfte die Stabilität eines Steins und zog sich daran hoch, ohne eine Antwort abzuwarten.

„Wir sollten zusammenbleiben, Janssen! Wir wissen nicht einmal, ob Mark da ist." Als er auf der anderen Seite der Mauer angekommen war, schaute er mit strenger Miene zurück.

„Er wird da sein und ich möchte ihm nicht zwei Ziele bieten." Dann verschwand er in der Düsternis. Durch die hohe Luftfeuchtigkeit wurden die Geräusche gedämpft und bald war jegliches Anzeichen für Janssens Anwesenheit verschwunden, vom Nebel verschluckt. Leise fluchte Greave. Während ihrer gesamten

Karriere hatte sie mit Männern wie Tom Janssen umgehen müssen. Irgendwie weckte sie ihren Beschützerinstinkt, als müssten sie sie vor Schaden bewahren. Einerseits war das rührend und durch die Gesellschaft in jeder Generation tief verwurzelt, aber andererseits war es eine Tugend, die ihr lästig war, denn sie hielt sich für gleich fähig wie alle ihre männlichen Kollegen.

Als Greave weiterging, hörte sie bei jedem Schritt den eigenen Atem, das Geräusch zerbrechender Zweige wurde durch die beklemmende Umgebung verstärkt. Der Pfad führte scharf nach links, wie Janssen gesagt hatte, und sie bemerkte, dass sie langsamer wurde. Sie redete sich ein, dass sie nur vorsichtig war, doch in Wahrheit hatte sie Angst. Je näher sie der unbekannten Gefahr kam, desto schneller wurde ihr Herzschlag. Das Donnern der Wellen, die tief unten gegen die Klippen krachten, war schon zu hören, der obere Rand des Kliffs lag noch im Nebel verborgen. Sie war fast da. Der Pfad führte oben an den Klippen entlang, knapp zwanzig Meter über der tosenden See, die unten gegen die Felsen hämmerte. Nicht mehr weit. Wenn Janssen recht gehabt hatte, dann war sie nun in Hörweite.

Greave blieb stehen, lauschte, und konzentrierte sich dabei auf einen Punkt irgendwo vor ihr in der Düsternis. Außer dem Donnern der Wellen und dem eigenen Herzschlag in der Brust hörte sie nichts. Langsam schob sie sich vorwärts, blieb wachsam und achtete angestrengt auf verräterische Geräusche vor sich. Gedämpfte Stimmen drangen an ihr Ohr. Wie viele es waren, konnte sie nicht ausmachen, hatte aber den Eindruck, dass es nicht mehr als zwei waren. Für eine Sekunde dachte sie, dass Janssen Mark gefunden hatte und sie miteinander redeten, doch als sie näherkam, tauchten zwei Gestalten aus dem Dunst auf. Keine davon war Tom Janssen.

Als sie sich Zentimeter um Zentimeter tief gebückt weiter nach vorne bewegte und dabei aufpasste, auf nichts zu treten, das ihre Position verraten würde, konnte sie immer mehr Details der beiden Gestalten erkennen. Eine stand aufrecht da und streckte einen Arm in Richtung der zweiten, die am Boden kauerte. Allerdings war es kein ausgestreckter Arm, sondern eine doppelläufige Schrotflinte, die direkt auf die zweite männliche Person gerichtet war. Dieser wich nach hinten aus und kam dabei den Klippen gefährlich nahe. Es war nicht ersichtlich, ob ihm das klar war. Flehend hatte er die Arme erhoben und das Gesicht von der auf ihn gerichteten Waffe abgewendet.

Greave schaute sich nach Janssen um. Wo könnte er sein? Würde er es riskieren, den bewaffneten Mann anzugreifen, oder würde er auf Nummer sicher gehen und auf die bewaffnete Einheit warten? Sie konnte sie nicht alarmieren, denn die beiden Männer in ihrer tödlichen Pattsituation standen zwischen ihr und der Einheit. Wenn sie ihr Telefon benutzte, dann verriete das ihre Position. Und wenn sie sich zurückzog und von einem sicheren Ort aus anriefe, wäre es zweifellos zu spät. Die Situation würde in ein paar Sekunden eskalieren. Greave verfluchte ihre Unschlüssigkeit. Der Mann mit der Schusswaffe ging Schritt um Schritt nach vorne und zwang den anderen, weiter weg zu rücken. Der Boden gab unter seinem Gewicht nach und Brocken stürzten in das Meer darunter. Plötzlich wurde der zweite Mann sich der Gefahr bewusst, schrie auf und bettelte. „Bitte … nicht …" Tamara Greave erschrak. Sie kannte die Stimme. Es war die von Mark.

Eine weitere Gestalt, groß und imposant, tauchte aus der Dunkelheit auf. „Keine Sorge, Mark. Es ist gleich vorbei." Der bewaffnete Mann drehte sich zum dritten um. Es war Janssen, der sich näherte. „Sie brauchen die Flinte nicht mehr." Seine Stimme war ruhig und bestimmt. Greave wurde klar, dass Mark sein auserwähltes Opfer hierher gelockt haben musste und es entweder nicht geschafft hatte, seinen Plan in die Tat umzusetzen, oder überwältigt und entwaffnet worden war. Das ergab Sinn. Nun war die Waffe auf Janssen gerichtet, der stehen blieb. Der Mann ließ die Waffe nicht sinken. Vielleicht hatte Janssen die Situation falsch eingeschätzt und angenommen, das Opfer hielt die Waffe erhoben, um sich selbst zu schützen, doch nun zeigte sie auf ihn. Außer, das war die ganze Zeit seine Absicht gewesen, um Mark zu beschützen. *Verflucht, was muss er sich so in Gefahr bringen!*

Vorsichtig stand Mark auf und machte einen Schritt von der Klippe weg. Der Bewaffnete schaute zu ihm hinüber und bewegte die Waffe ein paar Zentimeter in seine Richtung. Überlegte er, welches Ziel die größere Gefahr darstellte, Mark McCall oder Tom Janssen? Wahrscheinlich hatte Janssen auf diesen Moment des Zögerns gewartet, denn er stürmte los. Der Mann hatte die Flinte schon angelegt, als Janssen auf ihn prallte. Er schaffe es gerade noch, den Lauf nach oben und von sich weg zu stoßen, als der Mann schoss. Für einen Moment erhellte das Mündungsfeuer die beiden und das Krachen des Schusses übertönte das Donnern der Wellen unter ihnen. Instinktiv und verängstigt trat Mark einen Schritt zurück, stolperte und taumelte auf den Rand der Klippe zu. Als die weiche Erde unter seinen Füßen wegbrach, warf er sich nach vorne. Er schrie panisch, während er versuchte, sich an irgendetwas zu halten, das seinen Fall verhindern konnte.

Tamara Greave rannte los, warf sich Mark entgegen und fasste nach seinen wild um sich schlagenden Armen, seinem Mantel, nach allem, mit dem sie verhindern konnte, dass er abrutschte. Mark schaute ihr in die Augen und sie sah das blanke Entsetzen, ein flüchtiger Einblick in die Gedanken eines jungen Mannes, der glaubte, gleich zu sterben. Sein Gewicht brachte sie aus der Balance und sie taumelte auf die Kante der Klippe zu. Mit beiden Händen hielt sie Mark fest, als sie auf dem Boden lag. Nichts war zu hören als das ständige Donnern der Wellen gegen den Fuß der Klippen, und während Greave und Mark immer weiter auf den Abgrund zu rutschten, wurde ihr Griff immer schwächer. Sie verdoppelte ihre Anstrengungen, schaffte es, sichereren Halt zu gewinnen und seinen Sturz aufzuhalten. Mark geriet in Panik und tastete verzweifelt umher. „Ich habe dich, Mark, und ich werde nicht loslassen." Sie versuchte, zuversichtlich und so bestimmt wie Janssen zu klingen, aber in seinen Augen las sie deutlich, dass er ihr nicht glaubte.

Zu ihrer Linken sah sie, wie die beiden Männer nicht weit

entfernt miteinander rangen. Janssen war ein großer und kräftiger Mann, doch das traf auch auf seinen Gegner zu. Es war unmöglich zu sagen, wer die Oberhand hatte, der eine versuchte, den anderen zurückzuhalten, wobei dieser den Kampf um jeden Preis gewinnen wollte. Die beiden stolperten in die Dunkelheit und wurden in Sekunden vom Nebel verschlungen. Mark schrie auf, als die Erde, in die er seine Ellenbogen gegraben hatte, nachgab und er noch ein Stück abrutschte. In seinem Gesicht stand der blanke Horror. Greave spürte, wie sich die Muskeln in ihrem Oberkörper unter der Last anspannten. Ihre Arme brannten und zum ersten Mal hatte sie Angst, es nicht zu schaffen. Vor ihrem inneren Auge stand das Bild des Teenagers, der auf den Felsen unter ihnen zu Tode stürzte. Eine flüchtige Sekunde lang sah sie, wie auch sie fiel.

Wieder krachte es, als sich ein zweiter Schuss aus der Flinte löste, doch weil Greave sich nicht bewegen und nichts sehen konnte, musste sie sich auf ihr Gehör verlassen. Ihre Sorge um Janssen wuchs. Sicher waren die Männer der bewaffneten Einheit schon auf dem Weg. In ihrem Kopf überschlugen sich die Gedanken. Waren sie dort in Stellung gegangen, wo Janssen es ihnen befohlen hatte, und wenn ja, wie lange würden sie brauchen, um hierher zu kommen? Falls Janssen vom Angreifer überwältigt wurde, wäre die Unterstützung schnell genug hier, bevor Mark und sie ihm zum Opfer fielen? Sie musste sich selbst retten, schoss es ihr kurz durch den Kopf. Sie war dem Mörder hilflos ausgeliefert. Mark hatte recht. Wen auch immer er hergelockt hatte, dieser Mann hatte Holly ermordet und war mehr als nur bereit, Mark und jeden anderen, der sich ihm in den Weg stellte, zum Schweigen zu bringen. Mark loszulassen und ihn aufzugeben war ihre einzige Chance. Und sich in die relative Sicherheit des Nebels zurückziehen war ihr einziger Vorteil.

Mark schien das zu merken. Er musste es spüren. Sein Gesichtsausdruck ließ keinen Zweifel zu. Greave biss die Zähne zusammen, griff auf die letzten Energiereserven zurück und konzentrierte ihre Bemühungen darauf, ihn über den Rand und in

Sicherheit zu ziehen. Ein scharfer Schmerz durchzuckte ihre Arme und sie musste sich rasch eingestehen, dass es vergebens war. Falls sie je stark genug dafür gewesen wäre, jetzt war sie es jedenfalls nicht. Alles, was sie tun konnte, war durchzuhalten. So lagen sie aneinandergeklammert da, ihr Griff war alles, was zwischen Leben und Tod stand. *Wo waren die Uniformierten? Sie sollten schon da sein. Wo war Janssen?*

KAPITEL SECHSUNDDREISSIG

Es FÜHLTE SICH AN, als wären Minuten vergangen, obwohl es wahrscheinlich nur Sekunden waren. Ihr Griff wurde schwächer, Mark rutschte immer weiter ab. Sie dachte, dass sie fester zupackte, doch in Wirklichkeit hatte sie keine Kraft mehr und unwillkürlich schoss ihr der Gedanke durch den Kopf, einfach loszulassen. Die Erleichterung, nicht mehr sein Gewicht halten zu müssen, war verlockend. Greave krallte sich fest und konzentrierte sich auf Mark ... darauf, ihn am Leben zu halten. Dann schälte sich eine Gestalt aus der Dunkelheit, die schnell auf sie zu kam. Ein Arm, der überproportional länger war als der andere, zeigte nach unten. Greave realisierte, dass es die Flinte war, und ihr Herz hämmerte ängstlich und angespannt in ihrer Brust. Tom Janssen wurde im Nebel sichtbar, warf die Waffe neben Greave hin, ließ sich auf die Knie fallen und griff mit seinen großen Händen nach dem panischen jungen Mann. Zusammen und mit übermenschlicher Anstrengung Greaves zogen sie ihn nach oben über die Kante in Sicherheit. Alle drei blieben erschöpft auf dem Boden liegen.

Tamara Greaves Arme fühlten sich leicht an. Sie war erleichtert, dass ihre Muskeln endlich entlastet worden waren, aber die Anstrengung ließ sie schwer atmen. Neben ihr lag Mark, der sich in die Embryonalstellung zusammengerollt hatte. Sie bemerkte, dass er weinte. Beschwichtigend legte sie ihm eine Hand auf den Oberarm und strich sanft auf und ab, während sie zu Janssen hinüberschaute, der am Boden hockte, die Hände auf die Oberschenkel gelegt hatte und schnaufte. Er schwitzte und sah gleichzeitig gequält und erleichtert aus.

„Wir haben ihn", erklärte Janssen, während er sich mit der Hand durchs Haar fuhr und ihre Frage beantwortete, bevor sie sie stellen konnte. „Colin Bettany ist in Gewahrsam."

In ihrem Kopf setzte sich schlagartig das Puzzle zusammen. Sie war nicht überrascht. Jetzt machte alles Sinn. Zwei Constables in Warnwesten kamen auf sie zu und Greave half Mark dabei, sich aufzusetzen. Der Junge hatte einen Schock und sie mussten ihn zu einem Arzt bringen. Was auch immer er für diese Begegnung geplant hatte, man konnte definitiv sagen, dass es nicht so gelaufen war, wie er es gewollt hatte. Janssen stand auf und half ihr und Mark auf die Beine. Mit dem Handrücken wischte sich der Teenager über die Augen und schaute dabei Tamara Greave an.

„Darf ich jetzt bitte Hollys Telefon haben? Du hast es mitgenommen, als du ihre Leiche gefunden hast, nicht wahr?" Sie achtete darauf, nicht feindselig zu klingen. Der Junge hatte eine Tortur hinter sich und dem Tod zweimal in die Augen gesehen, einmal durch Colin Bettany und einmal durch Mutter Natur. Mark griff in die Tasche seines Kapuzenpullovers, nahm das Handy heraus und reichte es ihr herüber. Für einen Moment starrte er es an. Es war ein symbolischer Augenblick, als würde er das letzte Stück von Holly weggeben, an dem er seit ihrem Tod festgehalten hatte. „Du hast die Tracking-Software gefunden, die Colin Bettany installiert hat, oder?" Mark nickte.

„In der Schule hat Maddie mir erzählt, wie ihr Vater zur Strandparty gekommen ist und sie nach Haus gezerrt hat. Scheinbar wusste er immer, wo Holly und ihre Schwester waren. Ich schätze, er ist in jener Nacht nach Hause gekommen und hat nachgesehen, wo sie waren. Da ist ihm aufgefallen, dass sie irgendetwas vorhaben, und er hat sie gesucht."

„Aber du hast ihn in dieser Nacht nicht gesehen." Mark schüttelte den Kopf. „Du und Holly, ihr wart bereits weg."

„Sie haben nie erwähnt, dass er bei der Strandparty aufgetaucht ist. Ich wusste, dass er das entweder geheim gehalten hatte oder … oder dass da noch etwas anderes läuft. Nach dem, was mein Papa gesagt hat …"

„Hattest du dir Sorgen gemacht, dass wir Colin Bettany schützen und den Mord dir oder deinem Vater anhängen?", fragte Greave mitfühlend. In der letzten Woche musste er furchtbar verwirrt gewesen sein.

„Vor allem, als Sie Hollys Schuhe bei unserem Haus gefunden haben", sagte Mark, während sein Blick zwischen den beiden Detectives hin und her irrte. „Nachdem Holly gegangen war, bin ich nach Hause gegangen. Papa war da, als ich durch die Tür kam. Es war unmöglich, dass er Holly ermordet hat. Als Sie die Schuhe gefunden haben, habe ich gedacht, dass alles, was er mir über die Polizei erzählt hat, wahr sein muss."

Beruhigend legte Greave ihm eine Hand auf seine und lächelte. „An der Geschichte ist mehr dran, als du weißt, Mark. Dein Vater ist in die Ereignisse, die sich abgespielt haben, verwickelt, aber du hast recht, er ist nicht Hollys Mörder. Komm, wir bringen dich an einen sicheren Ort." Greave übergab ihn den wartenden Constables, die ihn mitnahmen. Janssen kniete sich hin und hob die abgesägte Schrotflinte von dort auf, wo sie gelandet war, als er ihnen zu Hilfe geeilt war. „Sind Sie in Ordnung?"

„Ein bisschen durchgerüttelt", meinte Janssen achselzuckend.

„Ihr Körper oder Ihr Ego?", fragte sie scherzhaft. Ein breites Grinsen erhellte seine Miene. „Ich bin nur genervt von mir selbst, dass ich alles nicht früher erkannt habe. Was wollen wir wetten, dass die DNA von Hollys Baby mit der von Colin Bettany übereinstimmt?" Offensichtlich war Janssen schockiert. Das war das erste Mal, seit sie sich am Bahnhof getroffen hatten, dass er eine so emotionale Reaktion zeigte.

„Darauf bin ich gar nicht gekommen", gab er zu. „Ich meine, er ist ein Kontrollfreak, aber …"

„Allerdings leuchtet es ein." Sie schaute den Pfad entlang und sah aufblitzende Lichter im Nebel. Da der Wind vom Meer auffrischte, lichtete sich der Dunst langsam. „Sie war beliebt, aber zurückgezogen, träumte davon, wegzulaufen und ein neues Leben zu beginnen. Sie hat sich angezogen, als wäre sie schon eine Frau, was – zugegeben – viele Teenager tun, aber sie hat auch die Gesellschaft älterer Männer bevorzugt, wie Ken Francis. War sie daran gewöhnt und fühlte sie sich merkwürdig wohl mit Älteren, weil sie von Colin Bettany so herangezogen worden war? Seien wir doch ehrlich, ihr Interesse an Jungen in ihrem Alter, wie Mark, war höchstens flüchtig."

„Das alles ist tragisch, finden Sie nicht?", antwortete Janssen kopfschüttelnd. „Von außen hat es so ausgesehen, als hätte Holly alles, was man sich nur wünschen kann."

„Maddie hat davon gesprochen, wie Holly auf sie aufgepasst, sie beschützt hat … mir ist nicht klar gewesen, wie aufschlussreich das war. Ich frage mich, ob Holly nach einer Möglichkeit gesucht hat, auch Maddie irgendwann da rauszuholen. Es würde mich nicht überraschen. Wahrscheinlich hat Bettany sich bedroht gefühlt, als Holly immer älter wurde und sich von ihm entfernte, vor allem, als er in dieser Nacht nach ihr gesucht hat. Vielleicht hat er sie nicht bei Mark gefunden, sondern eher im Haus von Ken Francis. Wenn Callum McCall sehen konnte, was sie da gemacht haben, dann hat Colin Bettany das wahrscheinlich auch."

„Und nachdem sie gegangen war, hat er sie zur Rede gestellt", spann Janssen den Faden weiter.

„Ob er sie wegen des Gedankens, sie zu verlieren, oder eher, seine Macht und Kontrolle über sie zu verlieren, bewusst ermordet hat oder in einem Anfall von Wut zu weit gegangen ist … wer weiß … so oder so, sie war tot, er musste sich etwas einfallen lassen, und das schnell. Vielleicht hat er gesehen, wie Mark und sie den Pfad entlang gegangen sind, oder es ist Zufall, ich weiß es nicht, aber dass er sie an dem Ort ablegte, hat auf Mark hingedeutet."

Janssen runzelte die Stirn. Greave sah ihm an, dass er die Theorie noch einmal durchging. „Es muss zum Streit mit Ken Francis gekommen sein. Als Holly gegangen ist, war sie barfuß und ihre Fußsohlen waren immer noch sauber, als wir ihre Leiche gefunden haben. Weit ist sie nicht gegangen. Ich kann mir vorstellen, dass sie in der Nähe des Hauses auf ihren Vater getroffen ist und er sie kurz danach umgebracht hat. Ein Mann seiner Größe könnte sie leicht bis zum Strand tragen. Holly war ein so zierliches Mädchen, er hätte das problemlos geschafft und zu dieser Nachtzeit war das Risiko, erwischt zu werden, gering."

„Glauben Sie, Ken Francis wird verraten, was genau in dieser Nacht passiert ist, dass sie ohne ihre Schuhe fortgegangen ist? Ich meine, jetzt, da ihre Geheimnisse aufgedeckt worden sind?" Janssen zuckte mit den Schultern. In diesem Fall sagte anscheinend niemand die Wahrheit. Wer der Vater des Kindes war, blieb Gegenstand von Spekulationen, bis sie einen Beweis hatten, denn es konnte genauso gut von Ken Francis sein. „Unnötig zu erwähnen, dass wir ohne Marks eher ungeschickten Versuch, für Gerechtigkeit zu sorgen, nie dahintergekommen wären."

Janssen stupste sie mit dem Ellenbogen in die Seite, als sie den Pfad entlanggingen. „Letztendlich hätten wir diesen Fall schon gelöst, da bin ich mir sicher. Was Mark wohl gesagt hat, als er nachts Colin Bettany angerufen hat, um ihn hierher zu locken?"

„Vielleicht musste er gar nicht viel sagen. Colin Bettany konnte sich nicht sicher sein, welche Beweise gegen ihn vorlagen, und ein Mann, der so verzweifelt andere dominieren will, musste einfach sichergehen. Als er Mark alleine angetroffen hat … konnte er wahrscheinlich nicht widerstehen, dieses Problem zu beseitigen, und hat dabei sogar riskiert, Sie zu töten. Hätte er die Waffe fallen gelassen und auf Selbstverteidigung plädiert, wäre es uns schwergefallen, irgendetwas davon zu beweisen. Wie es aussieht, hat er sich mit seiner impulsiven Art selbst ins Fleisch geschnitten."

Janssen blieb stehen. „Das machen Männer wie er immer." Es

klang, als würde er aus Erfahrung sprechen, seine Stimme war hart und bitter. Greave fragte lieber nicht nach. „Ich frage mich, wie viel seine Frau, Marie Bettany, wusste. Maddie hatte Angst, Ihnen zu sagen, was sie wusste, aber sie hat sich Mark anvertraut."

„Ja. Sie hat Mark vertraut. Sie hatten die ganze Zeit recht mit Mark. Was Marie Bettany angeht, auch sie wird einige Fragen beantworten müssen, aber Missbrauchstäter wie Colin Bettany manipulieren nicht nur ihre Opfer, sondern jeden in ihrem Umfeld. An welchem Punkt wurde Marie Bettany vom Opfer zur Helferin?

„Ich weiß, was Sie meinen", gab Janssen zurück und schaute ihr in die Augen, „und vielleicht denke ich in dieser Hinsicht zu einfach, aber ... für mich ist dieser Moment gekommen, wenn er das Schlafzimmer des Kindes betritt." Janssen drehte sich um und stapfte weiter. Tamara Greave beschleunigte ihre Schritte, um zu ihm aufzuschließen.

KAPITEL SIEBENUNDDREISSIG

Tamara Greave stand am Eingang ihres Hotels und gab dem Taxifahrer ihren Koffer, als sie das Auto von Tom Janssen sah, das gerade von der Hauptstraße abbog. Er hielt den Wagen an und stieg aus. Bevor er sie begrüßte, zeigte er dem Taxifahrer seinen Dienstausweis, nahm ihm den Koffer ab und drückte ihm einen Fünf-Pfund-Schein in die Hand, während er ihm sagte, dass seine Dienste nicht benötigt wurden. Der Fahrer schaute zu Greave, die ihm lächelnd signalisierte, dass sie damit einverstanden war. Janssen klopfte dem Mann leicht auf die Schulter und stand dann vor Greave, immer noch mit dem Koffer in der Hand. Anscheinend war der Fahrer nicht glücklich darüber, dass er auf den Fahrtpreis verzichten musste, aber er protestierte nicht.

„Glauben Sie wirklich, dass ich Sie mit einem Taxi zum Bahnhof fahren lasse?", meine Janssen lächelnd.

„Wieso denn nicht?" Dankbar erwiderte sie sein Lächeln. Nach einer ziemlich heftigen Woche war Janssen immer noch ein Buch mit sieben Siegeln für sie. Gerade, wenn sie dachte, sie hätte ihn durchschaut, überraschte er sie wieder. Während ihrer Zusammenarbeit hatte sich herausgestellt, dass Janssen eine andere Herangehensweise an Fälle hatte als sie, aber er hatte niemals durchblicken lassen, dass sein Weg besser war, oder ihre Arbeit unterwandert. Greave war sich bewusst, dass sie nicht gut eng mit anderen zusammenarbeiten konnte, deshalb war ihre gemeinsame Zeit als Erfolg zu sehen. „Ich habe den Inhalt meiner Reisetasche so gut wie ausgereizt." Daraufhin lachte er. „Keine Sorge, ich lasse Sie nicht mit dem Papierkram allein. Ich komme in ein paar Tagen wieder."

„Oh, dann hätte ich den Weg ja gar nicht auf mich nehmen müssen", meine Janssen und legte ihr Gepäck in den Kofferraum. „Collet und ich haben Schere, Stein, Papier gespielt, wer herkommt."

„Wer hat gewonnen?"

„Nun, das würden Sie wohl gerne wissen", antwortete Janssen, während er einstieg und sie die Tür öffnete.

Auf der Rückbank war wieder der Kindersitz und sie brach ihre eigene Regel, sich nicht in das Privatleben von Kollegen einzumischen. „Janssen, haben Sie ein Kind oder stellen Sie den manchmal hinten rein, um die Leute zu verwirren?" Wieder lachte er. Es war, als wäre mit dem erfolgreichen Abschluss des Falls der ganze Stress der letzten sieben Tage von ihm abgefallen. Janssen war nicht mehr so grüblerisch und zurückhaltend wie bei ihrer ersten Begegnung in Downham Market vor einer Woche.

„Alice, meine Lebensgefährtin, hat eines."

„Aha …. Leben Sie zusammen?"

„Nein und ich glaube auch nicht, dass das so schnell passieren wird."

„Tut mir leid, ich wollte nicht neugierig sein." Als Janssen den Motor startete und sie aus dem Fenster über den Meeresarm schaute, wurde ihr bewusst, dass sie diesen Ort vermissen würde, auch wenn sie bald wieder zurückkäme. Er schaute zu ihr herüber, als er losfuhr.

„Ein Boot ist keine Umgebung für ein Kind", meinte er leise, während er das Auto in den Verkehr einfädelte.

„Sie haben nie erwähnt, dass Sie auf einem Boot leben." Das war neu und ungewöhnlich. Irgendwie war er nicht der Typ dafür. Es gab so viel, was sie von ihm nicht wusste und man einfach in einem Gespräch hätte erwähnen können. Andererseits wurde ihr oft vorgehalten, eine schlechte Zuhörerin zu sein. Und Janssen machte auf sie nicht den Eindruck, gerne Persönliches preiszugeben. Das hatten sie gemeinsam. Ihre Gedanken schweiften ab zu Richard und wie er reagieren würde, wenn sie für ein oder zwei Tage nach Hause käme, nur, um gleich wieder wegzufahren. Sicher war sie sich nicht, aber sie bezweifelte, dass er diese Neuigkeiten gut aufnehmen würde. Die Aussicht auf einen Streit drohte ihre Stimmung zu trüben, also schob sie diesen Gedanken beiseite und wandte ihre Aufmerksamkeit Maddie Bettany zu. „Wie lief es mit Marie Bettany?" Scharf sog Janssen die Luft ein.

„Wie wir es erwartet haben. Sie hält zu ihrem Mann und verweigert jegliche Kooperation."

„Sogar jetzt noch … nachdem zweifelsfrei feststeht, dass er ihre Tochter ermordet hat?" Janssen bestätigte ihre Annahme. Kurz wallte Zorn in ihr hoch, bevor sie dieses Gefühl beiseiteschob und von Mitleid für Hollys Schwester übermannt wurde. Vor ihr lag eine schwierige Zeit, egal, wie die Anklage gegen ihren Vater verlaufen würde. Die Leute würden reden und mit dem Finger auf sie zeigen. Maddie und ihre Mutter, falls sie nicht mitschuldig war, würden diese Last immer mit sich tragen, außer, sie brachen hier ihr Lager ab. Und sogar dann würden die moderne Welt und der Klatsch und Tratsch es ihnen schwer machen, diesen Teil ihres Lebens zurückzulassen. „Das arme Mädchen", flüsterte sie beinahe.

„Bitte?"

„Nichts … ich habe nur an die Unschuldigen gedacht, die unter all dem leiden müssen." Sie starrte aus dem Fenster auf die vorbeiziehende Landschaft. „Und Callum McCall. Redet er noch immer nicht?"

„Kein Wort. Und auch Ken und Jane Francis nicht. Sicherlich haben wir da eine dysfunktionale Gruppe aufgescheucht. Ich schätze, Callum McCall wird den Mund halten, aber die anderen beiden könnten einander jeden Moment in den Rücken fallen."

Darüber musste Greave lachen. Janssen unterschätzte, wie sehr sie an dem hingen, was sie hatten. Es war unglaublich, was Jane Francis alles auf sich nahm, um eine Ehe zu retten, die kaum mehr als eine für beide Seiten vorteilhafte Abmachung war, aber waren nicht alle Ehen auf die eine oder andere Art und Weise ähnlich? Sobald die anfängliche Leidenschaft nachgelassen hatte, blieben nur zwei Menschen übrig, die einander während ihres Lebens Gesellschaft leisteten. *Stehen wir so zueinander, Richard und ich?* Dieser Gedanke jagte ihr einen Schauer über den Rücken und plötzlich hatte sie Angst vor der Heimreise. Anscheinend hatte Janssen eine subtile Veränderung in ihrem Verhalten bemerkt, denn seine Miene wurde besorgt.

„Alles in Ordnung?"

Sie lächelte schwach. „Mir geht es gut." Ganz überzeugt wirkte er nicht, doch er verzichtete auf weitere Fragen. Nach den Ereignissen der letzten Woche wollte sie jegliches weitere Drama unbedingt vermeiden, doch genau das erwartete sie. Richard war ein Mann, der es gewöhnt war, seinen Kopf durchzusetzen. Trotz aller Bemühungen war ihm das bei ihr nicht gelungen. Vielleicht waren sie zu verschieden oder in mancher Weise zu ähnlich.

Janssen bog in Richtung Bahnhof ab. Nachdem er vor dem Gebäude geparkt hatte, stieg er aus. Am Bahnsteig wartete bereits ein Zug. Sie waren gerade rechtzeitig gekommen. Greave war froh, dass sie schon ihr Ticket hatte. Bis sie ausgestiegen war, hatte Janssen schon das Auto umrundet und holte ihr Gepäck aus dem Kofferraum. Als er ihr den Griff hinhielt, dankte sie ihm. Kurz tauschten sie noch Höflichkeiten aus, dann marschierte sie in Richtung Bahnhofseingang davon, während er wieder auf die Fahrerseite ging. Gerade als er die Tür aufmachte, rief sie ihm zu: „Ich habe Ihnen noch gar nicht dafür gedankt, dass Sie mir geholfen haben, als ich Mark festgehalten habe. Einen Moment lang ... war ich mir nicht sicher, ob da wirklich Sie durch den Nebel auf uns zu kamen."

Janssen senkte den Kopf. „Ich bin mir sicher, Sie können sich gut behaupten. Sie und ich sind ein gutes Team." Er lächelte freundlich. „Vielleicht sollten Sie sich öfter mal melden."

„Möglicherweise mache ich genau das, Inspector." Sie grinste. „Außerdem möchte ich unbedingt ihr Kanalboot sehen." Ohne sich nochmals umzusehen, drehte Greave sich um und ging durch die Doppeltür und weiter durch die Halle. Hätte sie zurückgeschaut, hätte sie gesehen, wie Janssen ihr nachsah, bis sie aus dem Blickfeld war, und wie er geistesabwesend mit den Fingern auf dem Autodach trommelte. Er blieb noch ein paar Augenblicke stehen, bis er den Ärger eines hupenden Taxifahrers auf sich zog, weil er den Parkplatz blockierte.

„Bis bald, DCI Greave", flüsterte er. Mit einem Seitenblick auf das Taxi stieg er ein, startete den Motor und machte sich auf den Weg zurück zum Revier.

Das verlorene Mädchen
Hidden-Norfolk-Reihe – Buch 2

**Ihnen hat das Buch gefallen? Sie könnten einen großen
Unterschied machen.**

Da Rezensionen für die erfolgreiche Karriere eines Autors
entscheidend sind und falls Ihnen dieses Buch gefallen hat, bitte
ich Sie um einen großen Gefallen: Schreiben Sie eine Rezension
auf Amazon.

http://mybook.to/hidden-norfolk-1

Rezensionen erhöhen die für Autoren lebenswichtige Sichtbarkeit.
Wenn Sie eine Rezension über eines meiner Bücher schreiben,
macht das einen großen Unterschied.

Vielen Dank, dass Sie sich die Zeit genommen haben, meine
Arbeit zu lesen.

www.jmdalgliesh.com/startseite/deutsch

WEITERE BÜCHER DES AUTORS

Die Hidden-Norfolk-Reihe

Das einsame Mädchen

Das verlorene Mädchen

Die zerrissene Frau

KOSTENLOSES eBook

Das rebellische Mädchen
– Eine Novelle aus der Hidden-Norfolk-Reihe

ÜBER DEN AUTOR

Jason Dalgliesh wurde an der Südküste Englands geboren und wuchs in Hampshire, GB, auf. Er arbeitete in der Energieübertragungsbranche, im Einzelhandel, in Callcentern und für die Nachtschicht einer Bäckerei. Zudem hat er einen Hochschulabschluss in Geschichte.

Die Hidden-Norfolk-Reihe mit Detective Tom Janssen ist ein weltweiter Bestseller, das fünfte Buch der Reihe schaffte es im Jahr 2020 sogar auf die Shortlist für den begehrten Kindle Storyteller Award UK von Amazon.

DI Janssen und sein Ermittlerteam sind an der windgepeitschten Küste im Norden Norfolks zuhause. Die Handlung spielt in einer der schroffsten und schönsten Landschaften im Vereinigten Königreich. Für Leser, die große Freude an atmosphärischen Kriminalromanen haben, ist diese Serie ein Muss.

Jason Dalgliesh hat einige Zeit im Ausland verbracht und in verschiedenen Teilen Englands und der schottischen Highlands gelebt und gearbeitet. Derzeit lebt er mit seiner Frau und seinen beiden kleinen Kindern in Norfolk.

Sie erreichen ihn über seine Website jmdalgliesh.com/startseite/deutsch

* 9 7 8 1 8 0 0 8 0 6 1 4 6 *